INGEBJØRG BERG HOLM

WÜTENDE BÄRIN

SVALBARD heißt im Norwegischen die zu Norwegen gehörende Inselgruppe zwischen Nordatlantik und Arktischem Ozean, die im Deutschen SPITZBERGEN genannt wird. Wir verwenden in diesem Buch den norwegischen Begriff.

Ingebjørg Berg Holm

WÜTENDE BÄRIN

Roman

Aus dem Norwegischen übersetzt von
Gabriele Haefs und Andreas Brunstermann

KJM Buchverlag

Die Originalausgabe erschien 2021 unter dem Titel
»RASENDE BINNE« im Verlag Vigmostad & Bjørke AS.
© Ingebjørg Berg Holm by Vigmostad & Bjørke
Published in agreement with Northern Stories. All rights reserved.
ISBN 978-82-419-5223-4

Deutsche Erstausgabe Juli 2022
Copyright © 2022 Klaas Jarchow Media Buchverlag GmbH & Co. KG
Simrockstr. 9a, 22587 Hamburg
www.kjm-buchverlag.de
ISBN 978-3-96194-182-7

Satz, Gestaltung: Svenja Wiese, Hamburg
Cover und Umschlaggestaltung: Rothfos & Gabler, Hamburg
unter Verwendung von: Shutterstock // Nick Epifanov
ginger_polina_bublik / Morphart Creation
Lektorat: Katrin Köhler, Hamburg
Korrektorat: Rainer Kolbe, Hamburg
Herstellung: Eberhard Delius, Berlin
Druck & Bindung: CPI, Leck
Alle Rechte vorbehalten

Die Übersetzung erfolgte mit
finanzieller Unterstützung durch

Mehr zu unseren Büchern:
www.kjm-buchverlag.de

PROLOG

Der Wind fährt über die Breite des Rückens und treibt den Schnee weiter in die Ebene hinaus, drückt ihn an der Felswand entlang nach oben und zerstäubt ihn zu pudrigen weichen Frostwolken. Einen Moment lang schweben die Kristalle in der Luft, ehe eine neue Windböe sie wieder ins Tal fegt.

Unten am Boden werden schwächere Luftströme von dem Körper abgefangen und treiben den Schnee über das rechte Bein, bis er sich wirbelnd im Schritt einnistet. Das linke Bein ist angezogen, der Schenkel bildet einen Windschutz, der Teile des Torsos bewahrt. Auf der vom Wind abgewandten Seite häuft sich der Schnee vor dem Thermoanzug zu kleinen Wällen an, die aufgelöst werden, sobald kräftigere Windstöße durch den Spalt zwischen Arm und Körper fegen.

Langsam wächst die Schneeschicht um die Leiche, ab und zu legen plötzliche Windböen ein paar Stellen frei, ehe der Schnee alles wieder zudeckt. Schließlich ist nur noch der Rücken zu sehen, eine kleine Insel aus blauem Stoff im weißen Schnee. Der Sturm hat nachgelassen, und der Schnee fällt dicht und ruhig auf den dunklen Fleck hinab, sammelt sich in Falten und Ritzen, löst sich in kleinen weichen Schichten ab und wird wieder aufgetürmt. Bald wird alles bedeckt sein, eine sanfte kleine Hügelkuppe. Nimmt der Eisbär die Fährte des Kadavers auf, wird der Körper in der Landschaft verteilt, teils fortgezerrt und versteckt, teils aufgelöst in Magensäure und als Exkrement wieder ausgeschieden. Wird der Körper eingeschneit und gefriert er, verschwindet der Geruch, und die Leiche kann den ganzen Winter hindurch liegenbleiben, unbehelligt von dem Raubtier. Niemand wird sie finden, ein kleiner Huckel in einem riesigen Felsmassiv.

Bleibt der Kadaver bis zum Sommer liegen, wird er nach und nach aus der dünner werdenden Schneeschicht aufsteigen und langsam in der Sonne auftauen. Vom Geruch angezogene Insekten vermögen es nicht, unter die Kleidung zu kommen, um Nester in die Vertiefungen des Körpers hineinzubauen. Im Plastikschutz des wasserdichten Thermoanzugs wird sich das weichgewordene Gewebe langsam auflösen und in die Schichten der wollenen Unterwäsche eindringen.

Kopf und Hände werden neugierige Füchse und hungrige Eismöwen anlocken, die Mütze und Handschuhe abziehen, Fleischstücke herauspicken und sie forttragen, sie verdauen und als Dünger in einem weiten Kreis um den Kadaver herum verteilen. Einzelne Reste von Fleisch und Haut werden langsam in die Erde sinken und Moos und Heidekraut mit Nahrung überschütten. Die genügsamen Pflanzen werden welken und sterben, ertränkt von ungewohntem Überfluss.

So wird die Leiche liegenbleiben, mit einem Fleckchen nackter goldener Erde um den abgenagten Schädel. Doch andere Pflanzenarten werden übernehmen und in dem frisch gedüngten Erdreich wachsen und gedeihen. Und selbst wenn der Körper sich vollständig aufgelöst hat und die Knochen verwittert sind, wird der Nylonanzug fortbestehen. Eine fossile Plastikhülle in Menschenform, gekrönt von einem Glorienschein aus Pflanzen, wo der Kopf zu Erde geworden ist.

BERGEN, ACHT MONATE ZUVOR

FRÜHJAHR 2019

APRIL

NINA

Der Schlaf verfliegt langsam, aber ich schaffe es nicht, die Augen zu öffnen. Mir ist schlecht, und erst, als ich merke, dass meine Unterhose nass ist, begreife ich, woher das Gefühl kommt. Die Reste des Traums sind unklar, zerstückelte Bilder und Fragmente von Gefühlen gleiten durch mich hindurch. Njåls warme Haut und sein schwerer Körper, in meinem Kopf, in mir.

Ich war in meinem ganzen Leben nie so geil wie in dem Jahr, in dem Njål und ich alles andere taten, als Sex miteinander zu haben. Bei jeder Begegnung schien er mich mit Lust aufzuladen; wenn er nur in meine Nähe kam, spürte ich, wie ich anschwoll. Sein Geruch verschaffte mir ein fast synästhetisches Erlebnis. Wenn wir uns trennten, rasch, um nichts zu tun, was wir bereuen würden, brannte ich dermaßen, dass ich nach Hause stürzte und Hand an mich legte.

Das zu tun war aber nicht dasselbe. Ich bin nicht prüde, bin sexpositiv und offen, ziehe es nur vor, es auf meine Art zu machen. Gleich zur Sache, während man einander in die Augen schaut. Sich begegnet von Angesicht zu Angesicht, wie Menschen, mitten im Tierischen. Njål war ganz anders. Er war überall an mir,

11

laut schmatzend wie ein Gourmand, Finger und Zunge allüberall. Und am liebsten im Freien, davon war er fast besessen. Nicht auf exhibitionistische Weise, es sollte so weit wie möglich von der Zivilisation entfernt sein. In einem Doppelschlafsack unter freiem Himmel draußen auf der Hochebene, oder im Wald, im Gebirge nicht weit von der Stadt, wenn die Touristen auf ihre Kreuzfahrtschiffe zurückgekehrt waren. Ich gab nach, aber es gefiel mir nie. Er, der sich über mir abstrampelte, mit kratzendem Bart und scharfen Fingernägeln, und ich, dann gleichzeitig noch von Zweigen gestochen und von Mücken gebissen, das war zu viel.

Nein. Nicht an Njål denken, will ihn nicht in mein neues, leeres Bett lassen. Ich öffne die Augen und stehe auf. Es ist fast zehn, es bringt nichts, jetzt noch ins Büro zu gehen. Ich kann ohnehin am besten zu Hause arbeiten, wo ich abends ungestört bin, jetzt, wo Njål Lotta hat. Die Wohnung ist vormittagsstill, der Block um mich herum leblos, wie in der Zeit nach der Geburt, daran erinnere ich mich. Eine zähe, leere Stille. Vor und nach der Arbeitszeit gibt es Geräusche im Gebäude, Menschenlaute, die sich durch Beton und Lüftungskanäle im Haus fortpflanzen. Schritte auf der Treppe, Türen, die geöffnet und geschlossen werden, nachmittags Klavierspiel und spätabends dröhnendes Nachglühen. Irgendwo im Block niest jemand jeden Morgen dreimal im Badezimmer, in meinem eigenen Badezimmer höre ich es deutlich, als stünde diese Person neben mir, aber ich weiß nicht, wer es ist.

Es gibt überhaupt eine Menge anonymisierte Intimität in den Menschengeräuschen des Wohnblocks, sie sind ebenso ein Teil der Wohnung wie Tapete und Anstrich. Wie Njåls Sachen, ehe er ausgezogen ist. Jetzt ist ein streitendes Paar weniger mit im Chor, die Windelwechselgesänge stehlen sich nicht durch die Ventilation des Badezimmers in ein fremdes Bad, fast nie knallt ein Kind seinen Brio-Hammer mit einem irritierenden Mangel an Rhythmus auf den Boden. Und überall um mich herum sitzen Menschen ohne alle diese Geräusche im Haus, aber sie wissen nicht, dass diese Geräusche durch mich fehlen.

Ich stehe auf und gehe in die Küche, draußen scheint die Sonne und es regnet, und ich fahre noch immer zusammen, wenn ich unter mir die Giftschlangen auf dem Dach des niedrigen Nachbarblocks sehe. Das Reptiliengehirn reagiert instinktiv auf Schlangen, ehe mein Bewusstsein daran erinnern kann, dass sie aus Plastik sind. Seltsamerweise sind die Tauben von diesen unorthodoxen Vogelscheuchen durchaus nicht beeindruckt, auch wenn sie mit den Dinosauriern näher verwandt sind als ich. Ich trinke Kaffee und sehe, wie zwei sich auf einer Königskobra paaren. Die Tauben sind fast darauf programmiert, sie paaren sich drauflos, ohne zu wissen warum. Sie besitzen nicht das Bewusstsein ihrer selbst, das die Menschen einzigartig macht. Bestattungsrituale, Kriegführung und Rachsucht. Alles entspringt unserer Fähigkeit, über unsere eigene Existenz nachzudenken.

Die Forschung hat eine Methode entwickelt, um dieses Bewusstsein zu testen. Wer sich selbst im Spiegel erkennt, besitzt eine Auffassung von sich selbst. Das ist die Theorie. Bei den Vögeln bestehen den Spiegeltest nur Krähenvögel, während Wellensittiche in ihrem Spiegelbild Gesellschaft finden, weil sie es für einen anderen Wellensittich halten. Beim Spiegeltest wird dem Tier ein Punkt auf die Stirn gemalt, dann sieht man, ob es den Punkt berührt, wenn es sich selbst im Spiegel erblickt. Ein Test, der dem selbstbewussten Bild der Menschen entspricht, denn er nimmt keine Rücksicht auf Tiere, die sich eher an Geruch orientieren als an visuellen Eindrücken. Vielleicht sehen solche Tiere den Punkt, es interessiert sie aber nicht.

Jetzt sind die Tauben fertig mit der Paarung, sie werden dort auf dem Dach Eier legen. Der Hausmeister muss hochgehen und die Eier zerstören, vielleicht wird er auch die albernen Schlangen entfernen, wenn er schon einmal dort ist. Ich schütte den restlichen Kaffee in eine Thermoskanne und gehe damit ins Wohnzimmer. Schiebe einen Papierstapel beiseite und habe nun Platz für Tasse und Kanne neben dem großen Bildschirm auf dem Wohnzimmertisch, öffne den Laptop, schüttle die Maus und wecke das Gerät aus seinem Dämmerschlaf, ohne mich zu setzen, gebe das Passwort ein und öffne das 3-D-Modell. Während das Programm mir langsam den simulierten Gletscher entgegenhebt, sehe ich mich nach meinen Pantoffeln um. Der eine steht bei der Balkontür, ich schiebe den Fuß hinein und humple herum, um den anderen zu suchen. Stoße gegen einen Esszimmerstuhl und löse eine Papierlawine aus, und was sich nun auf dem Fußboden verteilt, ist Amalies Doktorarbeit. Irritiert fege ich die Seiten zusammen, ohne mich um die Reihenfolge zu kümmern, sehe meinen Pantoffel unter dem Sofa und strecke die Hand danach aus. Der Pantoffel zieht ein Plastikspielzeug mit sich, es ist mit getrockneten Breiresten verschmiert und von Staub bedeckt.

Das Wohnzimmer erlebt eine Invasion von Kleinkram, auch wenn ich versuche, deren Umfang zu begrenzen. Maximal fünf Stück Spielzeug, das ist meine Regel. Ich arbeite in diesem Zimmer, habe ich zu Njål gesagt, als ich ihm eine Tasche voller Schmusetiere und Plastikschrott gab, die sich bei mir angehäuft hatten. In einem Spielzimmer kann man nicht arbeiten.

Dass so ein kleiner Mensch so viel Raum einnehmen kann. Ich weiß noch, dass ich das dachte, als Njål und ich den Kinderwagen kauften. Ein Fahrzeug, das einen Quadratmeter Trottoir beansprucht, um ein Wesen von der Größe einer Katze zu transportieren. Westliche Kinder nehmen viel zu viel Platz ein.

Eigentlich hätte ich niemals ein Kind bekommen dürfen. Das war keine Entscheidung und kein Standpunkt, sondern etwas, das ich immer gewusst hatte. Selbsterkenntnis, dachte ich. Als ich auf die dreißig zuging, ohne meine Meinung geändert zu haben, stellte ich einen Antrag auf Sterilisation. Aber es gab eine lange Warteliste. Ehe ich an die Reihe kam, war ich bereits schwanger.

Ich trete in den Pantoffel und will mit dem verdreckten Spielzeug zum Mülleimer gehen, aber ich spüre, wie mein Zeh gegen etwas Weiches stößt, und hebe instinktiv das Bein. Der Pantoffel knallt gegen die Wohnzimmerwand. Die Socke ist feucht, und als ich sie ausziehe, sehe ich Reste einer graubraunen Masse, Brei oder zerkautes Brot. Wut kocht in mir auf. Unbeholfen trage ich Papiere, Spielzeug und den restlichen Müll in die Küche. Als ich mich bücke und die ganze Ladung in den Mülleimer fallen lasse, rutscht das Spielzeug aus meinem Griff und hüpft über den Boden. Ich hebe es auf und schleudere es in den Eimer, verknote den Müllbeutel und werfe ihn vor die Wohnungstür in den Gang.

Im Wohnzimmer setze ich mich vor den Rechner. Das große Fenster hinter meinem Rücken saugt Wärme aus meinem Leib, und ich merke, dass ich noch immer den Geruch in der Nase

15

habe, mit Spucke vermischtes Brot, vielleicht bilde ich mir das ein. Ich bleibe sitzen und starre den Bildschirm an, der von Klebezetteln mit Notizen eingerahmt ist. Njål hat mir immer Mitteilungen zwischen meine Merkzettel gehängt, Herzen und Grobheiten, die nur wir beide verstanden. Meinen Namen, in Runen in ein Herz geschrieben, diesen Zettel habe ich lange aufbewahrt. Das war, als wir noch nicht richtig zusammen waren, als Sol noch in der Klinik war und Njål sie nicht hintergehen wollte, und wir kehrten in unsere leeren Wohnungen zurück und dachten aneinander, während wir uns selbst zur Erlösung rieben und zogen. Jetzt sitzen Njål und Amalie in unserem Dreipersonenbüro, während ich fast nur zu Hause arbeite. Ich muss immer an die beiden denken, Rücken an Rücken in dem kleinen Büro. Den Raum zwischen ihnen.

Irgendetwas stimmt im Moment nicht mit Njål, er ist fast übertrieben freundlich. Vielleicht ist es die Familienberatung, er geht offenbar hin, um bei jedem Termin den Sieg davonzutragen, ist übertrieben mitfühlend und kooperativ. Oder es ist etwas mit dem PULS-Projekt, vielleicht mit dem Artikel, den wir veröffentlichen sollen. Offenbar ist er noch nicht über die Reihenfolge der Namen informiert worden, wie ich sie aufgestellt habe, sonst wäre er nicht so aufgesetzt umgänglich. Oder will er, dass ich gerade das glaube? Vielleicht hat Jessica geplappert, und jetzt bearbeitet er sie, um mich aus meinem Artikel zu entfernen. Als ersten Schritt, um mich aus dem ganzen Projekt zu tilgen. Ich weiß, dass er alles tun würde, um nach Svalbard fahren zu können. Er heckt etwas aus. Etwas, von dem ich nichts erfahren soll.

Dieser Gedanke lässt die Angstübelkeit aus meinem Unterleib hochschießen. Wenn ihm das gelingt, dann kann er Lotta mitnehmen und verschwinden. Wenn er Jessica dazu manipulieren kann, ihm den Forschungsaufenthalt zuzuschanzen. Ich kann ihn nicht daran hindern hinzufahren, solange Lotta bei ihm ihren festen Wohnsitz hat. Das hat Njål mir nicht erklärt, als er mir die Papiere gegeben und ich bei »übliches Zusammensein« unterschrieben habe. Ich war so krank und hätte alles unterschrieben, habe keine Fragen gestellt. Übliches Zusammensein, das bedeutet eine Übernachtung pro Woche plus jedes zweite Wochenende. Typisch für einen Mann, unerhört für eine Frau. Eine Mutter.

Ich habe lange gebraucht, um herauszufinden, was »fester Wohnsitz« bedeutet. Der Elternteil, bei dem der feste Wohnsitz des Kindes ist, kann über Umzüge im Inland entscheiden, und Svalbard gilt als Inland. Svalbard, oder der Hof seiner Familie in Ostnorwegen. Njål kann Lotta mitnehmen und gehen, wohin er will, ich habe keine Möglichkeit, ihn daran zu hindern. Wenn ich keinen geteilten Wohnsitz für Lotta erzwingen kann.

Unser Gletscher steht vor mir auf dem Bildschirm, stilisiert und geglättet in seinem Gitter aus Vierecken. Ich habe dargestellt, wie ich glaube, dass er sich bewegen, wie rasch er die Meereskante erreichen und sich hinabstürzen wird und wie viel Eis dann schmelzen wird. Wie lange es dauern wird, bis der gesamte Gletscher verschwunden ist. Wenn er sich nur nicht in Bewegung setzt, ehe wir im Frühjahr unsere Sensoren angebracht haben. Alles passiert jetzt so schnell.

Jetzt habe ich keine Angst mehr, das ist die Wirkung der Expositionstherapie. Wie die Spinne so lange in der Hand zu halten, bis der Körper keinen Alarm mehr schlägt. Und das ist auch spannend, hypothetische Zukunftsszenarien werden bestätigt, während wir noch leben. Wir sind die erste Generation von Glaziologen, die in Echtzeit die Welt schmelzen sieht.

Ich starte das Schreibprogramm, habe aber keinen Zugang zum Artikel. Jemand anderes benutzt ihn gerade, es muss Amalie sein, oder Njål. Ich schließe den Laptop und gehe zum Duschen ins Badezimmer.

Als ich meine Unterhose hinunterstreife, rieche ich mich selbst, und Bilder aus meinem Traum gleiten in meinen Gedanken vorüber. Haut und Schwere, ein Gefühl, das ich nicht zu fassen bekomme. Ich muss mich vor Njål in Acht nehmen.

NJÅL

Vom Lagerplatz höre ich unseren Kriegsruf und weiß, dass jemand einen Kampf angefangen hat. Obwohl ich mehr Training mit dem Schwert gebrauchen könnte, habe ich keine Lust mitzumachen. Ich sitze mit Lotta am Strand und schmiere sie mit Sonnencreme ein. Sie ist ungewöhnlich kooperativ, denn ich habe ihr einen Klecks Creme gegeben, mit dem sie ihr Steckenpferd einreiben kann. Ein solides Spielzeug, das ich vor einem Jahr auf dem Bjørgvinmarkt bei einem der osteuropäischen Profi-Wikinger gekauft habe. Alles andere als altnorwegisch, aber schön. Kein Schrott wie einige dieser zerkauten Plastiktiere, mit denen Nina sie beschäftigt. Maximal fünf Spielzeuge, ganz schön heftig. Ich darf nicht vergessen, das beim nächsten Schlichtungstermin zu erwähnen.

Die Sonne scheint heiß wie im Sommer, es ist einer dieser intensiven Frühlingstage, mit denen die Bergenser gern prahlen. Ein Tag, der die Menschen mit dem Klimawandel scherzen lässt nach dem Motto: Da ist er also doch für etwas gut. Das Wasser ist eiskalt, aber Lotta bei diesem schönen Wetter das Baden zu verbieten, konnte ich nicht über mich bringen. Oder zu planschen, denn das ist es eigentlich, was sie darunter versteht. Nackt im Wasser herumzustapfen reicht ihr schon, und tief drin war sie ohnehin nicht. Ich selbst hatte gar nicht vor zu schwimmen. Aber als ich mich unten in der Bucht auszog, kamen Per Ivar und Jan vom Lagerplatz heruntergerannt und stürzten sich ins Wasser. Vermutlich, um sich besonders hart geben zu können. Als sie zitternd wieder herauskamen, fragte ich, ob gerade die Norwegischen Meisterschaften der Schwanzschrumpler stattfänden. Daraufhin schmissen sie mich hinein.

Ich kann mich nicht richtig aufwärmen und finde, dass es eigentlich zu kalt ist, um hier nackt herumzusitzen. Aber Lotta muss erstmal fertig eingerieben werden, ihr jetzt wieder etwas anzuziehen, kann ich schlichtweg vergessen. Fürs Nacktsein geboren, wie alle Kinder. Außerdem ist es auch schön, hier so zu sitzen. Drei Männer und ein Kind. Alle nackt. Sitzen da, mit vor Kälte eingeschrumpelten Schwänzen, Schwabbelbäuchen und Pickeln am Arsch. Das haben wir uns verdient. Und Lotta gewöhnt sich an den Anblick.

Ich reibe Lottas runden, von der Sonne gewärmten Bauch ein. Ich erinnere mich, wie sie als Neugeborenes nur in Windeln neben mir schlief und ich ihren Atem spüren musste. Ich wagte nicht, meine Hand auf sie zu legen, hatte Angst, dass sie zu schwer war. So lag ich mit angespannten Armmuskeln da und fühlte, wie sich ihr kleiner Bauch an meiner Handfläche auf und ab bewegte. Der Bauchnabel, der dagegen stieß und wieder verschwand. Meine Hand spannte sich über ihren ganzen Körper, und ich versuchte, mir dabei eine Hand in entsprechenden Proportionen über meinem eigenen Körper vorzustellen. Eine Monsterpranke. Und dennoch lag sie da mit ihrem nackten Bauch und schlief dicht neben mir. Ganz vertraut. Suchte meine Nähe. Ich wusste, dass ich ein Vater sein wollte, der sie in die Luft wirbelte und wieder auffing. Unter einem Baum stehen und sie springen lassen. Doch in jener ersten Nacht neben ihr im Bett wagte ich nicht einmal, meine Hand auf sie zu legen.

Ihr Bauch ist jetzt eingerieben, der ganze Mädchenkörper glänzt vor lauter Creme. Schnell reibe ich die Handflächen über ihren Hintern und gebe einen kleinen Klecks auf ihr Genital. Sie dort einzureiben, ist mir nicht ganz geheuer. Besonders dann nicht, wenn jemand zusieht. Sie zu waschen und ihre Windeln zu wechseln macht mir nichts aus, irgendwas mit der Sonnencreme ruft hingegen ganz falsche Assoziationen hervor.

Schnell gebe ich ihr einen Kuss auf den Nacken und lasse sie von meinem Schoß herunter. Sie rennt los, mitsamt ihrem Steckenpferd. Es hat ein Rad am Ende des Steckens, was eine deutliche Spur in den feuchten Sand zeichnet, als sie von mir fortreitet.

Per Ivar reicht mir ein Bier, und wenn wir nur allein in unserer Gruppe unterwegs sind, halten wir es einfach und trinken aus der Dose. Wir sind keine Wikinger auf Teufel komm raus, allzu lächerlich korrekt soll es auch nicht sein. Wobei ich durchaus etwas dafür übrig habe, es richtig zu machen, wie eine Art experimentelle Archäologie. Etwas körperlich umsetzen und schauen, ob es Sinn ergibt, ist ein Ansatz, der mir gefällt. Ich habe einen Blogbeitrag dazu verfasst, nach meinem ersten Kampf in authentischen Lederschuhen. Alle, die mal mit dem Schwert auf glatter Grasebene gekämpft haben, begreifen wohl, dass die Wikinger Stollen verwendet haben müssen oder sich Sand an die Schuhsohlen geklebt haben. Solche Erkenntnisse bekommt man, wenn man eigene Erfahrungen heranzieht, um völlig andere Menschen zu verstehen. So etwas macht Spaß.

Aber diese Authentizitätsnummer, die manche hier abziehen, ertrage ich einfach nicht. Mit einem Trinkhorn herumzualbern und so zu tun, als möge man Met und Kräuterbier lieber als Pils. Einfach zu blöd. Bei Veranstaltungen mit Publikum hingegen bin ich historisch so korrekt wie möglich und folge den Regeln. Kein sichtbares Plastik in meinem Zelt. Doch wenn ich nur für mich selbst Wikinger bin, sind andere Dinge wichtiger.

Wie etwa mit zwei nackten Männern in der Abendsonne zu hocken und einem kleinen Mädchen beim Spielen am Ufer zuzusehen. Jan hat ein neues Tattoo, er hat sich die fette Midgardschlange vergrößern lassen, die sich um seinen Oberarm windet. Die frische Tinte liegt pechschwarz und dick in der blassen Haut, als sei sie aufgemalt und nicht ein Teil des Körpers. Vermutlich sollte er das Tattoo noch nicht der Sonne aussetzen. Ich reiche ihm die Creme, Schutzfaktor 50. Dann blicke ich auf meine eigenen Arme, ich habe nur ein einziges Tattoo. Neunziger Jahre Tribal-Stil, das ist mir etwas peinlich. Ich hätte gern ein neues.

Wir trinken Bier und reden über die Sachen, die wir in letzter Zeit gekauft oder angefertigt haben, wir machen Pläne für den Markt in diesem Jahr. Später am Abend, wenn Lotta im Bett liegt, werden wir noch mehr trinken und über unsere Arbeit reden, über unsere Kinder und über neue sowie verflossene Frauen. Per Ivar wird im Sommer nochmal heiraten. Er und Jan werden mich über Nina und das Sorgerecht ausfragen. Ich glaube nicht, dass ich Lust habe, darüber zu reden. Aber gut, dass sie sich Gedanken machen. Inzwischen wissen sie mehr als damals, als mit Sol alles den Bach runterging.

Sie hatten vermutet, es hätte was mit der Religion zu tun, von wegen Wikingermilieu. Pastorin und Heide, niemand hatte geglaubt, dass es halten könnte. Allerdings habe ich nie an altnordische Götter geglaubt, und im Stillen haben Sol und ich immer herzlich über Menschen gelacht, die allen Ernstes heidnische Gottesopfer erbringen. Ich bin Agnostiker, am ehesten verbinde ich Religiosität mit Naturerlebnissen. Manchmal auch bei der Jagd im Herbst, wenn mich der Blick durchs Zielfernrohr ganz nahe an das Tier heranbringt, das ich gleich töten werde. Und in diesem großen Licht auf Svalbard, wo ich während des Studiums gewesen bin. Da war etwas, noch immer fühlt es sich an, als ob da oben etwas ganz Eigenes gewesen wäre. Dahin will ich zurück.

Lotta stapft nicht mehr im Wasser herum, sie steht jetzt ganz ruhig da. Mit gespreizten Beinen über dem Holzpferd, das zwischen ihren Beinen vor und zurückfährt. Es dauert einen Augenblick, bis mir klar wird, was sie da macht. Dann gehe ich runter zu ihr.

Geht es dir gut?, frage ich, ganz beiläufig. Sie hört mich nicht. An sich selbst herumzuspielen ist Privatsache, oder? Ich habe meine Stimme gesenkt und weiß einfach, dass Jan und Per Ivar gerade in alle anderen Richtungen außer der unseren schauen. Komm, es ist kalt, sage ich. Das Pferd muss schlafen. Ich spreche ganz sanft zu ihr, während ich ihr behutsam das Pferd wegnehme und sie hochhebe. Will ihr kein Schamgefühl vermitteln. Lenke sie mit Versprechungen ab, Rosinenbrötchen und Gutenachtgeschichten. Irgendetwas davon funktioniert, denn sie lässt sich widerstandslos zum Lagerplatz zurücktragen. Ich nicke Jan und Per Ivar zu, versuche, es nicht zu sehr zu betonen, dass ich nicht auf ihren Schritt gucke.

Denn so ist es geworden, nachdem ich Lotta bekam. Internalisiertes Misstrauen. Ich weiß, dass Jan und Per Ivar völlig in Ordnung sind, anständige Männer und Väter. Doch wenn meine Tochter am Strand masturbiert, fürchte ich instinktiv, dass sich etwas am Unterleib der beiden zu regen beginnt.

Ich liege im Zelt, bin gerade wach geworden. Ich weiß nicht, wie spät es ist, habe weder Uhr noch Handy bei mir. Eines der Dinge, die ich am Wikingerleben besonders schätze. Dass man wieder ein natürliches Verhältnis zur Zeit bekommt. Bloß einfach den Körper darauf einstimmen lassen. Das ist selbstverständlich eine Illusion. Ich schaffe es nicht, mich im Laufe eines Wochenendes oder einer Urlaubswoche umzustellen. Allerdings gefällt es mir, das auszutesten. Wie jetzt. Zu früh aufwachen, immer noch benebelt, weil die Sonne durch die weiße Zeltwand scheint. Dass es einem nichts ausmacht, geweckt zu werden. Ich kann später noch schlafen, wenn Lotta ein Nickerchen macht. Oder auch nicht. Müde zu sein ist hier nicht weiter gefährlich. Überhaupt werde ich mehr mit dem Körper als mit dem Kopf denken.

Dicht neben mir atmet Lotta: Im Schlafzustand sieht sie genauso aus wie einst als Baby. Ich ziehe die Felldecke hoch und lege sie dicht um den Schlafsack, meine Morgenlatte ist mir unangenehm. Dann ziehe ich Lotta an meine Brust heran und schließe die Augen. Will hier einfach eine Weile liegen und mein Kind im Arm halten.

Ich muss wieder eingeschlafen sein, denn jetzt ist das Licht wärmer. Lotta wälzt sich im Schlaf, von der Stirn bis zu den Knien ist ihr Körper wie ein gespannter Bogen. Als sie zu krabbeln begann, konnte sie manchmal davon wach werden, dass sie sich auf alle viere stemmte. Und jetzt öffnet sie die Augen, sieht mich und lacht. Wie froh sie ist, mich jetzt zu sehen. Noch immer werde ich von diesem Gefühl überwältigt. So sehr zu lieben. So viel zu bedeuten. Nur dass ihr etwas zustoßen könnte, macht mir Angst. Wenn ich allerdings spüre, wie abhängig sie von mir ist, quält mich eine andere Angst. Wenn mir nämlich etwas zustieße, wäre das schlimmer. Dann würde die Katastrophe über sie hereinbrechen, nicht über mich. Der Gedanke schmerzt sehr. Fast kann ich plötzlich Eltern verstehen, die vor lauter Verzweiflung schreckliche Dinge tun. Verstehen, nicht verteidigen. Erweiterter Selbstmord, Familientragödien. Verrückt und schrecklich. Doch fast verständlich, wie ein kranker Beschützerdrang.

Im Halbschlaf lasse ich Lotta an meinem Bart zupfen und über meinen Körper klettern, bis sie es leid wird. Ich ziehe ihr Wollhemd und Gore-Tex-Stiefel an, draußen ist es bestimmt feucht. Dann schlüpfe ich in Hose und Tunika, schnappe mir den Umhang und renne hinter ihr her zum Feuerplatz.

Als ich sie einhole, hat sie sich schon Haferkekse von Jeanette erbettelt. Ich fache das Feuer an und hänge einen Kessel Wasser auf, während Jeanette die Bratpfanne scheuert. Wir reden nicht viel, nur Lotta plappert pausenlos vor sich hin, derweil sie im Kies spielt. Ich habe etwas zeittypisches Spielzeug dabei, durch Quellen mehr oder minder belegt. Aber Lotta braucht sie nur selten, sie weiß auch so, dass sie ein Kind sein soll. Nur wir Erwachsenen müssen uns umstellen. Einige Dinge am Wikingerleben gefallen mir wirklich gut. Zum Beispiel, dass es Zeit braucht, um das Frühstück zu bereiten. Wie lange es dauert, einen Kessel Wasser zu erhitzen, verstehst du, wenn du aufs Feuer aufpassen musst. Körperliche Arbeit macht etwas mit dir, ein Wissen, das im Körper abgespeichert wird.

Vielleicht hat sich für Nina die Geburt so ähnlich angefühlt. Oder vielleicht eher wie ein Schwertkampf und nicht wie Brotbacken. Unmittelbarer. Alles wird getan, nicht gedacht. Lange zuvor im Kopf ersonnene Strategien verschwinden im kritischen Moment. Siehst du die Axt kommen, muss der Körper wissen, was er tut. Ich dachte, dass sie die Geburt so ähnlich erlebt haben kann. Abgesehen davon, dass die Kämpfe eigentlich nicht gefährlich sind. Wir benutzen ja keine scharfen Schwerter.

Bei der Geburt zu sterben ist ganz natürlich, sagte Nina einmal kurz vor der Entbindung. Sie saß da, strich sich gedankenverloren über den Bauch, versuchte das Kind wegzudrücken, als es gegen ihre Rippen presste. Wir haben viel zu große Gehirne, sagte sie einmal, es ist fast unmöglich, ein Kind aus sich herauszubekommen. Sie sagte es fast beiläufig. Vielleicht hatte sie Angst. Als die Geburt einsetzte, war sie ganz ruhig. Ihr Körper übernahm einfach. Sie zog sich in sich selbst zurück, war für mich total unerreichbar. Sprach kaum ein Wort. Aber jede Bewegung, die sie machte, schien offenbar richtig zu sein, auch wenn ich nichts davon verstand. Sie hing über der Tischplatte, stand auf allen vieren, setzte sich in die Hocke und stand wieder auf. Die ganze Zeit in Bewegung, angetrieben von etwas, das ich nie zuvor bei ihr gesehen hatte. Oder danach. Es war toll und beinahe erschreckend.

Doch als das Kind endlich draußen war, wusste sie nicht, was sie damit anfangen sollte. Sie lag bloß da wie ein ausgenommener Fisch, blutend und starr vor Erstaunen. Unser Kind wand sich auf ihrem Bauch. Das Baby soll selbst zur Brust kriechen, aber es kam nicht vorwärts. Nina stocherte bloß an ihm herum, ohne zu helfen. Wir Menschenaffen haben vermutlich keinen angeborenen Instinkt zum Stillen. Ich habe mal von einer Gorilladame im Zoo gelesen, der erst von Frauen aus einer Stillgruppe gezeigt werden musste, was sie tun sollte.

Lotta ist auf dem direkten Weg zum Feuer, und ich drehe mich zu ihr um und nehme sie in die Arme. Ich drehe mich mit dem Rücken zum Feuer hin, mein ganzer Körper ist zwischen ihr und den Flammen. Ich trete ein paar Schritte beiseite, bevor ich uns beide wieder zum Feuer herumdrehe. Ich lasse sie es fühlen und betrachten. Aua, aua, heiß, sage ich und tue so, als hätte ich mich verbrannt. Schließlich entdecke ich einen Klotzschemel und setzte mich mit Lotta auf dem Schoß hin. Dicht genug am Feuer, dass ich die Spiegeleier wenden kann, aber so weit weg, dass es nicht gefährlich ist. Lotta bekommt ein Polarbrot und lässt die Krümel vergnügt über meine Tunika rieseln. Es ist etwas kühl, weshalb ich meinen Umhang um uns beide lege. Lotta grinst.

»Mantelzelt«, sage ich. »Gefällt dir das?«

»Papazelt«, sagt Lotta und lehnt sich an mich.

Ich schaue zur Sonne hin und versuche abzuschätzen, wie spät es ist. Halte inne. Es spielt keine Rolle, wir haben genügend Zeit. Die Papa-Wochenenden sind heilig, da kann ich mich richtig um sie kümmern. Der Alltag bedeutet so viel Logistik, Lotta soll jede Woche von mir zu Nina gebracht werden und dann wieder zurück. Das belastet auch Lotta. Für mich ist es in Ordnung, ich bin ein erwachsener Mann und von dem Zeitdruck nicht überrascht. Aber der alte Traum ist wieder stärker geworden. Frau, Kind und Hütte sagte ich immer, als ich noch das Gymnasium besuchte. Mehr will ich gar nicht.

Schon als ich Teenager war, hatte ich diesen Traum, näher an der Natur zu leben. Ich las »Mein Leben in der Wildnis« und »Das Land mit den kalten Küsten«. Seit meinem 14. Lebensjahr wohnte ich allein in einer Hütte, so oft ich die Erlaubnis dazu bekam. Einen ganzen Winter lang schlief ich in einer Schneehöhle. Während des ersten Semesters in Oslo lebte ich in einem Zelt im Wald, an den Wochenende kam Sol zu mir hinausgefahren, und wir lagen wie Nansen und Johansen in einem Doppelschlafsack. Für ein paar Jahre ließ der Wunsch nach, dann aber, bei Feldstudien auf Svalbard, wurde der Jugendtraum erneut geweckt. Als ich nach Hause zurückkam, machte ich die Prüfung für den Jagdschein. Die Herbstjagd ist wichtig für mich, aber das ist nicht genug.

Wenn Nina nur bereit ist, so weiterzumachen wie bisher. Wenn ich das Hauptsorgerecht für Lotta behalten darf, kann ich sie mitnehmen wohin ich will. Sogar bis nach Svalbard, sofern ich das hinkriege. Nina ist nicht in der Lage, sich jeden Tag um ein Kind zu kümmern, das sollte sie selbst begreifen. Manchmal scheint es so, als ob sie das auch gar nicht will, sondern nur daran interessiert ist, dass ich Lotta nicht bekomme.

Das Gericht muss einfach zu meinen Gunsten entscheiden, sollte es soweit kommen. Ich allein bin der stabile Elternteil. Trotzdem überkommt mich ständig Unruhe. Was, wenn sie gegen mich verwendet, was ich getan habe. Was ich ihrer Behauptung nach an diesem verdammten Tag getan habe. Allerdings würde sie dann verlieren, weil wir vom Kontext sprechen müssten. Dann müsste ich berichten, wie weit sie sich an diesem Vormittag auf dem Balkon mit Lotta vorgebeugt hat. Es wäre wirklich dumm von ihr, diese Episode wieder auszugraben.

Kalter Krieg funktioniert allerdings nicht, wenn eine der Parteien die gegenseitige Auslöschung für eine denkbare Alternative hält.

SOL

Zitternd atmet die Frau ein, und für einen Augenblick denke ich, dass sie gleich zusammenbricht. Aber sie fährt mit ihrer Geschichte fort, und meine Antipathie wird stärker. Ich müsste Einfühlungsvermögen aufbringen, denn ohne es ist gute Seelsorge kaum möglich. Ich merke hingegen nur, wie meine Irritation in Wut umschlägt, und ich ertappe mich dabei, wie ich über meinen Ringfinger streiche. Eine nervöse Angewohnheit, die ich noch nicht losgeworden bin. Fast zeitgleich mit Njåls Auszug habe ich den Ring an einen Goldschmied verkauft und das Geld der kirchlichen Nothilfe gespendet. Diese glatt geriebene Stelle, die den Finger wie eine glänzende Narbe umschloss, ist schon längst verschwunden. Doch immer noch weiß mein Körper, dass ich den Ring hin- und her gedreht habe, wenn ich nervös oder aufgeregt war. Wenn mich etwas quält, suchen die Finger weiterhin nach meinem Ehering.

Der Regentag hätte kühl sein sollen, doch der Luftzug vom angelehnten Fenster ist eher feucht als frisch. Ich versuche, mich auf die Frau im Sessel vor mir zu konzentrieren, spüre jedoch Widerstand in mir. Wenn sie doch bloß aufhörte zu reden und endlich die Tränen kämen. Alles an ihr läuft auf einen Zusammenbruch hinaus, früher oder später fängt sie bestimmt zu schluchzen an. Dann kann ich sie trösten und ihr Zuwendung geben.

Sie ist jung, hat allerdings nichts Kleinmädchenhaftes an sich. Ihr Blick ist fest auf mich gerichtet, während sie von ihrer Abtreibung berichtet. Die Scham, von der sie erzählt, ist ihr nicht anzusehen. Mit glänzenden Augen und fester Stimme schildert sie ihre Schuld und erwähnt lebhaft die Föten, die sie im Internet gesehen hat und nicht vergessen kann. Hübsche Minibabys und blutige, in Stücke geschnittene Liliputkinder. Ich würde sie gern unterbrechen, sie daran erinnern, dass sie sich sehr früh in der Schwangerschaft einem medizinischen Abbruch unterzogen hat. Eine fingernagelgroße Kaulquappe wurde ihr da entnommen. Kein Sternenkind, sondern ein hässliches kleines Etwas, das ihr in der Kloschüssel nicht mal aufgefallen wäre, wenn sie sich getraut hätte nachzusehen.

Ich muss mich zusammenreißen, um ihr das nicht ins Gesicht zu sagen, und stelle mir stattdessen einen Faden vor, der durch mein Herz geht, vom Himmel zu ihr. Es ist eine Technik, die ich entwickelt habe, um als Seelsorgerin zu funktionieren. Eigentlich bin ich gar nicht sonderlich empathisch, kenne mich selbst aber gut genug, um das zu begreifen. Ich schaffe es, mich zusammenzureißen.

Sie hat nichts gemerkt, ihre starrenden Augen sehen mich eigentlich gar nicht an. Ich kenne diesen Blick, der kurz davor ist, sich himmelwärts zu richten. Der Geständnisblick. Sie will die Vergebung ihrer Sünden, das sehe ich ihr an. Diese deutliche Gebetshausprägung, etwas an der Art, in der sie auf ihre Sündhaftigkeit besteht. Ich merke, wie meine Verachtung wächst.

Ich bin Pastorin, Feministin und eine Frau mit Gebärmutter. Ich trete für das Recht auf Abtreibung ein, habe eine professionelle Ausbildung in Seelsorge absolviert und weiß selbst nur zu gut, wie eine Abtreibung erlebt werden kann. Verständnis und Mitgefühl für diese Frau aufzubringen, die endlich angefangen hat zu weinen, sollte eigentlich ganz einfach für mich sein.

Jedoch sitze ich in meinem leeren Körper und spüre, dass sich die Gereiztheit in Aggression verwandelt. Ich versuche, in meinem Inneren ein Gebet zu formulieren, finde aber nur Bibelworte. Du hast meine Föten erkannt. Jeden von ihnen, noch ehe ich sie selbst erkannte. In der Dunkelheit gingen sie dahin, in der Dunkelheit bleiben ihre Namen verborgen.

Jetzt schluchzt sie laut und verbirgt das Gesicht in den Händen. Ich sollte etwas sagen, finde aber keine Worte. Rücke etwas näher an sie heran, damit sie sich nicht abgewiesen fühlt. Da streckt sie die Hände aus und sinkt mir entgegen. Ich muss die Arme ausbreiten und sie auffangen.

Schon auf dem Parkplatz fange ich an zu laufen und halte auf dem Weg nach oben ein gutes Tempo ein, muss schnell genug laufen, damit der Gedankenstrom aufhört und verschwindet. Nieselregen legt sich auf meine Brillengläser und zieht ins T-Shirt ein, aber es ist so warm, dass ich schwitze. Meine Leggins sitzen stramm, sind voll mit Anti-Shake-Technologie, fühlen sich aber zu eng an. Allerdings ist das besser als den Hintern wabbeln zu lassen, wenn ich laufe. An dieses Gefühl habe ich mich nie gewöhnen können.

Verschwitzt und aufgeheizt stapfe ich an der Frauenklinik und am Friedhof vorbei. Werfe wie immer einen Blick auf den großen grauen Stein, wo noch niemand den zerfetzten Teddybären weggeräumt hat, der schlaff über der Kante hängt. Das Massengrab für abgetriebene Föten. Meine waren nie groß genug, um beerdigt zu werden. Ich habe das Grab zufällig entdeckt und gegoogelt. Das Krankenhaus nennt es den »Gedenkhain« und bezeichnet Föten als »Schwangerschaftsprodukte«. Föten, die jünger als zwölf Wochen sind, darf man auf Anfrage mit nach Hause nehmen, entsprechende Hygiene vorausgesetzt.

Ich will nicht daran denken. Das Seelsorgegespräch hat mich leergesaugt. Sobald sie gegangen war, habe ich mein Laufzeug angezogen und bin aus dem Büro gerannt. Jetzt zwinge ich mich den Hügel hoch und bleibe nicht stehen, um die Katze zu streicheln, die ihren festen Platz auf der Mauer in der Kurve eingenommen hat. Am Fuße der Ulriks-Seilbahn muss ich mich an Touristen vorbeikämpfen, die aus dem Doppeldeckerbus quellen, sie weichen in die falsche Richtung aus und können nicht begreifen, dass mich die Glastüren zum Ticketbüro gar nicht interessieren. Ich schlüpfe außen an ihnen vorbei und steuere auf den Weg zu, klettere so schnell wie möglich die Anhöhe hinauf und überwinde problemlos den ersten, hüfthohen Steinblock.

An der Eisentreppe treffe ich auf einen Kindergarten auf Ausflug und muss das Tempo ganz herausnehmen. Kleine Knirpse in grellem Regenzeug schlurfen in Zweierreihen nebeneinander her, Hand in Hand, aber bald muss ich vorbei, und da kommt mir der Bach am oberen Ende der Treppe entgegen. Das Wasser rieselt gleichmäßig durch das rostige Gitter der Treppenstufen, ich trete zur Seite und setzte meinen Fuß in weichen Matsch. Laufe weiter am Bach entlang, von Stein zu Stein, ich falle hin, renne weiter, gleite im Lehm aus und stolpere über Baumwurzeln, renne vorbei am Parkplatz und über den Kiesweg, dann Hügel hinauf, die so steil sind, dass ich fast innehalten muss, und da ist endlich die Steintreppe. Ich halte nicht an, um nach Luft zu schnappen, sondern erhöhe das Tempo, als ich den richtigen Rhythmus finde. Stufe für Stufe, Stufe für Stufe.

Als ich fast oben bin, stelle ich fest, dass sich das Wetter geändert hat, der Wind ist kühler, und die Luft ist frisch vom Regen. Ich will meinen Puls auf hohem Level halten und drehe mich nicht um, konzentriere mich wieder auf die Stufen. Sehe die Steine unter meinen Joggingschuhen dahinflitzen, dann bin ich auf dem Absatz unterhalb der letzten Treppe. Und da kann ich nicht anders, ich muss mich umdrehen und hinunterschauen.

Zwischen den Felswänden liegt Bergen unter mir, grünschwarz im Licht der sinkenden Sonne. Als hätte eine riesige Welle alles überspült und sich dann wieder zurückgezogen, und die Stadt ist der Pfuhl, der zwischen feuchten Felsen zurückgeblieben ist. Plötzlich, und wie immer unerwartet, spüre ich einen Ruck in mir. Oder vielleicht bin ich es, die anbeißt, eine kleine Makrele, die an der Schnur zieht und spürt, dass sie feststeckt. Dass die Schnur am anderen Ende verknotet ist. Vermutlich fange ich gerade wieder an zu glauben.

Die Menschen sind immer erstaunt, wenn ich erzähle, dass ich nicht die ganze Zeit glaube. Aber Menschen, die behaupten, niemals zu zweifeln, kommen mir seltsam vor. Mein Glaube ist niemals unerschütterlich gewesen, und es ist auch kein Drama, wenn er schwindet. Ich zweifle nie an meiner Richtschnur oder an der Arbeit, der ich nachgehe. Für mich ist es das Richtige, Pastorin zu sein und so zu leben, als ob es Gott gäbe, auch wenn ich mich irren sollte. Für mich geht es nicht um den Himmel, um den Geist Gottes, um die Seele oder um Erlösung. Ich lebe völlig unabhängig in meinem Kopf und kümmere mich nicht groß darum, was nach dem Tod geschieht. All die anderen Dinge zehren an mir. Die Lust und der Unwille des Fleisches, das Flüstern des Blutes und das Gebet der Knochen. Das ganze verdammte Menschentier. Doch der Glaube zieht mich in den Körper, zu dem Gott dort drinnen, der mich festhält.

Ich drehe mich wieder zum Berg hin und nehme die letzte Treppe in Angriff, sehe starr geradeaus. Ich bleibe nicht am Fernsehmast stehen, sondern laufe weiter die Betonstufen hinauf, durch den erstickenden Geruch von gebratenem Fleisch hinter dem Restaurant, dann jogge ich zur Felskante hinaus. Ganz vorn bleibe ich stehen, atme durch und schaue hinunter. Die Stadt liegt wie ein breites Band zwischen Meer und Gebirge. Weit draußen, im letzten Fjord vor dem offenen Meer, liegen die Ölbohrinseln zur Wartung bereit, sperrig und massiv selbst aus dieser Entfernung. Und von irgendwoher steigt ganz klar und deutlich das Geräusch von Blaskapellen auf. Sie klingen wie Kriegstrommeln, als ob bald schon Warnfeuer auf den Berggipfeln brennen und wie die Gasfackeln auf den Bohrinseln auflodern werden.

Ich atme tief ein und versuche, meinen Kopf freizubekommen. Als ich im Krankenhaus zu meditieren lernte, habe ich mir meine eigene Routine erschaffen. Ich sehe mich selbst – oder meine Seele – wie einen kleinen Fötus in meinem Körper. Einen Fötus mit einem Totenkopf, sicher in mir verstaut. Wie ein Organ unter vielen. Hallo, Niere, huhu, wie geht's dir, Leber. Guten Morgen,

Lunge, mit der ich gerade atme. Ich stelle mir auch immer einen Apfelbissen da drinnen vor, von vor der Zeit, als ich geworden bin und im Körper eingekapselt wurde, wie ein latenter Blutpfropf.

Der Wind hat aufgefrischt, und die Sonne schwindet. Als ich die ersten Stufen nach unten nehme, sehe ich, wie dunkel es außerhalb des Lichtkreises vom Restaurant geworden ist, und bleibe auf der Aussichtsplattform stehen, um meine Stirnlampe hervorzuholen. Das Licht ist von einem gleißenden Weiß, und ich richte den Lichtkegel zu Boden, damit ich niemanden blende, der mir entgegenkommt. Eigentlich habe ich Angst im Dunkeln, doch nicht hier auf der Sherpa-Treppe. Um Angst zu haben, sind viel zu viele Menschen und viel zu wenig Wald um mich herum. Ich halte ein hohes Tempo, spähe im Lichtkegel wieder und wieder auf meine Füße, während ich hinunterrenne. Erst hinter den Treppen, auf dem breiten Abhang zum Wald hin, komme ich aus dem Rhythmus. Jetzt muss ich pinkeln. Der Weg ist erleuchtet und voller Menschen, der Wald ist dicht und schwarz. Vor mir sehe ich eine Verlängerung des Weges und laufe darauf zu, noch ehe die Angst mich packen kann. Der Kiesweg verschwindet in der Dunkelheit, gibt es da einen Weg in den Wald hinein oder ist das nur eine Ausbuchtung, in der sich die Schatten sammeln? Das Licht von den Laternenmasten markiert eine klare Grenze zwischen erleuchtetem Weg und schwarzem Nichts. Ich überschreite sie, und die Dunkelheit überfällt mich.

Der Körper reagiert von allein, das Herz schlägt schneller. Ich gehe weiter hinein, bis ich den Punkt erreiche, wo die Angst vor dem Gesehenwerden auf die Furcht vor dem Unsichtbaren trifft. Dann ziehe ich meine Leggins und meine Unterhose auf die Knöchel hinunter und sinke in die Hocke. Ich erinnere mich an das schamvolle Gefühl aus der Kindheit, wenn man auf seine eigenen Sachen pinkelte, und ziehe die Leggins etwas vom Körper weg. Dann lasse ich alles laufen und drücke so fest ich kann, ohne dass es auf die Schuhe spritzt. Blicke auf den erleuchteten Weg vor mir, ohne mich sicherer zu fühlen. Denn in meinem Inneren schaue ich auf den Wald hinter mir und auf das, was sich in den Schatten dort verbergen kann. Vergewaltiger und Serienmörder. Das ist nicht rational, statistisch gesehen ist der Autoverkehr weitaus gefährlicher als der Wald. Die drogenabhängigen Irren, die ich mir vorstelle, sind bloß ein modernes Symbol für menschliche Ur-Angst. Ist Angst vor der Dunkelheit ein Instinkt oder trat sie erst dann auf, als der Mensch das Lagerfeuer erfand? Tiere haben Angst vor dem Feuer.

In mir kribbelt es vor lauter idiotischer Furcht und ich reiße die Klamotten wieder hoch, noch ehe ich richtig fertig bin. Spüre, wie sich die letzten Tropfen in der Unterhose sammeln, ehe ich aus dem Dunkeln flüchte und schneller laufe, als ich eigentlich kann, bis ich schließlich aus dem Wald heraus bin.

Es ist eine gute Laufrunde gewesen, ich kann guten Gewissens Feierabend machen. Ich werde direkt nach Hause gehen, ein spätes Abendessen bereiten und mich zeitig ins Bett legen. Ich werde heute Abend nicht rauchen und auch nicht mehr rausgehen, nicht durch die Straßen schlendern oder vor seinem Haus herumlungern. Ich werde mich schlafen legen, und auch, wenn ich nicht einschlafen kann, werde ich nicht Facebook auf dem Handy öffnen und Ninas Profil aufrufen, ich werde nicht nach Bildern von dem Kind im Leben der beiden suchen. Die kleine Lotta. Es ist nicht richtig von mir, dass ich so weitermache, wobei es auch niemandem unmittelbar schadet. Die Facebook-Bilder von Lotta sind nicht für mich bestimmt. Und da ich jetzt selbst ein Foto von ihr auf dem Handy habe, brauche ich die auch nicht.

NINA

Ich bremse vor dem Eingang und bleibe mit dem Fahrrad zwischen den Beinen vor der Tür stehen. Verziert und alt, wie er ist, erinnert er mich an Oma, genau hier war sie oft, lange vor meiner Geburt. Ich warte, bis mein Puls sich beruhigt hat, bevor ich absteige, hebe das Fahrrad die eine Treppenstufe hoch und schiebe die Karte in den Scanner. Die schwere Tür gleitet lautlos auf und ich gehe hinein. Njåls Rad steht schon unter der Treppe, an einen E-Roller gelehnt. Der ist verziert mit Reflexen und Aufklebern, er muss Amalies sein. Ich stelle mein eigenes Rad ab, achte sorgfältig darauf, die Räder der anderen nicht zu berühren. Dann drücke ich ungeduldig auf den Fahrstuhlknopf und spüre, wie mir der Schweiß kitzelnd über die Brust läuft. Draußen ist es wärmer, als ich gedacht hatte, Regen sieht durch das Fenster immer so kalt aus. Aber als ich über die Brücke fuhr, fühlte ich mich unter der Regenjacke schweißnass. Jetzt sehe ich sicher aus wie aus dem Wasser gezogen. So geht das nicht, ich muss einen guten Eindruck machen. Aussehen wie eine, die recht hat, rational und konzentriert.

Es gibt kein Grund zu der Annahme, dass das hier leichter gehen wird als bei der Familienberatung. Bald haben wir unsere siebte Stunde, und Njål will noch immer nicht nachgeben. Aus

39

Rücksicht auf mich, sagt er, das hat er auch der Therapeutin erklärt. Und aus Rücksicht auf Lotta, es ist besser für uns beide, wenn wir eine dauerhafte Abmachung treffen, die ihm das Hauptsorgerecht gibt. Nicht ein einziges Mal hat Njål über seine Wünsche gesprochen. Er denkt an mich und an Lotta, wir brauchen beide Stabilität und Ruhe. Njål der Gute, nie denkt er an sich selbst. Um meinetwillen hat er seine Frau verlassen, hat mich um Lottas willen fallenlassen, und es ist sicher zum Besten von anderen, dass er auch als alleiniger Urheber unseres Artikels dastehen will.

Die Fahrstuhltür öffnet sich und ich gehe hinein. Sofort füllt sich die Kabine mit Dampf und Dunst von meinem Körper. Es riecht noch immer nicht nach mir, ich erkenne meinen eigenen Schweißgeruch nicht mehr wieder, seit ich schwanger geworden bin. Ich schaue auf die Uhr, drei vor. Rasch gehe ich zum Büro, nicke Amalie kurz zu und öffne meine Kommode. Nehme Kamm und Feuchttücher heraus, aber kein Make-up. Vielleicht in der Jackentasche, da habe ich früher immer Lipgloss und Fettstift aufbewahrt. Ich ziehe gerade zerknüllte Quittungen und leere Kaugummipackungen aus der Tasche, als meine Hand auf eine widerliche feuchte Masse trifft. Das ist Lottas Schmusedings, ein Waschlappen mit einem aufgenähten Kaninchenkopf, nass von Regen oder Speichel nach der Radtour zum Kindergarten heute früh. Ich habe vergessen, es in Lottas Rucksack zu stecken, als ich sie abgeliefert habe. Verdammt. Jetzt muss ich es Njål geben, muss ihm damit entgegenkommen und ihn und Jessica daran erinnern, dass ich eine verantwortungslose Mutter bin. Nein. Ich lasse den Frotteelappen in die unterste Schublade fallen und schiebe sie zu. Darum werde ich mich nach der Besprechung kümmern.

Auf dem Klo gebe ich mir alle Mühe, mich herzurichten. Wische mir den ärgsten Schweiß ab und die verschmierte Wimperntusche unter den Augen weg. Es hilft, mir die Haare zu kämmen, aber ich wünschte, ich hätte ein bisschen Schminke. Roten Lippenstift, vielleicht. Den habe ich nie benutzt. Njål mochte mich am liebsten ohne Make-up.

Er sitzt bereits in Jessicas Büro, als ich hereinkomme. Lächelt und grüßt, steht aber nicht auf, hat die Arme verschränkt und die Beine gespreizt. Erbärmlich männlich. Jessica hebt den Hintern vom Schreibtischstuhl, als ich mich setze, schiebt die Kaffeekanne und eine Tasse über den Schreibtisch, und ich darf zugreifen. Niemand sagt etwas, als ob alle darauf warteten, dass jemand anderes die Initiative ergreift. Jemand, der weiß, wie man das macht.

Njål windet sich, fängt im selben Moment an zu reden wie Jessica. Sie verstummen, wechseln einen verlegenen Blick, dann fangen beide wieder an. Wie zwei Menschen, die einander auf der Straße entgegenkommen und beide zur selben Seite ausweichen. Ich habe gehört, das sei ein Zeichen für Empathie, empathische Menschen müssen die, denen sie begegnen, einfach widerspiegeln. Als ich Njål kennenlernte, habe ich ihn so gesehen, mir hatte noch nie jemand so zugehört wie er. Ich schweige, während Jessica und Njål sich aus der Situation hinausstottern und gestikulieren. Er gewinnt, natürlich.

»Muss nur kurz sagen, ehe wir anfangen, dass ich das ganz schön mies finde«, sagt er und lässt sich im Sessel zurücksinken, so dass sein Unterleib auf dem Sitz nach vorn schießt. »Und ich will wirklich zu einer Lösung kommen, das kannst du mir glauben, Nina.«

Nun verschränkt er die Hände im Nacken, seine Achselhöhlen werden exponiert und sein Geruch breitet sich im Zimmer aus, als ob hier jemand billiges Schweinefleisch briete. Testosteron. Früher einmal habe ich das anziehend gefunden; wenn er auf dem Sofa übernachtet hatte, habe ich noch wochenlang seine Decke benutzt. Aber jetzt riecht er anders, ist das eine Art Parfüm? Würzig und ein bisschen Übelkeit erregend. Benutzt er nun endlich ein normales Deo und nicht diesen sinnlosen New-Age-Kristall?

»Ich auch«, antworte ich schroff. »Ich hoffe, wir finden eine Lösung.«

»Ja, wie gut!«

Jessicas Enthusiasmus ist offenkundig falsch, oder vielleicht ist es nur ihr englischer Akzent, der diese Wirkung hat. Sie lässt ihren Blick zwischen uns hin und her wandern und redet schnell, als ob sie Angst hätte, wir könnten uns die Sache anders überlegen.

»Dann müssten wir den Fall ja klären können, stelle ich mir vor. Kein Grund, die Sache vor die Universitätsleitung zu bringen, wenn wir uns hier einigen können.«

Wir nicken schweigend, alle beide. Jessica fasst die Sache zusammen und gibt sich Mühe, neutrale Begriffe zu benutzen. Zwei Institutsangehörige haben also am selben Projekt gearbeitet. Während der eine in Vaterschaftsurlaub war, hat die andere einen auf der gemeinsamen Arbeit aufbauenden Artikel geschrieben.

»Seht ihr das auch so?« Jessica sitzt steif hinter dem Schreibtisch und sieht uns der Reihe nach an, und wir nicken. Sie sieht alt aus, das habe ich mir noch nie überlegt. Die Raucherrunzeln lassen sie übellaunig, erschöpft und ungepflegt wirken.

»Ihr habt beide am Computermodell des Gletschers gearbeitet, aber du hast also den Artikel geschrieben, Nina, der bei der Peer Review akzeptiert worden ist. Und jetzt willst du, dass der Artikel mit deinem Namen als Hauptautorin veröffentlicht wird.«

Njål rutscht in seinem Sessel hin und her, aber Jessica hebt die Hand und er hält wirklich die Klappe. Er hat Jessica immer respektiert, sicher, weil sie ihn hemmungslos gefördert hat. Sie war seine Betreuerin bei der Dissertation, hier sitzen drei Generationen von Promovierten. Dieser Gedanke ist fast inzestuös, und ich frage mich plötzlich, ob auch Njål und Jessica etwas miteinander gehabt haben können.

»Du willst, dass Njåls Name in der Mitte steht und deiner am Ende.«

Ich nicke. Amalies zuerst, sie hat gute Arbeit geleistet, das ist also in Ordnung. Njål muss erwähnt werden, aber ich will ganz unten stehen. Der wichtigste Name kommt immer zuletzt, wie im Nachspann eines Films. »And Alfred Hitchcock himself.« Wir sammeln Artikel, bei denen unser Name ganz unten steht, Karmapunkte, die uns einer Professur näherbringen sollte.

»Deshalb sitzen wir heute hier«, sagt Jessica, »und außerdem ist da die Feldarbeit auf Svalbard mit dem internationalen Team. Bis dahin ist es ja noch ein Jahr, aber wir sollten das so schnell wie möglich klären. Wer also hinfährt, kann mit der Zusammenarbeit mit der Universität da oben anfangen. Ihr habt noch nicht entschieden, wer fahren soll?«

Ich weiß nicht, ob Jessica wirklich fragt oder ob es an ihrem Akzent liegt, aber jedenfalls antwortet Njål.

»Ja, genau«, sagt er verbissen, »und ich habe mir die Sache

gründlich überlegt. Vielleicht hat Nina das nicht getan, ich sehe ein, dass es ein Missverständnis gegeben haben kann, aber es liegt doch auf der Hand, dass Nina bei den Autorenangaben über meinem Namen stehen muss. Ich habe ihr gegenüber schließlich Anciennität, ich habe die Hauptverantwortung.«

Das ist so typisch für ihn. So, wie er auch die schönsten Babybilder und die gute Teekanne mitgenommen hat, als er ausgezogen ist, will er sich die Leckerbissen aus allen unseren gemeinsamen Projekten herauspicken. Will er mir hier auch »übliches Zusammensein« anbieten, einen Abend pro Woche für das PULS-Projekt und jedes zweite Wochenende auf Svalbard?

Ich merke, dass ich noch nichts sagen sollte, ich ziehe die Unterlagen aus dem Rucksack, gebe beiden eine Kopie und bitte sie zu lesen. An dem hier habe ich lange gearbeitet. Eine gründliche und schematische Darstellung des Projektes, des Artikels und meiner Doktorarbeit. Unsere Beiträge zu den drei Teilen sind deutlich farbcodiert, mit Verweisen auf die vier Punkte für Zitate und Quellennachweise.

»Wie ihr seht, erfüllt Njål die Kriterien nur mit Ach und Krach. Die Idee war meine, die Daten haben wir von anderen PULS-Projekten bekommen, und die Auswertung habe ich selbst erstellt«, sage ich. »Diese Arbeit baut doch auf meiner Doktorarbeit auf.« Ich zögere. »Njål hat kaum etwas dazu beigetragen.«

Njål sieht mich an, stumm und verbissen. Holt hörbar Luft, ehe er spricht, unnatürlich leise und ruhig.

»Wie kannst du behaupten, ich hätte nichts beigetragen? Das eine ist, dass ich dein Betreuer bei der Dissertation war und damit ein Teil von …«

Für einen Moment sucht er nach Worten, und Jessica sieht ihn an, als ob er mit einer Handgranate spielte. Als wären wir Betreuer und Studentin, das hier sind Pest und Cholera, denen Jessica so gern ausweichen möchte.

»Aber ich habe auch selbstständig dazu beigetragen, auf eher übergeordnetem Niveau. Oder grundlegendem. Das hier baut auf meinen Anregungen und Ideen auf.«

Er sieht Jessica an, während er unsere Zusammenarbeit beschreibt. Sie will er überzeugen. Vermutlich glaubt er selbst, was er sagt, er hatte mir gegenüber immer schon eine Art Mentorkomplex. So war er auch im Bett, wollte, dass ich alles Mögliche erforschte und meine Grenzen erkundete, als wäre er eine Art Sexguru, der mich öffnen müsste.

»Du verstehst also, es war ein symbiotischer Prozess, es ist sehr schwierig, die Beiträge der Einzelnen herauszufiltern«, sagt Njål und jetzt sieht er mich endlich an. »Da musst du doch zustimmen. Wir haben zusammengearbeitet, Tag und …«

Er verstummt und unterbricht den Blickkontakt, starrt alles andere an, nur nicht mich oder Jessica.

Das Wort, das er nicht ausgesprochen hat, liegt zwischen uns, ich kann es aufheben und auf ihn schleudern. Nacht, kann ich sagen, Tag und *Nacht*. Betreuer und Studentin im selben Bett, Altersunterschied und Machtgefälle. Wenn ich das sage, wenn ich etwas in dieser Richtung auch nur andeute, dann muss Jessica reagieren. Aber ich scheue davor zurück, es gibt ohnehin schon Gerede genug. Ach, du bist das, die mit Njål zusammen ist, sagten sie früher. Die, die sich hochgeschlafen hat, meinten sie in Wirklichkeit.

Njål hätte nie etwas mit einer Studentin angefangen, deren Betreuer er war, da war er peinlich korrekt. Ich kenne die Vorschriften auswendig, so oft hat Njål sie für uns wiederholt. *Sollte es zwischen Angehörigen des Universitätspersonals und Studierenden zu einer sexuellen Beziehung kommen, muss das Betreuungsverhältnis beendet werden.* Das hat er mir bei unserem ersten gemeinsamen Frühstück vorgetragen, dann ging er zur Institutsleitung und meldete die sexuelle Beziehung, zu der es »gekommen war«. Ich bekam einen anderen Betreuer, wurde promoviert und am Institut angestellt. Es ist nicht verboten, eine sexuelle Beziehung zu einer Kollegin zu haben, technisch gesehen war alles in Ordnung. Aber Jessica weiß nicht, was gelaufen ist, ehe wir offiziell zusammen waren, oder sie gibt vor, es nicht zu wissen. In den Vorschriften ist die Rede von »sexueller Beziehung«, als ob die aus dem Nichts entstünde, plötzlich und unwiderruflich wird man von Sex getroffen.

Ich richte den Blick auf Njål, will ihn zwingen, mich anzusehen. Er wendet sich vom Fenster ab, und sein Gesichtsausdruck ist nicht so, wie ich es erwartet hatte. Nicht verschlossen oder wütend, er sieht aus wie damals, als er mir erzählt hat, dass er verheiratet war und wie es um ihn und Sol stand. Verletzlich, dachte ich da. Jetzt kann ich sehen, dass er sich fürchtet, ich öffne den Mund, wie um etwas zu sagen, weiß aber nicht, was. Will nur, dass er seine Angst wahrnimmt. Njål sieht mich an, und plötzlich erinnere ich mich an einen anderen Blick, über dem Schwangerschaftstest, an die Euphorie, die aus seinem Gesicht verschwand, als er meins sah. Flehend, so sah er aus, als er die Hände auf meinen Bauch legte und versprach, dass wir das gemeinsam machen würden.

»Nina«, sagt Njål, und seine Stimme ist sanft und leise. Ich merke, wie müde ich bin, plötzlich will ich nur, dass er zu mir kommt. Er soll zu mir kommen, jetzt rutscht er wieder in seinem Sessel herum, und ich glaube, dass er aufstehen wird. Aber er steckt die Hand in die Hosentasche und fischt sein Telefon heraus.

»Der Kindergarten«, sagt er und zeigt mir das leuchtende Display, ehe er das Telefon ans Ohr hebt, redet, lauscht, antwortet, dass er sich sofort auf den Weg machen wird.

Er fasst sich kurz und sieht mehr Jessica an als mich, als er erklärt. Lotta ist krank, nichts Ernstes, aber sie muss abgeholt werden. Er bleibt noch einen Moment stehen, sieht aus, als wolle er noch mehr sagen, aber dann steckt er das Telefon in die Tasche und zieht die Jacke an. Ich bewege mich nicht, es ist ja nicht mein Tag. Fast eine Woche, bis sie wieder in meiner Verantwortung ist. Njål wird sie jetzt abholen. Da gibt es nichts zu diskutieren.

Die Vorstellung von einer fieberheißen Lotta, nicht schrecklich krank, gerade genug, um still in meinen Armen zu liegen. Schwer und schläfrig, ein kleiner Körper, an dem ich schnuppern und den ich weglegen kann, wenn Lotta zu heiß wird. Einfach an ihrem Bett sitzen und auf sie aufpassen, gut sein.

Ich will nach Hause, gehe aber zurück in unser gemeinsames Büro und setze mich an den Schreibtisch. Sollte die Gelegenheit nutzen, jetzt, wo Njål nicht hier ist, einige Stunden Anwesenheit zeigen. Neue gelbe Zettel auf meinem Bildschirm und eine vergessene Kaffeetasse, damit die anderen wissen, dass ich hier gewesen bin. Wie an Laternenpfähle zu pissen. Ich sehe Njål, der den Platz vor den Fahrradständern überquert. Er geht gleich un-

47

ter dem Fenster vor meinem Schreibtisch vorbei, wenn ich das Fenster öffnete und gegen den Blumentopf stieße, könnte ich ihn damit treffen. Ich blicke genau auf seinen Schädel, seine Haare werden oben dünn.

Die Luft ist drückend, und er hat den Geruch von feuchter Wolle und frischem Schweiß hinterlassen. Ich starre den Bildschirm an und machte mich am Modell zu schaffen, ohne etwas zu erreichen. Amalie hat sich eine Weile unsicher herumgedrückt, hat Tee und Kaffee angeboten und es vermieden, mich anzusehen. Nun sitzt sie mäuschenstill auf ihrem Platz neben meinem. Nicht, dass ich sie nicht verstehen könnte, als Stipendiatin in unserem Projekt gefangen zu sein, ist bestimmt nervenaufreibend. Aber sie ist so irritierend fürsorglich, als ob ich verhätschelt werden müsste. Njål ist ihr Betreuer, und es kommt vor, dass ich mich frage, worüber die beiden reden, wenn ich nicht da bin, was er über mich erzählt hat. Manchmal sehe ich sie vor mir, nackt und keuchend. Obwohl ich verdammt gut weiß, dass Njål es nicht mit seinen Studentinnen treibt.

Oder galt das nur für mich?

Gut, dass wir das geklärt haben, sagte Jessica noch, ehe Njål davongestürzt ist. Ich blieb sitzen, unsicher, ob ich gehen oder ob ich die Gelegenheit nutzen sollte, die Sache von meinem Standpunkt aus vorzutragen. Jessica zog die Zigaretten aus der Tasche und machte sich an ihrem Feuerzeug zu schaffen, und ich begriff, dass ich gehen musste. Ihr werdet schon eine Lösung finden, sagte Jessica, als ich aufstand. Aber sie klang nicht optimistisch.

Arbeiten ist unmöglich, aber es ist zu früh zum Gehen. Vor dem Fenster fliegt eine krächzende Krähenschar zum Park hinüber. A murder of crows. Ein Vogel schert plötzlich aus und jagt hinter einer Möwe her, umkreist sie und vertreibt sie mit raschen Ausfällen gegen die Flügelspitzen. Die Topfpflanze auf der Fensterbank ist vertrocknet und tot. Ich hebe sie hoch, um sie wegzuwerfen, und entdecke einen Schimmelkreis, wo sie gestanden hat, ich habe keinen Nerv, einen Wischlappen zu holen, und stelle sie zurück. Der Schimmelgeruch lagert sich auf meinen Schleimhäuten ab, als ich mich zum Bildschirm umdrehe und das Modell öffne.

Ich habe mich durch einige Mails geklickt, als mein Telefon piept. Eine kurze Mitteilung von Njål, Lotta ist verrotzt und hat Fieber, aber kein hohes. Er wird sie jetzt ins Bett bringen und morgen bei ihr zu Hause bleiben. Er schreibt es nicht, aber ich weiß, er wird sich zusammen mit ihr hinlegen, wird die ganze Nacht mit ihr im Arm tief schlafen. Mein schlafendes Kind mit dem Schmuselappen über dem halben Gesicht. So schläft sie immer ein, schnuppert sich in den Schlaf.

Der Schmuselappen. Verdammt. Ich öffne die Schublade und fische den Frotteelumpen heraus. Lotta kann ohne ihren Schmuselappen nicht einschlafen, der ist absolut notwendig. Noch ist nicht ihre Schlafenszeit, ich kann es noch zu Njål schaffen, wenn ich jetzt aufbreche. Ich hebe den Lappen an mein Gesicht, will Lottas Duft darin wahrnehmen, aber es gibt nur einen säuerlichen Gestank.

Mit dem Schmuselappen in der Hand gehe ich in die Teeküche, öffne den Schrank unter dem Spülbecken und stopfe den Stofflumpen in den Mülleimer. Er sieht auf alberne Weise tot aus, wie er da auf einem Haufen Kaffeesatz liegt, wobei das eine zerfetzte

Ohr schlaff über den Rand hängt. Ich überlege mir die Sache, ziehe ihn am Ohr wieder heraus und wickle ihn in Küchenpapier, ehe ich ihn abermals tief in den Eimer stopfe. Jetzt ist er unsichtbar, verschwunden.

NJÅL

Mit dem Gewehr auf den Knien ist Papa in seinem Campingsessel zusammengesunken. Ist er eingeschlafen? Behutsam beuge ich mich vor, bin bereit, ihm das Gewehr abzunehmen. Papa bewegt leicht den Kopf, blickt mich unter dem Rand seiner Mütze an. Gut. Ich lächle betreten und zucke mit den Schultern. Die Alten sind am ältesten.

Der See liegt spiegelblank unter uns. Der Berg und der Wald treffen im Wasser auf eine dunkle Version ihrer selbst. Der Nöckwald, dachte ich immer, als ich klein war. Es ist mein Wald. Unser Wald, streng genommen. Ein Teil des Grundbesitzes. Doch für mich ist es so, als gehörte er mir allein. Kjerstin bekam den Hof, aber ich habe Anrecht auf den Wald. Der Bibersee, der Balzplatz des Auerhahns und der Seerosenhain, die sind mein Erbe. Wenn Lotta größer ist, werde ich alles an sie weitergeben. Werde sie mit auf Tour nehmen und versuchen, sie für die Jagd zu interessieren.

Ich denke an Lotta in Ninas Obhut. Nach den letzten Aufenthalten bei ihr wirkte sie irgendwie daneben. Den ganzen Montag verdrossen und still, abends schwer ins Bett zu bekommen. Allerdings gibt es nichts Konkretes, es ist nur ein Gefühl. Ein Verdacht, den ich nicht definieren kann. Ich habe ihren Körper sogar nach Spuren abgesucht, so schlimm ist es geworden. Ich kann Nina nicht länger vertrauen. Irgendwas ist mit ihr.

Die Sonne sinkt, und die Schatten des Waldes kriechen über das Wasser. Ich drehe den Kopf und blicke über die Schulter. Die Sonne steht tief hinter den Bäumen, wir haben höchstens noch eine Stunde, bevor es dunkel wird. Wenn wir etwas erlegen wollen, muss es jetzt passieren. Ich spähe zu Papa hinüber. Im scharfen Abendlicht sieht er braungebrannt und stark aus. Keine Osterferienfarbe, Papa ist das ganze Jahr über so braun. Die Arbeit im Freien hat sich in die Haut eingebrannt. Irgendwann wird er einschrumpfen, gegerbt und getrocknet. Aber immer stark sein, was anderes kann ich mir gar nicht vorstellen. Ein zäher Greis.

Papa hat weder nach Lotta noch nach meiner Arbeit gefragt. Auch sonst nichts. Seit er mich vom Flugplatz abgeholt hat, ging es nur um praktische Dinge. Um das Gepäck und die Auswahl der Waffen, solche Sachen. Mama wirbelte um uns herum, wollte über Lotta und Nina reden. Doch Papa hielt sie auf Abstand. Ich weiß, wieso er so auf diese Tour gedrängt hat, es ist seine Art, Interesse zu zeigen. Und es funktioniert.

Papa richtet sich im Sessel auf und hängt das Gewehr über die Rücklehne. Er beugt sich zum Boden hinunter und nimmt die Flasche raus. Er fummelt an seinem Hosenschlitz, und ich zucke zusammen und drehe mich weg. Es macht mich noch immer verlegen. Das Geräusch des Reißverschlusses, Papas Gefummel. Dann ein kleines Grunzen, ehe es in die Flasche rieselt. Ich löse das Gewehr aus der Schussstütze und stehe vorsichtig auf, entferne mich leise vom Posten. Gleich hinter dem Hügel bleibe ich stehen und will die Windrichtung prüfen, aber es ist windstill. Nicht einmal die Espen bewegen sich. Die Knöpfe an meinem Hosenschlitz öffnen sich lautlos, und ich pisse gegen einen Baumstamm, um den Strahl zu dämpfen. Einen Moment lang verharre ich in dem Geruch und lausche in den Wald. Quakende Kröten und Vogelgezwitscher, ein paar schnatternde Gänse am Himmel. Jetzt im Frühling ist viel los in der Natur.

Ich habe kein einziges Geräusch verursacht, dennoch sieht Papa mich gereizt an, als ich mich wieder hinsetze. Was das angeht, ist er immer äußerst penibel. Niemals den Posten verlassen, nicht herumlaufen. Behutsam lege ich das Gewehr auf die Stütze und bringe es in Stellung, der Kolben ruht auf meinem Oberschenkel. Die Stütze ist neu, ultraleicht und sehr beweglich. Ich habe zwei davon gekauft, will Papa eine zum Geburtstag schenken und bin gespannt darauf, was er von meiner hält. Er sieht mich nicht an, starrt nur konzentriert auf den See hinunter.

Die Biberburg ist außerhalb unserer Schussweite und in der Dämmerung schwierig zu erkennen. Aber sie interessiert uns auch nicht. Papa hat uns etwas weiter oben im Hang postiert, wo wir Ausblick auf eine kleine Bucht haben. Ein schmaler Streifen Sand trifft auf eine Ebene, die nach dem Winter noch goldbraun ist. Ein paar schmale Espen sind darauf verteilt, als wären sie vom Waldrand herübergeschlendert. Einige Stämme sind gefällt worden, auf dem Boden sind Spuren von der Arbeit der Biber zu sehen. Wir sitzen ganz still und warten.

Es ist unmöglich, nicht an das zu denken, woran ich nicht denken will. Das ist Ninas Schuld. Kurz bevor ich gestern zum Flugplatz hinausfuhr, schickte sie mir eine Mail. Zwei sogar, eine an meine Arbeitsadresse und eine private. An die Privatadresse schickte sie die Kontaktdaten ihrer Anwältin. Mehr nicht. Dass sie sich noch vor dem letzten Schlichtungstermin eine Anwältin genommen hat, ist ein deutliches Signal. Die Arbeitsmail war nicht mal an mich adressiert, sondern an Jessica, mit Kopien an Amalie und mich. Es regt mich auf, dass sie versucht, Amalie in das alles hineinzuziehen. Eine durchtriebene Art, mich mit Dreck zu bewerfen, wo Amalie und ich uns mittlerweile so gut verstehen.

Die Mail war kurz und unterkühlt sachlich, feindlich könnte man sagen. Nina lässt nicht locker. Der Artikel und die Reise nach Svalbard, Nina will beides. »Das ist nur gerecht und angemessen«, schrieb sie. Und ich weiß, was sie damit meint. Schmerzensgeld. Als ob sie es verdient, weil sie es mit mir ausgehalten hat. Nach allem, was ich ihr angetan habe, ist es das, was sie meint? Was sie Jessica denken lassen möchte? Als ob wir bei der Geschichte nicht gleichwertig wären.

Ich werde nicht *not all men* sagen oder dass Metoo zu weit gegangen ist. So bin ich nicht. Ich war schon verheiratet, als ich mein Studium begann. Und ich halte meine Versprechungen ein. Liebe ist für mich etwas Ernstes, und die Ehe ist kein Spiel. Ich bin nicht so einer, der sich nur einfach bedient, sondern ich respektiere die Frauen.

Es gab so viele Diskussionen um einvernehmlichen Sex. Vergewaltigungen im Schlaf oder auf Partys, ich habe solche Männer nie verstanden. Kann mir überhaupt nichts vorstellen, was reizloser wäre. Feuchte geile Frauen, die machen mich an. Allerdings gibt es genügend Arschlöcher und Psychopathen, weswegen es schon gut ist, auf »einvernehmlich« zu bestehen. Es reicht nicht, kein Nein zu hören, ebenso wenig, ein lebloses und widerwilliges Ja zu bekommen. Man muss voneinander begeistert sein. Man muss sichergehen können, dass das Einvernehmen echt ist. Natürlich. Aber wie soll man ein beherztes Ja von einer bekommen, die nicht weiß, was Begeisterung ist?

Nina lässt sich nicht begeistern. Etwas daran hat mich zu Beginn angezogen, ihr großer Ernst. Sol wurde ganz flach, als die Depression kam und sie erdrückte. So gleichgültig gegenüber allem. Ich glaube, ich vermisste Tiefe, und die fand ich bei Nina. Sie war intensiv und von ihrer Arbeit völlig vereinnahmt, und ich reflektierte gar nicht darüber, dass sie keine Freude zeigte. Dass sich bei ihr alles mehr um Zwang drehte als um Lust. Sie musste mich haben. Aber verspürte sie jemals Freude darüber?

Dabei wirkte sie ja so, als sei sie zum Vögeln geschaffen. Ein Körper wie ein Fruchtbarkeitsfetisch, eine Venus aus Lehm. Breite, ausladende Hüften und diese Brüste, die lang waren, ohne schlaff herunterzuhängen. Je mehr Nina zunahm, desto herrlicher wurde sie. Überwältigend und wogend, mit einer körperlichen Freigiebigkeit, die von innen zu kommen schien. Wenn wir uns liebten, hatte sie immer diesen abwesenden Gesichtsausdruck, so wie es sich für eine Liebesgöttin geziemte. Etwas unbeeindruckt und nur vage interessiert an dem uralten Ritual. Niemals hingebungsvoll. Und nach Sols ambitiösen sexuellen Wünschen war der Mangel an Erwartungen bei Nina nur angenehm. Ich schwelgte in allem, was sie mir gab. Und das tat sie, sie gab sich mir hin. Ich habe sie nie bedrängt, Nina lehnte sich einfach zurück und ließ mich kommen.

Schon in meiner Jugendzeit hing mir ein gewisser Ruf an. Die Mädchen standen auf mich. Auf Partys rutschten sie auf dem Sofa

dicht an mich heran und erlaubten mir, sie nach Hause zu begleiten. Die Leute redeten darüber. So war es auch an der Universität;
man ging davon aus, dass ich meine Interessen schon verfolgte.
Als ich Nina erzählte, dass ich mit keiner anderen als Sol Sex gehabt hatte, wollte sie es erst nicht glauben. Ich bin niemals untreu
gewesen, und niemals ungestüm oder fordernd. Stets habe ich die
Frauen ernst genommen, wollte ihnen zuhören. Nina allerdings
hat etwas zerstört, ohne dass es mir unterwegs aufgefallen ist. Sie
sperrte mich aus und überließ alles andere mir. Und als die frisch
verliebte Geilheit nachließ, wurde es anstrengend für mich. Meine Feinfühligkeit ging den Bach hinunter. Offen gestanden hatte
ich nicht immer Lust, wenn ich die Initiative übernahm, aber es
war sozusagen meine Aufgabe geworden. Solange ich es nicht versuchte, passierte gar nichts.

Wenn Lotta nicht gewesen wäre, hätten Nina und ich uns viel
früher getrennt. Ich hätte viel früher etwas unternehmen müssen.
Denn ständig war irgendwas nicht in Ordnung, schon bevor wir
das Kind bekamen. Ich spürte es, habe deshalb sogar ein paarmal
Sol angerufen. Aber ich bin nicht der Typ, der abhaut, wenn es
schwierig wird. Stattdessen freute ich mich auf alles, was noch
kommen sollte. Dass wir ein Kind zeugen würden. Nina sagt die
ganze Zeit, sie habe deutlich ausgedrückt, dass sie keine Kinder
wolle, aber das stimmt nicht. Sie äußerte quasiphilosophische
Einwände gegen die Reproduktionsprojekte des modernen Menschen. Aber es wirkte nicht so, als meinte sie das ernst, als bezöge
sie das auf sich und mich.

Als wir darüber redeten, es mit der Zeugung eines Kindes zu
versuchen, wurde ich allein von dem Gedanken geil. Nicht nur,

dass ich in ihr kommen, sondern auch, dass es Folgen haben würde. Zu wissen, dass der Samen auf ein Ei treffen und dass daraus Leben entstehen könnte. Ohne mögliche Konsequenzen zu ficken, fühlt sich nicht ganz echt an. Aus dem gleichen Grund betreiben manche Menschen vermutlich Freiklettern. Du bist dir ja nicht bewusst, dass du kein Seil dabei hast, ehe es zu spät ist, es dir zu wünschen. Doch zu wissen, dass es nicht da ist, muss wohl diesen irren Kick verursachen. Mit Nina habe ich diesen Kick nie verspürt. Wir hatten niemals Sex ohne Kondom. Oder ohne gegenseitiges Einvernehmen. Aber begeistert war sie nie.

Die Dämmerung hat sich vom Wald her weiter ausgebreitet. Die Biberburg liegt im Dunkeln, während die letzten Sonnenstrahlen in der kleinen Bucht festhängen. Im Abendlicht leuchten frische Holzspäne auf, die zugespitzten Stämme glühen. Papa meinte, er habe sich hier oben umgesehen und einen guten Ort ausgewählt. Erst jetzt begreife ich, wie viel Engagement darin liegt. Er muss mehrmals unterwegs gewesen sein, um einen so perfekten Platz wie diesen zu finden. Der Gedanke rührt mich, und ich sehe zu ihm hinüber. Er sitzt gerade und aufmerksam da, mit der Büchse auf den Knien, den Finger neben dem Abzug. Genauso hat er sich mir eingeprägt, als ich mit dem Schießen anfing. Bereit, jedoch nicht zu bereit. Er soll es Lotta beibringen, wenn sie groß genug ist. Ich kann ihn vor mir sehen, direkt neben ihr, gebeugt, so dass sich sein Kopf auf ihrer Höhe befindet. Ich kann seine Wange noch an meiner spüren, erinnere mich an seine Hände auf meinen, während wir auf etwas zielten. So hat er es immer gemacht, machte etwas vor, anstatt es zu erklären. Übertrug das Wissen von seinem Körper auf meinen.

Vor ein paar Jahren habe ich ihn einmal angerufen, weil ich seine Hilfe wollte, um den Knochen aus einer Lammkeule zu lösen, aber er konnte es nicht erklären. Das Wissen steckt in den Händen, sagte er, nicht im Kopf.

Ich finde das schön ausgedrückt. Später habe ich gelesen, dass das Gehirn tatsächlich durch die Arbeit der Hände geformt wird. Das hat es mir bewusster gemacht, wie ich mit Lotta umgehe. Jetzt lege ich meine Hände auf ihre, wenn wir Brötchen backen, Unkraut aus den Balkonkästen entfernen oder auf Bäume klettern. Ich tue es gemeinsam mit ihr, anstatt darüber zu sprechen. Es fühlt sich natürlich an. Als sei Sorgsamkeit auch ein Teil des Wissens in meinem Körper. Etwas, das in meinem Männerkörper liegt.

Papa bewegt sich und deutet mit dem Kopf in Richtung Wasser. Ich sehe ihn erst, als er aus dem Schatten herauskommt. Kopf und Rücken wie zwei dunkle kleine Schären im See. Das Kielwasser liegt wie ein Richtungspfeil hinter ihm, er steuert direkt auf die Bucht zu.

Ich hebe das Gewehr an die Wange und ziele. Im lichtempfindlichen Zielfernrohr ist es immer noch Tag, und ich sehe den Biber ganz deutlich. Er hat jetzt den Strand erreicht. Sein Pelz sieht eher geölt als nass aus, als ob das Wasser ihm nichts anhaben könnte. Er zieht seinen flachen Schwanz hinter sich her und watschelt durch den Sand. Entdeckt einen großen Ast auf dem Boden und spielt damit herum, dann dreht er sich zu mir hin, mit einem Zweig in der Pfote. Erstaunlich geschickt hält er ihn fest und nagt daran. Ich richte das Fadenkreuz mitten auf den Bauch. Plötzlich knallt es neben mir, das Tier springt hoch, fällt in sich zusammen und paddelt mit den Beinen in der Luft. Dann bleibt es reglos liegen.

Papa hockt in einer idiotischen Position vornübergebeugt in seinem Campingstuhl. Das Gewehr liegt in seiner Armbeuge. Er hebt den Kopf, da sehe ich, dass er sich mit der linken Hand an einem jungen Baum festhält und den Gewehrschaft daran abstützt. Ich habe nicht einmal gemerkt, dass er angelegt hatte, bevor er schoss. Papa wirft einen Blick auf meine Gewehrstütze, dann auf mich, sagt aber keinen Ton. Zieht abwartend die Augenbrauen hoch.

Die Alten sind am ältesten, sage ich, und Papa lacht. Hängt sich das Gewehr über die Schulter, springt auf und beginnt, zum Strand hinunterzuklettern. Ich habe mein Fernglas vergessen und löse das Zielfernrohr von der Waffe, um Papa dadurch zu beobachten. Die Auflösung holt ihn unglaublich dicht heran, ich sehe ihn jetzt gleichsam deutlicher als wenn er neben mir sitzt. Unten am Wasser beugt er sich mühsam hinunter und wirkt plötzlich alt. Dann hebt er das Tier auf, hält es an den Hinterläufen hoch und sieht mich direkt an. Er lächelt und winkt, jetzt ist er wie ein kleiner Junge. Wie ich, als ich mein erstes Tier geschossen habe.

Ich richte das Fadenkreuz auf den Biber, tue so, als ob ich ziele. Mitten ins Herz, das wäre ein guter Schuss gewesen. Mit diesem Zielfernrohr könnte ich ein kleineres Ziel aus größerer Entfernung treffen. Papa steht immer noch mit der schweren Biberleiche da, schwingt sie leicht von einer Seite zur anderen. Posiert für mich. Ich schlucke. Der kleine rundliche Körper an den Beinen hochgehalten. Wie mit einem Kind zu spielen. Jetzt ist mir der Gedanke gekommen und ich werde ihn nicht wieder los. So mache ich es oft mit Lotta, schwinge sie an den Beinen durch die Luft und tue so, als wollte ich sie fallen lassen. Sie bekommt nie Angst, weiß, dass ich sie halte. Doch Nina gefällt es nicht, was ich da tue.

Ich richte das Fadenkreuz auf Papa. Er ist etwas größer als Nina. Im Zielfernrohr sehe ich seine Gestalt ganz deutlich. Sogar jetzt, in der Dunkelheit, habe ich keine Probleme, das Ziel zu verfolgen. Ich richte das Fadenkreuz direkt auf Papas Brust, wo Ninas Kopf jetzt wäre. Ich warte und sehe, dass ich zwischen zwei Bäumen klares Schussfeld habe. Es wäre ganz einfach.

Der Mond scheint nicht in dieser Nacht, und im Unterstand ist es dunkel. Ich krame in meinem Schlafsack, bis ich das Handy finde, und sehe auf die Uhr. Es ist mitten in der Nacht. Papa dreht sich neben mir um, dann leuchtet sein Gesicht wie in einem Gruselfilm im bläulichen Schein seines eigenen Displays auf.

»Kannst du nicht schlafen?«, fragt er. »Wir haben ja vergessen, unsere Medizin einzunehmen.«

Er zieht den Rucksack zu sich heran. Ich höre, wie er einen Reißverschluss öffnet, die kleinen Gläser herausnimmt, den Verschluss des Flachmanns abschraubt und einschenkt. Ich setzte mich im Schlafsack auf und nehme eines der Gläser entgegen. Wir prosten uns wortlos zu und trinken. Ein guter Whisky, bestimmt der Laphroaig, den ich ihm zu Weihnachten geschenkt habe.

»Der Laffo?«, frage ich.

»Natürlich ist es der Laffo.« Er trinkt noch mehr. »Schön, dass du gekommen bist.«

»Ja«, sage ich. »Genau das, was ich nötig hatte.«

Papa nimmt mein Glas und schenkt erneut ein.

»Wie geht's dir eigentlich?«, fragt er.

Ich kann ihm nicht antworten. Den ganzen Tag habe ich sehnsüchtig darauf gewartet, dass er mich fragt. Sich mal richtig aussprechen. Aber jetzt weiß ich nicht, was ich sagen soll. Papa kann mir dabei auch nicht helfen. Er weiß nichts über das Institut und auch nichts über Scheidungen. Papa sucht meine Hand in der Dunkelheit und reicht mir das Glas. Dann legt er mir die Hand auf die Schulter, drückt zu. Doch er sagt nichts. So bleiben wir nebeneinander sitzen. Trinken Whisky und starren in die Dunkelheit.

Nach drei Schnäpsen ist die Flasche leer. Ich sinke wieder in meinen Schlafsack. Papa packt den Flachmann weg und legt sich auch hin.

Der Alkohol im Blut und die Wärme vom Schlafsack machen mich dösig. Ich schlafe schon fast, als Papa das Wort ergreift.

»Biberjagd«, sagt er. Seine Stimme klingt drollig, wie wenn er Witze erzählt und versucht, vor dem Höhepunkt nicht zu lachen.

»Dass ich dich darin mal schlagen sollte.«

Für gewöhnlich schlägt er mich bei jeder erdenklichen Jagd. Muss er das jetzt unbedingt betonen? Ich grunze irgendwas, will bloß schlafen. Das Nylon raschelt, als Papa wieder in den Schlafsack kriecht. Ich versinke in der Dunkelheit.

Jäh reiße ich die Augen auf. Biberjagd. Einen Biber flachlegen. Hat Papa gerade einen dreckigen Witz gerissen? Wo er doch sonst nicht mal flucht.

Etwas gezwungen lache ich in die Dunkelheit.

»Jau, Biberjagd«, sage ich.

Papas Atem geht tief und fest, während er neben mir schläft.

SOL

Die Kamera zoomt auf den geschwollenen Bauch. Braune glatte Haut, und der Nabel wie der Knoten an einem Ballon. Unter der Haut sich windende Formen. Die Kamera dreht sich, wir sehen den Bauch von oben, schräg zur Seite gedehnt, wo das Kind drückt und drückt. Ich drehe mich vom Bildschirm weg, stelle den Ton lauter und gehe in die Küche. Ich habe das schon einmal gesehen, daran erinnere ich mich jetzt. Ich glaube, Njål wollte, dass wir uns das zusammen ansehen, kann mir nicht vorstellen, dass es meine Idee war. Ungefähr an der Stelle hatte ich abgeschaltet, lange saßen wir da und starrten auf den schwarzen Bildschirm. Wir haben nie über Leihmutterschaft gesprochen, jedenfalls nicht ernsthaft. Kurz danach habe ich mich in die Klinik einweisen lassen.

Njål hat mich verlassen, weil er keine Kinder mit mir haben konnte. Ich wusste gleich, dass es daran lag, und nach und nach schöpfte ich eine Ruhe aus dieser Erkenntnis. Nicht mich hat er abgelehnt, sondern nur einen begrenzten Teil von mir. Ich bin auch nicht besonders begeistert von meiner Gebärmutter. Als ich ihn auf der Entbindungsstation sah, mit diesem Babybündel dicht an seinem Körper, verstand ich ihn. Und wenn ich jetzt zurückblicke, scheint es unvermeidbar und richtig, dass alles so gekommen ist.

Damals, in der Frauenklinik, hatte ich nicht geplant, ihm zu begegnen. Wir hatten zu jener Zeit nur wenig Kontakt; nachdem er mich anrief und erzählte, dass Nina schwanger sei, konnte ich nicht mehr. Ich versuchte, so zu leben wie vorher, und es war die Arbeit, deretwegen ich auf der Entbindungsstation gelandet war. Da ich nun mal Pastorin bin, könnte man sogar sagen, dass Gott mich dort hingeführt hat.

Ich war im Krankenhaus, um für ein Paar aus der Gemeinde eine Nottaufe durchzuführen. Das Kind war von allen Schläuchen und Sonden befreit worden, die Eltern baten mich, die Kleine zu halten. Sie war so winzig, dass ich kaum wagte sie hochzuheben, der Hals war unter der dicken Babymütze so dünn, dass er kaum den Kopf zu stützen vermochte. Dennoch regte sie sich, als sie in meine Hände gegeben wurde. Als der Vater die Mütze abnahm und ich vorsichtig ein paar Tropfen Wasser auf den greisenartigen Kopf rieseln ließ, öffnete sie den Mund. Ich konnte ihre Haut nur ganz leicht mit dem Tuch berühren, um sie abzutrocknen, bevor ich sie zum Sterben in die Hände ihres Vaters legte. Ich blieb ganz ruhig, konzentrierte mich auf die rituelle Handlung. Doch als ich die Tür hinter mir schloss, taten mir Nacken- und Kiefermuskeln weh, ich fühlte mich körperlich schlecht. Nottaufen sind am schlimmsten; je kleiner das Kind ist, desto schwerer sind sie. Ich schaffe es einfach nicht, diese perverse Missgunst auf Abstand zu halten. Ein Kind, um das man trauert, nicht mal das habe ich hinbekommen.

Auf dem Weg nach draußen hatte ich mich in den labyrinthischen Gängen verlaufen. Noch immer hatte ich dieses Schamgefühl, als ich umherlief und nach einem Ausgang suchte. Der Taufschrein lag schwer in meinen Armen, und ich weiß noch, dass ich über die Absurdität des Ganzen nachdachte. Dass die liturgische Ausrüstung mehr wog als der Körper, der bald zu Grabe getragen werden würde. Ich kam um eine Ecke, und plötzlich saß Njål vor mir. Er hätte mich entdeckt, wenn er aufgeblickt hätte, aber er hielt das kleine Bündel dicht an seine Wange und merkte nichts. Ich hätte mich umdrehen und gehen können, konnte aber meinen Blick nicht von Njål abwenden, sein Gesicht mit den geschlossenen Augen, das sanfte Wiegen seines Körpers. Und vor allem seine Hände.

In der Heimvolkshochschule hatte ich eine Bildserie von Männerhänden angefertigt. Vermutlich banal, aber große Männerhände, die etwas Zerbrechliches ganz vorsichtig behandeln, das hat etwas. Ich habe meinen Vater mit seinen alten LPs fotografiert, die er mit abgespreizten Fingern in den Händen hielt, um keine Fingerabdrücke zu hinterlassen. Die haarige Pranke eines Kumpels mit einer langen Kartoffelschalenspirale und einer kleinen Kartoffel fest im Griff. Der Fotolehrer, der eine Zigarette drehte, das feine Papier zwischen dicken Fingern gespannt. Njåls starke Hand mit der Holznadel, während sich das Wollgarn um den weichen Fingerballen des Daumens strammte. Meine Brustwarze zwischen Njåls Daumen und Zeigefinger, das Foto fing eine behutsam drehende Bewegung ein, als ob er sie aus Lehm herauslöste.

Ohne mir dessen bewusst zu sein, habe ich mir ein Knäckebrot geschmiert, habe allerdings keinen Hunger. Ich lege es in eine Box, die ich in den Kühlschrank stelle, muss daran denken es zu essen, ehe es weich wird. Dann gieße ich mir ein Glas Wasser aus dem Hahn ein und gehe ins Wohnzimmer. Die Dokumentation ist im Hintergrund weitergelaufen, das Kind ist geboren, und auf dem Bildschirm liegt es in den Armen der Mutter. Nicht der indischen Mutter, die es zur Welt gebracht hat, sie ist nicht zu sehen. Es ist die weiße Mutter, die das Kind hält. Die Kamera zoomt auf ihre Hände, sie hat roten Nagellack an den Fingern, die sich um den blassen Schädel krümmen. Auf der Tonspur kann ich sie weinen hören.

Als ich da im Krankenhausgang stand, konnte ich Njåls Hände nicht aus den Augen lassen. Die Finger lagen sanft um den Kopf des Kindes an seiner Schulter, die andere Hand lag wie eine Schale unter dem Hintern. Seine Hände bedeckten den kleinen Körper, den ich gar nicht sehen wollte. Es war Njål, von dem ich mich nicht losreißen konnte, Njål, der sein neugeborenes Kind festhielt. Erst als das Kind zu wimmern begann, riss ich mich los, drehte mich um und ging so schnell wie möglich durch den Gang und von ihm weg.

Da fing es an, oder eigentlich wäre es richtiger zu sagen, da ging es weiter. Als ob alles stehen geblieben wäre, eingefroren in dem Moment, als Njål und ich uns über die beiden Striche des ersten Schwangerschaftstestes beugten. Wie vorgespult und erneut gestartet in eben jenem Krankenhausgang, wo Njål sein Kind hielt, und ich sie beide mit einer Zärtlichkeit betrachtete, mit der ich nicht umgehen konnte. Bis zu diesem Moment hatte ich ihn aus meinem Leben herausgeschnitten, Wut und Enttäuschung machten es einfach. Aber als ich ihn mit seinem Kind sah, setzte sich etwas in mir fest. Ich lasse nicht los.

65

NINA

Das Zimmer ist eng, auch wenn hier nur Njål, die Therapeutin und ich sitzen. Njål erzählt vom Stillen, als ob er davon Ahnung hätte.

Nach zwei Monaten hörte ich auf zu stillen. Das ist in Ordnung, sagte Njål damals, es ist nicht so wichtig, die Stillforschung ist unvollständig, und ich finde es schön, ihr die Flasche zu geben. Sagte er damals. Jetzt redet er über gestörte Bindung und postnatale Depression, benutzt der Therapeutin gegenüber Wörter wie »Entfremdung« und »verspätete Identitätsreorganisierung«. Ich könnte ihn umbringen, das denke ich, aber es ist nichts, was ich vor mir sehe. Ich habe so viele entsetzliche Bilder im Kopf gehabt, der zermalmte Leib, der starre Leichnam, aber niemals den von Njål. Es wäre schön, wenn er es wäre, den ich tot vor mir sehe.

Ich fühlte mich meinem Kind so nah, als es in mir lag, ich war ein beschützenden Gefäß, vollständig und fähig. Dann kam sie heraus, es war eine schnelle Geburt, ich wollte sie festhalten, aber mein Körper presste und sie kam, sie riss mich auf und quoll heraus. Die Hebamme sagte etwas von einer leichten Geburt, das hättest du allein an einer Bushaltestelle geschafft. Oder im Wald!, erwiderte Njål begeistert. Dann legten sie sie auf meinen Bauch, sie war so klein und hässlich. Missgestalteter Alienschädel, auf dem Weg aus mir heraus verformt. Und ich sah, dass ich sie zerbrechen könnte, wenn ich sie auch nur falsch hochhöbe.

Die Hebamme ging mit ihr um wie eine Fischverkäuferin mit einem Hering, brauchte nur eine starke Hand, um sie umzudrehen und auf mich zu legen. Aber ich wagte nicht einmal, sie an meine Brust zu heben. Njål machte das für mich, öffnete die Handflächen unter dem kleinen Rumpf, wie bei einem Opfer am Altar, und legte sie vor meine rechte Brust. Die war immer schon die größere. Ich ließ sie zappeln, um ihren Schlund um mich zu schließen, und am Ende war ich es, die ihr ungeduldig die Brustwarze in den Mund stopfte und sie nuckeln ließ. Njål sah mich an, als wäre ich heilig, ich erinnere mich an diesen Gedanken, aber nicht daran, was ich gefühlt habe.

Ich sehe ihn jetzt an. Er sitzt so gerade da, er ist so perfekt. Spricht leise, schreit nie, gestikuliert genau richtig. Aber er weint in unregelmäßigen Abständen, schon bei den einleitenden Phrasen lief es aus ihm heraus. Ab und zu versagt ihm die Stimme, nur eine Sekunde oder zwei, er schaut zur Decke hoch, um sich wieder zu fassen. Und die Tränen wässern seinen Wikingerbart, vielleicht bringt er ihn damit zum Wachsen. Der Bart ist in den letzten Monaten länger geworden, von Hipstervariante zu anachronistischem Zopf, der in einigen albernen Eisenperlen endet. Sicher handgeschmiedet von einem seiner Kumpels in der Wikingergruppe, Erwachsene, die sich mit Fries und Schwertern verkleiden. Hat er sich jetzt mit einer dieser Kriegerinnen zusammengetan? Sicher hat er eine neue Frau, hatte garantiert schon eine zur Hand, als er gegangen ist. Hat er sie Lotta sehen lassen?

Jetzt hat Njål ja wohl lange genug geredet, ich versuche, den Blick der Therapeutin einzufangen. Aber sie sieht nur Njål an, es ist deutlich, dass sie auf seiner Seite steht. Unterbricht ihn nie mit kritischen Fragen, wie sie das bei mir tut. Sie ist im mittleren Alter, hat riesige hängende Titten, hat sicher eine ganze Kinderschar gestillt. Kann das nie im Leben verstehen.

Ich hatte geglaubt, ich würde stillen, wollte doch alles richtig machen. Und als ich dort lag, noch immer mit gespreizten Beinen, das Kind auf der Brust, da empfand ich nichts. Dann kam der Mutterkuchen heraus, es tat nicht besonders weh, es war, wie eine Qualle zu gebären. Njål fragte nach einer Schere, aber die Hebamme erklärte ihm, er müsse noch warten. Die pulsiert noch, das zeigte sie uns, wir schneiden keine pumpende Nabelschnur durch.

Das Kind lag still da, während es mit meinem Blut gefüllt wurde. Dann fing es an, unzufrieden zu zappeln. Njål durfte die Nabelschnur kappen, und er strotzte dermaßen vor Glück, dass ich glaube, er hätte sie mit bloßen Fäusten zerreißen können, und die Hebamme fragte, ob er den Mutterkuchen sehen wolle. Njål sagte ja, und dann brachte sie uns einen Klumpen in einer Aluminiumschale. Der Baum des Lebens, sagte sie begeistert. Sie zog an der Nabelschnur und zeigte auf die Adern, aber ich sah keinen Baum. Abfall aus meinem Innersten, eine körperliche Masse, eingepackt in eine weiße Haut. Wie Kacke in einer Plastiktüte. Das sagte ich zu Njål, aber ich glaube nicht, dass er es gehört hat. Das hier war der Teil des Kindes, erklärte die Hebamme und drehte die Geschwulst um, um mir durch die gerissene Haut meine Seite zu zeigen. Die war eine offene Wunde.

Jetzt erzählt Njål, ich sei daraufhin in Ohnmacht gefallen, aber das ist nicht wahr. Ich war einfach fertig, vollkommen leer. Hörte und fühlte alles, während sie mein Körperteil weglegten, das ausgestoßene Organ, während sie das Kind von meiner Brust pflückten und sich in mir zu schaffen machten. Sie nähten mich zusammen, und es tat nicht weh genug, als dass ich die Augen geöffnet hätte, ich lag nur da und spürte, wie fremde Hände an meinem Geschlecht zogen und zerrten. Dann ließen sie mich liegen. Es stimmt, dass Njål unser Kind in die Arme nehmen durfte und dass er es auf meine Brust legte, Haut auf Haut, Herz auf Herz, wie er der Therapeutin sagt, während er vor sich hin flennt. Ich hörte ihn dort mit ihm sitzen, mehrere Stunden lang lag ich da und hörte ihre Geräusche miteinander verschmelzen, ihr Grunzen und Wimmern vor seinem murmelnden, seufzenden Brummen, eine hellere Stimme als er sie sonst hat. Ich hörte das alles, aber ich wollte nicht sehen.

In den ersten Tagen schlief ich nicht, ich war so wach, dass ich bebte, die ganze Zeit auf der Hut, ohne dass ich gewusst hätte, wovor. Njål bat mich zu schlafen, und ich legte mich zurecht und spürte, wie die Welt um mich herum verschwand. Aber in der Sekunde, in der ich mein Kind nicht in Gedanken festhalten konnte, in dem Augenblick, in dem ich spürte, wie es meiner Umarmung entglitt, fuhr ich hellwach wieder hoch.

Am dritten Tag zerriss alles, das Kind musste gefüttert werden, aber ich konnte es nicht anfassen. Denn auf der Kommode hinter ihm lag eine Schere, und ich sah vor mir, wie ich ihm den Hals durchschnitt. Ich weckte Njål, wütend, weil er schlafen konnte. Für den Rest der Nacht hörte ich mein Kind nach mir weinen, obwohl es ruhig in dem kleinen Kissennest in seinem Bett lag.

Njål taute gefrorene Muttermilch auf und gab ihm die Flasche, während ich ihn anheulte, ich sei geburtspsychotisch. Aber das war ich nicht, es waren Babyblues und Hormonabsturz, sagte die Hebamme, es würde besser werden. Das sei ganz normal so.

Ich fing wieder an zu schlafen, so tief, dass ich mich weder vom Kind noch von Njål wecken ließ. Er schlief, hatte den Wecker in Stillintervallen gestellt, knöpfte mir alle vier Stunden das Nachthemd auf und legte mir das Kind an die Brust. Dann wachte er über uns, bis ich fertig war, und legte es wieder auf seine Seite, damit ich es nicht totliegen könnte.

Meine Zwangsvorstellungen verschwanden nicht, aber ich las, dass das nicht nur normal sei, sondern sogar gut und richtig. Das Muttergehirn hält Ausschau nach Gefahren und sieht sie überall, in den Hunden auf der Straße, in der Kaffeetasse auf dem Tisch, in den Eiszapfen an der Dachtraufe. Die Küchenmesser zeigten mir Bilder von mir, wie ich dem Kind die Augen ausstach, die Mauer im Kellerverschlag, wie ich es an den Beinen packte und mit dem Flaumköpfchen voran gegen die Steine knallte, der Balkon, wie ich es hinauswarf. Aber das sei in Ordnung, las ich, es sei eine verwirrte Äußerung des Beschützerinneninstinkts. Ich wollte es doch nur beschützen.

Ich erzählte Njål das mit den Messern, und er tröstete mich und tat es mit einem Scherz ab, aber danach versteckte er die größten und schärfsten Messer im Keller. Um es für mich weniger unangenehm zu machen, sagte er. Ich habe danach nicht mehr mit ihm darüber gesprochen.

Und jetzt sitze ich hier, bei der Familienberatung, und höre, wie sich Njåls Erzählung nähert, weiß, dass er von meinen Zwangsvorstellungen erzählen wird. Dass er mich mit feuchten Augen ansehen und sich ohne Anklagen ausdrücken wird, nur mit Besorgnis hinter aller Fürsorge. Und die Therapeutin wird verstehen, sie ist Sozialarbeiterin und hat gelernt, Gewicht zu legen auf das, was nicht gesagt wird. Njål wird genau das vermitteln, was er will, und die Messer werden in der Erzählung über uns neben die schlafende Mutter gelegt werden.

Aber das Schlimmste, das, was unmittelbar vor seinem Auszug passiert ist, das wagt er nicht zu sagen. Das kann er nicht, denn ich habe auch etwas zu erzählen. Und mir geht es besser, mir geht es jetzt viel besser. Die Zwangsvorstellungen beruhigten sich, als ich mit dem Stillen aufhörte. Denn das tat ich, nach nur zwei Monaten. Ich, mit einer Produktion, die eine ganze Station voller Frühgeburten hätte am Leben erhalten können, die Milch stürzte nur so hervor, sowie mir das Kind an die Brust gelegt wurde. Spritzte, sowie sie losließ, in ihre Augen, über die Bettwäsche, über den Tisch und in Njåls Kaffeetasse, aus der er dann trotzdem trank. Da musste ich mich erbrechen.

Auf die Dauer brachte ich es nicht über mich, konnte den Gedanken daran, was ich tat, nicht ertragen. Ich stillte und merkte, wie feucht ich war, die ganze Zeit, ununterbrochen tröpfelte etwas aus mir heraus. Der Schweiß, der schon während der Schwangerschaft einen fremden Geruch angenommen hatte, wie Petroleum. Jetzt war der Geruch widerlich süß, fast wie etwas Verfaultes. Ich sagte es Njål, aber der behauptete, das sei Einbildung. Blut sickerte aus meinem Schritt, zuerst in schleimigen Klumpen, dann wie dünnes Moorwasser, bräunlich und übelriechend. Die Wunde heilte nicht, sie schwoll an und roch nach Eiter. Und die ganze

Zeit lief es aus meinen Brüsten, gelbweiß und glänzend. Alles stank nach saurer Milch, Bettwäsche, BHs, Pullover. Der Säugling.

Ich war so nass, dass ich glaubte, auf mir müsse Moos wachsen und ich würde Pilze bekommen. Trübe Flocken in der Unterhose, rote Flecken auf der Brust, weißer Belag im Mund meines Kindes. Sie bekam Pilze auf der Zunge, weil sie an mir saugte.

Am Ende konnte ich einfach nicht mehr. Mein Kind an etwas nuckeln zu lassen, das meine Drüsen abgesondert hatten, ich brachte das nicht über mich. Der Mutterkuchen, der Eiter in der Wunde, der Belag auf der Zunge des Kindes. Sie verzehrt mich doch, sagte ich verzweifelt zu Njål, das geht nicht! Und er nahm sie mir ab und gab ihr die Flasche und sagte, er könne das verstehen.

Aber das tat er nie, und ich habe mir gedacht, dass deshalb alles so schief gelaufen ist. Wenn er wirklich verstanden hätte, dann hätten weder er noch ich getan, was wir getan haben, an dem endlosen Nachmittag im Winterlicht des Balkonfensters. Und in der darauf folgenden Nacht.

NJÅL

Sieh nur, Lotta, sage ich und deute auf den glitzernden Berg vor uns. Sieh mal, gestern war da Wasser! Lotta nickt ernst, lässt sich aber nicht in Erstaunen versetzen. Sie ist zu klein, um die Regeln der Welt schon gelernt zu haben. Für sie ist alles unerklärlich und unvorhersehbar. So ist die Welt. Wieso sollte sie überrascht sein, dass eine Untiefe aus dem Meer heraufgestiegen ist?

Die Flut war dabei sich zurückzuziehen, als wir gestern hier herkamen. Den ganzen Abend gluckste und rieselte es am Strand. Ich bohrte eine Flasche Weißwein zum Kühlen in den Ebbestreifen, aber das Wasser hat sie mit hinausgezogen. Als ich sie holen wollte, stieß ich nur auf feuchten Sand. Heute Morgen sind wir früh aufgestanden und zu einem neuen und breiteren Strandstreifen gegangen. Feucht und duftend nach Meer und Tang. Atlantis, zu uns emporgestiegen.

Komm, sage ich, und widerstandslos klettert sie mit mir auf die Felskuppe. Ich halte sie an beiden Händen, sie hängt und geht gleichzeitig. Sie müht sich die Steinformationen hinauf, die ihr bis zur Hüfte reichen. Als wir fast oben sind, muss ich sie hochheben und springe schnell hinterher. Das Meer liegt vor uns, es

ist nicht tief. Aber ich möchte auch nicht, dass sie da jetzt hinein-
plumpst. Ich nehme Lottas Hand, drehe mich für einen Moment
zum Lagerplatz um. Die Sonne hat das Zelt erreicht und wird
es bald trocknen. Unsere Rucksäcke stehen Rücken an Rücken.
Lottas kleiner Kindergartenrucksack gleich daneben. Die Schlafsäcke hängen zum Lüften in dem kleinen Holzverschlag hinter
der Feuerstelle. Wir werden aufbrechen, sobald das Zelt trocken
genug zum Verpacken ist. Lotta zieht mich an der Hand, will eine
Pfütze erforschen. Ich folge und gehe hinter ihr in die Hocke.
Lotta sitzt breitbeinig da, mit dem Kopf fast zwischen den Knien,
und beugt sich über den winzigen Teich, den das Meer für uns
zurückgelassen hat. Ich zeige Lotta ein paar kegelförmige Seepo-
cken mit offenem Mundloch und frage, ob sie die Cirren sehen
kann, aber Lotta versteht nicht. Federähnliche, von den Schalen
ausgehende Glieder wehen fast unsichtbar im Wasser. Lotta sieht
sie nicht. Aber sie sieht die Anemonen. Rostrot und borstig neben
leuchtend grünen Algen. Als Lotta sie anfasst, ziehen sie ihre Ten-
takel ein und sind glatt wie Schokoladenkugeln.

Jemand brüllt vom Zeltplatz, und ich blicke auf. Eine Gruppe
Kinder kommt vorbeigerannt und verschwindet den Pfad hinunter. Viele Familien haben hier letzte Nacht gezeltet. Eine ganze
kleine Stadt. Lotta beschäftigt sich immer noch konzentriert mit
den Anemonen. Vorsichtig streicht sie mit dem Finger darüber,
wie ich es ihr gezeigt habe. Als würde sie sie streicheln. Dann
bleibt sie ganz still sitzen und wartet, dass sie sich wieder entfal-
ten und sie es noch einmal machen kann. Die ganze Zeit redet sie
leise mit sich selbst. Die ganze Zeit kratzt sie sich mit einer Hand
im Nacken.

74

Das Handy vibriert an meinem Bein, leicht steif geworden erhebe ich mich und fische es raus. Gehe schnell dran, ohne auf das Display zu gucken. Mama ist am Apparat.

»Ach, du bist es«, sage ich, und sie lacht.

»Enttäuscht?« Sie wartet nicht auf Antwort, redet nur darauf los wie üblich. Erzählt von Kjerstin und dem Hof, die Katze hat schon wieder Junge bekommen. Ich höre nur halb zu. Sehe auf Lotta hinunter mit Mama am Ohr. Im Sonnenlicht ist Lottas Haar kupferfarben, die Haut fast durchscheinend. Sie ist so süß, dass sich etwas in mir verknotet.

»Und Lotta?«, fragt Mama. »Will sie Oma nicht Guten Tag sagen?«

Ich hocke mich wieder hin und ziehe Lotta an mich. Willst du Oma Guten Tag sagen? Sie versteht nicht. Blickt skeptisch auf das Telefon und stößt es weg, als ich es an ihr Ohr halte. »Hallihallo«, brüllt Mama, doch Lotta ist stumm.

»Tut mir leid, Mama«, sage ich, und sie seufzt.

Es ist nicht lange her, dass sie einander zuletzt gesehen haben, aber Mama macht Stress. Ich habe Angst, dass Lotta mich vergisst, sagt sie. Dass sie nicht das gleiche Verhältnis zu Lotta entwickelt, das sie zu Kjerstins Kindern hat. Ich glaube, das ist die Ursache. Mama hat Angst davor, ungerecht zu sein. Als wir klein waren, stellte sie unsere Gläser dicht nebeneinander. Goss die Limonade abwechselnd ein, bis in beiden Gläsern genau gleich viel war. Jetzt versucht sie es beim Babysitten und bei den Übernachtungen. Es verletzt sie, dass ich mich für Bergen als Wohnort entschieden habe.

Ich halte mir das Telefon ans Ohr, ohne Lotta dabei aus den

Augen zu lassen. Noch immer beugt sie sich über die Pfütze, ist hoch konzentriert, während ihre Finger ständig über den Hinterkopf kratzen. Ich sage etwas Belangloses, versuche das Gespräch auf die Pläne für den Sommerurlaub zu lenken. Allerdings lässt Mama sich nicht beirren, sie kennt meinen Terminkalender besser als ich. Und der Schlichtungstermin, wie ist der gelaufen? Ich berichte so knapp wie möglich, habe keine Lust, näher darauf einzugehen. Ja, es war der letzte Termin, nein wir haben uns nicht geeinigt. Nein, ich habe nichts mehr von Nina gehört.

»Kann sie jetzt rechtliche Schritte einleiten?«, fragt Mama, seltsam zurückhaltend. Wo sie doch sonst immer ein bisschen zu aufdringlich ist. Niemals so still wie jetzt.

»Ja«, entgegne ich, bemüht, leise zu sprechen. »Das kann sie. Wir werden sehen.«

Niemand von uns sagt etwas. Ich höre Mama in den Hörer atmen, verflucht, mir ist das jetzt zu viel. Ich will das Gespräch beenden, möchte, dass sie Papa grüßt. Doch sie redet einfach weiter, unterbricht mich, ich muss sie bitten, ihre Frage zu wiederholen.

»Wie geht es denn Sol?«, fragt Mama abermals, laut und deutlich.

Ich weiß nicht, was ich antworten soll. Es ist schon eine Weile her, seit Mama zuletzt nach Sol gefragt hat. Wieso fragt sie mich ausgerechnet jetzt? Unter mir höre ich Lottas singende Stimme: »Sol? Sol!«

»Jetzt reg dich bitte nicht auf«, sagte Mama schnell. »Du weißt ja, dass wir uns Weihnachtskarten schicken.« Wie üblich erzählt sie mir eine unnötig komplizierte Geschichte. Etwas über eine Mail von Sol, die Mamas Adresse verloren hatte oder so. Ich kapiere nicht ganz, worum es geht, begreife aber, dass sie einander ein paar Mails geschickt haben.

»Egal, grüß sie bitte. Falls du ihr begegnest.«

Mama gibt ein nervöses Lachen von sich, und mir wird klar, dass sie gesagt hat, was sie sagen wollte. Jetzt wartet sie auf meine Reaktion, ist unsicher, wie ich das aufnehme. Ich habe allerdings keine Lust, darüber nachzudenken, was ich deswegen empfinde. Dann hatten Mama und Sol also Kontakt. Und? Ich kann nichts daran ändern, sie sind erwachsene Menschen. Und ich weiß genau, dass Mama es nie geschafft hat, Sol völlig aus ihrem Bewusstsein zu streichen.

»Tja, nun«, sage ich, idiotischerweise.

»Du hast dich von Sol getrennt, nicht ich«, sagt Mama. Jetzt ist sie pikiert, weil sie genau weiß, dass sie mich reizt, wenn sie so etwas sagt. Ich habe aber keine Lust mich zu streiten und lache. Ich bitte sie, Papa zu grüßen, und kann endlich auflegen.

Mama hatte Sol so gern. Wenn es nicht wegen Lotta passiert wäre, hätte sie mir vermutlich nie verziehen, dass ich mich von Sol getrennt habe. Manchmal passiert es, dass sie Lotta ansieht und seufzt. »Na, jedenfalls ist etwas Gutes dabei herausgekommen.« Solche Dinge sagt sie dann mitunter.

Nina fühlte sich bei Mama und Papa nie besonders wohl. Sie waren nie unfreundlich zu ihr, aber sie senden gleichsam auf verschiedenen Frequenzen. Nina und Mama konnten lange höfliche Gespräche führen, ohne zu verstehen, wovon die andere redete. Mama fragt nie, wie es Nina geht. Sie fragt nur nach dem »Konflikt«.

Das Telefonat hat mich nachdenklich gemacht. Was Mama

über die Scheidung sagte. Denn sie weiß es ja nicht, niemand anderes als Sol weiß das. Auch Nina nicht. Wir haben nie über die Einzelheiten gesprochen, als wir zusammengezogen sind. Die Scheidung lag in meiner Verantwortung, allerdings kam es mir unnötig brutal vor, die offizielle Trennung von Sol zu verlangen. Ich wartete einfach, dass zwei Jahre vergehen sollten, mit dem Scheidungsantrag in der Schublade. Bei Nina und mir ging schon alles in die Brüche, ehe ich dazu gekommen war. Ich hatte keine Lust, mich gleichzeitig um die Scheidung und um die Beendigung der Partnerschaft mit Nina zu kümmern, es war mir einfach etwas zu viel. Ich sollte mich wohl jetzt darum kümmern.

Lotta hat genug von dem kleinen Teich, streckt mir die Arme entgegen und will hoch. Ich setzte sie mir auf die Hüfte, und wieder sucht ihre Hand den Nacken. Kratzt und krallt. Ich kann es nicht länger ignorieren. Am Schrankfach im Kindergarten hing ein Zettel. Es waren Läuse entdeckt worden.

Ich trage Lotta zurück zum Lagerplatz und setzte mich mit ihr auf dem Schoß hin. Nehme ein Paket Kekse heraus, damit sie ruhig sitzen bleibt, ehe ich mein Taschenmesser aus der Hosentasche fische. Ich klappe die kleine Lupe heraus und gehe mit dem Finger durch Lottas weiche Haare. Winzige Punkte auf der Kopfhaut, kann das Sand sein? Ich gehe näher mit der Lupe heran und sehe ganz deutlich kriechende Insekten. Scheiße.

Jetzt muss ich das Läusemittel organisieren. So etwas habe ich nicht zu Hause. Muss eine Apotheke finden, die sonntags geöffnet hat, verfluchter Mist. Aber mir bleibt nichts anderes übrig. Morgen soll Lotta zu Nina, ich kann mich nicht darauf verlassen, dass sie sich darum kümmert.

Das Zelt ist fast trocken, sollte aber noch etwas hängen bleiben, ehe es zusammengelegt wird. Ich fange mit den Schlafsäcken an. Lottas kleiner Schlafsack hat Teddyohren am oberen Rand, ein Weihnachtsgeschenk von Mama und Papa. Sie ist so süß, wenn sie darin schläft und nur das Gesicht aus der Öffnung rausguckt. Als ich den Überzug hervorhole, der unten im Schlafsack liegt, entdecke ich das neue Schmusetier. Lotta mag es nicht, hat aber gestern trotzdem gut geschlafen. Vielleicht wirkt der Schlafsack beruhigend auf sie. Wie früher, als sie noch ein Baby war und stramm in die Decke eingerollt werden wollte. Mein Baby-Burrito.

Lotta krabbelt um mich herum. Sie kratzt sich weiterhin, wirkt aber eigentlich nicht gequält. Ich reiche ihr das Schmusetier, doch sie dreht mir den Rücken zu und konzentriert sich auf etwas am Boden. Ich ziehe die beiden Schlafsäcke zu mir heran und hole die Überzüge heraus.

Es ist spät, als wir am Parkplatz ankommen, alle anderen sind schon gefahren. Ich werfe das Gepäck in den Wagen. Ganz schön blöd, nur für uns zwei einen Wagen auszuleihen. Aber es schien mir am sichersten, getrennt zu fahren. Jedenfalls bis jetzt. Lotta will Musik im Wagen und singt zu Käpt'n Säbelzahn. Erstaunlich rein, vielleicht hat sie ja Talent. Mich überkommt dieses schöne Gefühl, das ich nach einem Ausflug immer habe, und ich denke an Svalbard. Das enorme Licht. Schon seit ich zu Feldstudien da oben gewesen bin, wusste ich, dass ich irgendwann zurückmuss. Ich passe zu Svalbard. Vielleicht nicht in einer Jagdhütte, für Kinderträume bin ich wohl zu alt. Aber es gibt viele Familien in Longyearbyen.

Ich nähere mich dem Kreisverkehr und sehe auf die Uhr. Schaffe es wohl noch zur Apotheke, bevor ich den Wagen wieder abliefern muss. Ich muss dann mitten ins Zentrum fahren, anstatt die Hauptstraße zu verlassen und nach Hause zu fahren. Wenn ich mich beeile, kann ich es schaffen. Das wird stressig, außerdem muss ich Lotta die Läusekur verpassen. Wo sie doch Haarewaschen nicht ausstehen kann. Ich kann aber auch nicht bis morgen warten, weil sie dann zu Nina soll.

Seit dem Treffen bei Jessica ist Nina nicht mehr im Büro gewesen. Allerdings hat sie Spuren auf dem Server hinterlassen. Änderungen am Modell, Artikelentwürfe im Gemeinschaftsordner. Sie ist verdammt produktiv. Ich habe keine Chance, mit ihr Schritt zu halten.

Ich denke an den Rotwein bei mir zu Hause. An Lotta, die nach der Fahrt wie ein Stein schlafen wird. Kein Abend, den ich mit Läusemittel und Geschrei beenden möchte. Morgen soll Lotta zu Nina, wird von ihr auf den Arm genommen und herumgetragen und getröstet. Ich sehe sie beide vor mir, wie sie immer auf unserem alten IKEA-Sofa hockten. Lotta auf Ninas Schoß, die Köpfe dicht zusammengesteckt. Ninas üppiges Haar, das über sie beide fällt. Ich fahre in den Kreisverkehr und sehe die nach links zeigenden Schilder ins Zentrum von Bergen. Ich halte mich rechts, nehme die erste Abzweigung und fahre direkt nach Hause.

SOL

Ich werde wach und bin allein in Stille und Dunkelheit. Ganz reglos lausche ich nach Nuancen, an denen ich mich orientieren kann.
In den letzten Tagen hat es stark geregnet, und durch den Fenster-
spalt höre ich das schwache Rauschen vom Kanal. Ansonsten ist es
still, denn ich verursache keine Geräusche. Ich rutsche in die Mitte
des Bettes, wo ich vor nicht allzu langer Zeit immer gelegen habe.
Mein Kopf fühlt sich schwer und leer an, und mir ist schwindelig
vor lauter Müdigkeit. Aber das hilft nicht gegen die Schlaflosigkeit.
Jedes Mal wenn ich kurz davor bin, im Wirbel unklarer Gedanken
zu verschwinden, werde ich ruckartig wieder wach.

Die ganze Nacht zu schlafen ist bestimmt nicht natürlich. In
alten Zeiten wurde man für gewöhnlich ein- oder zweimal wach.
Man konnte aufstehen und etwas essen, lesen oder meditieren,
ehe man sich wieder hinlegte und zu Ende schlief. Ich beschließe,
es zu versuchen, und stehe auf. Draußen im Gang schlüpfe ich in
meine Stiefel, schiebe die Hände durch die Ärmel meines Parkas
und stecke auf dem Weg zur Tür das Handy in die Tasche.

Im Gehen wickle ich die Ohrstöpsel vom Handy ab und ver-
kable mich. Manchmal benutze ich das Headset auch dann, wenn

ich nichts anhöre, mache das nur, um mich von der Außenwelt abkoppeln zu können. Stille ist gerade allerdings keine gute Idee, ich ertrage es nicht, in meinem Kopf allein zu sein. Daher rufe ich die Playlist auf, die ich »Eineni« genannt habe, was auf Hebräisch »ich bin nicht mehr« bedeutet. Die Liste habe ich vor der Einweisung erstellt, und Njål ist ausgeflippt. Er begriff nicht den Unterschied zwischen Todestrieb und Todesbewusstsein.

Ich habe kein bestimmtes Ziel, laufe nur planlos und ruhig durch stille Straßen. Am Haukeland-Klinikum schere ich auf das Krankenhausgelände ein und komme an der Statue der beiden nackten alten Männer vorbei, die im Dunkeln eher bedrohlich als erbärmlich aussehen. Als ich auf der anderen Seite wieder herauskomme, merke ich, dass ich in Njåls Richtung unterwegs bin. Aber dahin will ich gar nicht, ich will beim Gehen nur das loswerden, worin ich mich gerade befinde. Ich gehe die Hauptstraße entlang, ohne etwas zu hören, weil Leonard Cohens Todesmesse in meinem Inneren schwebt. Ein paar Momente reiner Schönheit in organischen Chorklängen, ehe der Bassrhythmus die Spirale wieder abwärts in die Dunkelheit dreht. *You want it darker. We kill the flame.* Der Chor schwillt an, die Menschen legen die Köpfe zurück und rufen. *Hineni, hineni.* Hier bin ich, Herr. Hier bin ich, du grausamer Gott.

An der Schule überquere ich den Pausenhof, eine Abkürzung zu Njåls Straße, und die Melodie wechselt. Die Mädchenstimme ist weich und vorsichtig: *Trink dein Glas aus, sieh, der Tod wartet auf dich.* Ich betrete eine Dunkelheit, die vor der kalt leuchtenden Glasfassade noch schwärzer wirkt. *Schärft sein Schwert und steht vor deiner Tür. Hab keine Angst.*

Als ich an Njåls Häuserblock vorbeigehe, ziehe ich die Kapuze über den Kopf, auch wenn die Fenster pechschwarz sind und er bestimmt schläft. Ein Stückchen weiter biege ich links auf den kleinen Weg ab und laufe rasch hoch, so dass ich hinter den Häuserblocks lande. Ich kenne diesen Pfad von früher und weiß, dass ich im Licht der Straßenbeleuchtung gut sichtbar bin, daher gehe ich schnell. Auf seiner Etage ist nicht ein einziges Fenster erhellt, nur die Ziegelwände des Treppenhauses in der Mitte leuchten rotbraun.

Ich sollte nicht als dunkle Silhouette unter seinem Fenster stehen wie eine Stalkerin. Schnell gehe ich weiter, spüre die Scham im Bauch rotieren.

Vielleicht hätten wir nach dem Bruch den Kontakt nicht aufrechterhalten sollen. Wenn Njål nicht darauf bestanden hätte, dass wir Freunde bleiben und dass Freunde sich treffen. Vielleicht wäre es mir dann gelungen, mich freizumachen, Schritt für Schritt. Ich erschrak vor mir selbst, damals mit Lotta vor dem Café, und war auf dem Weg, es in den Griff zu bekommen. Ich löschte Njål von meiner Freundesliste bei Facebook und hörte auf, ihm bei Instagram zu folgen, damit ich mich nicht weiter mit seinen Fotos quälen musste. Ging einfach nicht ans Telefon, wenn er manchmal anrief, um zu quatschen. Dann kam die Nachricht, die ich schlichtweg nicht ignorieren konnte. *Lotta und ich fahren zum Ulriken. Bei dem schönen Wetter da oben auf einen Kaffee?* Ich erinnere mich ganz genau, wie sie auf dem Display auftauchte und ich sie las, ehe ich nachdenken konnte. Lotta und ich, las ich, und eine glückliche Angst öffnete sich in mir.

Er stand direkt bei den Treppen, und ich bin fast in ihn hineingelaufen, als ich oben ankam. Aber er sah mich nicht und zeigte auf die Schafe weiter unten und blökte wie in Irrer. Es dauerte einen Moment, bis ich das Kind auf seinem Arm entdeckte, mit den roten Haaren, die seinen so ähneln. Genauso wie ich es mir vorgestellt hatte, als ich glaubte, er würde eines Tages mein Kind mit sich herumtragen. Ich hielt inne, mitten in der Bewegung, und blieb mit einem Fuß auf je einer Stufe stehen. Als ob ich mich gleich hinknien würde, eine Pilgerin vor der Heiligenfigur. Unser lieber Herr mit dem Kind. Doch hinter mir wuchs die Schlange an, es war ein sonniges Wochenende und ein steter Schub an Menschen befand sich auf dem Weg zum Gipfel. Ich nahm die letzten Stufen, bis hinauf auf den Berg, und trat auf Njål und Lotta zu.

Da fing es an. Oder vielleicht auch früher, wegen eines Kinderwagens, der vor lauter Säuglingsgeschrei vibrierte. Womöglich liegt die Ursache auch in mir, in meinem öden Körper, der Njåls Kind nicht behalten wollte. Wo auch immer es begann, bin ich jetzt da, wo ich bin. So bin ich geworden. Eine, die an Njåls Tür herumlungert und unnatürlich starken Verlust empfindet.

Ein Kinderweinen schallt plötzlich aus einem der Fenster, und ich verlangsame mein Tempo. Es ist nicht möglich festzustellen, aus welchem Fenster das Weinen kommt, aber schnell höre ich, dass es nicht Lotta ist. Es ist ein viel kleineres Kind, das jetzt lauter und lauter schreit, und ich eile schnell den Weg entlang, während ich die Lautstärke an meinem Handy aufdrehe. Johnny Cash flüstert mir ins Ohr, liest mir die Offenbarung vor, begleitet von rhythmischen Schwingungen der Vinyl-Schallplatte. Als befände ich mich in einer postapokalyptischen Zukunft, eine der erwählten Überlebenden, und lausche einer Reliquie aus der Vorzeit. Dann setzt die Gitarre ein, Stahlklänge übertönen den Takt des Vinyls, durchgehend unbeeindruckt vom Songtext. Es ist der Tag des Gerichts, Johannes und Paulus von ihrer schlimmsten Seite. Rhythmisch und fast fröhlich singt Cash von Himmelsleitern und ewiger Verdammnis, von Engelsang und Armageddon. Trompeten und Posaunen erklingen in den Gitarrensaiten, die Menschheit schreit, jemand wird geboren und jemand stirbt, und dann kommen die schönsten Zeilen. *The father hen will call his chickens home.* Es ist wie mit dem Falken und den Tauben. Er isst unser Fleisch und trinkt unser Blut, rufen sie. Doch Taubenmutter und Vater Hahn erwidern stets: Kommt nach Hause, kommt nach Hause!

Wie oft habe ich deine Kinder versammeln wollen, wie eine Henne versammelt ihre Küken unter ihre Flügel, das stammt aus dem Buch Matthäus. Und in meinem Lieblingschoral *Von der Mutter Schwingen will ich reden,* geschrieben von einer Frau, da steht: *Jetzt will ich ruhen am Mutterherz.* Doch wenn der Man in Black von *The man* singt, wird die Henne Gottes zu einem Vater.

Jetzt renne ich, vorbei an schwarzen Fensterscheiben unter dem warmen Straßenlicht. Ich weine und renne, bin mir völlig des jämmerlichen Bildes bewusst, ich bin die Inkarnation der einsamen irren Frau. *Die Hand an der Wiege* und *Verhängnisvolle Affäre.* Und nun ich, die kinderlose Stalkerpastorin. Ich will nicht hier sein.

NINA

Ich war schon viel zu lange nicht mehr bei Mama, aber ich hätte mir den Besuch auch sparen können. Sie weiß nicht, dass ich hier bin, oder sie ist nicht in der Lage, darauf zu reagieren.

Es riecht nach Pflegeheim, dieser unverkennbare Geruch, bei dem es sich um eine Mischung aus Körperausscheidungen und Desinfektionsmitteln handeln muss. Auf dem Nachttisch steht ein Karton mit einer Nährlösung, der Trinkhalm hängt über einer kleinen braunen Lache. Sie hat ungeheuer schnell abgebaut, innerhalb weniger Monate ist sie sehr viel schwächer geworden. Bei meinem letzten Besuch war sie stark genug, um den Löffel wegzuschieben, als ich sie füttern wollte, sie zog so heftig an meinem Arm, dass der Reisbrei überschwappte. Sie wütete und heulte, eine Mischung aus Beschimpfungen und unartikulierten Geräuschen. Damals hat die Ärztin mich über Altersschwächungen und fehlende Impulskontrolle aufgeklärt. Sie redete mit einer herablassenden Fürsorglichkeit, eine Imperialistin, welche die ihr unterstellten edlen Wilden beschrieb. Kindlich und spontan, in einem fast beneidenswerten Naturzustand.

Mama liegt da wie immer, eingepackt in ihre Bettdecke. Wie

ein grotesk vergrößertes Jesuskind in der Krippe, bewegungslos abwartend, den Blick auf die Ewigkeit gerichtet. Ich sage ebenfalls nichts. Denke daran, wie ich als kleines Kind so auf Mamas Bettkante gesessen habe. Jetzt kann ich mich nicht mehr erinnern, ob ich damit mich selbst oder sie trösten wollte. Aber es sind gute Erinnerungen, in gewisser Weise. Mama physisch nahe zu sein, die Wärme ihres schweren, stummen Körpers zu spüren, ansonsten war sie nie in Ruhe. Manchmal bin ich auch in ihr Zimmer gegangen, wenn sie nicht dort war, wenn sie verreist war; ich wurde nachts wach und ging hinüber, um in ihrem leeren Bett zu schlafen.

Ich halte Ausschau nach etwas, worüber ich sprechen könnte, finde aber nichts Persönliches. Anheimelnde Prägung sei wichtig, das stand in den Papieren, die mir zugesandt wurden, als Mama hier eingezogen ist. Aber Mamas eigene Möbel waren allesamt zu groß für dieses kleine Zimmer. Es hat rein gar keine Prägung. Krankenhausbett, Sessel mit Kunstlederbezug, raumsparende Möbel, die ich bei IKEA gekauft habe, ein paar zufällige Ziergegenstände. Die Schubladen in der Fernsehkommode sind leer, wie in einer Kulisse.

Ihre Schminke, fällt mir jetzt ein. Früher, als sie noch ab und zu ein Wort gesagt hat, ist es vorgekommen, dass sie Mama die Nägel lackiert oder die Lippen geschminkt hatten, wenn ich kam. Und im Badezimmerschrank steht die Kulturtasche. Ich sehe mich im Spiegel, als ich den Schrank öffne, meine Haare sind noch immer fettig von der Entlausungskur, und ich sehe erschöpft aus. Habe Ähnlichkeit mit Mama. Ich nehme die ganze Tasche mit und setze mich auf die Bettkante, gleich neben Mamas Kopf. Nehme den Lippenstift heraus, bringe es aber nicht über mich, ihr die Lippen zu schminken. Schreiendrote Lippen in diesem leeren Gesicht, das geht nicht. Mir kommt ein Gedanke, und ich drehe den goldenen Verschluss herunter.

Der Lippenstift ist knallig rot, schreiend sichtbar auf Mamas blasser Stirn. Ich male einen großen Punkt, um sicher zu sein, dass sie ihn sehen kann, sie ist ja vielleicht inzwischen ein bisschen kurzsichtig geworden. Ich habe den Eindruck, dass ihr Blick mir folgt, als ich zum Taschenspiegel greife, aber als ich den vor sie hinhalte, erfolgt keine Reaktion. Sie starrt leer durch den Spiegel und sich selbst.

Tiere ohne Bewusstsein ihrer selbst erkennen sich in einem Spiegel nicht. Das ist die Theorie, die ist aber sehr eng gefasst. Als wäre der Gesichtssinn der einzig Wichtige. Ohne weitere Hoffnung nehme ich die Parfümflasche heraus und sprühe energisch über Mama in die Luft. Der Duft ist schärfer als in meiner Erinnerung, vielleicht ist das Parfüm zu alt. Aber ich erkenne ihn wieder. Und ich weiß nicht, wie, aber ich merke, dass es Mama auch so geht. Sie sagt nichts, bewegt sich nicht, aber in ihr ist jetzt eine andere Art Schweigen. Ich muss es versuchen.

Vorsichtig, um den Zauber nicht zu brechen, ziehe ich die Handtasche an mich heran und fische den braunen Umschlag heraus. Halte ihn vor Mama hin, will sehen, ob sie reagiert. Ich habe das schon früher versucht, eine Weile, nachdem sie hier eingewiesen worden war. Beim ersten Mal hat sie versucht, den Umschlag zu zerreißen, beim zweiten Mal hat sie nur über Indien geredet. Aber ich habe gehört, dass senile Menschen manchmal zu klarem Bewusstsein gelangen, unmittelbar, ehe sie sterben. Ein Versuch kann also nichts schaden.

Ich habe den Umschlag in Mamas Zimmer gefunden, als ich die Wohnung ausräumte. Omas Zimmer war unbenutzt und ordentlich, und die Möbel standen da wie bei ihrem Tod, Schubladen und Regalfächer vollgestopft mit Nippes und Kleinkram. Ich suchte mir das wenige heraus, das ich haben wollte. Mein altes Zimmer war leer und still, und Wohnzimmer und Küche waren so gut wie unberührt. Aber in Mamas Zimmer herrschte das Chaos. Offenbar hatte sie nur dieses Zimmer benutzt, und sie hatte wohl kaum noch aufgeräumt, nachdem ich ausgezogen war. Sie hatte sich gegen die Sanitäter gewehrt. Wassergläser und Limoflaschen waren auf das Bett gekippt, Teller lagen in Scherben auf dem Boden. Das Klappmesser, das sie ihr aus der Hand gerungen hatten, war auf die Bettdecke gefallen. Der Schreibtisch war bedeckt von Papieren, zerknüllten Rechnungen, alten Fotos, Weihnachtskarten und Einkaufslisten. Ich fegte alles in einen Müllsack, wollte wegwerfen, was die Heilsarmee in ihrem Laden nicht verwerten könnte. Und als ich dann Mamas Bett abzog, fand ich den Umschlag, den braunen Umschlag mit Fotos, die ich noch nie gesehen hatte.

Jetzt öffne ich ihn und verstreue den Inhalt auf meinem Schoß. Sehe mir die Fotos genau an, ehe ich ein Bild aussuche. Mama als Baby in den Armen ihrer Mutter, Oma hält sie so, dass beide in die Kamera schauen, aber nur Oma lächelt. *Charlotta mit der kleinen Carola, 1945* steht in enger Schönschrift auf der Rückseite. Ich komme mir vor wie eine Voodoopriesterin vor einer Leiche, als ich in Mamas Blick nach Leben suche. Irritiert lege ich das Bild auf die Bettdecke, der schwarzweiße Blick des Babys ist lebendiger als Mamas feuchtes Schafstarren.

Ich beschließe, mich auf die früheren Fotografien zu konzentrieren, die aus der Zeit vor Mamas Geburt. Mich interessiert Omas Geschichte, nicht Mamas. Ich will die Fotos vor Mama auf die Bettdecke legen, wie eine Zeitschiene. Ihr die Geschichte zeigen, die ich zusammengepuzzelt habe, aus dem wenigen, das sie mir erzählt hat. Das Gruppenbild muss zuerst aufgenommen worden sein, denn wenn ich den Fotografen mitzähle, stimmt die Anzahl. Alle sind da, der Trupp ist vollzählig. Dreizehn Menschen vor der langen Hütte. Oma ist leicht zu entdecken, wie sie da in der ersten Reihe steht, einen Kopf kleiner als die anderen und die einzige Frau in der Wettergruppe.

Neben das Gruppenbild lege ich das Eisbärenbild. Es zeigt Oma und einen jungen Mann, beide mit einem zottigen, teddybärhaften Eisbärenjungen in den Armen. Oma lächelt strahlend, das Gesicht des Mannes neben ihr ist fast versteckt hinter dem Bärchen, das er in die Kamera hebt. Das Foto ist so übertrieben, es ist fast nicht zu glauben, wie ein Märchen aus dem Polargebiet. Es ist zudem das einzige Foto, das Oma mir je gezeigt hat, einmal, als wir in der Schule Eisbären durchgenommen haben. Als Erwachsene glaubte ich lange, es geträumt oder mir vorgestellt zu haben, als hätte ich mir selbst eine falsche Erinnerung eingepflanzt, wie nur Kinder das können. Ich habe einmal zwei meiner Kommilitonen von Oma erzählt, dass sie während des Krieges als Meteorologin auf Svalbard gearbeitet hatte. Eine Frau?, fragten die beiden, eine Frau in der deutschen Truppe, und der Unglaube in ihrem Blick ließ mich auch selbst zweifeln. Als ich das Eisbärenbild in dem braunen Umschlag fand, hatte ich fast aufgehört zu glauben, dass an der Svalbardgeschichte etwas stimmen könnte. Und ich dachte, Mama habe die erfunden, eine Familienmythologie ersonnen, die sie um uns herumgesponnen hatte, als ich klein war. Dass sie in einer von Deutschen besetzten Hütte auf Svalbard gezeugt worden sei und dass sie mich in einer Gasse auf Tyskerbryggen in Bergen gemacht habe.

Mitten in die Zeitschiene platziere ich Oma und besagten jungen Mann. Das Foto zeigt die beiden vor einer kleinen fensterlosen Hütte. Ich habe das Foto mit der Lupe untersucht, und mein Gehirn verarbeitet nun die in den kleinen Details enthaltenen Informationen. Der schwarze Strich vor der Hüttenwand ist ein Jagdgewehr, der Punkt auf der Brust des Mannes eine Hakenkreuznadel. Die Hüttentür steht offen, und das Türblatt ist solide genug, um einem Bären zu widerstehen. Die kräftigen Riegelvorrichtungen sind innen deutlich zu sehen.

Der Mann und Oma stehen kameradschaftlich dicht beieinander vor der Hütte, er mit einem unklaren Arm um ihre Schultern. Etwas an seiner Haltung bringt mich auf die Idee, dass das Foto mit Selbstauslöser gemacht worden ist. Er ist mitten in einer Bewegung gefangen worden, als wäre er ins Bild geglitten, unmittelbar ehe der Auslöser knipste. Sein Gesicht ist hier zu sehen, und ich habe in seinen Zügen nach Mama gesucht. Vielleicht ist es etwas mit dem Lächeln, strahlend und selbstsicher. Ich schaue zu Mama hoch, kann aber ihr leichenhaftes Gesicht nicht mit dem sehr jungen Mann auf der Fotografie in Verbindung bringen.

Weitere Bilder gibt es nicht von der Expedition. Es ist das letzte Foto des Mannes, mit dem zusammen Oma überwintert hat. Mama hat mir erzählt, dass er dort oben gestorben ist. In meiner Erinnerung hat Oma das nur ein einziges Mal erwähnt, und ich war noch so klein, dass ich es nicht verstanden habe. Wir waren einkaufen und sie zog einen gefrorenen Lachs aus der Gefriertruhe. Vielleicht habe ich etwas darüber gesagt, wie steif der war, ich weiß noch, dass Oma mit mir herumjuxte und den Lachs vor sich hin und her schwenkte wie einen Tennisschläger. Dann legte sie ihn in den Einkaufswagen und erklärte, dass es mit allem Fleisch so geht, auch mit Menschen. Dass sie einmal einen toten, gefrorenen Mann gesehen hatte. Steif wie ein Baumstamm, sagte sie und schob den Wagen zur Kasse.

Ein Foto nach dem anderen halte ich vor Mama hin. Sie liegt unverändert da, und ich kann nicht entscheiden, ob sie die Bilder anschaut oder an ihnen vorbeiblickt. Ich lasse das mit den Eisbären besonders lange vor ihren Augen hängen, etwas muss doch zu ihr durchdringen. Aber nichts passiert, und irritiert lege ich das Foto neben die anderen zurück auf die Bettdecke.

Fünf Fotografien und einige unklare Erinnerungen an Familienmythen, mehr habe ich nicht. Ich weiß, dass Mama versucht hat, herauszufinden, wer ihr Vater war, sie hat eine ganze Gedichtsammlung zu diesem Thema geschrieben. Elf Männer und eine Frau in der Dunkelheit, eine Zeile lautete ungefähr so. Es klingt wie ein Gesellschaftsspiel oder ein schlechter Witz, und ich brauche keinen Großvater. Ich will nur wissen, was mit Oma passiert ist, wie sie allein den Wintersturm überlebt hat. Allein, mit einem Kind im Bauch.

Mamas Hand bewegt sich immer wieder hilflos, ich greife danach und halte sie ganz fest, bis Mama stöhnt und die Hand zur Ruhe kommt. Dann streichle ich ihre Haare, aber auch jetzt will sie mich nicht ansehen.

»Svalbard, Mama«, sage ich vage an ihren Leib gerichtet. »Ich werde nach Svalbard fahren, wie Oma.«

Die Wahl muss auf mich fallen, ich muss es sein, die fährt.

Ich sehe den Trinkkarton auf dem Nachttisch an, frage mich, wie viele Schlucke sie wohl pro Tag zu sich nimmt. Wie viel ist nötig, um den Tod aufzuschieben? Die wiederholten Versuche des Personals hier, sie zu füttern, die Kartons mit künstlicher Ernährung, intravenöse Medizin. Eine ganze Industrie, um Mama am Leben zu erhalten. Ihr Naturzustand wäre Erde.

Sie reagiert nicht, als ich aufspringe und die Fotos von der Decke räume. Im Badezimmer lasse ich Lippenstift und Parfümflasche achtlos in die Kulturtasche fallen, Mama liegt weiterhin stumm da, als ich wieder herauskomme. Ich ziehe mir die Jacke mit dem Rücken zu ihr an, aber so kann ich sie nicht verlassen, und ich drehe mich zum Bett um. Und es ist etwas mit ihr, ich begreife zuerst nicht, was, dann sehe ich, dass sie mit nassen Wangen daliegt. Mamas Augen weinen, aber ihr Mund gibt keinen Laut von sich. Ich beuge mich über sie. Sie sieht mich nicht an, aber noch immer fließen die Tränen aus ihr heraus, während ich ihr den Lippenstift von der Stirn wische. Dann verlasse ich das Zimmer.

NJÅL

Der Seelöwe rotiert an uns vorbei, wendet und gleitet mit nach oben gerichtetem Bauch wieder zurück. Er hat etwas Fröhliches an sich, vielleicht sind es die Gesichtszüge, die mich zu diesem Gedanken verleiten. Seelöwen sehen aus, als ob sie lächelten. Doch in diesem sterilen gefliesten Becken können sie sich unmöglich wohlfühlen. Ich bin mit Lotta hergekommen, um die Seehunde anzuschauen, aber die sind nicht mehr hier. Für Lotta sind Seelöwen Robben, es kümmert sie nicht, dass sie tropische Tiere sind. Ich will ihr aber Tiere zeigen, die ich auf Svalbard gesehen habe. Tiere, die wir dort oben sehen werden.

Wer einmal auf Svalbard gewesen ist, kommt zurück. Das sagten alle, mit denen ich da oben gesprochen habe. Der Ort ist immer noch in mir, wenngleich ich nicht erklären kann, wieso. Ich hatte das Gefühl, mit etwas angefüllt zu werden. Dem Licht, vielleicht. Dem starken weißen Licht von Himmel und Schnee. Und dann zu wissen, dass man sich in der Randzone der Zivilisation befindet. An der Grenze dessen, was man aushalten kann. Als wir nach dem Kurs wieder nach Hause fahren sollten, wollte ich einfach nur bleiben. Aber damals hatte ich Sol in Bergen. Und eine Nachricht von ihr auf dem Handy, das Foto eines Schwangerschaftstests mit zwei Strichen. Natürlich fuhr ich nach Hause. Zwei Tage später schoss die Schwangerschaft in einem Strom aus Blut und Schleim wieder aus ihr heraus.

Einige von den anderen Teilnehmern der Feldstudie waren schon mehrmals dort gewesen. Tormod hat sich dort niedergelassen. Er arbeitet an der Universität, postet Bilder von der Mitternachtssonne und von selbst erlegten Rentieren. Eine Zeitlang schickten wir einander Mails, sprachen davon, einmal eine Paddeltour in den Fjorden zu machen. Aber ich kam irgendwie nicht weiter, geriet ins Hintertreffen. Ich war etwas zu alt, als ich mit dem Studium begann, etwas zu träge mit der Masterarbeit. Meine Promotion war allerdings sehr gut und sicherte mir den Postdoc und die Stellung als wissenschaftlicher Assistent. Doch danach stagnierte alles, das Leben kam mir in die Quere. Sols Depression und Nina und ich, die Säuglingszeit und die Trennung. Die ganze Zeit irgendetwas, alles zusammen etwas zu viel. Alle hatten Verständnis, alle waren geduldig, den Postdoc habe ich trotz geringer Veröffentlichungen an Land ziehen können. Die zeitlich begrenzte Stelle beim Gletscherprojekt ist alten Verdiensten geschuldet. Und sowohl Jobs auf Zeit als auch Sympathie hören irgendwann auf. Ich muss wieder in den Sattel kommen und genügend Punkte sammeln, um mich für eine Professur bewerben zu können. Auf Svalbard werde ich die schwache Leistung wieder ausgleichen.

Aber ich kann nicht ohne Lotta fahren. Es geht nicht, falls Nina mit der Beibehaltung unser Vereinbarung nicht einverstanden ist. Also schwirrt Nina mir wieder durch den Kopf. Es ist so frustrierend, die ganze Zeit um sie herumzukreisen. Sie steht allem im Weg, alles hängt zusammen, und alle Linien kreuzen sich in ihr. Ich empfinde das als verflucht ungerecht. Wenn es mich nicht gäbe, hätte sie gar keinen Doktortitel. Ich habe ihr mehr geholfen, als sie zuzugeben bereit ist. Und Lotta, es ist verdammt noch mal nicht Ninas Verdienst, dass sie existiert. Nina wollte gar kein Kind haben.

Lotta kreischt jedes Mal vor Freude, wenn ein Seelöwe an der Glasscheibe vorbeiflitzt. Ich rede mit ihr, erkläre ihr mit einfachen Worten, was wir sehen. Eine Art Robbe, fast wie ihre Sattelrobbe. Die Sattelrobbe ist ein Seehund, so einer, der auf Svalbard lebt. Ob Papa da oben eine Robbe sehen wird? Nein, Papa kann die Robben nicht streicheln. Nur anschauen. Ich erzähle von Svalbard, obwohl ich weiß, dass es so nicht funktioniert. Ich kann Lotta nicht zurücklassen, nicht jetzt. Ich brauche sie bei mir, dicht bei mir. Sie mitnehmen, das ist alles, was ich will, aber Nina wird es niemals zulassen.

Ich habe es schon längst kapiert: Ich kann das eine bekommen, wenn ich ihr das andere anbiete. Lasse ich ihr das Hauptsorgerecht, bin ich derjenige, der nach Svalbard fährt. Und umgekehrt. Ich begreife nicht, wie sie tickt, hält das Kind als Geisel für ihre Karriere. Genetisch betrachtet ist es paradox, ich kann mir nicht Nina wegwünschen, ohne auch Lotta wegzuwünschen. Allerdings tue ich es, ich wünschte so sehr, dass Nina nicht die Mutter meines Kindes geworden wäre.

Ich betrachte Lotta, die in ihrem Spielanzug wie ein Teletubby aussieht. Ihr ganzer Körper strahlt Freude aus. Sie schwankt und zittert wie eine Kühlschrankfigur auf Spiralfedern. Und immer wenn der Seelöwe vorbeischwimmt, hüpft sie vor Freude. Buchstäblich. Drei oder vier schnelle Hüpfer, ganz spontan. Anscheinend sind Kinder so, bei ihnen treffen alle Klischees zu. Unbändige Freude. Zitternd vor Wut. In Lachen ausbrechend. Lotta ist wie eine Zeichentrickfigur, ein Manga-Mädchen mit stilisierten Empfindungen. Wenn sie schmollt, dann mit vorgeschobener Unterlippe. Ist sie streng, verschränkt sie die Arme und runzelt die Stirn, so dass sie mich unter den Augenbrauen kaum noch sehen kann. Vor Zorn brüllend, heulend vor Wut.

Jetzt dreht sie sich zu mir um und lacht, trippelt ein paar Schritte auf mich zu und wirft sich in meine Arme. Ich schaffe gerade noch, ihr einen Kuss auf die Wange zu geben, ehe sie sich losreißt und wieder vor der Glaswand steht. Ich erhebe mich mit steifen Knochen, kann nicht länger in der Hocke sitzen. Fange Lottas Aufmerksamkeit ein und deute auf die Bank gleich in der Nähe. Sie nickt abwesend, völlig gefesselt von den Seelöwen.

»Süßes Kind«, sagte eine Frau, als ich mich hinsetze.

Ich nicke und lächle, drehe mich aber nur halbwegs um. Ertrage jetzt keinen Smalltalk. Aber die Frau lässt sich nicht abweisen. Ich spüre, dass sie sich neben mir auf der Bank anders hinsetzt, ein wenig näher kommt.

»Die beiden in den roten Sachen sind meine. Natürlich nicht meine Kinder. Meine Enkel.«

Ich murmle etwas, sie brabbelt weiter. Rentnerin, immer gern zur Stelle, Enkelkinder sind die Desserts des Lebens. Vorn beim Aquarium dreht Lotta sich um, reckt den Hals und hat vergessen, wo ich bin. Ich rufe sie, winke ihr zu, und sie lächelt. Alles gut, das Rudel ist nicht weitergezogen. Keine Raubtiere in der Nähe. Sie dreht sich wieder zu den Seelöwen um.

»Aber trägt sie denn keine Mütze?«

Die Stimme der Frau neben mir klingt etwas lauter. Ich drehe mich zu ihr hin, blicke sie zum ersten Mal richtig an. Undefinierbare Haarfarbe, nichtssagende Brille, Allwetterjacke. Sie deutet ein Lächeln an, glaubt wohl, dass es versöhnlich wirkt.

»Verzeihung?«, sage ich und habe keine Lust zu lächeln. Die Frau fährt fort, mit dem selbstverständlichen Recht, das Großmütter zu haben glauben.

»Hat sie keine Mütze? Es ist doch so kalt heute, da holt man sich schnell eine Ohrenentzündung. Sollten Sie ihr nicht eine Mütze aufsetzen?«

Sie muss irgendetwas in meinem Gesicht entdeckt haben, denn sie beeilt sich hinzuzufügen, dass sie sich einfach nicht zurückhalten kann, sie selbst hat vier Kinder, und außerdem hat sie im Kindergarten gearbeitet, alte Berufskrankheit. Muss immer auf alle aufpassen. Und ich merke, dass ich das nicht ertrage. Ich entgegne nicht einmal etwas, stehe bloß auf und schnappe mir Lotta. Hebe sie hoch, über meinen Kopf hinweg, so dass sie die Seelöwen vergisst und lacht. Dann trage ich sie weg, wollen wir uns nicht lieber den Heringsschwarm anschauen?

Das ist der Grund, warum ich mich manchmal dagegen sträube, mit Lotta an Orte wie diesen zu gehen. Das Aquarium und McDonald's, die Pfefferkuchenstadt in der Weihnachtszeit. Ich versuchte, Nina zu erklären, was ich als Wochenendpapagefühl bezeichne. Nina verstand nichts. Na und? Sie nahm Lotta ja auch zu Orten mit, ohne mich? Doch so etwas wie eine Wochenendmutter gibt es nicht. Völlig undenkbar, dass es so arme Mütter gibt, die nur am Wochenende etwas mit den Kindern unternehmen dürfen. Kino oder Aquarium, Fastfood, Übernachtungen, Übergaben. Welche Mutter muss sich Pinguine ansehen, um etwas zu haben, worüber sie mit den Kindern reden kann?

Ich erzählte von der Mutter im Kindergarten, die mir zeigen wollte, wie ich mein eigenes Kind hochheben sollte. Von der Frau im Textilgeschäft, die sich beinahe weigerte, mir blaues Regenzeug für meine Tochter zu verkaufen. Die Gemeindekrankenschwester in der Entbindungsgruppe, die ausrief: *Aber wer kümmert sich um das Kind?*, als ich erzählte, dass die Mutter wieder zu arbeiten begonnen habe. Das Weibsstück hinter mir in der Kassenschlange, das plötzlich meinte, ich müsse den Regenschutz am Kinderwagen befestigen.

Machen die das auch mit dir?, fragte ich Nina. Reden sie so zu dir? Ja sicher, sagte Nina, Gemeindekrankenschwestern seien nun mal so. Und dann fing sie an, über das Stillen zu reden und wie herablassend sie behandelt worden sei, als sie Lotta die Flasche gab. Und abermals erzählte sie von der Frau, die Lotta aus dem Wagen genommen hatte, um sie zu trösten, während Nina einen Kaffee kaufen war. Das mit dem Stillen finde ich auch unsäglich, klar. Aber die Geschichte mit der Kaffeebar illustriert das, was ich meine, denn Nina hat nur diese eine. Die sie immer wieder erzählt. Das eine Mal, als eine andere Frau sich erdreistet hat. Ich dagegen habe viele Beispiele, also habe ich recht. Es gibt eine spezielle Form weiblicher Herablassung. Eine Machtdemonstration, die bei Frauen genauso unbewusst ist wie Mansplaining bei Männern. Und genauso verflucht nervig.

Wie diese Mützenfaschistin. Hat sie Lotta vielleicht den Finger an den Hals gehalten und nachgeprüft? Spürt sie den Temperaturanstieg im Körper meiner Tochter? Und ich weiß genau, dass sie einer Frau so etwas nie gesagt hätte. Wenn Nina dort mit Lotta im Aquarium gesessen hätte, hätte die andere Frau ihrer Einschätzung vertraut. Es wäre ihr niemals eingefallen, eine Mutter zu korrigieren. Ziemlich ironisch, wenn man bedenkt, wozu Nina alles im Stande ist.

Wir gehen zum Eingangsbereich und bleiben vor dem flachen, erhöhten Becken stehen. Lotta reicht gerade über den Rand und hält sofort beide Hände ins Wasser, ehe ich es schaffe, ihr die Ärmel hochzukrempeln. Das Wasser zieht in die Manschetten ihres Spielanzugs ein, doch Lotta scheint es nicht zu bemerken. Sie plappert halbverständliches Zeug über Krabben, während ich ihren Oberkörper vom Anzug befreie und die Ärmel ihres Wollstramplers ein Stück hochziehe. Dann lasse ich sie los, und vergnügt wühlt sie in dem imitierten Ebbestreifen. Ich hebe einen Seestern auf und erwarte, dass er sich an meiner Handfläche festsaugt. Doch er zeigt keinerlei Anzeichen von Leben. Gezackt und geometrisch perfekt ähnelt er eher eine Fleischskulptur als einem Tier. Ein uraltes Artefakt, geformt wie eine Huldigung an längst vergessene Aliengötter. Ich reiche ihn Lotta, aber sie möchte ihn nicht berühren. Des Ganzen schon überdrüssig steht sie mit ausgestreckten Armen und abgespreizten Fingen da und jammert, dass ihr kalt ist. Ich hebe sie hoch, setze sie auf meinen Schoß und lege meine Hände um ihre, blase warmen Atem darauf. Die Zornesexplosion ist abgewendet, und jetzt nehme ich sie mit in die Rotunde.

Es ist der Raum, der mir am besten gefällt. Sechseckig wie eine Taucherglocke, mit Aquarien als Fenster in eine andere Welt.

Monströse Riesenkraken, schlangenartige Seeaale und wogende, haarige Gewächse. Und der Heringsschwarm, massiv und glitzernd. Stillstehend und zugleich in konstanter Bewegung.

Sieh mal, die Fische, sage ich zu Lotta und halte sie vor einen der Schaukästen. Der Schwarm bewegt sich gegen den Uhrzeigersinn, vermutlich hat das etwas mit der Erdrotation zu tun. Ich habe ein wenig über Schwärme gelesen. Ihr Verhalten wirkt wie eine Zusammenarbeit auf hohem Niveau, aber das stimmt gar nicht. In Wirklichkeit ist jeder Hering stockdumm, er bewegt sich instinktiv und denkt dabei nur an sich. Nur wer es aus der Distanz betrachtet, sieht die Ganzheit in den großen, sich wiederholenden Kreisbewegungen. Doch was, wenn sich der Hering plötzlich umwendet? Es klingt nach einem prophetischen Omen. Und der Hering in Bergen wird umkehren, und die versunkene Insel R'lyeh wird aufsteigen aus den Tiefen, auf dass der Große Cthulhu über die Welt herrschen möge.

Hinter uns betritt jemand den Raum. Zwei rot gekleidete Kinder mit tief in die Stirn gezogenen Wollmützen stürmen auf das Aquarium zu und fangen an, an das Glas zu hämmern. Das Mützenweib taucht im Hintergrund auf. Ich nehme Lotta und gehe.

SOL

Ich schalte den Projektor aus und das Licht ein. Drehe mich zu der Gruppe herum. Die Vierzehnjährigen sind untypischerweise ganz still, und ich frage mich, ob ich es vielleicht zu weit getrieben habe. Vielleicht kommen wieder Beschwerden, zwar nicht von den Jugendlichen, jedoch von den leicht zu schockierenden Eltern.

»Verfluchte Scheiße«, sagt Markus und korrigiert sich sogleich. »So ein Mist.«

Ich lächle, denn jetzt kann ich ihn erreichen.

»Einfach zu beschissen, oder?«, sage ich, und alle lachen. Wir haben früher schon über das Fluchen gesprochen, und sie wissen, was ich davon halte.

Elise, die Schüchterne mit den Dreadlocks und dem Button von der Jugendorganisation der Christlichen Volkspartei, ziert sich ein wenig, ehe sie das Wort ergreift. Sie nimmt jetzt öfter an Diskussionen teil, was mich mit Stolz erfüllt.

»Aber stimmt das wirklich?«, fragt sie skeptisch. »Sind die so groß? Bringen die Ärzte die um?«

»Ja und nein«, erwidere ich. »Dieser Film ist Propaganda. Viele von den Föten, die wir hier gesehen haben, sind Plastikpuppen mit Theaterblut.«

»Also ist es gelogen?« Nora, klein und leicht genervt, starrt mich an. »Ich habe im Internet davon gelesen. Ein Fötus kann am Daumen lutschen und gähnen und so.« Sie verschränkt die Arme vor der Brust, ist bereit für den Kampf. Nora hat mich schon öfter herausfordern können. Sie gefällt mir.

»Ich weiß nicht«, sage ich wahrheitsgemäß. »Und ich weiß auch nicht, ob das das Wichtigste ist. Aber wir können es als eine von vielen Fragen im Kopf behalten, wenn wir später diskutieren.«

Waren es winzige Menschenkörper, die wieder und wieder aus mir herausgefallen sind? Aus dem Schiff geschobene Miniaturleichen, für ein Seemannsbegräbnis in blutigem Klowasser? Ich stelle mir die zentimetergroßen Nichtkinder vor, in die Tiefe gerissen von einem schäumenden Mahlstrom aus Schleim und koagulierten Wrackteilen. Sie versinken in einer tiefbraunen mythischen Dunkelheit, der Heimstatt für Monsterratten und riesengroße, unförmige Blasen aus Feuchttüchern und Q-Tips, Schweinefett und Klopapier.

Ich verteile die vorbereiteten Seiten; eine Sammlung von Artikeln und Blogbeiträgen, die alle Seiten der Diskussion vertreten. Die Jugendlichen lesen alles gründlich durch, einige machen Unterstreichungen oder schreiben Kommentare an den Rand. Eine gute Konfirmandentruppe, aufgeweckt und ernst. Während sie lesen, fertige ich eine Zeitleiste an, die wir später in der Diskussion verwenden werden, von Woche 0 bis Woche 40. Wo setzen wir die Grenze?

Hinter mir schaben Stühle über den Boden, und ich drehe

mich um. Alle scheinen fertig zu sein mit den Texten, und ich stoße die Diskussion an. Ich achte sehr darauf, nicht das zu sagen, was ich meine, werfe aber offene Fragen und provokante Behauptungen ein. Viel ist gar nicht nötig, denn die Gruppe ist engagiert. Es sind Jugendliche, Klischees existieren für sie noch nicht. Alle Argumente sind neu, und jede Darlegung ist eine Offenbarung. Nicht für mich allerdings, im Laufe der Jahre habe ich das meiste gehört. Ich merke, dass ich mich mental zurückziehe und die Gedanken einfach kreisen lasse.

»Aber Fleisch isst du!«

Elise macht mich wieder wach. Jetzt starrt sie Markus an, während sie sich in irrem Tempo über Speziesismus und über Ehrfurcht vor allem Leben auslässt, über Muttersäue, die industriell vergewaltigt und ihrer Jungen beraubt werden, über die Herabsetzung Schwarzer durch Sklaverei-Rhetorik und über die Klimakrise, die das Werk des Schöpfers bedroht.

Ich bremse sie vorsichtig und komme auf einen ihrer interessanten Punkte zu sprechen. Ehrfurcht vor dem Leben, gilt das für *jede* Form von Leben?

»Aber Muttersäue erdrücken ihre Jungen, ohne sich darum zu kümmern«, wendet Markus ein. »Sie beißen sie auch zu Tode. Menschenmütter würden so etwas nie tun, Tiere haben nicht die gleichen Gefühle wie wir.«

Jetzt greifen andere in die Diskussion ein, reden durcheinander. Ich lasse sie machen und höre nur halb hin. Ich denke an Nina, die große, trauervolle Nina, die nur ganz wenig Spielzeug bei sich zu Hause haben will. Die den Kinderwagen zwölf Stockwerke tiefer unter ihrem Fenster abstellt und viele Minuten braucht, um herunterzukommen, wenn das Kind wach wird und weint. Nina, die die Bremsen löst und den Wagen mit dem weinenden Kind hinter sich her ins Haus zieht, ohne nach ihm zu sehen oder es zu berühren. Selbst auf die Entfernung erkannte ich ihre Depression in dem flachen, leeren Gesicht und in jeder Bewegung ihres schweren Körpers.

NINA

Ich sitze am Küchentisch und trinke Kaffee, dabei sehe ich Lotta beim Essen zu, sie presst sich das Brot an die Nase und nagt an der Leberwurst. Immer so, kratzend und bohrend mitten in der Scheibe, sie will Belag und weiche Brotmasse. Ich hätte die Scheibe zerschneiden sollen, aber das habe ich vergessen. Vergesse immer, alles zurechtzulegen.

Ich hätte niemals ein Kind bekommen dürfen. Es gab kein Abwarten-was-passiert für mich, und das nicht nur, weil ich mich selbst nicht als Mutter sehen konnte. Es war eine aktive Entscheidung, keine weiteren Menschen in eine Welt zu bringen, wo es schon zu viele davon gibt. Ein Kind zu bekommen ist der äußerste Egoismus, ein Versuch, sich selbst neu zu erschaffen, nur besser. Hat man das Recht, ein Kind zu neunzig Jahren Leiden zu verurteilen, nur, um jemanden zu haben, in dem man sich wiedererkennt? Sex zu haben, um schwanger zu werden, das kam mir absurd vor; nicht zu versuchen, den Samen zu blockieren oder abzutöten, fand ich absolut verantwortungslos.

Was ich haben wollte, war Njål, das plötzliche Bedürfnis nach ihm war grundlegend und entscheidend. Vielleicht habe ich das mit den Kindern nicht ausreichend klargemacht, vorübergehend hatte ich Zweifel. Sah *sein* Kind vor mir, keine hypothetische Nachkommenschaft. Es lag daran, wie er mich anschaute, wie eine, mit der er eine Familie haben könnte. Der Gedanke an Sol und ihre Fehlgeburten, Njål weinte, als er mir davon erzählte, und ich begriff, warum er sie verlassen hatte.

Ein Kind zu bekommen, war für Njål einfach notwendig, und als wir zusammenzogen, redete er darüber wie über etwas Selbstverständliches, den nächsten natürlichen Schritt. Aber als er es dann wirklich versuchen wollte, war ich nicht sicher, ob ich eine Mama werden sollte. Das war unser erster richtiger Streit. Njål sagte, er fühle sich betrogen, ich schrie, betrogen habe er sich selbst. Eine sterile Frau zu verlassen, um ein Kind mit einer zu machen, die gar keine Mutter werden will, wer zum Teufel tut denn sowas! Als er auf mich zukam, hatte ich Angst, so groß und heftig, aber er blieb dicht vor mir stehen. Für einen Moment starrte er mir ins Gesicht, so nah, ich hätte ihn in den Schritt treten, hätte Anlauf nehmen und ihn mit einem Stoß mit meinem Kopf zu Boden werfen können, ich hätte das geschafft, aber er legte die Arme um mich, zog mich an sich und hielt mich fest. Drückte mich an sich, so sehr, dass es wehtat, und flüsterte, dass er mich liebte. Er hat das Thema später nie wieder zur Sprache gebracht, hat mich nie gebeten, die Kondome weglassen zu dürfen.

Lotta hebt den Kopf. Mehr Essen, sagt sie, mehr! Ich hebe die Kruste auf, am Rand sitzt immer noch weiches Brot, und ich reiche ihr die Kruste, wie man einem Hund einen Knochen reicht. Jetzt nag schon, denke ich, aber sie schlägt meine Hand weg und die Brotstückchen fliegen über den Tisch. Ich bringe es nicht über mich zu schimpfen, ich schiebe die Krümel zusammen, ohne Lotta anzusehen. Ein Stück ist auf meinem Papierstapel gelandet, dem Entwurf zu einem neuen Artikel. Ein großes Stück, mit der Wurstseite nach unten, die Leberwurst bleibt am Papier kleben, als ich es aufhebe. Lotta hängt über dem Tisch und streckt die Hand nach dem Brotrest in meiner Hand aus, jetzt will sie ihn haben, wo er hoffnungslos außer Reichweite ihrer kurzen Arme ist. Ich stehe auf und lasse ihn ins Spülbecken fallen, bleibe mit dem Rücken zu ihr stehen, um zur Besinnung zu kommen. Ich liebe Lotta, liebe sie von ganzem Herzen, denke nie daran, wie es ohne sie wäre. Das wäre sinnlos, denn hier ist sie.

Es spielt keine Rolle, wofür ich mich entschieden hätte, sie ist trotzdem entstanden. Njål hat immer Witze über seine Superzellen gerissen. So stark, dass sie Kondome sprengen, sagte er einmal, als uns eins geplatzt war. Ich nahm die Pille danach, aber das half nichts. Als ich mit dem Plastikstäbchen in der Hand dastand und die zwei blauen Striche sah, war es schon zu spät. Ich hätte einen Antrag auf Spätabtreibung stellen können, aber das kam mir unmöglich vor. Ich war schon von innen her verändert und spürte es überall in mir. *Der Leib des Fötus ist der eigene Leib der Frau,* ich weiß noch, dass Mama eine Plakette mit dieser Parole hatte. So kam es mir vor, als wäre Abtreibung Selbstverletzung.

Lotta quengelt jetzt, reibt sich die Augen und schmiert sich Leberwurst in die Haare. Ich müsste sie ins Bett bringen, aber mir fehlt die Kraft. Kaffee, fällt mir nun ein, ich muss zuerst Kaffee trinken. Setze mich und hebe die Tasse an den Mund, aber der Kaffee ist kalt.

Es gibt Eidechsenarten, die ohne Männchen Nachkommen bekommen, die sich ganz ohne Sex vermehren können. Die Weibchen legen Eier mit Klonen ihrer selbst. Das hat Mama mir erzählt, manchmal hat sie mich ihr Eidechslein genannt. Ich weiß nicht, ob sie sich eigentlich einen Vater für mich wünschte, sie unternahm nie einen Versuch, um festzustellen, was aus ihm geworden war. Ich auch nicht; einen zufälligen Backpacker aufzusuchen, der nichts von mir wusste, wozu hätte ich den gebraucht? Mama ging mit mir zu Oma, zog bei ihr ein, als ich in ihrem Bauch lag. Ich hatte nicht nur Mama.

Als Oma starb, hätte ich zur Feldarbeit auf Svalbard sein sollen. Das Krankenhaus rief an, als ich im Taxi zum Flughafen saß. Mama war auf einer ihrer Reisen, es war unmöglich, sie zu erreichen. Ich machte kehrt und fuhr zum Krankenhaus. Den ganzen Tag saß ich an Omas Bett und ließ sie reden, zusammenhanglose, bedeutungslose Episoden, die sie noch nie erwähnt hatte. Pissen in den Regenmesser des Geophysischen Instituts, Herumjuxen mit dem Foucaultschen Pendel, Nachglühen auf dem Trockenboden und Meerschweinchen im Keller während des Krieges.

Am Tag danach war sie still geworden und wollte meine Hand halten. Ich saß schweigend da und hatte die Hände um das kleine, nackte Stück Oma geschlossen. Hielt fest, bis mein Rücken wehtat und mein Bein taub wurde und bis ich sicher war, dass sie schlief. Ihre Haut war trocken und rau, und ich weiß noch, dass ich dachte, so lange hat sie mich noch nie angefasst. Oma war keine Großmutter mit offenen Armen. Ich erhob mich vorsichtig, aber mein Bein gab prickelnd unter mir nach und ich musste mich auf das Bett stützen. Als ich ihre Hand auf die Decke legte, öffnete sie die Augen. »Ich habe doch an das Kind gedacht«, sagte sie. »Der Gang der Natur.« Sie starrte mir ins Gesicht, gab aber keine Antwort, als ich sie ansprach. Zwei Tage später starb sie, ohne noch irgendetwas gesagt zu haben.

Lottas Kopf hängt im Stuhl nach hinten und ihre Augen sind schmal, sie kann im Sitzen einschlafen. Das Brot, fällt mir ein; wenn sie nicht satt genug ist, wird sie nachts wach. Ich schmiere noch eine Scheibe mit Leberwurst, schneide die Kruste ab und zerteile den Rest in kleine Stücke. Oma hat das Mama nie erlaubt, wollte keine Babytassen und Kinderbestecke im Haus haben, das hat Mama erzählt. Ich erinnere mich an die rote Trittleiter, die Oma für mich gekauft hat, damit ich mir aus den Küchenschränken holen konnte, was ich wollte. Ich hebe die Plastikschüssel vom Boden auf, schiebe die Brotstückchen hinein und stelle alles vor Lotta hin, drehe den Laptop zu ihr um und suche auf YouTube einen Plastilinfilm. Das müsste mir ein paar Minuten erkaufen, und ich gehe ins Schlafzimmer.

Hinten im Kleiderschrank steht die Schachtel mit Omas Hinterlassenschaft. Der braune Umschlag liegt oben, und ich fische das Eisbärenbild heraus, bleibe dann aber gebückt stehen und sehe die restlichen Dinge durch. Hebe eins nach dem anderen heraus, Omas mit der Maschine geschriebene Dissertation, einen signierten Roman von Agnar Mykle und eine kommentierte Ausgabe von Ted Kaczynskis Manifest. Ganz unten in der Schachtel liegen die kleinen Dinge, bayrischer Krimskrams und eine kleine Silbernadel, das abgegriffene Kartenspiel mit den Pornomotiven und Omas Klappmesser. Ich nehme die Nadel heraus, vielleicht kann Lotta sie benutzen. Bald ist doch der 17. Mai.

In der Küche klappe ich den Laptop zu und halte das Foto vor

Lotta hin, außer Reichweite ihrer klebrigen Finger. Kuck, sage ich und zeige darauf, das ist meine Großmutter. Uroma mit einem Eisbärjungen! Lotta mustert das Bild, zeigt auf den Bären und fragt, ob das ein Baby ist. Beebi, spricht sie es aus, Beebibär? Aber sie verliert rasch das Interesse und ich muss den Film weiterlaufen lassen, ehe ich hinausgehe. Die Silbernadel sticht mir in die Handfläche, Lotta ist noch zu klein für solchen Schmuck.

Ich lege Bild und Nadel zurück in die Pappschachtel, dann nehme ich das Klappmesser heraus. Mama hatte es auf Reisen immer bei sich. Eine Dame allein muss sich verteidigen können, sagte Oma zu Mama, als sie ihr das Messer schenkte. Ich hätte es erben sollen, für meine erste Interrailtour. Aber ich bin nie so weit gekommen, weder mit Interrail noch nach Svalbard. Nach Omas Tod hörte Mama auf zu reisen. Dann ging sie nicht mehr aus dem Haus und ich konnte die Stadt nicht verlassen. Sie machte mir die Tür nicht mehr auf, ging nicht mehr ans Telefon. Als mich die Nachbarn anriefen, musste ich den psychiatrischen Notdienst verständigen, und seither ist sie in Heimen untergebracht. Es konnte nie festgestellt werden, ob es einfach nur frühe Senilität ist oder mehr. Und es spielt ja auch keine Rolle.

Ich stehe mit dem Messer in der Hand da. Oma hat es damals von Svalbard mitgebracht, das hat Mama erzählt. Hat damit Fisch ausgenommen und Brot geschnitten. Der Holzgriff liegt glatt und warm in meiner Hand, die Klinge ist in ihren Schlitz geklappt. Ich denke an die Küchenmesser, die Njål im Keller versteckt hat, als es mir so schlecht ging, und plötzlich werde ich böse. Gibt es nicht etwas, das Expositionstherapie heißt, denke ich und versuche, die Klinge herauszuklappen. Das ist mühsam, und ich kann sie nicht ganz herausholen, vielleicht lässt sich der Mechanismus ölen. Ich fahre mit der Handfläche über die Spitze, versuche, die Zwangsvorstellungen herbeizubeschwören, aber kein Bild flackert vor mir auf.

Lotta brüllt in der Küche, offenbar ist der Film zu Ende. Rasch stecke ich das Messer in die Tasche, richte mich mühsam auf und gehe hinüber, um sie ins Bett zu bringen.

MAI

NJÅL

Ich gehe durchs Wartezimmer, ohne jemanden anzublicken. Alle Männer hier starren auf den Fußboden. Ich lehne es ab, mich zu schämen. Bewege mich hocherhobenen Kopfes, alle sollen kapieren, dass ich das hier nicht für mich selbst tue. Doch sobald ich die Tür durchschritten habe, fühle ich mich unwohl. Mit so wenigen Worten wie möglich melde ich mich im Labor an, nehme den Probenbehälter entgegen und trete auf die Kabine zu. Ich schließe die Tür, verriegle sie, rüttle daran, um zu überprüfen, dass sie verschlossen ist, und stelle den Becher auf das Waschbecken. So. Erst jetzt entspanne ich mich.

Ich ziehe die Jacke aus, spüre den Brief in der Innentasche. Plötzlich wird mir die Absurdität der Situation bewusst. Hier in der Fruchtbarkeitsklinik zu stehen und die Klageschrift in der Tasche zu haben. Nina verlangt gemeinsames Sorgerecht. Der Brief kam gestern, ich treffe meine Anwältin, sobald ich hier fertig bin.

Abermals überprüfe ich, dass die Tür verschlossen ist. Ich wasche mir gründlich die Hände, fummle an dem Plastiküberzug des sterilen Bechers herum und drehe den Deckel ab. Erst als der Becher bereitsteht, drehe ich mich zu den Heften im Regal um.

115

Inzwischen ist es mir zu einer Angewohnheit geworden, erst den Becher vorzubereiten. Das ist ja der springende Punkt, ich bin nicht wegen der Pornohefte hier.

Ich krame durch den Stapel und ziehe einen meiner Favoriten heraus, blättere bis zu einem Arschfoto vor. Doch ich komme nicht in Stimmung. Wieso tue ich das immer noch? Ich darf es mir auch anders überlegen, sogar mitten im Geschehen. Kann ich darum bitten, dass mein übriger Samen vernichtet wird? Jetzt habe ich ja selbst ein Kind bekommen, eines, das meins ist. Das ich in den Armen halten kann und dabei sehe, wie es mir ähnelt. Wieso betätige ich mich weiterhin als Samenspender? Dieser Raum, diese Hefte, das ist alles so verdammt öde. Schamgefühle überkommen mich, jetzt kriege ich keinen mehr hoch. Ich schließe die Augen und beschwöre die üblichen Phantasien, die mich immer anturnen. Nina, nackt und von hinten.

Als ich Nina zum ersten Mal sah, spürte ich einen Ruck in mir. Ich stellte mir vor, wie es wäre, sie zu vögeln, wie ich das immer mache, wenn ich auf eine Frau im fruchtbaren Alter treffe. Wie Männer es eben tun. Das ist überhaupt nicht so schlimm wie viele meinen, es ist keine Herabsetzung. Es ist bloß der Affenteil des Gehirns, der ein wenig an ihrem Hintern schnuppert. Bildlich gesprochen. Ich bin in der Lage, sowohl daran als auch gleichzeitig rational und respektvoll zu denken. Als ich ihr begegnete, erzählte Nina mir von ihrem Forschungsprojekt, und der Affe wedelte weiter mit dem Schwanz. Und plötzlich sank ein Gedanke durch meine Brust. Denn ich konnte ihr ansehen, was für Kinder wir bekommen könnten, es war fast wie eine Eingebung. In der folgenden Nacht versuchte ich, mit den Gedanken an Nina zu wichsen, aber es funktionierte nicht. Jedes Mal erschien ein anderes Bild von ihr, eine andere Phantasie. Ich sah, wie sie mir unser Kind reichte.

Ich war ja zu jener Zeit nicht ganz bei mir. Ich schlief wenig und arbeitete schlecht. Sol war tief in ihrer Depression versunken, und ich trauerte. Es war wirklich Trauer. Ich weiß noch, dass ich versuchte, es vor mir selbst lächerlich zu machen, es auf diese Weise abzuschütteln. Über etwas zu weinen, was nicht passierte, war sinnlos. Aber es half nichts. Ich hatte das Gefühl, dass wir mehr über ein Kind trauerten, das wir nicht bekommen konnten, als über ein Kind, das gestorben wäre. Sol wollte adoptieren, doch das konnte ich einfach nicht. Und ich schämte mich deswegen. Denn so ein Mann wollte ich nicht sein. Ich sah mich selbst nicht auf diese Weise.

Bei Instagram hieß ich ModernViking, und das wollte ich sein. Zuallererst modern. Schließlich bin ich Forscher und ein rationaler Mensch. Ich glaube an die Kultur und an die Natur, nature and nurture. Eigentlich sollte ich den perfekten Adoptivvater abgeben. Aber ich brachte es nicht fertig. Es war der Affe in mir, um es darwinistisch auszudrücken. *Meine* Gene weitergeben. So dumm und so banal wie ein Schlachtruf der Nordischen Widerstandsbewegung. Doch ich kam nicht daran vorbei. Ich wollte meine Familie, mein eigen Fleisch und Blut. Völlig archaisch. Ich konnte mich mit dem Verlust nicht versöhnen.

Für Sol war es noch viel schlimmer, ich weiß das. Denn es war sie, die nicht konnte. Bei mir wimmelte es geradezu von hochqualitativen Samenzellen. Schwimmfähige Spermien, in Mengen, die den Labortechniker in der Klinik zweimal nachzählen ließen. In der schlimmsten Phase sah ich sie vor mir, wenn ich nicht schlafen konnte. Winzige eifrige Kaulquappen in wildem Tempo, ein existenzieller Wettlauf, der in Sols Gebärmutter völlig vergebens war.

Schließlich meldete ich mich als Samenspender. Ich weiß noch, wie ich das erste Mal in der Kabine stand. Mir die Pornohefte anschaute und an Sol zu denken versuchte, während ich mechanisch wichste. Der Samenerguss war ohne Orgasmus, doch ich konnte einen ordentlichen Batzen mit dem Becher auffangen. Genug für einen kleinen Clan, dachte ich. Schläferzellen irgendwo in einem Gefrierschrank. Kleine Expats, die vielleicht irgendwann in der Zukunft ihr Vaterland kontaktieren würden.

Ich habe Interviews mit Kindern von Samenspendern gelesen. »Wer bin ich?«-Überschriften und eine enorme Verletzlichkeit. Aus der Zeit, als die Spender noch anonym waren. Stattdessen reisen heute vermutlich viele norwegische Männer ins Ausland oder spenden privat. Lassen sich von zufälligen Menschen im Internet ansprechen und erscheinen mit einem Becher Samenzellen in der Tasche. Erst konnte ich das nicht verstehen. Wenn man sich nicht zu erkennen geben will, dann vermutlich, weil man denkt, die Genetik spiele keine Rolle. Nurture vor nature. Aber was ist dann der Witz dabei, ausgerechnet seine Samenzellen in die Welt hinauszuschicken?

Dann las ich, dass es juristisch gesehen einen gewaltigen Unterschied zwischen registrierten und privaten Samenspendern gibt. Außerhalb des Spendersystems ist man dem Gesetz nach der Vater seiner Kinder, das lässt sich auch vertraglich nicht ändern. Man kann Sorgerecht beantragen. Theoretisch, stand da. Theoretisch bis auf weiteres, dachte ich. Denn ich habe auch Artikel über die Verschmähten gelesen, die wachsende Gruppe einsamer kinderloser Männer. Die keine Frau haben will.

Als ich da mit meinem Schwanz in der Hand in der Kabine stand und auf meine eigene, mir entfremdete DNA blickte, dachte ich an sie. Eine Heer wartender Männer, eine stille Eroberung des Vaginalstaats.

Ich meine das natürlich nicht so, ich bin schließlich auch kein verdammter Incel. Aber als ich da die Hose auf den Knien hatte, fand ich die Idee lustig.

Jetzt habe ich mich in meinen Gedanken verloren, und mein Schwanz ist immer noch schlapp. Ich bringe Sol vor mein geistiges Auge. Die nackte geile Sol mit ihren eifrigen, schnellen Händen. Und Nina, ihr weißer Körper, der sich vor mir ausbreitet. Nina und Sol, zusammen. Sols kleine Hände kneifen Ninas Speckreifen, heben ihre Brüste an und präsentieren sie mir. Ich sehe nur ein kurzes Aufleuchten, den Ausschnitt von Körpern. Finger und Zungen. Haut und Fleisch, wogend und zitternd. Sols spitze Brustwarzen. Ich verliere die Kontrolle, die Bilder fließen ineinander. Noch ein paar Züge und ich komme. Ich spritze so heftig ab, dass ich beinahe den Becher verfehle. Dann wasche ich mir die Hände, während ich versuche, das letzte undeutliche Bild aus dem Kopf zu bekommen. Sols schmale Hände um Ninas Hals. Finger, die sich fest um die Kehle legen und zudrücken. Waren das meine? Ich wasche und trockne mich ab, dränge die Scham zurück.

Es war nur ein flüchtiger Gedanke. Hat nichts zu bedeuten.

SOL

Das Wasser ist kochend heiß, langsam lasse ich mich in die Badewanne sinken, damit die Haut sich an die Hitze gewöhnen kann. Ich habe es gern so, fast unerträglich heiß. Nur auf diese Weise durchdringt es die steifen Muskeln und weicht mich auf. Ich habe immer gern gebadet. Als Njål unser Badezimmer renoviert hat, baute er die Badewanne extra für mich ein. Ab und zu badeten wir gemeinsam, ansonsten duschte er nur. Ich frage mich, ob Nina gern badete und ob er es mit ihr zusammen tat. Die Gedanken an Njåls nackten Körper senden Signale durch meine alten, ausgetretenen Nervenbahnen und turnen mich an.

Mein Körper ist fast völlig von Schaum bedeckt, es riecht intensiv nach Moschus und Sandelholz. Auf dem Wannenrand stehen brennende Kerzen und zwei Gläser Rotwein, genauso wie damals, als wir frisch verheiratet waren und Njål das Badezimmer immer für uns vorbereitete. Um die Erinnerungen so richtig zu triggern, habe ich sogar den Wein gekauft, den wir damals immer getrunken haben. Neben das Waschbecken habe ich den kleinen Reiselautsprecher gestellt, der drahtlos mit der Playlist auf meinem Handy verbunden ist. Ich musste eine neue Liste erstellen, konnte mich fast gar nicht an die Stücke auf der alten »Sexy-ti-me«-Liste erinnern. Vielleicht ist das auch egal.

Ich betrachte mich selbst. Mein Körper ist wie eine Barockma-lerei, gezeichnet von rötlichem Licht und warmen Schatten. Die Brüste sind klein und unbenutzt prall. Ich umfasse die eine und mustere das Motiv. Schwarz lackierte Nägel umkränzen die blasse Brust, die in meiner Hand noch kleiner wirkt. Von der Tätowie-rung am Handgelenk sehe ich die Hälfte, die Spitze und das eine Bein am eucharistischen Fisch zeigen nach vorn und nach oben. Eine gelungene Komposition, die eine schöne Fotografie werden könnte. Doch ich lasse das Handy liegen.

Mein Weinglas ist schon halbleer. Ich sinke hinunter und lege den Kopf nach hinten, schließe die Augen und versuche zu trei-ben. Ganz in Ruhe sein, den Körper meine Gedanken umwickeln lassen. Ich atme langsam und spüre, wie sich der Oberkörper je-des Mal aus dem Schaum hebt, wenn ich einatme. Langsam be-wege ich den Kopf von einer Seite zur anderen, lasse den Dampf über mein Gesicht wabern. Das dichte Geräusch von Wasser er-füllt meine Ohren, zusammen mit einem schwachen, dumpfen Laut. Eine Art leichtes Trommeln oder Kratzen. Ich kann es nicht einordnen und öffne die Augen. Ohne Brille erscheint mir die Zimmerdecke glatt und eben, keine abgeplatzte Farbe, obwohl ich weiß, dass sie da ist. Keine Bewegung im Raum. Nackt und mit meinem brillenlosen, vernebelten Blick fühle ich mich plötzlich unsicher und setzte mich auf.

Es ist still. Der Schaumteppich bedeckt das Wasser, und ich verspüre Unbehagen, weil ich nicht sehen kann, was darunter ist. Wie in all den Szenen aus Gruselfilmen, mit dämonischen Träumen und schlafenden Frauen, die von schlangenartigen Bewegungen unter dem Laken erwachen. Etwas kommt näher, ungesehen. Als ich klein war, erzählte mir jemand vom Weißen Hai. Ich habe den Film nie gesehen, aber die Inhaltsangabe reichte schon. Seit jener Zeit habe ich Angst vor Haien, töricht und irrational. Als Kind folgte mir die Angst in die Schwimmhalle, und im Extremfall bis in die Badewanne. Es half auch nicht, dass mein Vater sich Dokumentarfilme über Haie mit mir ansah und in dunklen Seen neben mir herschwamm. Es muss im Sommer nach Mutters Tod gewesen sein, vielleicht hat es mich deshalb so sehr geprägt. Noch heute kann ich die alte Angst manchmal spüren, und sie kommt mir älter vor als ich selbst es bin. Eine natürliche Furcht, nicht vor Wasser, sondern vor der Tiefe. Angst davor, wie ein Holzspan auf der Oberfläche zu treiben, gefangen zwischen zwei Dimensionen, während die Haie unsichtbar unter meinen Füßen umherkreisen. Ich glaube nicht an den Teufel, aber manchmal glaubt meine Angst an den Leviathan.

Ich befreie mich selbst aus dem alten Unbehagen und strecke mich nach der Bürste. Poliere den Körper wie ein schönes altes Möbelstück, scheuere meine Füße und rasiere Beine und Achseln. Die Haare im Schritt habe ich gekürzt, ehe ich in die Wanne gestiegen bin, ich habe mich mit der Nagelschere breitbeinig aufs Klo gesetzt. Es ist lange her, dass ich meinen Busch gestutzt habe. Dieser Teil von mir war lange verschlossen, ich habe mich kaum selbst dort angefasst. Als ich vorsichtig ein paar seidenartige Locken abschnitt und sie ins Klo fallen ließ, kam es mir komisch vor. So was machen Frauen eben, sie schneiden und wachsen und kontrollieren. Und ich jetzt auch, wieder einmal.

Der Gedanke an den Hai lässt mich nicht los. Leviathan im Buch Hiob, das Ungeheuer in der Tiefe, das Feuer spuckt und Licht herausniest und die Weltmeere in einem Topf zu Salbe verkocht. Vielleicht kann ich das für eine Predigt verwenden, es mit der Gefahr für das Klima verknüpfen. Die Beschreibung wirkt gleichzeitig etwas kindlich, als ob Gott Hiob sein Lieblingsspielzeug vorführt. Sieh mal, was ich hier habe. Sieh mal, was ich tun kann.

Das Badewasser ist vor lauter Rasierseife ganz trübe geworden, und im Schaum treiben kleine schwarze Beinhaare, die sich in Klumpen um meinen Körper sammeln. Ich stehe auf, ziehe den Stöpsel heraus und drehe die Dusche auf, spüle mich gründlich ab und wasche mir die Haare. Das Wasser steht noch knöchelhoch, als ich meinen Fuß auf den Boden setze. Ein gräulicher Ring aus Hautresten und Seife hat sich wie eine Hochwassermarke unterhalb des Wannenrands gebildet. Die nassen Weingläser stehen auf dem Rand, in einer Pfütze aus rosarotem Schaum. Ich nehme einen Lappen und reibe die Badewanne ab, lasse das leere Glas stehen und nehme das volle mit zum Waschbecken. Ich werde es ohnehin austrinken, ich habe keine Lust mehr, mir etwas vorzumachen. Dann creme ich mich mit Bodylotion ein und lege eine Gesichtsmaske auf, reibe einen Streifen an der Nase frei und setze meine Brille auf. Das Handy erwacht in dem Moment, als ich danach greife, doch meine Brillengläser beschlagen und ich kann das Display nicht deutlich erkennen. Ich ziehe meinen Morgenmantel über, nehme Telefon und Weinglas mit ins Wohnzimmer, hole ein Päckchen Zigaretten hervor und stelle mich an die Balkontür. Ich habe in dieser Woche nur eine Zigarette geraucht, von dem Kontingent, das ich mir selbst zugeteilt habe, sind noch vier übrig. Schon bald werde ich ganz aufhören, Passivrauchen ist das Schlimmste für Kinder.

Mit einem Knopfdruck erwecke ich das Handy zum Leben und sehe, dass ich ein paar Nachrichten bekommen habe. Rastlos öffne ich den Messenger, will die Nachrichten kurz überfliegen, und die neueste Nachricht erscheint auf dem Schirm. Ein Foto von Njål mit der kleinen Lotta in den Armen, beide in voller Wikingermontur. Njåls Gesicht ist Lotta zugewendet, der Gesichtsausdruck trifft mich im Innersten. Es ist nicht möglich sich vorzustellen, dass er dieses Kind nicht bekommen sollte, dass er kein Kind hätte, das er in den Armen halten und mit diesem Papablick anschauen könnte. Lotta ist auf dem Foto noch jünger, fast noch ein Baby, mit runden Wangen. Es muss letztes Jahr aufgenommen worden sein. Sie starrt ohne zu lächeln direkt in die Kamera, ein fester Blick unter dem Pelzkragen der Mütze. Ich weiß nicht, ob es an der Sonne liegt oder ob der Fotograf das Bild bearbeitet hat, denn ihre Augen sind so tiefblau, dass sie schon fast übernatürlich wirken. Wie eine schlaue kleine Unterirdische, eine Elfe mit spitzer Mütze und Locken aus goldroten Haaren, die sich mit dem Fuchspelz vermischen. Es ist ein phantastisches Bild. Leicht zu verstehen, warum der Wikingermarkt es auf seiner Homepage veröffentlicht hat.

Das Glas ist leer, und ich gehe in die Küche, um mehr Wein zu holen. Über den Karton gebeugt höre ich ein Geräusch. Unregelmäßig und sehr lebendig kratzt es irgendwo hinter mir. Ich drehe mich zur Arbeitsplatte um. Die Wasserrohre von Küche und Badezimmer verlaufen in der Wand dahinter. Ich denke an aus der Gefangenschaft entkommene Würgeschlangen, die in den Rohren zwischen den Wohnungen umherschwimmen und sich winden, um unter Laken zu erwachen. Dann ist es still, und ich will die Küche wieder verlassen. Da raschelt es abermals.

Bevor mich die Gedanken allzu sehr überwältigen, mache ich mich an die Küchenschränke. Ich öffne systematisch eine Tür nach der anderen, durchsuche jeden zweiten Ober- und Unterschrank, ohne etwas zu entdecken. Ich öffne die Schubladen unter der Anrichte und öffne den letzten Oberschrank, sehe kaum richtig nach, nehme aber eine Bewegung wahr und drehe mich um. Die Haferbreipackung kippt um, während gleichzeitig etwas in die andere Ecke des Schranks flitzt, sich an der Rückwand umdreht, stehen bleibt und mich einen Moment lang anstarrt. Dann springt es heraus und landet auf der Arbeitsplatte, den haarlosen, ekligen und gebogenen Schwanz hinter sich herziehend. Es saust an dem Schneidebrett vorbei, das an der Wand lehnt, und ich fahre blitzschnell den Arm aus und lasse das Brett mit Schwung hart auf die Ratte hinunterdonnern.

Die Bewegung hat aufgehört, die Ratte ist nicht mehr zu sehen. Kann ich tatsächlich getroffen haben, liegt die Ratte unter dem Schneidebrett? Sie kann in einen Schrank oder in die geöffnete Brotschublade entflohen sein. Gerade will ich das Brett wieder hochklappen, als ich sehe, dass es sich langsam hebt. Am Rand ist ein schmaler Streifen Blut erkennbar, doch die dicke Holzplatte bewegt sich, und ich glaube, einen keuchenden Laut zu hören. Schnell packe ich das Brett und fege, was auch immer darunter liegt, in den Brotkasten, knalle die Klappe zu und bleibe mit dem Schneidebrett in der Hand davor stehen. Es ist blutverschmiert, jedoch nicht so schlimm wie befürchtet. Keine über das Holz verteilten Eingeweide. Und im Brotkasten rumort es. Ich versuche, mir die Schublade von innen vorzustellen, frage mich, ob es wohl Ritzen oder Auswege gibt. Unzählige Male habe ich Brot aus diesem Kasten genommen, weiß aber nicht, wie er gebaut ist. Die Ratte hat jetzt aufgehört zu kratzen, es klingt, als ob sie sich mit dem Körper gegen die Wände wirft. Und sie macht Geräusche, ein Art fauchendes Geröchel, ich wusste gar nicht, dass Ratten knurren können.

Ich schaue mich um. Der Fleischhammer ist die naheliegende Lösung, doch der liegt in der Schublade über der Ratte. Die kann ich nicht öffnen, ohne ihr einen Fluchtweg bereitzustellen. Die kleine gusseiserne Pfanne steht in Reichweite beim Herd, aber die ist teuer gewesen. Ein Hochzeitsgeschenk. Die Töpfe sind zu groß, und die Messer an der Magnetschiene würden meine Hände zu sehr gefährden, wenn ich versuchte, damit zuzustoßen. Bleibt also nur die Pfanne. Ich strecke mich, erwische einen Topfhandschuh und ziehe ihn über, ehe ich nach der Pfanne greife. Sie ist beruhigend schwer. Ich öffne die Brotschublade mit der freien Hand und drehe den Kopf weg, während ich mit der Pfanne wieder und wieder zuschlage. Ich treffe etwas Weiches, weiß aber nicht, ob es ein Brot oder die Ratte ist. Ich glaube ein Wimmern zu hören, dann ein Fauchen, höre aber nicht eher auf, bis ich sicher bin, dass sie entweder tot oder entkommen ist. Mit immer noch abgewendetem Gesicht ziehe ich die Pfanne heraus und drehe sie um. Der Boden ist feucht. Aber ich will nicht nachsehen, lasse daher die Pfanne in die Schublade fallen und schließe sie mit aller Kraft.

Völlig außer Atem gehe ich durchs Wohnzimmer und auf den

Balkon, zünde mir eine neue Zigarette an und qualme, bis ich mich ruhiger fühle. Es ist kalt, allerdings habe ich keine Lust, hineinzugehen und alleine aufzuräumen, habe keine Lust, mich in das große Bett zu legen und die ganze Nacht im Dunkeln nach Geraschel zu lauschen.

NINA

Pisswarmes Wasser reicht mir bis zur Taille und ich friere am Oberkörper, als ich in der Badewanne sitze. Wer hier badet, ist Lotta, ich bin nur die Gesellschaft. Sie sitzt auf meinem Schoß, glitschig vom Badeschaum und zappelig wie ein frisch gefangener Kabeljau. Ich muss sie fester halten, als sie mag, sie grunzt und quengelt, wenn ich nicht zulasse, dass sie sich hin und her wirft auf Jagd nach Spielzeug, das außer Reichweite getrieben ist. Ich habe ihr viel Wasser eingelassen, das gefällt ihr, es reicht ihr bis ans Kinn. Deshalb muss auch ich in der Badewanne ausharren, ich wage nicht, sie dort alleinzulassen. Nicht einmal, wenn ich auf dem Klodeckel sitze, weniger als eine Armlänge entfernt. Bei so hohem Wasser kann sie ganz untertauchen, sie braucht sich nur ein wenig zu weit auszustrecken, schon verliert sie das Gleichgewicht. Es fällt ihr sehr schwer, Entfernungen einzuschätzen, oder vielleicht stimmt mit ihrer Motorik etwas nicht. Sollte mir das Sorgen machen, oder ist es normal, sind alle in diesem Alter so ungeschickt? Ich habe keine Ahnung, ich weiß nichts über diese Dinge. Ich weiß auch nicht, wie lange sie brauchen würde, um zu ertrinken, oder ob sie sich unter bestimmten Umständen selbst retten könnte? Wenn ich sie losließe oder sie aus meinem Griff rutschte und wenn sie an meinem Körper nach unten glitte und ganz untertauchte. Würde sie sich aufrichten, den Kopf wieder über Wasser halten können, aus eigener Kraft? Oder würde sie einfach liegenbleiben, vom Schock gelähmt, würde sie aus einem Reflex heraus losschreien, Wasser schlucken und das Bewusstsein verlieren? Wie groß ist eigentlich ihre Gehirnkapazität, wie lange würde es dauern, bis ihr Gehirn beschädigt wäre, bis sie sterben würde?

Jetzt sehe ich sie vor mir, unter dem Schaum. Dass ich sie finde, dass ich nur kurz draußen war, eine kleine Sekunde. Weniger als eine Minute, würde ich zur Polizei sagen, es kann sich nur um Sekunden gehandelt haben. Hätte ich versucht, sie zu retten, weiß ich überhaupt, wie man so etwas macht? Ich versuche, mich an das Erste-Hilfe-Handbuch zu erinnern, zwei Finger auf die Brust drücken, durch Mund und Nase pusten und zum Rhythmus von Staying alive pressen. Stimmt das?

Lotta verfällt beim Spielen in einen Sprechgesang, ist ihre eigene Kommentarspur. Als ob nichts geschieht, wenn es nicht gleichzeitig ausgesprochen wird, als ob die Wörter den Gedanken wirklich werden lassen. Wasser gießen, Wasser gießen, dann baden. Sie schöpft Wasser in eine Plastikschale, sammelt Schaum in der Tasse und gießt ihn dazu. Dann ist sie fertig, dreht sich hin und her und tastet unter dem Badeschaum, ich muss die Arme fest um ihren Brustkasten legen. Sie dreht den Kopf um und sieht mich mit ihrem besonderen Blick an, und ich weiß, jetzt muss ich vorsichtig sein. Wo's der Seehund, fragt sie mich. Die Schale hat in ihrer Hand Schlagseite, sie sieht es nicht, bald wird Wasser hineinlaufen. Wenn ihr Schaumbad in unser Schaumbad fließt, gibt es Ärger. Der Seehund, der irgendwo in der großen Badewanne liegt, muss gefunden und in der Schale gebadet werden, und das muss genauso passieren, wie Lotta es vor sich sieht. Überall ist Schaumbad und alle baden zusammen, Seehunde und Lottas und Mamas. Wenn wir die Sache großzügiger betrachten, planscht alles auf dem Erdball im selben Wasser, in aufgewärmtem, steigenden Wasser, und die Seehunde, die wirklichen, lebendigen Seehunde, hungern und sterben. Aber Lotta gegenüber zu argumentieren nutzt ja nichts. Und ich kann jetzt keinen Ärger ertragen. Habe alles geschafft, den ganzen Tag, kann jetzt nicht mehr.

Ich rede die ganze Zeit mit ihr, wie die Polizei in einem Film mit dem Geiselnehmer redet, erkläre jeden Schritt, während wir ihn zusammen machen. Jetzt nehme ich nur kurz die Schale, damit das Wasser nicht herausfließt, schau mal, ich stelle sie hier auf die Kante. Du kriegst sie gleich wieder. So, jetzt kannst du auf meinem Oberschenkel sitzen, ich halte dich fest, und dann rutschen wir ein bisschen weiter. Warte, wer ist das, wer hat hier unter deinem Po gelegen? Lotta heult und wirft sich über den Seehund, eine überraschend naturgetreue Robbe, die ich für sie gekauft habe. Aber dann lässt sie den Seehund verärgert los, er sinkt wieder unter den Schaum, aber ich habe gesehen, wo er gelandet ist, und hebe ihn ganz schnell auf. Den nicht! Lotta stößt meine Hand weg.

»Braunerseehund!«

Der braune Seehund, sie meint den alten Seehund, den Njål auf Svalbard gekauft hat, lange, ehe es Lotta gab, den will sie haben. Nicht den schönen neuen, den ich gekauft habe, damit sie bei mir damit spielen kann, sondern ein billiges und sicher giftiges Flugplatzspielzeug mit abgescheuerten Gesichtszügen und Kauspuren am Schwanz. Aufgegessen und aufgelöst, von allem freigeliebt, das einen Seehund ausmacht, so dass es eher aussieht wie ein undefinierbares Weichtier als wie eine bedrohte Tierart. Der braune Seehund ist der einzige, den sie haben will.

Und er ist bei Njål.

Ich nehme ihre Seifenschaumschale und leere sie in die Badewanne aus, es hat ja doch keinen Zweck. Packe sie um den Oberschenkel und versuche, sie auf meine Hüfte zu heben, während ich aufstehe, auf die Badewanne gestützt. Ich will sofort aufstehen, der braune Seehund ist bei Njål, die Sache ist gelaufen, jetzt will ich sie nur noch ins Bett schaffen. Aber Lotta ist schon streitlustig und stürzt sich rückwärts kamikazehaft dem Badewasser entgegen. Ich fasse fester zu, sie hängt am Oberschenkel, sie brüllt, rutscht mir weg. Ich bekomme mit der anderen Hand einen Arm zu fassen, reiße sie am Oberarm hoch, das tut sicher weh. Aber ich lasse sie nicht los, ich halte fest.

Sie ist still, als ich sie aus der Wanne hebe und auf den Boden setze. Ich steige aus der Wanne und hebe sie hoch, und erst jetzt fängt sie an zu weinen, ein wehes Weinen, das in meinen Armen schlimmer wird. Ich setze mich mit ihr auf dem Schoß auf den Klodeckel. Sie schluchzt noch immer, und ich streichle immer wieder unter dem Handtuch ihren Rücken. Ich selbst bin nackt, nass und kalt, aber Lotta ist jetzt dabei, sich zu beruhigen. Ihre eine Hand hat das Ohrläppchen gefunden, das Schmuseohr, die andere klettert und kriecht an meinem Körper herum. Streicht über meine Brüste und zupft mich an den Brustwarzen, ehe sie

131

anfängt, alle meine Wülste und Falten zu untersuchen. Bohrt sich unter die Brüste, erst unter die eine, dann unter die andere. Knetet sich meinen Bauch hinunter und lässt ihren Zeigefinger meinen Wülsten folgen. Wie einen Reißverschluss öffnet sie mein Fett wieder und wieder.

Ich war immer schon solide gebaut, mit kräftigen Muskeln an den Oberschenkeln und Fohlenspeck, den ich nie loswerden konnte. Die Pubertät setzte so früh ein, dass es peinlich war, ich war die Erste, die einen Busen bekam, und der wurde groß. Aber als die Pubertät überstanden war, habe ich mich meines Körpers nie geschämt. Ich war allerdings auch nie so fett wie jetzt. Ich war stark, als ich Njål kennenlernte, bin mehrmals pro Woche den Stoltzen hochgeklettert. Gevögelt habe ich zuerst beim Abitur, dann folgte während des Studiums der eine oder andere One-Night-Stand, ein bisschen Gefummel mit einem Kumpel. Vor Njål hatte ich nie einen richtigen Freund.

Und er liebte meinen Körper, mit einer Konzentration auf Details, die total unerwartet war. Lange, ehe wir endlich gefickt haben, ehe er mich ohne Kleider sah, stellte er sich meinen nackten Leib vor. Beschrieb ihn aus der Ferne für mich, meistens in leicht anzüglichen SMS, Kommentaren über etwas, das ich anhatte, oder wovon er durch den Stoff die Konturen sah, solche Dinge. Aber auch das ein oder andere Gedicht, kurz, abgehackt und ehrlich gesagt ziemlich platt, geschrieben in unbeholfenen Blockbuchstaben auf einen zufälligen Zettel und versteckt an einer Stelle, wo er wusste, dass ich es finden würde. Variationen über dasselbe Thema, mein Körper gehörte ihm, auch wenn er ihn nie gesehen hatte, die Hände des Verlangens konnten ihn bereits umfangen,

und so weiter. Wörter wie strotzend, rund, reif und gastfreund-
lich, allesamt Synonyme für »fett«.

Ehe ich ihn kennenlernte, hatte ich mich nie für umfangreich
gehalten, aber Njål sagte, gerade deshalb sei ich doch wunderbar.
Einmal, als wir miteinander tranken, verriet er, er habe immer
auf »große Frauen« gestanden. Aber Sol war mager. In den langen
Monaten, als wir wussten, dass wir zusammen sein würden, es
aber noch nicht konnten, gingen wir oft zusammen essen. Nicht
zu spät und nicht in zu feine Lokale, es durfte nicht wie ein Date
wirken. Njål fand zu gern billige Restaurants mit gutem Essen,
spendierte die ganze Mahlzeit samt Dessert. Sol war in der Klinik, und er sagte, er esse nicht gern allein. Jetzt im Nachhinein
frage ich mich, ob das nicht ein Teil seines Kicks ist, dicke Frauen
essen zu sehen. Damals fand ich ihn feministisch tolerant, wenn
er mich verliebt anstarrte, während ich aß. Er selbst wurde rasch
satt, forderte mich auf, das letzte Stück zu nehmen, und ich tat es,
ohne zu begreifen, dass ich ihm damit einen Gefallen tat.

Ich hatte keine Badezimmerwaage, merkte es aber an den
Kleidern. Während der Wartezeit ging ich eine ganze Hosengrö-
ße höher. Njål fand das wunderbar, und als wir dann zusammen
waren, kniff und begrabschte er mich unaufhörlich. Für mich war
das ungewohnt, ein Körper zu sein, der begehrt wird. Aber ich
fühlte mich wunderbar in diesem fremden Körper, eine Weile war
das so. Jetzt schaffe ich es nicht, abzunehmen, und mein Körper
kommt mir fremd vor, als ob ich so einen Sumoringer-Anzug an-
hätte, wie andere auf Junggesellenabschieden und Betriebsfesten.
Genauso gefühllos, ich spüre mich selbst nicht unter dem vielen
Fett.

Gleich nach der Geburt war es am schlimmsten. Der schlaffe Bauch, ungewohnt groß, nachdem die Gebärmutter sich zusammengezogen hatte. Schmerzende Brüste. Und dann Njål, der mich die ganze Zeit ansah. Ich hätte es wohl gut finden müssen. Dass er mir sagte, ich sei wunderbar, dass er versuchte, mich anzutörnen. Wir sollten doch wieder Sex haben, so war das immer geplant gewesen. Aber ich war noch immer feucht und wund, konnte es nicht ertragen, dass er mich anfasste. Er respektierte ein Nein, immer wenn ich seine Hände wegschob oder zurückwich, ließ er mich in Ruhe. Aber er kam wieder, machte noch einen Versuch, und ich sagte nein, wieder und wieder. Nicht sofort, ich ließ mich von ihm umarmen. Stand still, während er drückte und streichelte, wartete darauf, dass seine Hände zu meinen Brüsten hoch- oder zwischen meine Beine hinunterwanderten, damit ich sie wegnehmen könnte. Immer wollte er dorthin, aber ich konnte die einleitenden Liebkosungen nicht abweisen, den Hunger nach Nähe, der theoretisch auch platonisch hätte sein können. Warten zu müssen, wieder und wieder, während er langsam über meinen Körper vorrückte, das machte mich so müde.

Am Ende sagte ich ganz offen, ich sei noch nicht so weit. Es kostete mich viel, daraus ein Gespräch machen, mich für meine mangelnde Lust rechtfertigen, mich zusammen mit ihm analysieren zu müssen. Aber wir kamen zu einer Abmachung, so verstand ich das jedenfalls. Er würde mich nicht bedrängen, solange ich nicht sagte, dass ich bereit sei, ich versprach, Bescheid zu sagen. Aber ich hatte nie wieder Lust auf ihn.

Lottas Hände graben und streicheln, jetzt nähern sie sich meinem Nabel mit träger Neugier. Ich verstehe das nicht an ihr, diesen Drang zu zupfen und zu fummeln, ohne eigentliches Interesse, als dächten ihre Finger eigenständig. Du siehst nicht mit den Fingern, sagte Oma zu mir, und ich muss an den Diplodocus denken, habe irgendwo gelesen, dass er ein Sekundärgehirn hatte, um seinen Schwanz zu lenken. Lottas Finger über Njåls Fett an meinem Körper. Ich sehe mich im Spiegel, mit Gänsehaut, weil ich friere, unförmig und schwer. Wie die Morra, die ewig kalte Morra, die vor dem Muminhaus über den Rasen gleitet. Lotta zappelt, aber ich trage sie energisch ins Bett, schnappe mir unterwegs eine Windel und habe sie ihr angelegt, fast ehe sie begreift, was ich da mache. Schmuse und umarme, singe das kürzeste Schlaflied, das ich kann, lösche das Licht und schließe die Tür vor dem einsetzenden Gejammer.

Ich räume gerade ihre Kleider zusammen, als ich einen schwachen Geruch wahrnehme, einen seltsam vertrauten Geruch. Süßlich und grün, ist das Kräutertee? Ich halte den Strampler an die Nase und schnuppere, den rosa Strampler mit den Puffärmeln, den sicher Njåls Mutter gekauft hat, der ist typisch für sie. Jetzt rieche ich es ganz deutlich, es ist eine Art Parfüm, und ich sehe Lotta auf dem Schoß der Großmutter vor mir. Oder stammt es von Amalie, hat Njål sie mein Kind halten lassen? Es kann unschuldig gewesen sein, vielleicht kam er mit Lotta ins Büro, als Amalie gerade dort war. Ich gehe zum Mülleimer, trete hart aufs Pedal, so dass der Deckel aufspringt und Windelgestank herausquillt, werfe den Strampler hinein. Jetzt kann er da im Kackegestank liegen.

Dann bereue ich, sehe vor mir die Berge von Kleidern, die

die Müllhalden füllen, Plastiktüten, die den Flüssen geradewegs in den Walmagen folgen. Ich fische den Strampler wieder heraus und lasse ihn in den Korb für schmutzige Wäsche fallen. Kann ihn doch immerhin der Heilsarmee vermachen.

Im Schlafzimmer höre ich Lotta im Schlaf murmeln, und ich erstarre wie ein Beutetier. Stehe ganz still, bis ich sicher bin, dass sie wieder tief schläft. Ich schaffe es nicht, zu tragen und zu trösten, bringe es nicht über mich, konsequent zu sein und alles hinzulegen. Das soll man tun, habe ich gelesen, zeigen, dass man nicht gegangen ist. Dass Mama aufpasst. Aber das gelingt mir nicht richtig, es wird falsch, egal, was ich tue.

Manchmal wünschte ich, Njål hätte etwas wirklich Schlimmes getan, etwas Nachweisbares. Nicht missbraucht, das wünsche ich mir nicht, aber Lotta ist doch so klein und würde sich nicht daran erinnern. Ich könnte sie ihm wegnehmen, hätte etwas Handfestes, wogegen ich kämpfen könnte.

Wenn sie in Gefahr wäre, würde ich sie beschützen. Wie in dem Film, den Njål und ich zusammen gesehen haben. Es geht darum, dass eine Familie glaubt, dass eine Schneelawine auf sie zukommt. Der Vater stürzt von den Kindern davon und rettet sich selbst, die Mutter beugt sich beschützend über die Kinder. Wie die Körperabdrücke, die in der Asche von Pompeji gefunden worden sind, die Leichen in den Gaskammern der Nazis. Mutterkörper, die Kinderkörper bedecken, die ihre Köpfe an sich drücken, damit sie das Schreckliche nicht sehen, die versprechen, dass alles gut werden wird.

Wenn etwas Lotta bedrohte, würde ich alles tun. Würde mich vor das Auto werfen, würde auf den Kidnapper einschlagen, würde sie vor der Lawine beschützen. Wäre eine Burgmauer, würde für ihre Sicherheit sorgen.

Ich wünsche mir nicht, dass Njål sie missbraucht hätte, natürlich nicht. Und auch nicht, dass er sie geschlagen hätte. Aber ich würde sie so gern retten.

NJÅL

Ich laufe am Festungswall mit seinen erigierten schwarzen Kanonen vorbei. Bin etwas spät dran, die anderen haben schon begonnen, die Ausrüstung aus dem Lager zu holen. Im Kies liegen runde rote Schilde, die Speere werden bündelweise danebengeworfen. Die Bänke sind voll mit Rucksäcken, aus denen Schwerter herausragen. Einige in Lederscheiden, andere mit Plastiktüten, die um die Klingen gewickelt sind. Ein einprägsames Bild. Die uralten Natursteinmauern und der davor abgestellte weiße MP-Wagen. Grüne Wiesen mit mächtigen Bäumen. Die größte Baumkrone ist voller Krähen, wie Publikum auf einer Hühnerstange. Die Menschen streifen auf dem Kiesplatz umher, dehnen die Muskeln, wärmen sich auf. Einige in Gore-Tex und Elastan-Fasern, gekleidet wie für eine Bergwanderung oder eine Joggingtour. Andere sehen aus wie eklektische Zeitreisende. Schienbeinschoner wie bei Hockeytorwarten unter mittelalterlichen Wolltuniken und Zipfelmützen.

Ich gehe auf die Bänke zu, grüße mit einem Nicken in die Runde und setze den Rucksack ab. Hole die Beinschützer heraus und befestige sie, lege Handschuhe und Mundschutz bereit. Dann ziehe ich mein neues Schwert aus dem Rucksack. Wickle es aus der Plastiktüte, mache einen prüfenden Hieb in die Luft. Die Klinge glänzt neu und ungebraucht. Es ist leichter als mein altes Wikingerschwert und passt besser zu modernem Heerkampf. In alten Zeiten tötete man jemanden oder man starb, ehe die Erschöpfung einsetzen konnte.

Die Unterhaltungen hinter mir verstummen, und ich drehe mich zum Wallplatz um. Die Menschen versammeln sich um den Trainer. Ich füge mich in den Kreis ein und wärme mich mit den anderen auf. Aber irgendwie bin ich nicht ganz dabei. Die Gelenke tun mir weh, und das Bier von gestern sitzt mir noch in den Knochen. Wir beginnen mit Sparring ohne Waffen, ich konzentriere mich auf den Körper. Gehe wie in einem Rundtanz von einem Partner zum anderen. Ich grüße, kämpfe und wechsle zum nächsten. Mein Puls steigt, und mir ist nicht mehr so übel. Es ist ein schöner Tag, fast heiß wie im Sommer. Wie Kinder fechten wir mit den Armen. Spielend ernst. Tolle Geräusche von Füßen auf Kies, ein gleitend-kratzendes Wusch-Wusch. Ich konzentriere mich auf die Fußarbeit, gleiten – ziehen, gleiten – ziehen.

Die Trillerpfeife unterbricht uns. Zeit für die Waffen, alle holen ihre Schwerter oder Äxte und heben ihre Schilde auf. Der Trainer steht breitbeinig vor uns und erinnert an meinen alten Sportlehrer an der Gesamtschule. Lederjacke über Kapuzenpulli und die Trillerpfeife an einem Hanfseil um den Hals. Seid schnell, ermahnt er uns. Immer zwei gegeneinander, und beide sind aggressive Angreifer. Einer von euch sollte innerhalb von zehn Sekunden tot sein.

Ich verstärke den Griff um das Schwert und mache mich bereit.

Bin etwas nervös, es ist noch nicht lange her, dass ich den Anfängerkurs gemacht habe. Alles sitzt im Körper, ich kann mich über die Ungeschicklichkeit hinwegdenken. Die Trillerpfeife ertönt, und wir gehen aufeinander los. Die Schwerter klirren über den Platz, genauso wie im Film. Der Klang von Robin Hood und Legolas. Darunter liegt eine zweite Stimme aus dumpfem Holz, Schild gegen Schild und Schild gegen Schwert. Ich konzentriere mich auf meinen einfachen Plan, eine kompakte Choreographie. Hoher Hieb, Schwung, tiefer Hieb, Stoß in den Bauch. Die gleiche Abfolge bei jedem Gegner, ich bin nicht gut im Variieren. Wir kämpfen immer schneller, der Schweiß fließt unter der Wolle. Ich kann ein paar Treffer landen, der Körper fühlt sich besser an. Ich bin besser geworden.

Es pfeift erneut, wir unterbrechen. Die Kampfeslust ebbt langsam ab, wir klopfen einander auf den Rücken und klatschen die Hände ab. Ich stehe mitten in der Gruppe und trinke Wasser mit den anderen. Spüre, wie mir der Schweiß den Rücken hinunterläuft, ich werde bis auf die Unterhose nass sein, noch ehe das Training beendet ist. Unterhaltungen über Schwertkampf und Familienleben, ein paar von uns wollen mit den Kindern auf die Parade zum Nationalfeiertag. Das tut mir gut. Guro kommt zu mir. Sie ist eine derjenigen, die schon seit Ewigkeiten dabei ist, eine kleine, kompakte Frau. Sie war wohl während des Studium mit Nina befreundet, doch ich glaube nicht, dass sie noch heute Kontakt haben. Ich weiß nicht.

»Wie geht's dir, Njål?«, fragt sie. Und sieht mich an.

»Bestens«, erwidere ich. Sie aber blickt mich weiter an, mit ihren furchtbar blassblauen Augen. Ich kann das nicht. Nicht hier und nicht jetzt. Und wieder antworte ich, höre meine eigenes Geplapper. Du hast sicher davon gehört, sage ich, von dem Rechtsstreit. Nicht gerade das, was ich mir wünsche. Meine Anwältin sagte, ich hätte alles Mögliche getan, um es zu vermeiden, aber manche Dinge lassen sich nicht außerhalb des Gerichtssaals lösen.

Ich rede und rede, während ich den Widerwillen über Guros Gesicht huschen sehe. Ich habe zu viel gesagt, jetzt muss ich es gerade rücken. Keine große Nummer draus machen. 17. Mai, darüber kann ich reden. Lotta wird am Nationalfeiertag bei mir sein, ich erzähle Guro, dass ich sie mit auf den Umzug nehme. Hab eine neue Tunika genäht, mit allem Drumherum.

»Jedenfalls wird es schön«, sage ich. »Und wie gesagt, mir geht es gut.«

Guro legt mir eine Hand auf den Arm.

»Ich meinte eigentlich nur deine körperliche Form«, sagt sie. »Du hast eben etwas träge gewirkt. Trinkst du auch genug Wasser? Ist heiß heute.«

Scheiße. Ich zücke meine Trinkflasche, als ob ich ihr zuprosten will.

»Nur ein leichter Hangover«, sage ich und grinse.

Guro lacht jetzt auch. »Armer Mann«, sagt sie ironisch. Die Pfeife ertönt, und endlich kann ich den Blick von ihr abwenden und mich umdrehen. Armer Mann, was meinte sie bloß damit?

Der Trainer will uns noch zackiger sehen. Mehr Aggression, effektivere Tötungen. Stellt euch vor, der Feind wartet auf Verstärkung, und ihr habt Zeit verplempert, sagte er. Die Kavallerie kommt, der Meeresspiegel steigt und vom Himmel regnet es Feuer. Los jetzt!

Wir kämpfen. Schneller und schneller. Weniger lächelnde Gesichter, die Leute konzentrieren sich stark auf die Kämpfe. Ein schneller Handschlag zwischen Sieger und Getötetem, schon geht es weiter zum nächsten Kampf. Holz prallt auf Holz, wenn die Kämpfer ineinanderlaufen, Schild gegen Schild. Ich hole aus und treffe etwas zu hart auf einen Oberschenkel, versuche abzumildern so gut es geht. Sehe ihm ins Gesicht, er nickt mir zu. Alles gut gegangen. Ich drehe mich um und entdecke Guro auf der anderen Seite des Platzes. Sie fängt meinen Blick auf und grinst mich mit ihrem knallblauen Zahnschoner an. Komm nur, signalisiere ich, und sie läuft auf mich zu. Ich kann gerade noch den Schild heben, ehe sie in mich hineindonnert, erstaunlich hart für eine so kleine Person. Ich muss ihr mit aller Kraft entgegentreten, um nicht nach hinten zu fallen.

Wenn ich mit Frauen kämpfe, halte ich mich stets etwas zurück. Alle tun das. Sie sind zu klein, zu leicht. Guro allerdings ist eine verfluchte Bulldogge, immer ziemlich aggro. Sie schwingt die Axt über den Kopf, ich blocke sie mit dem Schild. Das Axtblatt hakt sich unter dem Schildrand fest, und sie reißt meinen Schildarm zur Seite. Ich schwinge das Schwert von unten, doch sie macht sich frei, und ich vollführe meine Bewegung in Schulterhöhe. Niemand erwartet in dieser Höhe einen Hieb. Ich ziele auf ihre Schulter, doch sie bewegt sich, und jetzt ist ihr Kopf da. Ich spüre den Schlag in meinem Arm, von der Schwertspitze bis zum Ellbogen. Viel zu hart. Ich habe mich nicht zurückgehalten, konnte den Schlag nicht abmildern. Guro starrt mich an, ich führe das Schwert in einem hohen Bogen über den Kopf, bereit zum Hieb. Sie starrt mich weiter an, etwas passiert in ihrem Gesicht.

»Headshot!«, brüllt sie, sinkt dann zusammen und fasst sich an die Wange.

Mit erhobenem Schwert stehe ich da, während die Menschen auf dem ganzen Platz die Waffen sinken lassen und sich zu uns umdrehen. Und in dem Moment kann ich mich loslösen, ich senke den Arm und lasse das Schwert fallen, setze mich neben Guro und lege die Hände auf ihre Schultern. Frage, ob alles okay ist, und sie dreht mir das Gesicht zu und zeigt mir mit ihrem Lederhandschuh einen erhobenen Daumen. Und weint. Verdammt. Sie versucht zu lächeln, aber ihr Mund verzieht sich zu einem Schluchzen, und sie weint aus vollem Hals.

Der Trainer und ich sitzen mit ihr in der Notaufnahme. Niemand redet viel. Erst als sie zum Röntgen abgeholt wird, rutscht er rüber und wechselt auf den Platz neben mir. Sowas passiert, sagt er. Kommt alles wieder in Ordnung. Ich kann kaum antworten, mit ruhiger Stimme redet er weiter. Er hat eine Theorie über Mädchen und Jungen im Kampf, sagt er. Jungen sind daran gewöhnt, körperlichen Schmerz abzubekommen. Kampfspiele können schmerzhaft sein. Doch für Mädchen ist Gewalt immer etwas Gefährliches. Selbst die toughesten Frauen haben diese eingekapselte Angst, geschlagen zu werden. Zu harte Schläge lösen diese Angst aus.

Kommt alles wieder in Ordnung, sagte der Trainer noch einmal. Das war ein Unfall. Alle wissen es. Ich bedanke mich, kriege aber nicht viele Worte heraus. Stattdessen gehe ich los und hole Kaffee für uns. Der Automat beschäftigt mich, bis Guro aus der Röntgenabteilung herausgetappst kommt. Sie hält sich einen Eisbeutel an die Wange, dennoch kann ich blaurote, geschwollene Haut unter dem Plastik sehen. »Bloß ein Kratzer«, murmelt sie durch den halb geöffneten Mund, und ich muss mich wegdrehen. Dann begleiten wir sie zum Taxihalteplatz.

Ich fahre mit ihr und helfe ihr bis aufs heimische Sofa. Gehe runter zum Kiosk und kaufe etwas ein. Joghurt und Eis, weiche Nahrung. Sowohl Coke als auch Pepsi, ich weiß ja nicht, was sie mag. Wochenblätter und Zeitungen, Ibuprofen und Paracetamol. Tiefgefrorene Erbsen kann ich nicht finden, stattdessen lege ich eine Packung Wassereis in den Einkaufskorb. Hoffe, dass das als Eisbeutel funktioniert. Wieder oben bei Guro, lege ich alles zurecht und erkläre das mit dem Wassereis. Sie bedankt sich, kann aber nicht viel sagen. Zum Glück.

Erst auf der Straße merke ich, dass sich mein Gesicht wieder entspannt. Mit dem Rucksack auf den Schultern gehe ich nach Hause. Das Schwert ist nicht richtig befestigt, ich spüre es von einer Seite zur anderen schwingen. Ich pfeife drauf, will nur nach Hause. Niemand ist schuld, sagte der Trainer. Oder alle. Die Schuld aller Männer, dass Mädchen Angst bekommen.

Guros Augen, als ich über ihr stand. Ich sah ihr direkt ins Gesicht, konnte sehen, wie es sich veränderte. Sie bekam keine Angst, als ich sie mit der Waffe traf, auch nicht, als sie den Schmerz spürte. Erst als ich das Schwert abermals hob und sie währenddessen mein Gesicht sah. Da bekam sie Angst. Erst da fing sie an zu weinen.

SOL

Sein Handtuch riecht nach Männerkörper und Sperma, und ich sehne mich nach einer Zigarette. Es ist lange her, dass ich zuletzt geraucht habe, und noch länger, dass Sex ein regelmäßiger Teil des Lebens war. Mein Gehirn hat allerdings diesen Pawlow'sche Zusammenhang zwischen Spermageruch und Zigarettenrauch abgespeichert. Als Njål und ich uns trafen, habe ich danach immer geraucht. Wir lagen in dem schmalen Bett in dem Zimmer in der Heimvolkshochschule, mit dem Aschenbecher auf seiner Brust.

Lottas kleiner Bademantel hängt an dem Haken neben Njåls, rührend winzig mit Bärenohren an der Kapuze. Hier drinnen gibt es zwei Varianten von allem Möglichen. Im Zahnbecher streckt eine bunte kleine Zahnbürste den Kopf über den Rand, wie ein neugieriges Kind, daneben Njåls Erwachsenenzahnbürste aus nachhaltigem Holz. Auf der Ablage liegt eine kleine rosa Haarbürste neben Njåls Kamm, der vor Haarwachs glänzt. In der Dusche gibt es sowohl Babyshampoo als auch Head & Shoulders, die Kopf-und-Arsch-Seife, wie Njål sie nannte, als er sich angesichts meiner Flaschensammlung über mich lustig machen wollte. Ich erkenne Njål in allen Dingen wieder, die kleinen Angewohnheiten und Besonderheiten sind genau wie früher. Gleichwohl ist alles verändert, wie in einem kontrafaktischen Roman. Eine Was-wäre-wenn-Geschichte mit Njål und mir und einem gemeinsamen Kind.

Ich hänge sein Handtuch an den Haken und gehe wieder ins Schlafzimmer.

Unschlüssig bleibe ich neben dem Bett stehen. Hier schläft er gemeinsam mit Lotta, unbeschützt und nackt. Ich wage kaum, die Bettdecke anzufassen, als handle es sich um ein Vogelnest und mein Geruch könnte die Vogelmutter für immer verschrecken. Es ist leicht zu erkennen, dass Njål auf der Seite schläft, wo das Kopfkissen fehlt und die Decke am Fußende zusammengeknüllt ist. Vorsichtig setzte ich mich auf die Bettkante, dann lege ich mich hin und ziehe mir seine Decke über den Körper. Sein Geruch schleicht sich in meine Erinnerung, weckt Bilder von seinem Körper zusammen mit meinem.

Ich denke an das letzte Mal, bevor er mich verließ. Das erste und das letzte Mal, dass wir uns liebten, nachdem ich aus der Klinik gekommen war. Er knüpfte jeden einzelnen Knoten mit meditativer Aufmerksamkeit, fühlend und lauschend. Und als er mich anhob und hängen ließ, verschwand ich einen Augenblick lang vor mir selbst. Als ich aus dem Schmerz heraus und in den Atem hineinfloss, geschah das mit einer Sicherheit, die ich lange nicht mehr verspürt hatte. Endlich, dachte ich hinterher, endlich bin ich wieder hier. Ich weiß noch, dass ich das dachte und dass ich es ihm sagte. Wieder hier mit dir. Njål entgegnete nichts, er hielt mich nur und weinte.

Am Morgen danach änderte sich alles. Wir saßen beim Frühstück, mit Eiern und Bacon für ihn, mit Sonntagszeitungen und
frisch gepresstem Orangensaft. An den Sonntagen, an denen ich
keinen Gottesdienst verrichtete, machten wir aus dem gemeinsamen Frühstück immer etwas Besonderes. Was als Kompromiss
zwischen uns begonnen hatte, wurde zu einer Luxusangewohnheit,
die ich nicht entbehren konnte, und wenn ich nicht selbst am Altar
stand, nahm ich niemals am Gottesdienst teil. An jenem Sonntag
hatte Njål ein paar Extras aufgefahren, hatte Brötchen gebacken,
besonders guten Kaffee gekauft und den Milchschäumer hervor-
gekramt, den wir nie verwendeten. Ich weiß noch, dass er mit
dem Milchschäumer dastand und Sojamilch für mich aufwärmte.
Nackt unter der Schürze, es war unser privater Scherz über den
perfekten Mann. Sein Hintern wies leichte Abdrücke von dem ge-
flochtenen Stuhlsitz auf, deutliche kleine Seilspuren. Ich dachte an
die Seile um meinen Körper am Abend zuvor; hochgehoben zu
werden und in vertrauter Sicherheit zu hängen. Njål stellte meine Kaffeetasse auf den Tisch, trat hinter meinen Stuhl und küsste
meinen Nacken. Mit den Händen auf meinen Schultern und dem
Unterleib gleich hinter meinem Kopf erzählte er mir von Nina.
   Ich erinnere mich, dass ich ganz ruhig war. Ich trank Kaffee
und wischte mir den Schaum von der Oberlippe, während ich
nachdachte. Dann fragte ich, ob sie schwanger sei. Nein, sagte
Njål, wie ich so etwas glauben könnte, so sei er doch gar nicht.
Sie seien körperlich nicht zusammen gewesen. Gefickt, sagte ich
höhnisch, du meinst, dass ihr noch nicht gefickt habt? Njål atmete
resigniert aus, er gibt immer so ein Schnauben von sich, wenn es
etwas gibt, das er nicht sagen will. Seine Hände lösten sich von

meinem Körper, und er setzte sich mir gegenüber an den Tisch. Blickte mir ernst in die Augen und wiederholte, dass er mir nicht untreu geworden sei, so ein Mann sei er schließlich nicht. Ich trank Kaffee, bekam Schaum auf die Nase, und er lachte nicht, als er es sah. Niemand von uns sagte noch etwas.

Seit über einem Jahr hatten sie etwas laufen gehabt. Während ich tiefer und tiefer sank, außer Reichweite für Gott und für Njål, war er mit Nina zusammen. Er war mit Nina zusammen, als ich in der Klinik lag, und er besuchte mich mit einer Hingabe, die ich glaubte zerstört zu haben. Er war mit ihr zusammen, als ich wieder nach Hause kam, er schleppte mich mit auf Wanderungen und in die Berge, legte mir Fachmagazine auf den Tisch und schubste mich behutsam hinaus in die Arbeit und in die Welt. Die ganze Zeit, in der er mich gesund genug pflegte, um mich schließlich verlassen zu können, waren die beiden zusammen. Ohne überhaupt zu ficken.

Njål, der mich nachts mit einem Steifen an meinem Arsch wecken konnte, der mich nicht umarmen konnte, ohne mir über den Hintern zu streicheln. Ich sah die beiden vor mir, über ein Jahr mit konstanter, unerlöster Geilheit. Wie extremer tantrischer Sex, dachte ich. Vergesst Sting und Trudy, Njål und Nina haben einen neuen Rekord aufgestellt. Ich habe ein Interview mit Sting gelesen, in dem er über geistige und seelische Vereinigung spricht und den Sex als »Sakrament« bezeichnet. Ich sah Njål über den Küchentisch hinweg an, wo er an dem Milchschäumer herumfummelte, den wir zur Hochzeit bekommen hatten. Er und Nina seit über einem Jahr, wie ein Sakrament hinter dem Rücken der Priesterin. Das war pervers.

Ich stand auf und ging aus der Wohnung. Zu meiner Kirche konnte ich nicht fahren, da war der Gottesdienst in vollem Gang. Planlos lief ich in Richtung Innenstadt, blieb aber vor dem Park mit dem seltsamen Backsteinmonument stehen. Ein kleines Haus mit bogenförmigen Öffnungen, wie bei einer alten Kirche. Ich hatte schon früher mal den Kopf hineingesteckt und war von einem Teppich aus verfaultem Laub, Spritzen und Kondomen abgeschreckt worden. Dieses Mal trat ich ein und folgte labyrinthischen Steinmauern zu einem Mittelschiff, eng, aber zum Himmel hin offen. Dort blieb ich stehen, verborgen und allein.

Das Schlafzimmer wirkt beengt, ich schlage die Bettdecke zurück und setzte mich auf. Ich weiß, dass die Wohnung leer ist, dass er bei der Arbeit ist. Dennoch bewege ich mich still und leise, als ich aus dem Bett steige, wie ein Kind auf einem Schulausflug in die Kirche. Ich schüttle die Bettdecke, um das Bett zu machen, und nehme einen schwachen Duft meines eigenen Parfums wahr, vermischt mit dem Geruch von Njål. Dann fällt mir ein, dass er seine Bettdecke immer zerknüllt zurücklässt und lasse sie am Fußende fallen. Ich suche meine Sachen zusammen und knalle hinter mir die Tür zu. Als ob ich hier nie gewesen wäre, denke ich.

Manchmal zweifle ich fast an mir selbst, als wäre ich verrückt genug, um falsche Erinnerungen zu erzeugen. Vielleicht fotografiere ich deshalb so viel. Im Gehen hole ich mein Handy hervor, rufe die letzten Bilder auf. Lottas schlafendes Gesicht, eingerahmt von Mütze, Kapuze und Kinderwagenabdeckung. Ein Schatten fällt auf den oberen Teil ihres Gesichts, er ist unförmig, und doch weiß ich, dass er ein Teil meiner eigenen Silhouette ist.

Das hier ist wirklich passiert.

149

Zu Hause gehe ich gleich ins Badezimmer, ziehe mich aus und lege meine Unterhose zur Schmutzwäsche. Eine langweile Baumwollunterhose, ich bringe es nicht länger fertig, sexy Unterwäsche zu tragen. Das war überhaupt nie etwas, was ich für mich selbst getan habe. Stringtangas und BH-Stäbchen drücken und engen mich ein, ich ertrage so etwas jetzt nicht.

Eine Weile behielt ich das Juteseil, in einer Schachtel ganz hinten im Kleiderschrank. Ab und an holte ich es hervor, sog den derben, beißenden Geruch ein, wie bei einem alten Segelboot, und wickelte es stramm um meinen Oberarm, um zu spüren, wie es sich anfühlte. Ich versuchte mir vorzustellen, dass ich es wieder tun würde, mit einem anderen Mann. Aber der Gedanke war unmöglich. Ich wäre eine Trope geworden, zum Fetisch eines anderen. Die Pastorin mit dem Seil, genauso wie eine Nonnentracht aus Latex, genauso peinlich falsch verstanden. Weil das hier für mich kein SM ist und ich mich niemandem unterwerfe. Shibari ist mehr als die Kontrolle aufgeben. Natürlich hat es etwas davon, man braucht nicht viel Selbstanalyse, um das zu verstehen. Wo doch gerade ich so viel Kontrolle im Leben haben möchte und so viel Verantwortung übernehme. Natürlich war es herrlich, einfach nur dazuliegen, während etwas mit einem getan wurde. Allerdings ist das Banal-Bondage, ein oberflächliches Vergnügen, das alle haben können, die ihrem Partner einen Nylonstrumpf reichen und die Arme über den Kopf strecken. Vermutlich fing es da mit Njål und mir an, vor langer Zeit. Mit geiler Faszination, als wir alles Mögliche ausprobierten und ein Foto im Internet fanden. Ich erinnere mich noch genau, ganz deutlich.

Eine nackte Frau, in ausgewogener Asymmetrie hängend. Ein

Bein gebeugt, Ober- und Unterschenkel zusammengebunden. Das andere Bein gestreckt, wie in der Arabeske einer Balletttänzerin, stramm bis in die Zehenspitzen. Ein einfaches Tau führte von ihrem Knöchel zu der Kette, die sie schwebend festhielt. Der Körper ruhte in einem komplizierten Flechtwerk aus Seilen, die in einem Ring zusammentrafen, wobei ein Netz aus Knoten um den Torso ihre Arme auf dem Rücken zusammenhielt. Die langen Haare der Frau fielen wellenförmig von ihrem Kopf und verrieten, dass sie sich bewegte und in steifer Ruhe unter der Decke hin- und her pendelte. Da gab es etwas, das mich anzog, die Kombination von Bewegung und totaler Bewegungslosigkeit. Bewegt zu werden, ohne sich rühren zu können.

Njål glaubte, es ginge um Kommunikation und Vertrauen, all das, worüber die Shibari-Anhänger so romantisch sprachen. Aber offen gestanden, und das habe ich ihm nie gesagt, ging es dabei um mich. Ich fand es toll, mich selbst gefesselt zu sehen, zu betrachten, wie ein Seil nach dem anderen meinen Körper umschlang, als sei er ein schönes Objekt. Ich wollte Njål dazu bringen, all seine Konzentration auf mich zu verwenden. Doch am meisten ging es darum, still zu sein. In einem stillen Körper zu sein.

Als ich den Ferienjob in der geschlossenen Abteilung hatte, benutzten wir schwere Kugeldecken bei den unruhigen Patienten. Vermutlich war es so etwas wie einen Säugling zu wickeln. Gewichtslose Seelen in ungesicherten Körpern im grenzenlosen Raum. Da braucht man etwas, das dagegen drückt, das umarmt und festhält. Eine fühlbare Grenze zwischen dir und allem anderen. Hier ist dein Körper, hier bist du. So ähnlich wirkt Shibari auf mich. Festgebunden und hochgehoben konnte ich nichts anderes tun als Schmerzen empfinden und atmen. Leben.

Ich drehe das Wasser auf und stelle mich unter die Dusche, ehe das Wasser warm wird, spüre den Aufweckeffekt der Kälte. Es ist wirklich passiert. Ich bin dort gewesen, ins Njåls Wohnung, ich habe in seinem Bett gelegen. Jetzt habe ich mich entschieden. Ich werde es tun.

NINA

Es ist der 17. Mai und Lotta ist bei Njål. Im Dezember kam mir das vor wie ein guter Tauschhandel, ich bekam eine zusätzliche Übernachtung in den Weihnachtsferien, und ich kann den Nationalfeiertag ohnehin nicht leiden. Aber jetzt sitze ich in der leeren Wohnung und weiß nicht, was ich mit mir anfangen soll. Bringe es nicht über mich, länger drinnen zu bleiben, nichts hier ist mir recht.

Als wir zu zweit waren, war die Wohnung gerade groß genug, als wir drei wurden, war sie klein. Der Winter, in dem Lotta geboren wurde, war der wärmste jemals in der Arktis gemessene, aber in Bergen gab es Schnee und trockene Tage. Ich weiß noch, dass ich Lotta in den Wagen legte und den eine Runde durch den Schneematsch schleppte. Dann schlug die Angst über mir zusammen, ich sah Lotta nackt im Schnee, als ob ich sie hingelegt hätte. Ich ging den ganzen Winter nicht mehr richtig aus dem Haus, nur kurze Touren zum Laden, und die Wohnung wurde so eng. Wenn Njål von der Arbeit nach Hause kam, weitete sich alles für mich aus. Wenn er mir Lotta abnahm und sie auf sich legte, fühlte ich mich wie eine Tempur-Matratze, die langsam zu ihrer Originalform zurückfand. Jetzt gibt es hier nur mich, und die Wohnung ist enger denn je. Sie war niemals meine, nur unsere.

Ich habe versucht, Omas Frittatensuppe zu kochen, habe Pfannkuchen gebacken und eine Packung Tütensuppe warmgemacht. Aber die Pfannkuchenstreifen lösten sich in der heißen Flüssigkeit auf, ich begreife nicht, was ich falsch gemacht habe. Der Teller steht vor mir, die Suppe ist trüb und körnig wie Erbrochenes. Ich schiebe ihn weg. Hier drinnen ist es zu karg, wir haben alles weiß gestrichen, als wir eingezogen sind. Oma hatte Tapeten in allen Zimmern, ich erinnere mich an die Grastapete im Wohnzimmer und die rote mit den weißen Blumen bei mir. Mama hatte ihr Zimmer irgendwann in den 70er Jahren braun gestrichen, es kam mir vor wie ein Tierbau. Die Leute, die die Wohnung gekauft haben, haben sicher alles geändert, in der Verkaufsbeschreibung stand »mit Potential«, und jetzt hat kein Mensch mehr rote Tapeten.

Auf dem Bildschirm ist Facebook geöffnet, und ich scrolle nach unten. Pavlovas und Schampusgläser, Kinder in Tracht, und Flaggen, und was für ein Wetter, und habt einen wunderbaren Tag. Dann, plötzlich, ein Bild, das ich erkenne, ich erkenne es so sehr, dass sich in mir alles zusammenkrampft. Ich selbst in Tracht, mein Bauch strotzend groß, meine Brüste durch das stramme Wollmieder zu meinem Kinn hochgedrückt. Njål steht hinter mir und hat die Arme um mich gelegt, die Hände unter meinen Bauch, als wolle er ihn für mich tragen. Und ich erinnere mich plötzlich an diesen Augenblick, erinnere mich an seinen Atem in meinem Nacken und seinen Körper dicht an meinem, alle möglichen Blaskapellen und der Frühlingsgeruch draußen und wir zwei, in dieser Wohnung, in diesem Augenblick. Ich habe das Selfie gemacht und gepostet, ein Algorithmus hat es aus den Archiven gefischt. »Nina, wir könnten uns vorstellen, dass du gern an diesen Beitrag von vor 3 Jahren zurückdenkst.« Schönen Tag noch.

Ich ziehe die Jacke an und gehe hinaus. Die Straßen sind leer, alle sind im Zentrum oder trinken Sekt in Gärten und Parks. Ich drehe die Runde um den See und denke an nichts, es ist sonnig und sommerlich warm, die Leute müssen sich in ihren Trachten doch totschwitzen. Ich habe mich nicht feingemacht, feiere den 17. Mai nie, und ohne Lotta hat es keinen Sinn, in diesem Jahr damit anzufangen. Wir haben zu Hause nie gefeiert, als ich klein war. Oma brachte das nicht über sich, es hatte etwas mit dem Krieg zu tun. Sie zog erst zurück nach Norwegen, als Mama Teenager und zu groß für den Kinderumzug und solche Dinge war.

Die Brücke vor der Feuerwache ist menschenleer, und ich sehe nicht einen einzigen Jogger und keine Hundegassigeherin auf der Piste um den See. Es ist wie der Tag nach der Apokalypse, denke ich, aber dann nähere ich mich dem Bahnhof und um mich herum tauchen die Trachten auf. Einmal habe ich auf dem Platz hier zwei Taubenflügel gefunden, gleich vor der Glasfassade dieses anonym urbanen Gebäudes. Sie lagen auf dem Boden, ordentlich zusammengefaltet wie die Engelsflügel, mit denen Kinder herumlaufen, aber mit blutigen, abgerissenen Sehnen. Das Motiv hatte etwas Serienmörderhaftes, es war so grotesk arrangiert. Später erfuhr ich, dass oben im Einkaufszentrum ein Falke haust, er reißt den Rumpf los und lässt die Flügel liegen, ehe er mit seiner Beute davonfliegt.

Die Menge wird immer dichter, je weiter ich mich dem Zentrum nähere, die Leute aus Bergen strömen den Hang hinab wie die Lemminge, und ich werde vom Strom zum Festplatz getrieben. Hier sind so viele Leute, dass ich nur noch Rücken sehe, aber vor uns kann ich die Blasmusik hören. Hier und da ragt eine Fahne auf, zwischen den Lastwagen mit unverständlichen Arrangements auf der Ladefläche. Verkleidung und Plakate, ich begreife nichts davon und weiß nicht, was ich hier mache. Will gehen, aber hinter mir ist alles verstopft, und ich merke, wie umfangreich ich bin. Kann die Vorstellung nicht ertragen, mir hier mit Gewalt einen Ausweg bahnen zu müssen. Ich stehe gefangen in der Menschenmenge, festgehalten von mit Fries und Brokat gepanzerten Körpern. Ich betaste das Klappmesser, das ich in der Jackentasche vergessen habe, und plötzlich denke ich an Terrorismus. Wie leicht es wäre, niemand würde unter einem Trachtenrock eine Bombe vermuten oder eine Flasche Zündflüssigkeit und ein Feuerzeug in einer Jackentasche. Oder jemand könnte ganz einfach ein mit Silber beschlagenes Trachtenmesser herausziehen und damit um sich hacken, reden die Terrorforscher derzeit nicht über solche Mikroangriffe mit maximalem Angsteffekt?

Ich habe nicht einmal eine Flagge bei mir, in Jeans und Pullover falle ich auf wie eine Pennerin oder eine Touristin. Der Gedanke an den Terrorismus lässt mich noch nicht los, es ist, wie beim Zoll durch Grün zu gehen, ohne zu schmuggeln, ich werde total ungeschickt in meinen Versuchen, unschuldig auszusehen.

Dann entdecke ich sie, aber ich begreife nicht, wieso, ist das auch in meinem Kopf? Lotta steigt vor mir auf, wie ein entflogener Gasballon, nur sind die dieses Jahr doch verboten. Sie machen zu viel Dreck, werden aufs Meer hinausgetragen und enden im

Walmagen, und das hier ist keine Einbildung, oder ein Kind, das Ähnlichkeit hat, es ist wirklich Lotta, dicht vor mir. Sie wird hochgehoben, hoch in die Luft, wie Papas das tun, so, wie ich es nie schaffe, und sie lacht, wie sie nur Njål anlacht, wenn er sie hochhebt. Dann lässt Njål sie auf seine Schultern sinken. Der Trachtenrücken gleich vor mir hat sich ein wenig bewegt und nun habe ich freie Sicht, und ich erkenne Njåls rosa Sommerkittel, die grünen und roten Einfassbänder, mit denen er auch Lottas Kinderwagendecke schmückt. Er muss geradewegs vom Festzug kommen, geht immer mit seiner Wikingergruppe mit. Aber Lotta trägt kein Wikingerkostüm, sie hat so ein nostalgisches Michel-aus-Lönneberga-Kleidchen an, wie ihre Großmutter sie liebt. Ich schaue mich um, sehe aber nirgendwo ihren Wagen, und jetzt dreht Njål sich um, er kann mich nicht übersehen. Ich weiche zurück, versuche, mich aus der Menge zu schleichen, aber ich komme nicht weiter, und nun hat er sich umgedreht. Mama, sagt Lotta, Mama, Mama, und wirft sich über mich. Njål hält sie an den Knöcheln fest, und sie fällt nicht, sie ist so hoch über dem Asphalt, und ich habe oft zu Njål gesagt, dass ich das doch gefährlich finde.

»Nina«, sagt Njål überrascht. »Alles Gute zum Nationalfeiertag.«

»Alles Gute zum Nationalfeiertag«, sage ich automatisch.

Wir bleiben stehen und sehen einander an, unbehaglich in die Privatsphäre des Gegenübers gepresst, und es kommt mir so falsch vor, dass die Trauer in mir aufquillt, lächerlich und sentimental, aber er ist mir mit Lotta viel zu nah. Sie sind miteinander verschmolzen wie ein zweiköpfiger Troll, doch sie hängt über seinem Kopf und singt Mamamamamamama, und ich will die Arme

157

zu ihr hochstrecken, aber ich weiß nicht, ob ich das darf. Heute hat er sie doch.

Njål lacht, ohne dass ich begreife, weshalb, hebt sich Lotta vom Nacken und hält sie vor mich hin. Willst du Mama guten Tag sagen, säuselt er mit der sanften Papastimme, aber Lotta ist plötzlich verstummt, hat sich die Sache anders überlegt und schmiegt sich an seine Brust. Bohrt sich fast die ganze Faust in den Mund, sabbert und glotzt, als wäre sie zurückgeblieben. Njål hat sich geweigert, ihr einen Schnuller zu geben, es ist seine Schuld, dass ihr Daumen schon ganz abgenuckelt ist.

Ich nehme Lotta trotzdem, ich kann nicht anders, und wieder lacht Njål, offensichtlich fühlt er sich gar nicht wohl in seiner Haut. Lotta quengelt, reibt ihr Rotzgesicht an meinem Pullover und heult etwas zwischen meine Brüste. Ich schiebe sie höher auf meiner Hüfte und halte mein Gesicht an ihres, höre von ihr ein heulendes, gedehntes Eeeeeeiiiiiii.

»Eis«, sage ich, erleichtert, weil ich verstanden habe. »Möchtest du ein Eis? Natürlich kriegst du ein Eis am 17. Mai.«

Aber ich weiß nicht, wie, was passiert jetzt? Wohin wollen sie, sie müssen doch irgendwohin unterwegs gewesen sein, ich kann nicht einfach mit ihr losgehen und Eis kaufen. Es dürfte kein Problem sein, mit ihr loszugehen und Eis zu kaufen. Ich blicke zu Njål hoch, er steht da in übertrieben maskuliner Positur, die Hände packen den Gürtel gleich über seinem Geschlecht, wie ein Junge, der seinen Pimmel vorzeigen möchte, und er lächelt und lächelt.

»Eis, ja«, sagt er.

Was geht hier eigentlich vor? Lotta lässt ihren Kopf an meiner Brust ruhen, der Daumen findet den Mund und ich will nicht darauf reagieren, ich senke den Kopf, um an ihrem Schädel zu schnuppern. Und nun nehme ich den Geruch wieder wahr, den süßen, würzigen Duft, und ich will darüber etwas zu Njål sagen, aber der sieht mich nicht mehr an. Sein Blick ist über meine Schulter geglitten, und sein Lächeln fällt für einen Moment in sich zusammen, er schneidet eine Grimasse und schaut zu mir herüber, für eine Sekunde sehe ich Angst in seinem Blick, ehe er sein Gesicht wieder zur Ordnung rufen kann.

Ich schaue mich um, was hat er angesehen? Und dort, die schmale Gestalt mit dem Tragesitz, das ist doch unser Tragesitz, Lottas neuer Schmuselappen baumelt an einer Schnur davon herunter. Die Gestalt dreht sich um, und ich erkenne den Reflexaufkleber hinten. Wer hat Lottas Tragesitz auf dem Rücken? Jetzt verschwindet sie in der Menge, windet sich durch die Menschen wie eine Schlange durch Blaubeersträucher, aber ich habe sie erkannt. Die blonde Kurzhaarfrisur und die runde Brille in dem mageren Gesicht. Ich habe sie mit längeren Haaren und einer anderen Brille in Njåls altem Fotoalbum gesehen, aber ich erkenne sie. Es ist dasselbe Gesicht, das lächelnd zu Njål hochstarrte, mit Blumenkranz auf dem Kopf und langen offenen Haaren über dem weißen Kleid.

Sol. Es ist Sol, unterwegs zu Njål, mit Lottas Tragesitz auf dem Rücken.

Eeeiiiis, heult Lotta, Eeeeiiiiis, und ich begreife. Njål und Sol und Lotta. Sol, die mein Kind auf dem Rücken trägt und ihr Eis kauft. Ich drücke das Kind fester an mich, presse ihren Kopf auf meine Brust. Der Geruch steigt zu mir hoch, der Übelkeit erregende Parfümdunst, den Sol auf sie abgelassen hat, mein Kind dünstet ihre Umarmung aus. Tut es schon lange, nicht wegen Amalie, wenn sie es doch nur wäre, ein krankhaftes Muster bei Njål, ein Metoo-Fall. Damit hätte ich umgehen können. Es gegen ihn verwenden.

Lotta zappelt und will herunter, ich lasse sie fast fallen und packe sie fester, als es richtig gewesen wäre, packe den dünnen Arm und spüre den Knochen unter der Haut, und ich kann nicht hier sein. Ich kann nicht.

Ich drehe mich nicht um, ich bahne, schiebe und presse, mit der Schulter, ich höre Njål hinter mir, aber nicht, was er ruft. Ich gehe. Wir haben eine Abmachung. Njål hatte den 17. Mai bekommen. Aber Sol nicht.

Sol wird verdammt noch mal mein Kind nicht kriegen.

Ich sitze auf dem Badezimmerboden und sehe Lotta baden. Die Bodenfliesen sind kalt und nass, meine Jeans unangenehm eng und steif, und ich bereue fast, dass ich mich nicht ausgezogen habe, um mit ihr in die Wanne zu steigen. Aber das kann ich nicht, bringe es nicht über mich, auch wenn Lotta jetzt wieder munter ist. Zuerst hat sie geheult, die ganze Zeit, während ich sie von einer Haltestelle zur anderen getragen habe, um herauszufinden, wo zum Teufel am 17. Mai diese Scheißbahn abfährt. Aber als wir endlich einsteigen konnten, beruhigte sie sich und schaute mit großen Augen aus dem Fenster, bis wir am Danmarksplass ausstiegen. Sie wollte nicht wieder getragen werden, ich lasse sie das kurze Stück immer laufen, und sie rennt zu gern durch die Unterführung, während ich hinterherjogge und nach Fahrradrowdys und Junkies Ausschau halte. Heute riss ich sie hoch und trug sie den ganzen Weg zum Block, hielt den wütenden Körper ganz fest, während ich auf den Fahrstuhl wartete, setzte sie erst ab, als wir in der Kabine waren. Da war sie so zornig, dass es unmöglich war, sie auf die Füße zu stellen, der kleine Körper war aggressiv schlaff. Ich stand da über ihr, wie eine Polizistin über einer Demonstrantin, wütend darauf konzentriert, ihr nicht wehzutun. Ihre schrille Stimme füllte den Stahlraum, als ob sie in mir säße und brüllte, und ich versuchte, mich von ihr zu lösen und mich aufzurichten, aber ich konnte sie nicht loslassen, sie wäre umgekippt und hätte sich den Kopf angeschlagen, ich konnte ihn fast zurückschnellen sehen, wie einen schlaffen Fußball.

In der Wohnung legte ich sie auf die Matte im Gang, stieg über sie hinweg und ging ins Badezimmer, wo ich den Hahn an der Badewanne voll aufdrehte, ich beugte mich vor und brüllte ins rauschende Wasser. Ich hörte Lotta draußen auf dem Gang mit immer längeren Atempausen heulen, ehe die Geräusche sich zu einem schluchzenden Schnaufen senkten, und ich wollte selbst weinen, hätte hinausgehen und sie trösten müssen, aber das konnte ich nicht, ich hing kniend über der Badewanne und atmete Dampf und den Geruch von Moder, Chlor und widerlichem parfümierten Badespielzeug aus Plastik. Das Mobiltelefon klingelte in der Tasche auf dem Gang, wie Lotta fand es einen Rhythmus aus langgezogenem Heulen, unterbrochen von kurzen Pausen, in denen ich fast glaubte, es sei vorüber, ehe es wieder losging. Aber Lotta hatte aufgehört, ich hörte sie hinter mir trotten, noch immer schluchzend, dann war sie bei mir, mit kleinen bohrenden Händen an meinem Körper. Ich sank auf den Hintern und hob sie auf meinen Schoß, aber ich brachte es nicht über mich, sie zu umarmen, noch nicht. Zum Glück wollte sie baden, sie will immer gern baden. Ich zog sie aus und sie trampelte vor Freude, als sie nackt da stand, ihr molliger Körper so weiß und makellos wie aus Marzipan geformt.

Jetzt ist sie munter, bis auf weiteres ist sie munter und spielt plappernd mit ihren Plastikentchen. Ich hebe mich auf die Knie und beuge mich über die Wanne, gebe Seife auf den Waschlappen und fange an, ihr den Rücken zu waschen, noch immer ist sie zufrieden. Wasche die ganze Strecke bis zur Wassergrenze um ihren Bauch, dann drehe ich sie vorsichtig um und fahre über Brust und Bauch, sie sieht mich irritiert an und versucht, den Waschlappen wegzuschieben, nicht, sagt sie, nicht, Mama!, aber ich bin schon fertig, breite den Waschlappen in meiner Handfläche aus, umfasse damit ihren linken Arm und lasse ihn nach unten rutschen. Der rechte Arm ist schwieriger, denn mit dem spielt sie, aber ich bin schon fast fertig, ehe sie protestieren kann. Sollen wir die Haare waschen, sage ich, ich frage eigentlich nicht. Lotta sagt nein, und ich ziehe sie zu mir, drücke einen Klecks Shampoo auf ihre dünnen Haare und schaufle mit der Hand Wasser darüber, seife mit der Handfläche ein und halte dabei das zappelnde Mädchen mit einem Arm um den Bauch fest, reibe und verteile, ehe ich sie zurücklege, sie wehrt sich und versucht, sich umzudrehen, bekommt fast den ganzen Kopf unter Wasser, ich packe ihren Nacken fester und schiebe mit der anderen Hand ihre Haare ins Wasser, spüle und spüle, bis ich sicher bin, dass alles Shampoo verschwunden ist. Lotta heult so sehr, dass es von den Betonwänden widerhallt, der ganze Block muss es hören, und ich begreife nicht sofort, dass

162

in dem Lärm noch andere Geräusche enthalten sind, dass draußen auf dem Gang die Türklingel geht und geht. Aber das ist mir scheißegal, ich greife wieder zum Waschlappen und ziehe Lotta an den Armen hoch. Sie steht wirklich aufrecht da und klammert sich blind an den Rand der Badewanne, während das Wasser über ihr Gesicht läuft, über die hart zusammengekniffenen Augenlider und in den offenen Schlund. Ich wage nicht, sie loszulassen, deshalb lege ich den Waschlappen und quetsche mit einer Hand Shampoo darauf, zu viel Shampoo, Lotta wird ganz glitschig vor Seife, als ich die über den weißen Beinen verreibe, über dem Po, der noch ein bisschen Babyspeck aufweist, über der Scheide, die aussieht wie ein kleiner Fingernagelabdruck in Marzipan, ehe ich noch eine Runde über den Oberkörper mache, nur um sicher zu sein. Dann setze ich sie ins Wasser, vorsichtig, um das glatte Kind nicht aus dem Griff zu verlieren, kann gerade die Handbrause erreichen und das Wasser aufdrehen. Es ist ein bisschen kalt, aber da weiß ich jetzt keinen Rat, ich spüle so schnell ich kann, und es dauert nicht lange, den kleinen Rumpf abzuspülen, sie brüllt sowieso, deshalb mache ich eine Extrarunde mit dem Duschkopf dicht an ihrem Schädel.

Ich lasse den Duschkopf los, der dreht sich unter Wasser um und schickt einen Walspritzer in die Luft, ehe ich zudrehen kann. Lotta heult, unfassbar, dass sie so lange weitermachen kann, und sie tut mir so leid, aber es musste sein. Es war notwendig. Ich hebe sie aus der Badewanne und auf meinen Schoß, wiege sie, während ich Trostwörter an ihrem Schädel murmle. Die Türklingel geht jetzt ununterbrochen, das Mobiltelefon habe ich ausgestellt, aber ich kann es trotzdem hören. Und ich weiß, dass ich antworten muss, ich muss Lotta abtrocknen und sie in das Badetuch wickeln. Ehe ich sie kitzle und vorgebe, ein seltsames Tier auszupacken. Was ist denn da in dem Paket, ein Hund? Nein, ein Schwein?

Dann werde ich Njål antworten, werde ihm Lotta zurückgeben, und es ist noch immer sein Tag. Aber zuerst will ich ein bisschen länger hier sitzen, jetzt ebenso nass wie sie, und ihren pelznassen, nach Shampoo duftenden Kopf an meiner Wange spüren.

NJÅL

Als ich mich dem Brückenpfeiler nähere, lasse ich das Paddel sinken. Die Oberfläche ist ganz glatt, und die Autobahnbrücke wird in einem spitzen Oval zurückgespiegelt. Ich steuere auf den hintersten Pfeiler zu, will Neptun begrüßen. Es ist fast ein Ritual. Auf der Strecke nach Hause mache ich für gewöhnlich einen Umweg, vorbei an der Meerjungfrau. Das neue Paddel ist ungewohnt, doch ein paar Schläge bringen mich wieder auf Kurs. Ich gleite an der Betonsäule vorbei, beuge mich vor wie ein Radrennfahrer und wende in einem schönen Bogen. Der mit einer Schablone aufgemalte Neptun droht mir mit seiner Krücke. Das ist das Tolle an meinem Paddelklub. Dass man vom Zentrum aus fast durch die ganze Stadt paddeln kann. Man sieht Graffiti und rostige Industrieruinen, kleine Boote und Badestrände. Immer mit dem Kajakbug im Vordergrund. Die Plastikversion einer uralten Bootsart. Solche Kontraste gefallen mir, es muss nicht alles immer nur schön sein. Ich habe viele coole Bilder von meinen Paddeltouren auf Instagram gepostet, #meinbergen.

Langsam paddle ich an der alten Steinbrücke vorbei. Ein paar Angler hängen mit ihren Ruten über dem Geländer. Auf dem

Weg zur Arbeit radle ich oft an ihnen vorbei. Gleich am Straßenbahngleis stehen sie mit dem Rücken zum Verkehr und angeln mit verbissener Konzentration. Für mich sieht das nicht nach Freizeitvergnügen aus, sondern wirkt eher so, als wären sie darauf angewiesen. Eine Krähe flattert vom Geländer auf. Schwarze Flügel gegen den blauen Himmel, ein feines Schwingen in den äußersten Flügelspitzen. Ich folge ihr mit dem Blick bis hinüber nach Florida, wo sie auf dem Ministrand landet, etwas aufpickt und dann mit einem dunklen Klumpen im Schnabel zur Brücke zurückfliegt. Ich habe schon davon gelesen. Die Krähen haben angefangen, Miesmuscheln auf die Straßenbahnschienen zu legen. Dann sitzen sie da und warten, bis die Bahn kommt und die Muschel für sie aufknackt.

Vor dem Tunnel unter der Brücke lege ich etwas zu, beuge mich vor und stürze mich fast hinein. Spüre den Strömungswiderstand am Bootskörper und tauche das Paddel in Höhe der Zehenspitzen ins Wasser, presse mich gegen die Fußstütze und zwinge mich in die Dunkelheit hinein. Die Schultern brennen, meine Atemstöße wüten, und dann bin ich wieder draußen. Die nächste Brücke gleitet wie ein Schatten über mich hinweg, dann bin ich draußen im Hafenbecken. Die Strömung hat nachgelassen, das ruhige Wasser leistet keinen Widerstand. Ich paddle auf die neue Fußgängerbrücke zu und schlüpfe darunter, probiere das Gleichgewicht zu halten während ich zwischen den Pfeilern hindurchpaddle. Ich muss gar nicht mehr denken, wenn ich mein Gewicht verlagere, genauso wenig wie beim Fahrradfahren. Der Körper tut es einfach. Ich bin ein Meereszentaur, halb Mensch, halb Boot. Das neue schmale Paddel ist sehr effektiv und fast lautlos, nachdem ich mich erst daran gewöhnt habe. Tormod hatte mir ein Grönlandpaddel empfohlen, er benutzt es selbst auf Svalbard. Gut dazu geeignet, sich an Robben und Vögel heranzuschleichen. Ein Grund, warum ich es gekauft habe. Um damit zu üben, bis es soweit ist und ich in den Norden hochfahre.

Der Gedanke an Svalbard führt mich zu Nina, und ich erhöhe das Tempo, um die Gedanken wieder aus dem Kopf zu bekommen. Anders geht es nicht. Ich halte ein gutes Tempo, als ich auf Laksevåg zusteuere. Der dämliche Schrotthändler hat natürlich seinen Kram im Weg liegen und versperrt die Aussicht auf einen der neuen coolen Blockbauten. Dicht gleite ich an dem alten rostigen Kahn vorbei, der wohl ein Teil des Schrotthaufens ist, und erahne den Hebekran, der wie ein alter Dinosaurier im Hintergrund aufragt. Die Puddefjordbrücke liegt vor mir, ein leicht gebogenes Portal, das in den Fjord hineinführt. Ich werde von einem schweren Kabinenkreuzer überholt und spüre das rüttelnde Kielwasser. Die Schlagwellen werden in dem schmalen Sund kräftiger, aber darauf bin ich vorbereitet. Ich halte das Gleichgewicht, paddle weiter.

Etwa in Höhe der Seekriegsschule werde ich von krappen Seitenwellen überfallen. Vermutlich stammen die von dem Schnellboot, das etwas weiter draußen vorbeidonnert. Ich ziehe die rechte Hand aus dem Paddelhandschuh, ertaste mit steifen Fingern den Schiebemechanismus und fahre das Kielschwert aus. Jetzt liege ich ruhiger, aber die See ist rau. Vielleicht sollte ich umdrehen. Aber ich muss paddeln, muss mich hart anspannen. Ich brenne vor Stress.

Den ganzen Arbeitstag habe ich im Büro gesessen, mit Nina

im Rücken. Ich hatte nicht erwartet, sie dort zu sehen. Im letzten Monat war sie fast ausschließlich im Home-Office. Dass sie ausgerechnet jetzt zurückkommen sollte, nach dem, was sie am Nationalfeiertag angestellt hat. Als sie kam, sah sie mir direkt in die Augen und nickte mir kurz zu. Allerdings wirkte sie angespannt. Beinahe ängstlich. Das sah ich gern. Ich beobachtete sie, während sie sich hinsetzte, durchbohrte sie mit meinem Blick, damit sie es spüren sollte. Dann drehte ich mich weg und lächelte freundlich die arme Amalie an. Sie verschwand nach der Kaffeepause und blieb den ganzen Tag über weg.

Ich hätte Jessica um ein anderes Büro bitten sollen, hatte aber nicht gewagt zu fragen. Ich war derjenige, der aus unserer Wohnung ausgezogen war, und Nina verwendete es gegen mich. Sie saß in der Familienberatungsstelle und betonte, wie fremd sich Lotta zu Hause bei mir fühle. Sprach von Stabilität, als ob sie sich im Gleichgewicht befände. Die ganze Zeit kam sie wieder darauf zurück. Du hast dich entschieden auszuziehen, sagte sie. Als hätte ich mein Kind im Stich gelassen, wie ein Rattenmännchen, das sich paart und verschwindet. Dabei wollte ich die Dinge nur einfacher für sie machen. Und im Übrigen sind es die Rattenweibchen, die ihre Jungen töten und auffressen.

Ich werde mich verflucht noch mal nicht aus dem Büro oder dem Job drängen lassen. Nina kann jetzt nicht mehr lange durchhalten. Ganz offensichtlich fällt sie auseinander. Und dennoch geht sie zur Arbeit, ins Büro. Wie ein ganz gewöhnlicher Mensch. Nach dem 17. Mai bin ich zwei Tage zu Hause geblieben. In erster Linie wegen Lotta, ich wollte sichergehen, dass sie kein Trauma davongetragen hatte. Sol versuchte, sich um Lotta zu kümmern und sie mitzunehmen, wollte mich ausschlafen lassen. Aber ich konnte mein Kind nicht gehen lassen. Die Stunden mit dem Handy vor dem Häuserblock, mit dem Summton im Ohr und dem Blick starr auf den Balkon gerichtet. Die Angst, als Nina schließlich aus der Haustür trat, mit Lotta in den Armen. Der kleine Körper war so ruhig, ich konnte nicht erkennen, ob sie lebte. Dass ich so ängstlich wurde, quält mich immer noch. Was, wenn ich tatsächlich einen Grund dafür habe? Wie kann ich Lotta je wieder zu Nina schicken? Die Wut zehrte an mir, körperlich und bösartig. Ich konnte nicht arbeiten, saß nur da und erinnerte mich deutlich daran, wie ich das Tapetenmesser beiseitelegte, als ich das letzte Mal ein Paket öffnete.

Ich bin kein gewalttätiger Mann. Habe niemals jemanden angegriffen, bin nie körperlich aggressiv gegen Nina gewesen. Was immer sie auch sagt, so etwas tue ich nicht. Doch jetzt brennt eine Wut in mir. So gewaltig, dass ich mich gegen das Kajak presse und hauen und schlagen will. Zerstören. Aber ich bin festgespannt, ein beinloser Krüppel mit Händen, die an das Ruder gebunden sind. Wie an einen Pranger. Ich mache ein paar Paddelzüge und komme hinter einer Schäreninsel in den Windschatten. Atme tief und ruhig. Konzentriere mich darauf, das Gleichgewicht im Meer zu halten.

Es gibt so viel Wut in mir, aber ich würde ihr nie etwas antun. Dennoch versteh ich diejenigen, die zuschlagen. Aggression ist nicht nur destruktiv, in ihr liegt eine Art von wilder Besorgnis. Ein zorniger Beschützerdrang. Das Gefühl erstreckt sich weiter zurück in die Zeit und legt sich auf das, was ich früher getan habe. Es spricht mich frei. Es war richtig, Nina zu verlassen und um das

169

Sorgerecht für Lotta zu kämpfen. Nina war krank. Ist es immer noch.

Es war keine leichte Entscheidung. Noch schlimmer, als Sol zu verlassen. Sol ist stärker, und ich wartete darauf, dass sie allein klarkommen würde. Mit Nina ging das nicht. Ich musste an Lotta denken, sie beschützen. Es war unverantwortlich, nicht schon früher etwas zu tun, aber ich vertraute auf Gemeindekrankenschwestern und Psychologen. Die mir sagten, dass das normal sei, dass die Zwangsgedanken keine Wünsche waren. Und dann ist es fast schief gegangen.

Und schließlich der 17. Mai. Ihr Gesicht, als sie mir die schlafende Lotta reichte, draußen vor dem Haus. Da war etwas mit ihren Augen, doch das Schlimmste war, dass sie mich anlächelte. Ein automatisiertes, höfliches Lächeln. Irgendwas läuft gänzlich falsch bei ihr. Sol glaubt, sie sei tief depressiv, möglicherweise suizidal. Ich habe Artikel über Frauen gelesen, die ihre Kinder töten. Wenn Männer so etwas tun, spricht man von »Familientragödie«. Bringt eine Mutter ihre Kinder um, heißt es »erweiterter Selbstmord«. Als ob die Kinder eigentlich ein Teil der Mutter wären, nicht lebensfähig ohne sie.

Der Wind hat aufgefrischt. Kleine harte Wellen schlagen mir entgegen. Der Schweiß unter der Funktionskleidung hat sich abgekühlt, ich fange an zu frieren. Vielleicht sollte ich umdrehen und die Tour noch vor der offenen Strecke über den Fjord abbrechen. Früher hätte ich nicht gezögert, aber etwas hat sich geändert, als ich Vater geworden bin. Ein erweiterter Selbsterhaltungstrieb. Passiert mir etwas, trifft es auch Lotta. Das kann ich nicht zulassen.

Eine Welle trifft die Schäre, die Gischt spritzt über mich hinweg. Ich entscheide mich, hole das Kielschwert etwas ein und hebe das Paddel an. Die See ist zu aufgewühlt und ich bin zu dünn angezogen, um weiterzufahren. Meine Armmuskeln sind kalt und steif, und nicht eben elegant rudere ich um den Felsen. Sobald ich in der Strömung liege, drehen mich die Wellen herum, bis sie mich von der Seite treffen. Das Kajak neigt sich, ich schaffe es gerade noch, mich wieder zu stabilisieren. Ich paddle dagegen an, kann mich irgendwie herumschwenken. Wieder ziehe ich die Hand aus dem Paddelhandschuh, um das Kielschwert zu justieren, doch es hat sich verklemmt. Mist. Das Kajak wird fast herumgeworfen, etwas in mir wehrt sich mit aller Kraft. Ich löse mich aus dem Paddelhandschuh und mache einen wütenden Ruderschlag. Lege den Körper in die Bewegung, doch zu stark. Eine schwere Welle trifft mich, und ich brülle, als ich kentere.

Der Mund läuft voller Wasser, mein Neoprenanzug drückt sich kalt gegen den Körper. Ich muss raus, hänge aber fest. Die neue Spritzdecke spannt sich um meinen Leib und fesselt mich an den Langsitz. Das Paddel treibt hoch und zieht meine linke Hand nach hinten, der Handschuh drückt auf mein Handgelenk. Die rechte Hand ist frei. Ich taste nach der Kante der Spritzdecke, doch meine Hand ist von dem eisigen Wasser zu taub geworden, um etwas zu fühlen. Verflucht. Meine Brust droht zu platzen, ich taste den Langsitz ab, ohne Erfolg. Ich ziehe die linke Hand aus dem Paddelhandschuh und drücke mich panisch gegen das Kajak, aber die Spritzdecke spannt sich nur umso mehr. Ich muss ruhig bleiben, mich auf den Atem konzentrieren. Ich kann nicht atmen. Ich werde sterben, und ich taste und fummle. Die Finger finden

171

einen Saum, ich reiße die Spritzdecke los und ziehe mich heraus, befreie mich vom Kajak und schieße hoch, durchbreche die Wasseroberfläche und hole tief Luft. Ich hänge mich an das Kajak und atme. Schluchze, als ob ich weinen müsste.

Erst als mein Atem wieder normal wird, schaffe ich es, mich zusammenzureißen. Das Paddel ist ein Stück abgetrieben, ich kann es gerade noch packen, ohne das Kajak aus dem Griff zu verlieren. Als ich vor dem Bug im Wasser hänge, bin ich so erschöpft, dass ich beim ersten Versuch aufhören muss, ehe ich das Kajak anheben und leeren kann. Ich drehe es herum, ziehe mich an der Sicherheitsleine nach hinten und werfe mich mit dem Oberkörper auf den Bootskörper. Dort bleibe ich liegen und schnappe nach Luft wie ein gefangener Rotbarsch. Danach setze ich mich auf, reite vorwärts zum Langsitz und quetsche meinen Hintern hinein. Drehe meine Beine zurecht und bleibe vornüber gelehnt sitzen, völlig entkräftet. Erst als ich wieder einigermaßen ruhig bin, bekomme ich richtig Angst.

Es ist schon weit nach Schlafenszeit, als ich in den Flur torkle. Vom Paddelklub musste ich mir ein Taxi nach Hause nehmen, war zu fertig, um mit dem Rad zu fahren. Sol grüßt mich leise aus dem Wohnzimmer, ich aber lasse meinen Rucksack fallen und gehe direkt ins Schlafzimmer. Lotta schläft mitten im Bett, und ich lasse mich neben sie fallen. Im Club habe ich mir etwas Trockenes angezogen, zittere aber immer noch. Will meine kalte Hand nicht auf sie legen. Krieche nur so dicht es geht an sie heran, ziehe die Decke über uns und lasse mich von ihr warmatmen. »Entschuldige«, flüstere ich in ihr Haar.

So etwas Dummes werde ich nie wieder tun. Sollte ich sterben, könnte Lotta bei Nina landen. Meine Eltern werden um sie kämpfen, doch sie sind alt. Und niemand außer mir weiß, wie durchgeknallt Nina ist, denn das Schlimmste habe ich noch niemandem erzählt. Nach dem, was sie am 17. Mai tat, glaubte ich gewonnen zu haben. Dass sie zusammenbrechen würde, so wie bei der Trennung. Aber sie ist jetzt anders, wirkt fast normal, solange man nicht weiß, wo man hinschauen muss. Sie wird nicht nachgeben. Und ich kann hier nicht sitzen und abwarten, ich muss alles tun, was ich kann.

Ich setze mich auf und nehme mein Handy aus der Tasche. Schreibe eine Mail an meine Anwältin. Sie ist mit der Reaktion auf die Klageschrift beschäftigt. Die muss bald erfolgen, aber ich schaffe es, ihr alles zu erzählen. Beinahe alles, das, was mich veranlasst hat, Nina zu verlassen. Sie ist nicht gesund, schreibe ich. Als sie das letzte Mal krank war, ist es fast zur Katastrophe gekommen. Kurz schildere ich die ganze Geschichte, bis zu dem Punkt, wo ich mit Lottas kaltem Körper dastand und glaubte, es wäre zu spät. Ich erkläre, wie die Ereignisse am Nationalfeiertag zeigen, dass Nina noch immer nicht zu trauen ist. Ich möchte, dass sie überhaupt keinen Umgang mit Lotta hat, schreibe ich. Nicht ohne Aufsicht. Sie ist zu gefährlich.

Schnell signiere ich und versende die Mail, ehe ich mich anders entscheide. Der Krieg ist keineswegs kalt, Nina hat die Waffenruhe gebrochen. Ich muss darauf reagieren. Dann wird es eben so sein, falls Nina mit ihrer Geschichte über den Abend ankommt. Falls sie mich wegen irgendetwas anklagt, kann ich es abstreiten. Ich muss es tun, wegen Lotta.

SOL

Auf der Treppe zur Kanzel spüre ich meine Tage kommen. Ich habe mir eine Binde in die Unterhose gelegt, laufe aber dennoch schnell die letzten Stufen hinauf. Das weiße Priestergewand und meine Tage, das kann schnell schiefgehen. Die Kanzel ist eine enge Tonne auf einer Säule. Hier oben komme ich mir vor wie im Ausguck eines Segelschiffs. Ich habe auch schon mehrere Predigten mit diesem Motiv gehalten. Jetzt umfasse ich das Geländer, als ob ich einen Sturm erwarte, sende ein Stoßgebet gen Himmel und atme tief in den Bauch hinein. Klar Schiff, jetzt komme, was da wolle.

Ich hebe den Kopf, lasse den Blick über die Bankreihen gleiten und werde sofort ruhiger. Die Kirche ähnelt meiner eigenen, hier fühle ich mich sicher. Gekalkte Wände unter der dunklen Holzdecke, die von schönen geschnitzten Balken himmelwärts gehoben wird. Die Details sind nationalromantisch angehaucht, nicht zu überladen und auf passende Weise altmodisch. In solchen Kirchen fühle ich mich besonders heimisch, sie sind ein Mittelding zwischen mittelalterlichen Kathedralen und der nüchternen Ziegelvariante von Arbeitskirche, wo ich selbst zur Sonntagsschule ging. Ein Kirchenraum, in dem die Menschen gern ans Heiraten denken.

Ich lasse den Blick von links nach rechts schweifen, von der ersten bis zur letzten Reihe, damit ein jeder sich gesehen fühlen kann. Fast alle meine Konfirmanden sind hier, im Stillen danke ich ihnen. Es ist eine junge Versammlung, und es sind mehr gekommen, als ich zu hoffen gewagt habe. Eine Gruppe Jugendlicher sieht aus, als käme sie direkt von einem Klimastreik, auf der Wange eines Mädchens prangt noch immer eine blaugrüne Erdkugel. Mit dem Blick auf sie gerichtet, fange ich an zu reden.

»Schlachte und iss!«, sage ich, lege eine kleine Pause ein und wiederhole es. »Schlachte und iss!«, dieses Mal etwas lauter. Dann verstumme ich, bewahre die Stille, während ich alle ansehe und dabei lächle.

»Doch ja, das ist ein veganer Gottesdienst!«

Sie kichern, und ich komme in Fahrt. Ich habe mich lange darauf vorbereitet, diese Predigt vorzutragen, sie würde sich gut für eine Inszenierung eignen. Mit Theatereffekten und großem Einfühlungsvermögen stelle ich die Vision des Apostels Petrus dar. Die Tischdecke, die sich vom Himmel herabsenkt, das große leinene Tuch mit den vier Zipfeln, sich wogend ob seines lebenden Inhalts. Ich blöke und schwatze, gackere und fauche und fülle das Tuch mit allerlei Wesen. Verschreckte Kaninchen, die sich festkrallen und das Leinentuch hinunterrutschen. Aufgescheuchte Hühner, die umherirren und schwanken und gackern. Neugierige Schweine, die mit den Pfoten über der Tuchkante hängen und auf den Boden hinabblicken, sich mit den Zipfeln kratzen und Dreckspuren auf dem Stoff hinterlassen. Hunde, die bellen und winseln, Katzen, die sich an zappelnde Fische auf dem Grund des Tuches heranschleichen. Kühe und Schafe in Todesangst, dicht zusammengedrängt in einer lebenden Burg in der Mitte. Gewundene Schlangen, sich aufbäumende Pferde und kullernde Gürteltiere dürfen auch dabei sein. Ich liebe Gürteltiere, und darf man sie sich nicht vorstellen als rollende Bündel entlang der Kanten des Leinentuchs, wie Murmeln in einer Schale?

»Alle erdenklichen Vierbeiner und Kriechtiere und Vögel«, sage ich. »Alle möglichen! Könnt ihr sie vor euch sehen? Könnt ihr sie *hören*?«

Die Menschen in der Kirche lachen, jetzt habe ich sie. Ich bitte sie, sich vorzustellen, dass dieser herrlich lärmende, lebendige, vielfältige Inhalt vor ihnen herabgesenkt wird, dass das Leinentuch ausgebreitet wird, um ihnen all diese phantastischen Geschöpfe der Erde zu präsentierten. Und dann ertönt eine Stimme von oben, die Stimme Gottes, und ich bemühe mich, die meine so theatralisch wie möglich erklingen zu lassen, als ich deklamiere: Schlachte und iss! Und ich antworte, spreche wie zu mir selbst, verwirrt und skeptisch blicke ich zum Himmel auf. Wirklich? Bist du dir sicher, Gott?

Ich ändere meine Tonart, bin wieder ganz geerdet und rede normal, wie im Gespräch mit der Gemeinde. Glaubt ihr, eine vegane Pastorin sollte den Fleischessern wie ein Erweckungsprediger begegnen?, frage ich. Wecken mögen vegan sein, doch Vorurteile sind nicht koscher. Wenn ihr hören wollt, Gottes Wille laute, dass wir vegan essen sollen, muss ich euch bitten, andere Orte aufzusuchen. Zum Beispiel das Erste Buch Mose, aber es steht ja viel Seltsames in den Büchern Mose. Wieder lachen sie, vermutlich haben sie Fotos von mir bei der Gay-Pride-Parade gesehen. Lasst uns lieber einen genaueren Blick auf Petri Vision werfen.

176

Ich muss gar nicht auf mein Manuskript schauen, denn das hier kann ich auswendig. Ich erläutere den Hintergrund und den historischen Kontext und führe sie geschickt von den frühen Christen bis in unsere Zeit. Ich war heute auf einer Klima-Demo, sage ich, viele von uns sind anscheinend da gewesen. Wir sehen, was um uns herum geschieht, was uns Menschen und den Tieren angetan wird. Das lässt unser Engagement wachsen. Das lässt unsere Wut wachsen.

Jetzt mache ich eine Pause, ehe ich Petri abschließenden Punkt noch einmal vorlese.

Gott hat mir gezeigt, dass ich keinen Menschen für unrein halten und ihm darum die Gemeinschaft verweigern darf, lese ich mit normaler Stimme. Das ist der springende Punkt in der Vision Petri. Dass wir problemlos mit Menschen am Tisch sitzen können, die anders leben als wir. Es gibt viele gute Gründe dafür, kein Fleisch zu essen, sage ich und nehme den Faden wieder auf. Tierwohl und Klima. Und wie schnell kann man nicht fanatisch werden, wenn man für etwas brennt? Aber die Welt braucht den Hass genauso wenig wie die schädlichen Klimagase. Deswegen wollte ich über genau diesen Text predigen. Nicht um jemanden zum Fleischverzehr aufzufordern. Sondern um uns alle daran zu erinnern, dass nichts unrein ist. Keine Art von Fleisch, und erst recht keine Fleischesser.

Ich sehe, dass die Gemeinde jetzt ganz bei mir ist, und wage es deshalb, den Schlusspunkt zu setzen, bei dem ich lange unsicher war. Laut und deutlich deklamiere ich:

»Geht hinaus in die Welt und umarmt einen Fleischesser!«

Es käme mir falsch vor, der Gemeinde den Rücken zuzukehren

und durch die Hintertür zu verschwinden, also grüße und quatsche ich mich durch das Kirchenschiff. Fast bereue ich es, als ich plötzlich die Katzendamen vor mir sehe. Ich sollte sie nicht so nennen, nicht mal im Stillen, aber ich kann nichts dafür. Katzenwohlfahrt und Vegan-Gemeinschaft und das ganze Paket. Die eine hat mich mehrmals zu überreden versucht, Haustiere in der Kirche zu segnen, wie in der katholischen Franz-von-Assisi-Messe, von der sie gelesen hat. Ich würde am liebsten an ihnen vorbeigehen, doch dafür gibt es keinen Grund, weshalb ich stehen bleibe und lächle.

Sie überschütten mich mit Dank, und die Tiermessenfrau setzt zu einer Schimpfkanonade an. Etwas über einen Hund, der eingeschläfert werden soll, hat wohl ein Kind gebissen, und nun gibt es einen Fackelzug für Tassen. Tassen hat keine Menschenrechte, sagte die eine Katzenfrau, und ich muss wegschauen, um mich nicht zu verraten.

Keine Rechtssicherheit, sekundiert die Freundin, und jetzt muss ich gehen, bevor ich etwas Dummes sage.

In der Sakristei sickert das gute Gefühl aus mir heraus. Ich nehme die Stola von den Schultern und spüre, wie gereizt ich bin. Keine Rechtssicherheit für Hunde, natürlich nicht. Wir haben Tiere seit dem Mittelalter nicht mehr als Rechtssubjekte betrachtet. Ich habe von Spatzen gelesen, die wegen Gezwitscher in der Kirche angeklagt wurden, von Schweinen, weil sie das Brot vom Altar stahlen, und von Hähnen, weil sie Eier legten. Eine Sau und ihre Jungen, die ein Baby mordeten und auffraßen, wurden vor Gericht gestellt. Die Schweinemutter wurde zum Tode verurteilt, in menschliche Kleider gewickelt und an einem Galgen auf dem

Marktplatz aufgehängt. Die Jungen hingegen wurden aufgrund mangelnder Beweise freigesprochen, es gab demnach also eine gewisse Rechtssicherheit. Wäre das gut genug für die eine Katzenfrau? Leoparden reißen Antilopen die Gedärme heraus, während sie noch leben. Wie hätte sie das gern im norwegischen Recht gehandhabt?

Jetzt will ich nur nach Hause. Vielleicht kann ich mich rausschleichen und das sogar vor mir selbst rechtfertigen. Ich ertrage nicht den Gedanken, im Vorraum Gemüsesuppe zu schlürfen, während die Katzendamen ihre Ausführungen fortsetzen.

Ich will heim zu Njål und Lotta, mit ihnen zu Abend essen und Lotta baden, bevor sie ins Bett geht. Ihr die Zähne mit dieser winzigen Zahnbürste putzen und das Zahnputzlied singen, das mein Vater mir beigebracht hat, während Lotta vertrauensvoll und mit offenem Mund auf meinem Schoß sitzt. Njål hat mich eingeladen, über Nacht dazubleiben, immer öfter tut er das. Wenn Lotta im Bett liegt, können wir Tee trinken und uns vielleicht wieder im Badezimmer lieben, ganz schnell und flüsternd still. Ich will heim zu Njål und Lotta und nicht allein in meine leere Wohnung gehen. Nicht auf dem Balkon rauchen oder andere Dinge tun, die ich eigentlich nicht tun will. Ich muss lernen, Njål zu vertrauen, wieder seine richtige Frau zu sein und nicht mehr im Dunkeln vor seiner Wohnung zu stehen. Dazu werde ich auch kein Bedürfnis mehr verspüren, wo ich jetzt allen erzählen kann, dass wir zusammen sind. Ich muss nicht mehr mit dem eigenen Wagen zu einem heimlichen Rendezvous in einem Zelt außerhalb der Stadt fahren oder mit zwei Gläsern Wein vergeblich in der Badewanne auf ihn warten. Er kann mich besuchen, wann immer er möchte.

Ich kann bei ihm schlafen, ohne dass ich fürchten muss, Spuren zu hinterlassen, und ich kann meine Zahnbürste neben Lottas in das Zahnputzglas stellen.

Schnell schlüpfe ich aus der weißen Tunika und suche sie nach Blutflecken ab, doch sie ist völlig rein, und ich packe sie ein. In der Toilette sehe ich, dass auch die Binde schneeweiß ist, ich habe überhaupt nicht geblutet. Also waren es nur Magenkrämpfe und Einbildungen. Ich hatte nie eine regelmäßige Blutung, spüre aber mit meinem ganzen Ich, dass meine Tage bald kommen werden.

NINA

Wir sitzen am Esstisch im Wohnzimmer, einander gegenüber. Der Psychologe hat sich mit dem Rücken zum Fenster hingesetzt, als wolle er sich auf die Wohnung konzentrieren. Auf Lotta und mich, unseren Kontakt miteinander, die Rahmen, die ich hier ziehe, er ist hier, um das alles zu beurteilen.

Der Psychologe ist vom Gericht ernannt worden. Meine Anwältin war der Meinung, wir sollten um einen fachkundigen Psychologen bitten, und hat sich dafür eingesetzt, dass einer ausgesucht wurde, den sie für gut hält. Er hat eine zeitgemäße und nuancierte Sicht der Mutterrolle, sagte sie. Meine Anwältin ist effektiv und kalt, sie fragt, ob es gut geht, und nicht, wie ich mich fühle. Darüber freue ich mich, und ich tue, was sie sagt.

Bei der vorbereitenden Besprechung war ich ruhig und habe mich ehrlich und sachlich erklärt. Ich hatte Njål vorladen lassen, deshalb durfte ich zuerst reden. Njål saß auf der anderen Seite unserer Anwältinnen, und ich sah ihn nicht an, als ich dem Richter meine Erklärung abgab. Aber als Njål an der Reihe war, konnte ich es nicht lassen. Sein Gesicht war ausgewischt, und er wollte mir nicht in die Augen schauen. Er erklärte nüchtern, sicher mit den Worten seiner Anwältin, warum ich nicht länger mit Lotta allein sein dürfte. Das hat er auch in seiner Antwort auf die Vorladung geschrieben, dass ich nicht imstande bin, mit Lotta allein zu sein. Bis auf weiteres, sagte er, sicherheitshalber, und nun quollen die Gefühle aus seiner belegten Stimme. Vielleicht gibt es ihm einen Vorteil, niemand vertraut einer gefühlskalten Mutter.

Meine Anwältin findet es gut, dass das Gericht den Psychologen gebeten hat, sich bei mir umzusehen. Ein Außenstehender kann das besser verstehen, sagte sie. Ich selbst glaube, dass es zum Teufel geht. Er hat mich mit meinem Kind spielen und reden sehen. Lotta war quengelig und ich hatte Hunger, aber sie wollte nichts zu essen. Vielleicht hätte ich ihr einen Smoothiebeutel anbieten sollen, die werden für größere Kinder wohl nicht empfohlen, aber Lotta hat sie gern. Glaube ich, ich weiß nicht mehr, was sie gernhat. Sol gibt ihr sicher nur Hirsebrei und Sojamilch.

Jetzt ist Lotta endlich eingeschlafen, sie schläft vormittags noch immer lange, ich muss wohl eine Weile mit dem Psychologen allein hier sitzen. Es ist mir unangenehm, ihn hier in meiner Wohnung zu haben, so falsch, als ob wir in seinem Schlafzimmer miteinander reden sollten. Der Psychologe ist in meinem Alter oder jünger, mit braungesprenkelter Retrobrille und engen schwarzen Jeans, wenn ich ihm in den Schritt schaute, könnte ich sicher feststellen, ob er ihn nach rechts oder nach links legt.

Nun dreht er die Kappe vom Kugelschreiber und lächelt mich an, fragt, ob es mir gut geht. Dann beugt er sich über den Tisch zu mir vor, schafft gewissermaßen zwischen uns einen vertraulichen Raum, und fängt an, mich auszufragen. Er bezeichnet das als Gespräch, aber es ist ein Verhör. Ich habe mich darauf vorbereitet und

182

antworte, wie meine Anwältin es mir geraten hat. Erzähle vom 17. Mai, entschuldigend, aber nicht kriecherisch. Weiß, dass es falsch war, aber am Ende habe ich Njål Lotta doch zurückgegeben, es waren nicht viele Stunden. Und in Anbetracht der Situation, Tag der Kinder sozusagen, und dass ich so lange belogen worden war.

»Belogen?«, fragt der Psychologe, und ich erkläre. Erzähle noch einmal von Sol und Njål, dass Lotta bei Sol gewesen war. Sie ist steril, erkläre ich, sie wollte adoptieren, aber Njål wollte sein eigenes Kind machen. Noch immer sieht der Psychologe mich nur dumm an.

»Sie verstehen doch, was das bedeutet?«, frage ich und höre, dass ich trotzig klinge, ein Teenager gegenüber seiner Mutter.

»Was meinen Sie, was es bedeutet?«, fragt der Psychologie, es ist, wie mit einem Papagei zu reden. Ich versuche, die Situation zu retten, lache ein bisschen über mich selbst.

»Sie sind doch hier der Psychologe«, sage ich. »Sol will ein Kind, und jetzt hat sie sich wieder an Njål herangemacht. Hat hinter meinem Rücken Mutter-Vater-Kind gespielt, klar hat sie einen Plan. Mehr sage ich nicht.«

Jetzt notiert der Scheißpsycho irgendwas, aber er hat nicht zugehört, fragt, wie ich mir vorstelle, dass Sol geplant haben soll, dass ich von Njål schwanger wurde. *Mir vorstelle!* Mir ist klar, wie ich hier wirke, unausgeschlafen und ungepflegt. Wie eine Konspirationstheoretikerin, die ein echtes UFO fotografiert hat, wer würde so einer glauben? Tüchtige Fotomanipulation, würde es heißen, es ist fast überzeugend.

»Lotta war ein Unfall«, antworte ich kleinlaut. »Niemand hat sie geplant.«

Der Psychologe schaut mich an und legt den Stift auf den Tisch, will wohl zeigen, dass er wirklich zuhört.

»Haben Sie oft das Gefühl, dass jemand es auf Sie abgesehen hat?«, fragte er nach einer kleinen Pause, und ich begreife, dass ich verloren habe, deshalb gebe ich keine Antwort. Er fragt mich nach meinen Zwangsvorstellungen, und ich erkläre, dass ich meinem Kind niemals etwas antun würde, dass es eine normale psychische Reaktion ist, die bei mir nur etwas übertrieben war. Aber man kann so etwas nicht beteuern, ohne dass es wie eine Lüge klingt, es ist wie die Wasserprobe bei Hexen, und das ist unmöglich, niemand kann das schaffen. Ich werde damit nicht fertig, meine Hände verschwinden in der Pullovertasche, aber ich habe natürlich das Messer versteckt und habe nichts, woran ich herumfummeln könnte. Der Psychologe sitzt dicht vor mir, breitbeinig wie alle Männer, und ich kann absolut nicht übersehen, dass er ihn nach links gelegt hat.

Hat Njål ihm von damals erzählt, als er mich vor der Balkontür fand, fragt er mich deshalb nach meinen Zwangsvorstellungen? Er hat wohl kaum die ganze Geschichte gehört. Njål würde niemals darüber sprechen, was danach passiert ist. Ich könnte dem Psychologen davon erzählen, von Njåls Händen, die von Lottas stillem kleinen Körper zu meinem wanderten. Aber es ist zu spät. Alle Anschuldigungen würden falsch wirken, und ich kann nicht beweisen, was geschehen ist. Vielleicht war es auch nicht Njåls Schuld, es ging mir so schlecht. Er handelte nicht rational, er wusste nicht, was er tat.

Das Fenster hinter dem Psychologen ist verschmiert von Feinstaub und Vogeldreck, ich habe es vor Lottas Geburt zuletzt geputzt. War seit damals nicht mehr auf dem Balkon, und der Psychologe sitzt vor mir und weiß sicher davon. Sie werden mir Lotta wegnehmen, denke ich. Njål nimmt mir Lotta weg und geht mit ihr nach Svalbard. Und Sol, jetzt nimmt sie Lotta. Der Psychologie sieht mich an, er sieht das, was Njål sieht. Ich öffne den Mund, aber es hat keinen Sinn, zu erklären, »er hat gesagt, sie hat gesagt«, wenn ich die verrückte Verflossene bin. Ich kann sie nicht sein, deshalb erzähle ich nicht, klage nicht an. Ich frage nur.

»Ihr wisst doch wohl, dass Njål im selben Bett schläft wie Lotta?«

Das ist nicht gelogen, obwohl ich weiß, dass Njål nichts mit Lotta macht, ich behaupte nicht, dass er das tut.

»Habt ihr ihn gefragt, warum er im selben Bett schläft wie sein Kind, wo er doch immer nackt schläft?«

Ich beschuldige ihn nicht, kann nichts dafür, was sie denken, dass es einen Verdacht gibt, den sie niemals ausräumen können. Es ist nicht ungerecht, obwohl es nicht wahr ist, und ich sage es noch einmal.

»Njål schläft immer nackt.«

NJÅL

Der heiße Kaffee in dem dünnen Plastikbecher verbrennt mir fast die Finger, ich stelle ihn auf dem Tisch ab. Dann nehme ich den Becher wieder in die Hand und trinke einen Schluck, der Schmerz macht mir nichts aus. Ich muss etwas tun, etwas Vertrauenswürdiges. Muss nachdenken. Das hier irgendwie klären. Schnell.

Wenn ich alles abstreite und wütend werde, verhalte ich mich genauso, wie es ein schuldiger Mann tun würde. Allerdings könnte ein schuldiger Mann es auch schweigend anhören, ebenso gelähmt wie jetzt ich. Oder zynisch ruhig. Denn was kann eigentlich bewiesen werden? Ich hätte es tun können, ohne Spuren bei ihr zu hinterlassen. Es wäre ebenso leicht zu verbergen gewesen wie es unmöglich ist, sich dagegen zu verteidigen. Sie haben mir nicht einmal genau gesagt, was ich getan haben soll. Bloß versteckte Andeutungen von diesen gewieften Weibern. Nur zwei Fragen, an und für sich unschuldig. Und dann lassen sie mich die Schlüsse ziehen, zwingen mich, das unsäglich Perverse zu denken.

»Schlafen Sie mit ihr im selben Bett? Schlafen Sie nackt?«

Die beiden vom Jugendamt sitzen mir am Tisch gegenüber. Frauen natürlich. Die mich fragt hat einen spitzen Mund und ist flachbrüstig, mit vorstehenden Brustwarzen unter dem dünnen Pullover. Tut sie das absichtlich, ist das eine Art subtiler psychologischer Test?

Ich sitze da mit dem Kaffeebecher, den sie mir angeboten haben. Diesem idiotischen dünnen Plastikding, an dem man sich unmöglich nicht verbrennen kann. So ein Einwegscheiß, den man eigentlich in einen ebenso unbrauchbaren Mehrweghalter stecken soll, aber den bekommt man nie dazu. Also sitzt man da mit diesem dünnen Becher, den man kaum anheben kann, ehe er auch schon zerfällt. Für alles andere als pisswarmen Tee ist er nicht zu gebrauchen. Aber ich brülle nicht, schütte ihnen den heißen Kaffee auch nicht ins Gesicht. Nehme nur ganz vorsichtig einen Schluck und antworte ganz ruhig. Ja, ich schlafe gemeinsam mit meinem Kind. Nein, immer in Boxershorts und Pyjamahose.

Was sollte ich sonst sagen?

Vielleicht sollte ich ihnen erklären, warum? Erläutern, wie meine kleine Tochter sich dagegen wehrte, ins Bett gelegt zu werden? Dass sie mit einer ganz eigenen Stimme weinte, winselnd und rufend. Wo bist du? Bin ich allein? Gibt es hier Löwen? Lotta konnte nicht allein schlafen, das war gegen die Natur, und sie wusste es. Sie wollte ganz dicht neben mir sein. Wenn sie tagsüber an meiner Brust einschlief, breitete sich der kleine Körper aus wie ein Fell. Als ob sie instinktiv möglichst viel Fläche mit ihrem Körper bedecken wollte. Wie hätte ich sie nachts also von mir trennen können?

In den ersten Tagen sah ich zu, wie Nina sie neben sich hatte, das wirkte ganz natürlich. Mit den Brüsten und allem. Als Nina am dritten Tag zusammenbrach, begriff ich, dass das nicht ging.

Nina musste ruhen, schlafen und stillen. Das war genug für sie. Und ich sollte sie beschützen. Also lag ich da, mein Körper wie eine Mauer zwischen Nina und Lotta. Wir stellten das Babybett auf meine Seite, doch ich habe es nie benutzt. Sobald Lotta gestillt war, hob ich sie vorsichtig hoch und legte sie zwischen mich und das Kinderbett. Nina schlief wie ein Murmeltier, daher kam es mir so am sichersten vor. Zu Beginn schlief ich unruhig, merkte aber schnell, dass es trotzdem ging. Etwas in mir verband sich mit meinem Kind, eine Sensibilität, die die Evolution allen Rudeltieren mitgegeben haben muss. Ich schlief gut, aber leicht. Wir fanden einen gemeinsamen Rhythmus. Oft wurde ich wach und merkte, dass sie sich fast in meine Achselhöhle hineingebohrt hatte, als hätte sie sich nach der Nase ausgerichtet. Sie suchte den Geruch von Papa, den Geruch von Sicherheit.

Das alles hätte ich ihnen sagen können. Vielleicht sagen müssen. Aber nichts da, verdammt. Ich wollte sie nicht daran teilhaben lassen, diese beiden mit ihren widerlichen Gedanken. Ich mochte mir gar nicht vorstellen, was sie eigentlich dachten. Als ob man versuchte, nicht an einen rosa Elefanten zu denken. Ich drehe den Becher in den Händen, ein wenig Kaffee spritzt über den Rand, und ich verbrenne mich. Ich fluche, stehe auf, um Papier zu holen, lasse mich wieder zurück auf den Stuhl komplementieren und nehme eine Packung Kleenex entgegen. Wische gründlich alles auf. Verhalte mich ganz ruhig, nachsichtig. Verständnisvoll, natürlich müssen sie fragen.

Wie können sie es wissen, wie kann Nina es wissen? Dass dies das Schlimmste ist, was sie mir antun konnten. Viel schlimmer für mich als für andere Menschen. Andere Männer. Könnte ich es getan haben? Was, wenn es in mir steckt, verborgen an einem Ort, an den ich nur selten vordringe?

Es stimmt, was Nina ihnen erzählt hat, ich schlafe gemeinsam mit Lotta. Aber sie weiß nicht, dass es nicht mehr wie früher ist. Als ich mit Nina zusammen war, schlief ich nackt. Das habe ich getan, seit ich klein war. Aber ich tue es nicht mehr, und ich lege mich auch nicht ganz dicht neben Lotta, wie ich es getan habe, als sie ein Baby war. Ich wickle die Bettdecke fest um meinen Unterleib, bevor ich die Augen schließe, egal wie warm mir auch wird. Ich schlafe nie nackt, wenn ich Lotta bei mir habe. Denn etwas hat sich verändert, als Lotta größer wurde. Sie entfaltete sich, verlor diesen zusammengedrückten Ausdruck eines gefriergetrockneten Menschen. Sie nahm die Form eines Kindes an, eines Mädchens. Fing an, ihrer Mutter zu ähneln. Und da träumte ich von ihr.

Es war so realistisch, ein derart lebendiger Albtraum, dass ich wach wurde und glaubte, es getan zu haben. Ihr angetan. Sie lag an derselben Stelle wie im Traum. Ein paar schreckliche Sekunden lang glaubte ich, dass ich es meinem Kind angetan hatte, dass die Bilder aus dem Traum real gewesen waren. Und das unfassbar Schlimmste daran war, dass ich einen Ständer hatte. Normalerweise denke ich nicht darüber nach. Die Morgenlatte ist ausschließlich körperlich und zählt nicht. Das ist eigentlich gar nichts Sexuelles. Aber in diesem Moment. Neben Lotta. Nach dem, was ich geträumt, was ich vermeintlich erlebt hatte. Das konnte ich nicht ertragen. Ich hatte es nicht getan. Doch mein Unterbewusstsein hatte es, und mein Körper reagierte.

Ich habe mir überlegt, nicht länger mit ihr in einem Bett zu schlafen. Aber das geht auch nicht. Lotta braucht Nähe, besonders jetzt. Und ich habe so liebevoll davon erzählt, meinen Kumpeln, meinen Kollegen und Nina. Habe darüber auf meinem Blog berichtet, habe Bilder vom Schlafplatz in unserem Zelt auf dem Wikingermarkt gezeigt. Gemeinsam unter dem Fell. #vikingdad. Ich habe sogar eine ganzen verdammten Artikel darüber geschrieben, um diesem Mütterkult etwas entgegenzusetzen. Wie Väter vermutlich gemeinsam mit ihren Kindern geschlafen haben, ehe das Viktorianische Zeitalter kam und alles hinwegfegte. Dass moderne Männer zu dieser maskulinen Fürsorge zurückfinden sollten. Zärtlichkeit und Schutz. An all das glaube ich. Mit dem gemeinsamen Schlafen aufzuhören, wäre ein Eingeständnis, dass sie recht hätten, all diese misstrauischen Frauen. Solche, die offene Klotüren haben wollen, wenn sie im Kindergarten mit Männern zusammenarbeiten. Die beschlossen haben, dass Mädchen nicht mehr in die Herrengarderobe mitgenommen werden dürfen, sobald sie sechs Jahre alt sind. Frauen, die zufällig vor einem Kindergarten stehende Männer verscheuchen und die dafür sorgen, dass alleinstehende Männer nicht mehr ins Disneyland hineindürfen. Frauen, die die Polizei rufen, wenn Männer nackt baden.

Mir selbst rede ich ein, dass der Traum genauso war wie Ninas Zwangsgedanken. Ihre Angst nach der Geburt, die Bilder, die in ihrem Kopf auftauchten. Völlig tabu. Und ganz normal. Sagt das Internet, sagt die Hebamme. Und sagte ich zu Nina. Es bedeutete ja nicht, dass sie dem Baby schaden wollte, es war umgekehrt. Doch so zu denken, hilft nicht. Denn Nina war ja tatsächlich eine Gefahr für Lotta. An dem Tag, als es passierte, als es beinahe zur Katastrophe kam. Als ich im Büro saß und mich dagegen stäubte, zurück in die Wohnung zu fahren. Zu der düsteren schweren

Nina, die mich so sehr brauchte und die ich in meiner Nähe nicht ertragen konnte. Doch ich fuhr nach Hause, musste zu meinem Kind. Wenn ich nicht nach Hause gekommen wäre, dieser Gedanke erschreckt mich noch immer.

Was dann später geschah, daran will ich nicht denken. Als Lotta in Sicherheit war und ich glaubte, wir alle drei wären in Sicherheit. Was ich dann tat, was ich angeblich getan habe, wie Nina behauptet. Ich kann mich nicht dazu äußern. Hat Nina Angst vor mir, sie kann doch wohl keine Angst vor mir haben? Glaubt sie tatsächlich, ich hätte das getan, wessen sie mich beschuldigt? Dass ich Lotta etwas angetan habe? Mir schwant etwas. Kann gut sein, dass Nina daran glaubt. Vielleicht habe ich ihr einen Grund dazu gegeben.

Nein, verdammt. Das ist so unterirdisch, so durch und durch gemein. So verteufelt weibsschlau, ein Unterdrückungsmechanismus, den nur Frauen anwenden können. Der ihnen mehr Macht gibt, als sie jemals einräumen würden. Eine Andeutung reicht schon. Ein Wink. Alle wissen, dass man es niemandem ansehen kann, wenn er so ist. Ein Vergewaltiger. Ein Pervo. Unmöglich, dem zu entkommen, wenn sich die Idee erstmal entfaltet hat.

Vor mir auf dem Tisch liegt ein kaffeewarmer Haufen Kleenex, und ich kann es nicht lassen, darin herumzustochern. Baue kleine Buchten in das Papiergebirge, zwinge mich aber, den Jugendamtspädagoginnen in die Augen zu sehen. Erst der einen, dann der anderen. Ich fokussiere meinen Blick, lasse sie meine Verzweiflung erkennen. Die ist nämlich echt, und das sollte ich sie sehen lassen. Ich habe das nicht getan, sage ich. Wiederhole, dass ich Verständnis für ihre Fragen habe, und sage, dass ich hoffe, sie nehmen es ernst. Vernehmung beim Kinderschutzbund, psychologische Gespräche, Hausbesuche. Macht schon! Schnell! Ich bin für alles bereit.

Ich rede, als ob Mund und Herz ein geschlossener Kreislauf wären. Gelöst vom übrigen Ich. So ruhig wie möglich erinnere ich sie daran, dass wir den ersten Gerichtstermin hinter uns haben, wo ich mich dafür aussprach, dass Lotta nicht ohne Aufsicht bei Nina sein sollte. Sie müssen die Vorwürfe im Zusammenhang damit betrachten. Das mit dem Nationalfeiertag, das wissen sie ja. Nina ist nicht gesund, sage ich. Versuche dabei aber, verständnisvoll zu lächeln. Meine Muskeln schmerzen vor lauter eingesperrter Wut. Aber ich darf nicht aggressiv wirken. Ich sehe einer nach der anderen in die Augen und lächle.

JUNI

SOL

Lottas Hand landet in meinem Gesicht, und langsam begreife ich, dass es real ist. Sie liegt neben mir, und ich bin wach. Hinter den Jalousien ist es ganz dunkel, ich bleibe liegen, um mich zeitlich zu orientieren. Oft wache ich vom Moped des Zeitungsboten auf oder vom Auto des Pendlernachbarn, an die nächtlichen Geräusche hier bei Njål habe ich mich noch nicht gewöhnt. Früher kam er immer zu mir, wenn Lotta bei Nina war. Doch seit einigen Wochen darf ich bei ihm und mit ihnen zusammen schlafen. Draußen ist es ganz still, ich krame das Handy unter der Bettdecke hervor und sehe, dass es gerade mal kurz nach zwei ist. Mit etwas Glück wacht Lotta erst in vier Stunden auf. Ich sollte schlafen, doch Lottas Atem zieht die Aufmerksamkeit auf sich. Ich habe mich schon daran gewöhnt. Und demnächst soll sie also von uns getrennt sein, den ganzen Sommer über. Und vielleicht noch länger. Nein, denke ich entschieden, das wird nicht passieren. Das Jugendamt stiehlt keine Kinder, die sind da ganz vernünftig. Ich kann mit ihnen reden, ihnen begreiflich machen, dass Nina krank ist. Das sollte ich doch hinbekommen.

Ich hatte immer Probleme mit dem Schlafen. Nach der Trennung brauchte ich lange Zeit, bis ich lernte, ohne Njål zu schlafen. Über fünfzehn Jahre, der längste Abschnitt meines Erwachsenseins, habe ich das Bett mit ihm geteilt. Doch nach vier Jahren in einem leeren Bett ist es eine Umstellung, nicht mehr allein zu schlafen. Wenn Lotta bei Nina ist und Njål bei mir, nehme ich Allergiepillen und Melatonin und versuche auszuschlafen. Ich lege Njåls Hand auf meinen Körper und krieche dicht an ihn heran, versuche seinen Schlaf in mich aufzusaugen. Schlafe ich allein, muss ich mitunter eine Schlaftablette nehmen. Eigentlich nicht, um auszuruhen, denn an wenig Schlaf bin ich gewohnt. Es ist die Nacht, die ich nicht ertragen kann, das Gefühl, hellwach zu sein. Die Einzige auf der Welt, die nicht schläft. Manchmal geschieht es, dass ich Gott spüren kann, doch in der Regel ist alles um mich herum leer. Und nun ist es noch schlimmer geworden, weil ich erwarte, jemanden dicht neben mir zu haben. Alles wird stärker, sobald es einen Kontrast dazu gibt.

Wenn ich und Njål Lotta zwischen uns im Bett liegen haben, schlafe ich fast gar nicht. Ich möchte nur wachliegen und von ihr gestoßen und getreten werden. Manchmal passiert es, dass ich ihren runden Schädel streichle oder vorsichtig ihre Hand halte und mich daran zu gewöhnen versuche, dass ich es tun darf.

Ein Schrei lässt mich zusammenfahren, es dauert ein paar Sekunden, bis ich begreife, dass es nicht Lotta ist. Das Geräusch kommt von draußen, jetzt klingt es langsam ab und hört sich nicht mehr an wie ein Kinderschrei. Es ist ein tiefer und scharrender Ton, dann wird mir klar, dass es eine brünstige Katze ist. Jetzt bin ich total wach, es ist unmöglich wieder einzuschlafen.

Ich denke an Njål, als er von dem Termin beim Jugendamt zurückkam. Als er im Gang auf mich zukam, war da etwas mit seinem Gesicht. Er öffnete den Mund, aber es kam kein Wort heraus. Kein Schluchzen, nur Geräusche. Er drehte sich zur Wand hin, wie ein Kind beim Strafestehen, und wandte mir den Rücken zu. Die Laute, die er fabrizierte, hatten nichts Menschliches an sich. Als ich ihn endlich bewegen konnte, sich umzudrehen, wollte ich wegschauen. Das hier ist zu viel, dachte ich, oder vielleicht war das auch ein Gebet. Dieser Sturm ist zu schwer.

Als wir uns endlich hinlegten, gab es nichts mehr zu sagen. Er hatte erzählt, und ich hatte geantwortet, hatte geredet und geredet, mit tröstender Verzweiflung. Wir schaffen das, sie müssen es nur untersuchen, alles wird gut. Wieder und wieder versicherte ich, dass ich ihm glaubte, und das tue ich. Natürlich glaube ich ihm. Die ganze Nacht lagen wir im Dunkeln, ohne zu schlafen und ohne zu reden. Njål wollte nicht berührt werden, nicht getröstet werden, nicht angesprochen werden. Er lag neben mir, und nie zuvor hatte ich ihn so erlebt. Und ich erinnerte mich an mich selbst, nachts im Bett, wenn die Dunkelheit zwischen meine Knochen kroch und Eier legte in diesem Vakuum, jedes Mal die schwarzen Schlangen, die schlüpften und mich von innen auffraßen. Jede Nacht hatte Njål schweigend neben mir gelegen. So ist es also, denke ich, mit plötzlichem Scharfblick. Es muss unerträglich für ihn gewesen sein.

Am Tag danach standen wir auf und tranken gemeinsam Kaffee, ehe ich Njåls Anwältin anrief. Sie wiederholte meine Beteuerungen vom Abend zuvor. Die Schwelle für eine Untersuchung ist niedrig, sagte sie. Sie haben keine Anzeige erstattet oder Lotta notuntergebracht, die Sache wirkt dünn. Macht weiter wie üblich, sagte sie, haltet eure Gewohnheiten ein. Ich hielt die Gewohnheiten ein. Holte Lotta vom Kindergarten ab, packte die Übernachtungstasche aus und warf alles hinein, was Nina ihr angezogen hatte. Davon abgesehen war ich ruhig, bereitete das Abendessen und wusch Geschirr. Lottas Anwesenheit zwang uns eine Art von Normalität auf, *fake it 'til you make it,* dachte ich, als ich den Geschirrspüler einräumte und Njål mit Lotta im Badezimmer plaudern hörte.

Erst als er sie ins Bett bringen wollte, setzte die Maschinerie aus. Mit Lotta auf dem Schoß saß er auf dem Bett und konnte mich nicht ansehen. Wo soll sie schlafen, sagte er, und ich hörte, wie er seine Stimme unter Kontrolle brachte, wo verdammt soll ich sie hinlegen? Ich kann sie nehmen, sagte ich, erstaunt darüber, wie sicher ich mir war.

In dieser Nacht schlief sie auf meiner Seite. Ich lag zwischen Lotta und Njål, mit dem Rücken zu ihm, einen Arm vorsichtig um Lotta gelegt. Sie drückte sich an mich, presste ihr Gesicht zwischen meine Brüste und schlief sicher. Eine Woche schlief sie da, ehe Njål sie wieder zwischen uns legte. Ich hatte ihn dazu aufgefordert, und ich weiß, dass es gut für uns ist, normal zu leben. Doch nie habe ich mich ihr so nahe gefühlt wie in den Stunden, als sie sich allein an mich drückte.

Lotta grunzt neben mir, wirft wieder den Arm herum und streift dabei meine Wange. Vater und Tochter liegen Seite an Seite und ähneln einander so sehr, dass es wehtut. Beide schlafen auf dem Rücken, mit leicht gespreizten Armen und Beinen, als ob sie eingeschlafen wären, während sie Engel in den Schnee zeichneten. Nackt bis auf Windel und Boxershorts, die Bettdecke weggestrampelt. Sie sind ganz warm, die beiden. Im Halbdunkel mustere ich ihre Gesichter. Kann Njåls Züge da drüben eigentlich kaum ausmachen, erkenne sie jedoch in Lotta wieder. Etwas mit der Augenpartie, und Lottas Kinn mit der winzigen Furche, das Njåls Kinn ähnelt wie ein Ei dem anderen. Aber da ist auch noch etwas anderes. Eigentlich keine direkte Ähnlichkeit, obwohl sie Ninas Augenfarbe und ihre Brauen hat. Es ist eher so, dass ich mich selbst dabei nicht sehe, natürlich nicht. Njål sagt, sie käme jetzt schon nach mir, glaubt, meine Gebärden in ihr zu erkennen. Und dennoch verspüre ich einen irrationalen Aufruhr, weil sie nicht meine Züge hat. Tief in meinem Bauch und meinem Rücken schmerzt etwas, und mir ist übel. Hypochondrisch und psychosomatisch, ich kenne mich.

Lotta neben mir murmelt etwas, sie klingt wach, dennoch weiß ich, dass sie tief schläft. Sie wacht niemals mitten in der Nacht auf; solange wir nahe bei ihr sind, fühlt sie sich sicher. Und immer strampelt sie die Decke weg und liegt unbeschützt da, überlässt es uns, auf sie aufzupassen. Ich erinnere mich an meine eigene Kindheit, immer die Angst, dass ein Fuß beim Schlafen unter der Decke hervorgleiten und frei vor dem baumeln könnte, was sich im Dunkeln unter dem Bett befand. Würde auch Lotta diese Angst entwickeln, falls man sie uns wegnähme? Bei Nina schläft sie in ihrem eigenen Bett, und ich sehe es vor mir, dass sie allein im Dunkeln liegt und weint. Falls sie sich traut zu weinen.

Im Schlaf wirkt sie unberührt. In den letzten Wochen habe ich bei ihr nach Spuren gesucht, körperlichen und psychischen. Es gibt keine Anzeichen für einen Übergriff, natürlich nicht. Aber ich ahne etwas anderes bei ihr, eine Verletzlichkeit, die nicht so leicht zu erkennen ist. Vielleicht besonders dann nicht, wenn man ihr nahe ist, vermutlich hat Njål deswegen nichts gemerkt. Ich bin kein Kinderpsychologe, aber ich habe ein wenig über Bindungen und über den Abbruch partnerschaftlicher Beziehungen gelesen. Lotta mit ihren unverhofften Ausbrüchen, das ist mehr als die heraufdämmernde Trotzphase. Sie kann abweisend und erschreckend selbstständig sein, dann wieder klammern und quengeln. Das ist eine Reaktion. Sie braucht Stabilität und Nähe, eine sichere Familie. Sie braucht mich.

Ich betrachte Njål in seinen Boxershorts, mit einer Hand auf Lottas Bauch, nahe dem Rand der Windel. Ich kann nicht aufhören auf die Hand und die Windel zu starren, und das kann ich nicht aushalten. Ich kann es nicht hinnehmen, dass es so geworden ist, wenn ich mit ihnen in einem Bett liege. Nach allem mit dem Jugendamt, den Besuchen und den Gesprächen zu Hause bei Njål. Einzelgespräch mit mir und all die Fragen: Haben Sie jemals etwas gemerkt? Etwas auf seinem Rechner gesehen? Schließt er die Tür, wenn er die Windeln wechselt?

Und ich habe nichts gemerkt, natürlich nicht! Wir schlafen im selben Bett, sagte ich, glauben Sie nicht, dass ich dann etwas gemerkt hätte? Danke für Ihre Reaktion, sagte ich, dafür, dass es Sie gibt. Dass wir eine Institution haben, die allen Hinweisen nachgeht, egal was. Ich redete und redete mit meiner Pastorenstimme, während ich gleichzeitig die Broschüren im Stativ an der Wand studierte. *Sie sehen es nicht, ehe sie es glauben.* Und das hier kann ich nicht glauben. Gleichwohl haben sich Ninas Beschuldigen bei mir festgebissen. Es ist ihre Schuld, dass ich seine Hand nicht auf dem Bauch des Kindes sehen kann, ohne mir vorzustellen, dass sie nach unten wandert.

Ausgerechnet ich, die sich stets weigerte, dunkle Winkel zu vermeiden, und die sich niemals das Schlüsselbund zwischen die Finger steckte, wenn nachts ein Mann hinter mir herging. Es ist eine verbissene feministische Sicherheit, ein hartnäckiges Bestehen auf mein Recht, vertrauensvoll zu sein. Da liegt Njål und da liegt sein Kind, und nichts ist schöner als die große Hand des Vaters auf dem glatten Bauch der Tochter. Doch jetzt sehe ich das, was Nina uns sehen lassen will, einen Film aus dem dunklen Netz möglicher Geschehnisse. Die Hand, die über den Körper gleitet, über meine Schenkel, über Lottas Bauch. Über unsere Körper. Ich sehe das, was ich nicht glaube.

Vielleicht sehe ich auch das, was ich sehen will. Nicht dass ich wünschte, Lotta würde etwas Schlimmes passieren, natürlich nicht. Aber habe ich mir nicht gewünscht, sie sei mein Kind, und nicht Njåls und Ninas? Dass ich Lottas Mutter wäre? Vielleicht soll das nur rechtfertigen, dass ich mir Njål als jemand viel Schlimmeren vorstelle. Dass ich versuche, ihm noch dunklere Triebe und Wünsche anzuhängen, als die, die ich selbst habe. Falls Njål und Nina beide ungeeignet sind, wäre es ja gar nicht so verrückt, dass ich mir wünschte, für Lotta da zu sein.

Jetzt kommt das, woran ich nicht denken will, das Verrückteste, was ich je getan habe. Ich merke, wie es kommt; schon bevor sich die Erinnerung im Gehirn klar abzeichnet, durchdringt Übelkeit meinen Körper. Wie ein bedingter Schamreflex, wenn ich an den Kinderwagen denke, der vibrierend vor mir stand. Das Säuglingsgeschrei klang hysterisch, und ich war nicht die Einzige in der Fußgängerzone, die sich zu dem Wagen hin umdrehte. Mehrere hatten reagiert, aber nur ich blieb stehen.

Ich blickte zu dem Café, in dem Nina verschwunden war, konnte sie aber nicht entdecken.

Das Weinen tat weh, und ich beugte mich über den Wagen und blickte hinein. Das rote Gesicht nur Furchen und Runzeln, und ich legte die Hand auf den Griff des Kinderwagens. Ich schaukelte und wiegte den Wagen, ohne dass das Geschrei nachließ. Ich weiß nicht, was ich mir gedacht habe, es war kaum eine bewusste Handlung. Sie konnte nur einfach nicht weiter da liegenbleiben und vor sich hin weinen, also schob ich die Hände in den Kinderwagen und nahm sie zu mir hoch. Der kleine Körper an meiner Brust, so warm, dass ich es durch die Kleidung spürte. Der Kopf, der sich schreiend an mich drückte, und ich schaukelte und wiegte sie, ohne dass sie sich beruhigte. Ich wollte sie wieder in den Wagen zurücklegen. Das musste ich schon gedacht haben, ehe ich eine Bewegung im Caféfenster bemerkte. Als Nina aus dem Café herauskam, war ich in dem Laden auf der anderen Straßenseite und beobachtete sie durchs Fenster. Sie stand unschlüssig vor dem schaukelnden Kinderwagen, mit einem Kaffeebecher in der einen und einem Rosinenbrötchen in der anderen Hand. Einen Augenblick blieb sie stehen und trank aus dem Becher, während sie mit der Brötchenhand auf dem Handgriff den Wagen schaukelte, doch machte sie keine Miene, das Baby herauszunehmen. Schließlich stopfte sie sich das Brötchen in die Tasche, löste die Bremse und rollte das heulende Kind weiter.

Ich habe nichts Schlimmes getan, wollte das Kind nur trösten. Das war alles. Ich kam zufällig vorbei, erkannte zufällig Nina von Njåls Facebook-Bildern wieder und wollte bloß helfen. Es hätte in Ordnung sein können, jedenfalls beinahe. Aber ich erinnere mich auch an den Geruch von ihr, ich weiß, dass ich mir Lotta ans Gesicht drückte und den süßen warmen Babyduft von ihrem Nacken einsaugte. Ich stand da und schnupperte am Baby einer fremden Frau, und ich weiß noch, was ich da fühlte. Weiß, was ich wünschte getan zu haben, und die Scham schnürt mir die Brust ein, als ich es abermals fühle.

NINA

Ich stehe an Mamas Bett, im Geruch von Medizin und desinfizierendem Alkohol. Sie liegt da wie immer, aber seltsam geglättet und arrangiert, entweder vom Pflegepersonal oder vom Tod. Ihr Körper sieht nicht echt aus, eher wie eine Attrappe als wie ein Mensch. Dass eine solche Greisin meine Mutter vorstellen soll, sie war fast naturwidrig alt, als sie mich bekommen hat.

Ich weiß nicht, was ich tun soll, ob es eine Etikette gibt, von der ich keine Ahnung habe. Ich war zu Hause und schlief, als Oma gestorben ist, und ich brachte es nicht über mich, die Leiche anzusehen. Mama kam von ihrer Reise nach Hause und löste mich ab. Ich sehe zum ersten Mal einen toten Menschen und mir geht auf, dass das unnatürlich ist. Von Verfall und Tod abgeschirmt zu sein, nie einen Leichnam angefasst oder infantilen Eltern die Kacke abgewischt zu haben, so leben wir nur gerade hier und nur gerade jetzt, das hier ist die ins Extrem getriebene Zivilisation und vielleicht nur ein kurzes Aufflackern in der Geschichte der Menschheit.

Es wird nicht von uns erwartet, dass wir uns um unsere Toten kümmern, irgendwer, ich weiß nicht wer, hat meine Mutter zurechtgemacht und gekämmt und abgewischt und umgezogen, und alles, was ich tun muss, ist einige Minuten lang hier zu stehen und sie anzusehen. Ist das lange genug? Dann kommt die Beisetzung, muss ich da eine Entscheidung treffen, verbrennen oder verwesen? Ich weiß nicht, was Mama wollte, eine Beisetzung ist ohnehin für die Hinterbliebenen, und was spielt es für eine Rolle, was man mit dem Körper macht? Im Grunde ist der doch biologischer Abfall.

Die Leichen auf Svalbard werden von dem auftauenden Boden nach oben gepresst, werden zurückgesandt wie nicht abgeholte Pakete. Norwegische Friedhöfe sind voll von halbkompostierten, in Plastik gepackten Leichen, wir werden sie nicht los, die Friedhöfe sind überfüllt, inzwischen werden Löcher in die Sargdeckel gebohrt und ungelöschter Kalk wird hineingekippt. Der sie zerfrisst. Zur Erde sollst du zurückkehren, leck mich doch. Ich habe kürzlich über einen Promi gelesen, der in einem »Pilzanzug« beerdigt wurde, ich musste googeln und fand eine Art schwarzen Schlafanzug, imprägniert mit Sporen und dekoriert mit weißen tentakelhaften Linien, die den eingehüllten Leib hochkriechen, um ihn zu verzehren. Ich frage mich, ob Einäscherung viele Klimagase freisetzt, wäre es unethisch, Krematorien mit Fernwärmeanlagen zu verbinden?

Ich sehe den Körper an, und es ist nicht Mama, sie war schon lange nicht mehr hier, aber ich breche in Tränen aus, als ob etwas verloren gegangen wäre. Oma, ich weiß nicht, warum ich an Oma denke, was bringt es, mit einer vollkommen deplatzierten Sehnsucht hier vor meiner Biomassemama zu stehen?

Ich habe die Hand auf der Türklinke liegen, als sie sich senkt

205

und die Tür langsam geöffnet wird. Eine Pflegerin kommt herein, es ist die künstlich Begeisterte, aber hallo, sagt sie immer, ein langgedehntes »Aaaaaber«, immer dieses »Aber«, um zu betonen, wie selten ich hier bin. Aber heute kommt sie wortlos auf mich zu, legt mir die Hände auf die Oberarme und drückt ein bisschen, fühlt mit mir mit langem ü. Ich nicke stumm, und das scheint zu reichen. Sie reicht mir etwas, ein Notizbuch, und ich brauche eine Sekunde, um es zu erkennen. Ein blödsinniges Teil mit knallrosa Plastikeinband, solche habe ich Mama viele Jahre lang zu Weihnachten geschenkt. Scheinbar eine persönliche Geste, »wo du doch ein schreibender Mensch bist«, aber ich habe mich nicht dafür interessiert, was sie dort hineingeschrieben hat. Als ich die Wohnung ausgeräumt habe, fand ich die meisten dieser Bücher im Bücherregal, leer. Sie landeten im Altpapier.

Jetzt wird mir das Buch in die Hand gedrückt, und die Pflegerin erklärt, dass sie es in der Nachttischschublade gefunden hat. Danke, sage ich kurz und öffne das Buch, um mir Geplauder zu ersparen, blättere ein bisschen hin und her, während die Pflegerin die Tür hinter sich schließt, übertrieben leise. Ich nehme meinen Rucksack vom Besuchersessel und setze mich, überfliege die erste Seite. Mamas Schrift läuft in raschen Schlingen über die Seiten, und ich muss mich konzentrieren, um sie zu entziffern. Sie schreibt »ich« und ist da, zwischen den Seiten, aber ich glaube nicht, dass es sich um ein Tagebuch handelt. Durchgestrichene Stellen und Korrekturen bilden ausgefeilte Sätze, die sie sich offenbar lange überlegt hat. Das ist ein Manuskript, ein Romanentwurf, denke ich, oder ein Erinnerungsbuch. Der Text springt hin und her in der Zeit, zwischen Erzählung und essayistischen

Passagen. Ich blättere rasch durch lange Partien über Vaterlosigkeit und Depression, überspringe erotische Schilderungen. Dann, plötzlich, sind wir in einer kantigen, vereisten Landschaft, und das Autorinnen-Ich verschwindet im Hintergrund, wie eine unwissende Erzählerin.

Es ist deutlich, dass Mama nie auf Svalbard war, die Landschaftsbeschreibungen sind gekünstelt, die Fauna stimmt nicht. Aber ich erkenne Oma, Mama benutzt den Vornamen Charlotta und hat sie gut eingefangen, zeigt die enorme, aber beherrschte Energie. Das tägliche Leben in der Hauptstation ist gespickt mit Details, die wahr sein müssen, Brillengläser, die springen, wenn man hinaus in die Kälte kommt, Polarfüchse, die mit der Hand gefüttert werden. Dann wechselt die Szene, Charlotta und ein Mann sind in eine kleinere Hütte übergesiedelt, eingesperrt in Schicht um Schicht von Wintersturm und Krieg. Der Text wird ausweichend, er schwebt gewissermaßen über dem, was auf der Pritsche dort drinnen passiert, verbirgt sich in peinlichen Metaphern. Ebenso platt wie Züge im Tunnel, aber härter. Messer in Fleisch, Hacke in Seehund. Oma findet ihr Messer nicht, es ist unklar, was geschieht, ehe die beiden sich wieder anziehen, stumm. Draußen tobt der Sturm, und in der Hütte ist nur noch ein Mensch.

Die letzten Seiten schildern Omas Tod, unsentimental, aber mit einem intensiven Schmerz, der mich fast umwirft. Dann verrinnt der Text einfach nur noch, immer weniger Text auf den Seiten, Episoden und Betrachtungen ohne offenbaren Zusammenhang oder Sinn. Bis alles aufhört, ganz unmotiviert.

Ich sehe die Mamababyleiche im Bett an, klein unter der wuchtigen Decke, hat das Pflegepersonal hier eine eigene Technik, um

Decken um stille Körper festzupacken? Ich sehe alles um mich herum an, den Körper, das Bett, die Decke, die Möbel, die niemals zu Mamas geworden sind. Hier gibt es nichts, das ich haben will. Nur das Buch nehme ich mit, und ich gehe.

Zu Hause betrete ich das Wohnzimmer und setze mich aufs Bett. Hier ist alles ordentlich, ich habe geputzt und vorbereitet. Macht das Jugendamt nicht gern solche unangemeldeten Besuche? Papiere und Fachbücher sind im Bücherregal aufgestapelt, und Lottas kleiner Spielzeugkasten steht mitten auf dem Boden, ich habe zwei neue Schmusetiere gekauft und den Kasten mit Duplosteinen aufgefüllt. Die sehen entlarvend neu aus, Lotta hat sie noch nicht angerührt. Sie ist mit den Großeltern auf Mallorca. Meine Anwältin hat das in die Wege geleitet, in Übereinstimmung mit dem Jugendamt und mit Njåls Anwältin. Die Großeltern werden sich den ganzen Sommer um sie kümmern, zuerst in den Ferien und dann in Njåls Wohnung. In der Zeit wird er ausziehen. Sie braucht Stabilität, hat die Anwältin gesagt, sichere Umgebung und die Familie, die sich um sie kümmert. Ich erweise mich als reif und vernünftig, da ich darauf eingehe. Solange Njål sie nicht bekommt, sage ich. Njål und Sol sollen sie nicht bei sich zu Hause haben.

Etwas in mir stimmt nicht, aber ich weiß nicht, was das ist. Hatte nie mehr etwas von Mama erwartet, sie hat lange nichts mehr gesagt. Niemand war da, als sie gestorben ist, niemand hat gehört, ob sie etwas gesagt hat. Ich schiebe die Hände in die Pullovertasche und streiche über die Messerklinge, kann mir diese Unsitte nicht abgewöhnen, trage Kapuzenpullover mit Bauchtasche, damit das Messer griffbereit ist.

Mamas Notizbuch liegt vor mir auf dem Couchtisch, und ich hebe es auf. Lasse die Seiten ganz schnell abblättern, wie früher auf der Grundschule, als wir in den Ecken der Schulhefte kleine Zeichentrickfilme gezeichnet haben. Wie animierte Strichmännchen, die fickten oder um sich schossen, wenn man sie ablaufen ließ Dann sehe ich es. Ganz hinten, versteckt hinter vielleicht einem Dutzend leerer Seiten, ist etwas geschrieben.»Notizen und Fragen.« Ich blättere um und finde etwas Neues. Listen mit Punkten davor, ebenso systematisch wie Mamas Packlisten. Eine lange Reihe von Fragen, die Mama sich selbst gestellt hat, Erinnerungen und Gedankenwecker. Wie weit sind die Hütten voneinander entfernt, unbedingt die Windstärke überprüfen. Recherchereise?

Ich lese immer weiter, überraschend froh über meinen Fund. Auch das war Mama, jetzt weiß ich es wieder. So stark und klar, wenn sie bei sich war. Analytisch und strukturiert, so verdammt intelligent. Oma und Mama waren in vieler Hinsicht gleich. Ich habe mit beiden Ähnlichkeit, denke ich. Das ist ein unerwartet gutes Gefühl.

JULI

NJÅL

Ich sitze auf der Türschwelle und sehe Kjerstin über den Hof kommen. Sie hält etwas im Arm, als wäre es ein Säugling. Einen Moment lang denke ich, dass es ein Ferkel ist, das sie mitgenommen hat, um es mir auf den Schoß zu legen. Ein warmes, mit dem Hintern wackelndes Schweinchen mit feuchter, suchender Schnauze. Vielleicht ein besonders kleines, das mit der Flasche versorgt werden muss. Wie Kristin und Håkon. Ich muss fünfzehn gewesen sein und Kjerstin zwölf, denn es war im Jahr 94 und wir nannten unsere Ferkel nach den Maskottchen der Olympiade in Lillehammer. Håkon war meines, draußen folgte es mir wie ein Hund. Legte ich mich hin, um mich zu sonnen, kam er wie ein Torpedo angeschossen und quetschte sich unter meinen Nacken. Wie eine lebendige Bettwurst.

Papa stellte uns mit den Schweinen auf die Probe. Das weiß ich inzwischen. Er wollte wissen, ob wir sie mit dem Schlachterwagen wegschicken könnten, wenn der Herbst kam. Ich konnte es nicht. Das Schlachten an sich war gar nicht das Problem, wie Papa erst dachte. Ich war einverstanden, dass Håkon zu Nahrung werden würde, und hatte ihm den Kosenamen Würstchen gegeben.

Aber dass ich das nicht selbst tun durfte, war schlimmer, als ich gedacht hatte. Meine Vorstellungen vom Leben als Bauer waren ziemlich romantisch, ich wollte meine Tiere durch den ganzen Lebenszyklus begleiten. Sie auf dem Stroh in Empfang nehmen und ihnen den Schleim abwischen. Sie in den Schlaf streicheln und selbst das Schlachtermesser schwingen.

So hatte ich es mir vorgestellt, doch Papa lehnte rundweg ab. Ich war nicht darauf vorbereitet, wie schlimm es war, Håkon in den Wagen des Schlachters verfrachtet zu sehen, kreischend und gestresst. Um von jemandem getötet zu werden, der ihn nicht kannte. Kjerstin war schlauer als ich und war zum Baden gefahren. Doch ich stand auf dem Hof und heulte wie irre, bis der Wagen schließlich gefahren war und Papa zu mir kam und mich umarmte.

Auf der Scheunenbrücke lässt Kjerstin das Bündel fallen. Es springt von ihr fort und ist die Katze, orange und dick. Mit tief hängendem, fächelndem Schwanz, schleicht das Tier beleidigt um sie herum, ehe es zur Scheune hochflitzt und verschwindet. Natürlich war es kein Ferkel. Es ist nicht so wie in meiner Kindheit, heute werden Infektionsschleusen und Schutzkleidung verlangt. Und zwar bei jeder Gelegenheit. Derzeit besteht der Verdacht auf afrikanische Schweinepest bei einem der Nachbarhöfe. Die Lebensmittelkontrolle war zur Inspektion da, und Kjerstin musste den Schlachterwagen abbestellen. Sie rackert sich den Arsch ab, desinfiziert die Ausrüstung und hat die Beobachtung der Tiere verdoppelt. Zoonosen und multiresistente Bakterien, es gibt vieles, was zwischen Tier und Mensch übertragen werden kann. Sind die Schweine infiziert, müssen sie getötet werden. Kranke Tiere dürfen nicht leben.

Kjerstin nickt mir zu, geht aber an mir vorbei und durch die Tür, ohne ein Wort zu sagen. Denn sie ist erschöpft. Mama und Papa sind mit Lotta auf Malle, und Odd und die Kinder sind unterwegs auf Tour mit dem Wohnwagen. Kjerstin ist ein paarmal aufgestanden, um nach den Schweinen zu sehen, ich hörte sie, als ich an meiner eigenen Arbeit saß. Ich arbeite jetzt häufig nachts, schlafe sowieso schlecht.

Ich müsste ihr Hilfe anbieten. Nicht nur jetzt, sondern öfter. Müsste die Ablösung für den Sommer sein und vorbeikommen, wenn es nötig ist. Von Bergen nach Larvik ist es nicht so weit, die Zugfahrt ist schön. Und ich bin der ältere Bruder, der erbberechtigte Bauernsohn, ich sollte Verantwortung übernehmen. Etwas in mir betrachtet den Hof noch immer als mein Eigentum. Ich brauchte zwei Jahre, um herauszufinden, dass ich kein Bauer werden sollte. Zwei Jahre Schule mit Schwerpunkt auf Landwirtschaft und in Papas Fußstapfen, bevor ich ihm erzählten musste, dass es nicht ging. Alle sind sich einig, dass das nur zum Besten war, dass Kjerstin besser für den Bauernhof geeignet ist. Mich eingeschlossen. Aber ich finde es noch immer etwas schwierig, mir eingestehen zu müssen, dass dies nicht mein Hof ist. Und nicht Lottas Hof werden kann. Vielleicht sollte ich hierher zurückziehen, um ihretwillen. Die Karriere opfern, um mich um sie zu kümmern.

Hinter mir höre ich Kjerstin, die sich auf die Terrasse schleppt und dann aufs Sofa fallen lässt. Etwas unbeholfen erhebe ich mich mit meinen steifen Oberschenkelmuskeln. Nehme den Kaffeebecher entgegen, den Kjerstin mir reicht, und setzte mich in einen der Lehnstühle. Ich weiß nicht, was ich sagen soll, vielleicht gar nichts. Ist auch kein Problem. Kjerstin trinkt Kaffee und sieht an mir vorbei auf den Hofplatz hinaus. Plötzlich sieht sie aus wie Mama, hat etwas Schweres um den Mund. Ich zupfe an der Armlehne herum, ein kleines, spitzes Stück Rattan, das mich nervt. Aber es lässt sich nicht abreißen, irgend so ein unverwüstlicher Plastikscheiß.

»Wir geht's dir eigentlich?«

Ich frage um des Fragens willen, will gar keine richtige Antwort hören. Und Kjerstin ist Kjerstin. Sie seufzt, humoristisch übertrieben mit aufgeblasenen Backen. Sagt, es geht, so lange es geht. Lebe noch.

Wir reden ein bisschen, aber niemand von uns hat etwas zu sagen. Jetzt muss ich es erzählen. Kjerstin kann jeden Moment aufspringen, ist sicher versessen darauf, das schöne Wetter auszunutzen. Odd und die Kinder kommen bald nach Hause. Plötzlich sehne ich mich nach der Katze auf meinem Schoß oder nach Nadel und Faden und der halbfertigen Bundhaube, an der ich arbeite. Irgendwas, um mich daran festzuhalten. Scheiße, wie schwach ich bin. Sitze da und starre auf den Boden, als wäre ich schuldig. Etwas quillt in mir auf, und schnell rede ich, bevor es hochkommt. Sehe Kjerstin direkt an und erzähle ihr, was Nina mir angetan hat. Und die ganze Zeit, während ich rede, spüre ich das, was sich in mir ausbreitet. Kjerstin sieht mich an, ernst und verschlossen. Ich kann sie nicht einschätzen. Es steigt immer höher, und ich ertrage es nicht, wenn sie mich fragen sollte. Ob ich es getan habe.

Kjerstins Blick richtet sich wieder auf den Hof. Ich konzentriere mich auf ruhiges Atmen. Dann dreht sie sich zu mir.

»Verflucht«, sagt sie. »Scheiß blöde Ziege.«

Und der Ekel flutet abermals aus mir heraus. Leer und erschöpft lasse ich mich trösten und umarmen. Doch in der ganzen Zeit, während sie mir über den Rücken streicht, mehr Kaffee einschenkt und eine Strategie für mich entwickelt, ist da etwas, das sich der Zuwendung widersetzt. Ich habe nicht getan, wessen man mich verdächtigt. Nicht annähernd. Dennoch fühle ich mich nicht wie ein unschuldiger Mann. Wenn Nina das glaubt, was sie mir vorwirft, kann es mein Fehler sein. Nicht, dass ich etwas Ungesetzliches getan hätte, nichts wirklich Schlimmes. Aber ich habe nicht genug Rücksicht genommen, als sie in derart schlechter Verfassung war. Ich habe nicht gut genug auf sie aufgepasst. Ich habe ihr wehgetan.

Es gibt einen Kontext für das, was geschehen ist. Niemand von uns war ganz bei sich selbst, beide vermutlich unter Schock. Nina zitterte auf dem Sofa neben mir, ihr Haut war kalt. Während ich Lotta Leben einmassierte, wurde Nina blass und schwitzte. Die Hysterie verschwand, und darunter war nichts. Völlig leer. Schließlich brachte ich sie ins Bett, konnte aber nicht nach ihr sehen. Erst Stunden später war ich sicher, dass Lotta gewärmt und in Sicherheit war. Ich legte Lotta nicht in unser Bett, sondern in den Kinderwagen neben der Schlafzimmertür. Vielleicht hatte ich tatsächlich eine Idee, was ich tun sollte.

Allerdings fühlte es sich nicht so an, als ich unter die Bettdecke kroch. Wir waren so allein, als wir nebeneinander lagen, und ich konnte es nicht länger aushalten. Wollte nur, dass wir beide Trost fänden. Nina hatte mir Rücken und Hintern zugewandt, und ich brauchte es, sie zu berühren. Von ihr gehalten zu werden. Schon seit einiger Zeit vor der Niederkunft hatte sie mich nicht mehr richtig angefasst. Ich wartete. Zunächst auf die Untersuchung nach sechs Wochen, ich wollte gar nichts versuchen, ehe sie kein grünes Licht vom Arzt bekam. Aber sie wollte nicht. Seitdem versuchte ich es wieder und wieder, sanft und vorsichtig. Ich streichelte und tätschelte. Ich küsste und schmuste. Bot Massage an. Doch sie entglitt mir. Stieß mich weg. Wischte es mit einem Scherz vom Tisch. Versprach mir Bescheid zu sagen, wenn sie wieder bereit wäre.

An jenem Abend war es so nötig. Für mich, für uns gemeinsam. Ich dachte an uns beide. Nach dem, was passiert war. Was sie Lotta beinahe angetan hatte. Mein Kind, allein und weinend, es war furchtbar, daran zu denken. Und Nina, die so erschreckend ruhig war. Ich konnte sie da nicht liegen lassen, allein und kalt neben mir. Nicht, wenn wir miteinander klarkommen sollten, und wir mussten zusammen sein. Vater wollte ich niemals allein sein. Man sollte zu zweit sein.

Ich legte mich neben sie, und es wurde zu viel. Ich plante keinen Sex, Sex war wirklich das Letzte, woran ich dachte. Doch ich lag da und verlangte nach ihr. Und als ich spürte, dass ich steif wurde, war es eine Befreiung, alles in die Geilheit zu legen. Sie umarmen, ihren Nacken küssen und sich dann weiter nach unten vorarbeiten. Sie drehte sich nicht um, sagte nichts, während ich das Kondom überzog und mich an sie drückte. Keine Proteste oder fegende Hände, als ob meine Finger Käfer wären und über ihre Haut kröchen. Sie lag ganz still, und ich spürte, dass sie bereit war. Als ich ihr oberes Bein anhob und mich in sie hineinpresste, stöhnte sie leise. Aber sie tat nichts. Ich kam viel zu schnell und versuchte danach, solange wie möglich zuzustoßen.

Als ich mich mit einem Krampf in den Beinen auf den Rücken zurückrollte, legte ich ihren Kopf auf meinen Arm. Etwas Warmes tropfte von ihrem Gesicht, und ich begriff, dass sie weinte. Alles in mir gewann plötzlich an Klarheit, so heftig, dass ich zusammenbrach. Sie auch, dachte ich, und fing ebenfalls an zu weinen. Ich hielt sie fest und weinte, und das war gut. Dann setzte sie sich auf und wischte sich die Tränen mit dem Bettzipfel ab. Ihr Rücken sah groß und weiß aus im Halbdunkel, und ich wandte mich ihr schon wieder zu. Hatte die Arme ausgebreitet, und da sagte sie es.

Jetzt, im Nachhinein, quält mich das am meisten. Ich versuche, mir ihr Gesicht vorzustellen. Wenn ich nur ihr Gesicht gesehen hätte, als ich sie nahm. Hätte ich es gesehen, hätte ich sie lesen können. Hätte gewusst, was sich eigentlich in ihr abspielte. Das hier sind lediglich Gedanken. Wie oft habe ich ihr nicht ins Gesicht gestarrt, während ich in sie hineinpumpte. Nach etwas in ihr gesucht, einem Lächeln oder einem Blick. Irgendetwas anderem als diesem verfluchten Ernst. Der stille Ernst, der mich so geil machte, als wir zusammenkamen. Jetzt frage ich mich, ob sie je einen Orgasmus hatte.

Nicht einmal als sie es sagte, sah ich ihr Gesicht. In meiner Erinnerung versuche ich, dem Ganzen einen Namen zu geben. Nackte Verzweiflung? Wut? Kalte Berechnung? Aber ich schaffe das nicht. Es ist so, als könnte ich mich nicht erinnern, jemals Gefühle in ihr gesehen zu haben. Ich muss sie angesehen und gedacht haben: Wie glücklich sie aussieht. Oder verliebt. Nachdenklich. Was auch immer, normale Dinge. Aber ich weiß nicht mehr, wie ihr Gesicht aussah, als ich das dachte.

Alle Ninas in mir haben den leeren schwarzen Blick jenes Tages, als sie vor der Balkontür stand und mir erzählte, sie hätte Lotta sterben lassen. Derselbe Blick, der mich am 17. Mai so erschreckte, als sie endlich mit Lotta herunterkam.

Genauso sehe ich sie vor mir, in dem Augenblick, als sie es sagte. Nicht von hinten, wie es eigentlich war. Nicht ihren Rücken, als sie auf der Bettkante saß und sich das Gesicht mit der Bettdecke abwischte, ehe sie es sagte. Ich erinnere mich an ihre Stimme. Ihre Schultern und die ruhigen Bewegungen mit der Decke. Ich sehe das alles vor mir und versuche, ein Gesicht daraus zu formen, mit einem Ausdruck, den ich irgendwie verstehen kann. Doch alles, was ich sehe, sind das flache weiße Gesicht und die furchtbaren Augen. Und ich weiß nichts, als sie sagt:

»Das hier kam mir vor wie eine Vergewaltigung.«

SOL

Karianne hat sich die grauen Haare wachsen lassen. Ich wusste es von Facebook, doch in der Realität sieht es anders aus. Die Lockenfrisur ist fast übertrieben großmütterlich, und mit der bunten Strickjacke sieht sie aus wie eine typische Kulturtante. So werde ich auch mal enden, denke ich, mit plötzlicher Wehmut. Sie war mir eher Freundin als Schwiegermutter, und ich habe sie vermisst.

Reidar ist derselbe, mit einer schweren Ruhe in seinem langen Körper. Der Bart ist von grau zu weiß übergegangen, aber eigentlich sieht er nicht älter aus. Solange ich ihn kenne, ist er alt gewesen, auf eine gute Art. Lotta sitzt auf seinem Schoß, er hat den Kopf gesenkt und hält ihr sein Handy vor die Nase. Ich sehe, dass sich die Stelle mit dünnem Haar auf seinem Kopf zu einer deutlichen Platte ausgeweitet hat. Lotta ist ganz braun und wirkt ruhiger, weniger schreckhaft. In gleichmäßigem Takt gibt sie welpenartige kleine Töne von sich, und Reidar streicht geduldig über sein Display, bis sie zufrieden ist.

Ich habe die beiden lange vermisst, sie waren ja auch meine Familie. Meine nächsten Angehörigen. Ich weiß noch, wie ich in der

Klinik Beziehungsdiagramme erstellte. Ich in der Mitte, und ein Kreis nach dem anderen um mich herum. Dann trug ich die Namen der Menschen um mich ein, die engsten Kontakte innen und immer so weiter bis hin zu Bekannten. Ich kann mich noch an das Diagramm erinnern, mit vielen Namen auf der äußersten Schale, und noch vielen weiteren, die unter dem Begriff »Gemeinde« zusammengefasst waren. In die nächste Schicht schrieb ich eine Handvoll weitere Namen, meine Mädelsrunde und noch andere Freundinnen. Im innersten Kern hatte ich vier Namen stehen. Njål, schrieb ich, so dicht, dass der Name den Punkt berührte, der ich war. Und gleich daneben: Papa, Reidar, Karianne. Ich saß da mit diesem Diagramm in der Hand und fokussierte auf das, was ich hatte. So viele, zu denen ich nach Hause kommen konnte.

Karianne sieht mich an, und mir fällt nichts ein, was ich sagen könnte. Es kommt mir verrückt vor, auch wenn ich weiß, dass Njål recht hat. Du darfst das, sagte Njål, ehe er die Stadt verließ. Es war er, der mich gebeten hat, Karianne anzurufen und über den Sommer Kontakt zu halten. Ihr seid doch in derselben Stadt, sagte er, niemand kann dir verbieten, mit wem du willst ins Café zu gehen. Juristisch betrachtet hat er recht, wenngleich wir alle wissen, dass da die Grenze verläuft. Und deshalb treffen wir uns hier, in einem Einkaufszentrum weit außerhalb der Stadt, in einem Viertel, wo Nina niemals hinkommt. Ich sehe mich in dem anonymen Café um und frage mich, ob Njål mit Nina zu solchen Orten ging, als ich im Krankenhaus war. Saß er ihr an allzu kleinen Tischen gegenüber, die vom letzten Gast noch ganz klebrig waren, und sagte er ihr, dass er mit wem auch immer ins Café gehen könne?

Ich lächle Karianne an, leere die Tasse in einem Zug und bringe sie zum Tresen, um sie nachfüllen zu lassen. Ich muss mich bewegen, um etwas Blut ins Gehirn zu bekommen. Mein Schlaf ist total verdreht geworden, nur noch kleine Tauchgänge unter der Oberfläche des Bewusstseins. Wenn ich aufstehe, tropft mir die Müdigkeit ins Gehirn, als ob sie aus einem eigenen Raum herausschwappt, sobald ich den Kopf hebe. Der Kaffee kommt, aber ich gehe nicht zurück an den Tisch. Bleibe am Tresen stehen und schlürfe den fetten Dampf aus der Tasse, trinke aber nur kleine Schlückchen. Dazu kommt, dass ich Kaffee eigentlich gar nicht mehr mag. Den ganzen Tag kann ich mich nach einer Tasse sehnen, doch wenn ich ihn trinke, schmeckt er mir nicht. Die Angst vor Krankheiten nagt an mir, ist das nicht ein Anzeichen für Krebs? Memento mori, in mir wiederhole ich das beruhigende Mantra. Memento mori.

Die Situation scheint mir ungeklärt, und ich weiß nicht, wie ich damit umgehen soll. Hier stehen bleiben kann ich allerdings auch nicht. Ich bestellte eine Zimtschnecke, bezahle, und länger kann ich die Zeit nicht dehnen. Lotta blickt auf, als ich zum Tisch zurückkomme, als könnte sie Süßigkeiten auf mehrere Meter Abstand riechen. Ich zerteile die Schnecke und gebe ihr einen Bissen. Sie nimmt ihn, ist in Reidars Armen aber unruhig. Er lässt sie auf den Boden hinunter, und blitzschnell springt sie zu mir herüber. Sie geht nie, die Kleine. Entweder ist sie ruhig oder sie rennt. Jetzt klettert sie geschickt auf meinen Schoß, hält sich mit einer Hand an der Tischkante fest und macht es sich bequem, noch ehe ich es schaffe, die heiße Kaffeetasse abzustellen. Sol, sagt sie vergnügt und lehnt sich an mich.

Ich schiebe die Tasse aus ihrer Reichweite und blicke fragend von Karianne zu Reidar. Karianne lächelt, und ich merke, dass Reidar gerührt ist, als sie unter dem Tisch nach ihrer Hand fasst.

Wir haben dich so vermisst, sagt Karianne, und ich muss mein Gesicht hinter Lottas Haar verstecken. Unklare Bilder gleiten mir durch den Kopf, etwas dreht sich, und der Gedanke schießt aus dem Trüben hervor. Das hier kann gehen, denke ich. Lotta liegt schwer an meiner Brust, ich drücke sie an mich und spüre, wie mein Körper den Gedanken aufnimmt. Mein Kind, denke ich. Lotta, mein Kind.

NINA

Auf dem Couchtisch steht eine Zierschale, neben der Vase mit den Tulpen und der Kleenex-Schachtel. Die Schale ist aus dünnem Porzellan, in einem blaugrünen Farbton, der zur Vase passt. Alles im Sprechzimmer passt zusammen, anonym harmonisch in blaugrauen Nuancen, die sicher beruhigend wirken sollen. Aber die Schale sticht hervor, zwei kleine Kerben sind am Rand geschlagen, vielleicht ein Erbstück. Dürfen Psychologen persönlich sein, etwas aus ihrem Leben mit zur Klientin bringen?

Ansonsten ist er betont neutral, schwarz gekleidet wie beim letzten Mal und mit leerem Gesicht, wie er mir da gegenüber sitzt. Ich kann seinem Blick nicht entgehen, wenn ich mich nicht demonstrativ auf dem Sofa umdrehe. Könnte mich zur Armlehne zurücksinken lassen, die Beine hochheben und aus dem Fenster schauen, Neurotikerin beim Psychologen spielen. Haben die nicht Vaginalmassage gegen Hysterie angeboten, oder war es Entfernung der Gebärmutter? Ich kann meine Gedanken nicht sammeln, sie jagen in alle Richtungen auseinander, wie Murmeln aus einer zerrissenen Tüte.

Der Psychologe fragt mich, woran ich denke, und ich weiß

es nicht. Also antworte ich das, was ich sagen muss, dass ich an Lotta denke, immer an sie. Das stimmt nicht, ich denke nicht an sie, wenn sie nicht bei mir ist. Sie fehlt mir eher körperlich, ein Gefühl in den Armen, die sie nicht umfangen. Der Psychologe sieht mich an, die Linien in seinem Gesicht brechen sich in den kräftigen Brillengläsern. Ich kann seinem Blick nicht standhalten, kann nicht sehen, ob er mich durchschaut.

»Würden Sie ein wenig über die Zeit nach der Geburt erzählen«, sagte er. »Wie war es für Sie, plötzlich den ganzen Tag allein zu sein, mit der Verantwortung für ein kleines Kind?«

Ich zucke mit den Schultern, ich weiß nicht, was ich sagen darf. Etwas muss ich sagen.

»Es war nicht nur leicht«, sage ich vorsichtig. »Ein bisschen schwer, damit umzugehen.«

Er nickt, abwartend, und ich begreife, worauf er hinauswill. Njål hat ihm alles erzählt, natürlich hat er das. Ich hätte es nicht tun dürfen, hätte keine Andeutungen über Njål machen dürfen. Das ist mir einfach so herausgerutscht, es war nicht geplant. Ich hatte nicht daran gedacht, dass das Jugendamt eingeschaltet werden würde. Nicht, um das Sorgerecht zwischen uns aufzuteilen, wie das Familiengericht es tun wird. Das Jugendamt muss Lotta weder ihm noch mir geben, vielleicht finden sie Fehler an uns beiden, so schlimme, dass sie uns Lotta wegnehmen. Ich habe über solche Fälle gelesen.

Der Psychologe mustert mich forschend, schweige ich schon zu lange? Jetzt muss ich ruhig bleiben, ihm zeigen, dass es mir jetzt besser geht. Gute Fürsorgekompetenz und abgeklärtes Verhältnis zur Mutterrolle, alles, wovon ich gelesen habe. Ich muss ihn an mich heranlassen, ihm etwas von dem geben, was er haben will.

»Es war ein bisschen schwierig, mich in die Mutterrolle hineinzufinden«, sage ich vorsichtig. »Meine eigene Mutter war ein wenig … speziell.«

Das hört er bestimmt gern, alle Psychologen interessieren sich für Kindheit und Mütter. Lieber Mama als ich, denke ich. Vorsichtig erzähle ich von Oma und Mama und mir, in der roten Wohnung in dem braunen Haus. Omas Pfannkuchen als Streifen in der Suppe, luftiger Kaiserschmarrn zum Nachtisch, Reiberdatschi mit Apfelkompott zum Abendessen, Palatschinken mit Marmelade, Obst und Sahne zu besonderen Anlässen. Die Gedanken strömen mir nur so aus dem Mund, Nazis und Pfannkuchen, damit kannten sie sich in Bayern wohl aus, sage ich, um witzig zu sein.

»War Ihre Großmutter nicht ebenfalls auf Svalbard, während des Krieges?«

Die Frage des Psychologen unterbricht den Strom meiner Erinnerungen. Ich bin irritiert, kann mich nicht daran erinnern, ihm von Oma auf Svalbard erzählt zu haben. Was kann dieser Pseudo-Freudianer wohl da herausholen? Ich will nicht, dass er das denkt, dass ich nach Svalbard will, weil Oma dort war. Es ist nicht deshalb, sondern, weil es *mir* gehört. Geistige Schöpfung heißt das, und das stimmt. Es ist mein Geist, meine Seele, mein ganzes Wesen steckt in dieser Arbeit. Das hat mich zu diesem Forschungsprojekt getrieben, Njål ist Ballast. Bestimmt hat er dem Psychologen von Oma erzählt, als wäre es trüber Bodensatz, der mich antreibt.

»Doch«, sage ich. »Aber sie hat sich mit Wetterbeobachtungen beschäftigt. Ich bin Glaziologin, ich forsche über pulsierende Eisberge, das ist etwas ganz anderes.«

Der Psychologe kritzelt in seinem Block, ich gerate ins Stocken. Ein Sonnenstrahl schießt durch das Fenster herein und ich sehe ein Glitzern in der Zierschale, ein langer Riss schimmert golden. Das habe ich gelesen, es ist offenbar eine japanische Sitte, mit Goldleim zusammenzukleben. Jetzt begreife ich, warum die Schale hier steht, der Psychologe will, dass ich sie sehe und an meine eigenen Wunden denke, dass die verheilen und mich schöner machen können als zuvor. Pseudowissenschaft und Banalitäten, ich merke, dass mich das irritiert. Und vor so einem soll ich mich bloßlegen?

Der Psychologe schaut auf und ich lese es in seinem Gesicht, jetzt kommt es. Höre ihn fragen, aber es ist keine Frage, nur Njåls Erzählung in seinem Mund. So war das nicht, will ich rufen, aber ich kann mich nicht verteidigen. Denn es ist passiert. Lotta und ich, jede auf einer anderen Seite des Fensterglases, sie dort draußen in der Kälte, ich weiß nicht, wie lange.

Die Sonne wärmte ordentlich, als ich die Tasche auf den verglasten Balkon hinaustrug, und ich schob die Glasscheiben ganz zur Seite. Wollte mit einem viel zu frühen Frühlingsgefühl draußen sitzen. Ich musste den Wollpullover ausziehen und die Kinderwagentasche öffnen, den Deckenteil zur Seite schlagen. Überhitzung ist häufiger ein Problem als Frieren, glaube ich gelesen zu haben, aber jetzt kann ich mich nicht mehr an die Quelle erinnern. Ich wollte mir nur kurz ein Buch holen, ich las Fachliteratur, sowie sie eingeschlafen war, um nicht ins Hintertreffen zu geraten.

Nur einen Moment würde ich sie allein lassen, ich konnte nicht wissen, dass mich gerade dann die Angst überfallen würde.

Als ich am Fenster zum Balkon stand, konnte ich die Tür nicht öffnen und hinausgehen, konnte mich Lotta nicht nähern. Denn hinter ihr war die Balkonkante, zwölf Stockwerke nach unten, und ich sah mich, wie ich sie über den Rand warf, spürte es physisch, als ob es passierte. Der kleine Körper aus meinen Händen, nicht einmal ein Wurf, einfach den Zugriff öffnen und loslassen. Es war unerträglich zu spüren, wie leicht das wäre.

»Und Sie standen noch immer da, als Njål nach Hause kam, vier Stunden später?«

Der Psychologe klingt ganz neutral, als ob er fragt, wie alt ich bin, aber ich weiß, es ist ein Spiel.

Ich versuche zu erklären, dass ich nicht weiß, wie lange es war, aber er blättert in seinen Papieren, zitiert aus Njåls Erklärung, genaue Zeitangaben soll ich ihm gemacht haben, ich kann mich an nichts erinnern. Es stimmt, dass er mich und Lotta durch das Glas getrennt vorfand. Ich weiß noch, dass ich dort stand und sie weinen, brüllen, verstummen hörte, kleine Fäuste fuchtelten über dem Rand der Tasche, bis alles still wurde und ich nichts mehr von ihr sah, nur noch die Tasche, die genauso gut hätte leer sein können. Hörte sie weinen, obwohl sie still war, und ich wusste, die Stille war schlimmer. Ich sah mein Spiegelbild in der Fensterscheibe, gebeugt über Lotta, eine Illusion, dass ich draußen war.

Als Njål nach Hause kam, war die Sonne untergegangen, und er wusste nicht, wie warm es gewesen war, konnte nicht verstehen, dass ich Lotta nur im Strampler nach draußen gelegt hatte. Ich konnte nicht erklären, war nicht mehr ich selbst. Weiß noch, dass ich stumm und gelähmt auf dem Sofa saß und sah, wie er sie vorsichtig massierte. Sie war nicht so lange dort draußen, es kann nicht so lange gewesen sein. Denn er brachte ihr Wärme und Leben zurück, es war nicht so schlimm, sie weinte an seiner nackten Brust und alles war in Ordnung mit ihr. Aber der Psychologe mustert mich ernst, ich versuche, das mit den Zwangsvorstellungen zu erklären, dass es ein Beschützerinneninstinkt gone bad ist, aber er fragt, ob ich Angst habe, meinem Kind etwas anzutun.

Ich merke, dass ich den Boden anstarre, ich schiebe die Hände in die Pullovertasche und umklammere das glatte Holz, ziehe die Klinge ein Stück weit heraus und kitzle mich mit der Spitze in der Handfläche.

»Mir geht es jetzt besser«, sage ich. »Viel besser.«

NJÅL

Wir sitzen in der dunklen Hüttenstube und hören die Kinder draußen johlen. Kjerstin legt eine Patience, mit demselben alten Kartenstock, der schon immer hier in der Hütte gelegen hat. Ich habe sie daran erinnert, dass die Kreuz Drei fehlt. Sie sagte, sie nehme den Joker, und ich sagte, dass sie dennoch nicht aufgehe. Sie legt weiter die Karten aus, ich habe den Laptop beiseitegeschoben und lasse die Gedanken schweifen.

Es ist gut, hier zu sein. Wir beide brauchen ein Wochenende in der Hütte, sagte Kjerstin. Es gab gar keine Schweinepest, und Odd passt auf die Tiere auf. Sie nimmt die Kinder, das gleicht sich aus, sagte sie. Aber Veränderung bereitet Freude. Sie hat recht, ich muss genau hier sein. Weg, aber zu Hause. Ich arbeite gut hier, alles geht mir leicht von der Hand. Trotz allem. Wenn ich nach dem Sommer zurück in Bergen bin, habe ich den Entwurf zu einem neuen Artikel fertig. Mit meinem Namen darunter und unmittelbar relevant für die Arbeit, die auf Svalbard durchgeführt werden soll. Ich lasse Nina nicht gewinnen, sie wird mir nichts wegnehmen.

Die Hütte ist beinahe wie früher. Kjerstin hat die Vorhänge und das Sofa ausgetauscht, aber der Rest ist wie in meiner Erinnerung. Goldbraunes Kiefernholz. Durchgelegene Schaumgummimatratzen in meinem Etagenbett, wo ich die ganze Nacht auf meine alten Spuren auf dem Bretterrahmen über mir starre. Donald-Duck-Aufkleber und Kugelschreibergraffiti, *kilroy was here* und andere Dinge, die ich nicht verstand, als ich sie geschrieben habe. »Njål ritzte diese Runen«, in unbeholfener Mischung aus älterem und jüngerem Futhark. *If you love someone, set them free.* Und ganz oben, am linken Bettpfosten, eingeritzt mit dem Taschenmesser »N + S« in einem Herz. Der Sommer nach der Heimvolkshochschule, da waren wir hier eine Woche allein zusammen. Als sie um mich anhielt, nackt in dieser Koje, mit einem billigen Silberring, der nur auf meinen kleinen Finger passte.

Lotta sollte hier sein. Lotta und Sol und ich, gemeinsam in der Hütte. Das war der Plan. Immerhin ist sie nicht bei Nina, zusammen mit Mama und Papa ist sie sicher, bis das alles vorüber ist. Es muss einfach bald vorüber sein. Ich kann mir überhaupt nicht vorstellen, dass Nina Lotta bekommt und nicht ich. Ganz sicher fühle ich mich allerdings nicht. Das Jugendamt kann uns beiden das Kind wegnehmen. Ich habe schon von solchen Fällen gelesen, ziemlich hässlich. Es stimmt gar nicht, dass das Jugendamt keine Kinder stiehlt. Sollte ich Nina das sagen, eine Nachricht schicken? Vielleicht bringt sie das dazu, sich zurückzuziehen.

Ich werfe einen Blick auf Kjerstins Patience. Sie geht nicht auf. Ich sage, das habe ich ja gesagt, es klappt nicht. Kjerstin protestiert. Wir zanken uns absichtlich, ein ritueller Geschwisterkrach.

»Pssst«, sagt Kjerstin plötzlich. »Hörst du die Kinder?«

Ich höre sie nicht. Kjerstin steht auf, bleibt aber gelassen. Verdreht die Augen und sagt etwas über den Bach und dass ich viel zu tun hätte, wenn ich Lotta hier hüten wolle. Sie geht hinaus, schließt aber nicht die Tür. Es zieht, und ich denke, dass ich sie schließen muss. Aber ich habe keine Lust aufzustehen.

Draußen ist es ganz still. Ich stehe trotzdem auf und durchquere das Zimmer, als Linea plötzlich hereinschießt und im Schlafzimmer verschwindet. Du hättest die Tür zumachen können, sage ich, als ich am Zimmer vorbeigehe. Keine Antwort, und ich schaue hinein. Sie sitzt in der Ecke zwischen Etagenbett und Wand und verbirgt den Kopf hinter den Knien. Wie unser Hund, als ich klein war, der kroch immer unters Sofa, wenn er an unseren Schuhen genagt hatte. Das wird schon wieder, sage ich vom Windfang her, mag aber nicht zu ihr hineinzugehen. Will bloß die Tür schließen, beuge mich vor, um das Türblatt zu fassen, ohne mir Schuhe anzuziehen. Kjerstin steht auf der Treppe, auf der untersten Stufe. Ich sehe nur ihren Rücken, aber etwas stimmt nicht mit ihr. So reglos. Etwas ist da draußen. Etwas Lautloses.

»Njål«, sagt Kjerstin ganz leise. Ganz ruhig. »Njål, gibst du mir bitte mal den Spaten?«

Erst da sehe ich Marvin, der sich neben der Treppe an die Wand gedrückt hat. Und ich sehe die Schlange. Dick wie ein Kinderbein, ich weiß nicht, wie lang sie ist. Ein schwarzgraues Zickzack in steifen Windungen vor dem Kind. Gespannt wie ein Revolverhahn. Marvins nackte und frühlingsblasse Füße unter aufgekrempelten, feuchten Hosenbeinen. Der Bach, natürlich. Er steht da und presst sich die Gummistiefel an die Brust, der ganze Junge ist so angespannt, dass er bald zusammenbricht. Die Schlange ist ganz reglos, in jeder Windung ihres Körpers lauert die Energie. Bereit zum Abfeuern.

Kjerstin streckt den Arm nach mir aus, ohne den Kopf herumzudrehen.

Der Spaten, sagt sie, unendlich geduldig, und beugt den Kopf schwach in Richtung Tür. Ich drehe mich um, blicke hierhin und dorthin und entdecke den Spaten, der vom Türblatt teilweise verdeckt wird. Vorsichtig gehe ich auf die Treppe hinaus und spüre durch meine Socken die Wärme der Sonne auf dem Stein. Aktive Schlange, denke ich. Aufgewärmt und schnell. Ich bekomme den Spaten zu fassen und gehe die wenigen Schritte hinunter zu Kjerstin, so sanft es geht. Sie tastet nach dem Spaten, ohne den Blick von der Schlange zu nehmen. Ich kann nicht abschätzen, wie lang sie ist, aber sie ist ganz nahe bei Marvin. Lang genug.

Ich reiche Kjerstin den Spaten mit dem Blatt nach unten, und sie hebt ihn mit vorgestreckten Armen in einer unendlich langsamen Bewegung hoch. Dann stößt sie ihn hinunter, so schnell, dass ich zusammenzucke. Marvin jammert. Mama, heult er, wieder und wieder. Hört gar nicht auf. Ein zusammenhängender Angstschrei. Ich gehe die Stufe hinunter zu Kjerstin und beuge mich vor.

Die Schlange lebt. Kjerstin hat sie ein gutes Stück hinter dem Kopf getroffen. Der Körper ist vom Spatenblatt in die Erde gedrückt worden. Gefangen, aber noch lebendig stößt sie zu, wieder und wieder, reicht genau nicht an Marvin heran. Er rührt sich jetzt, geht seitwärts mit dem Rücken an der Wand weiter, bis die Hausecke erreicht und beinahe nach hinten umkippt. Dann dreht er sich um und rennt.

»Njål«, sagte Kjerstin. Immer noch ruhig, doch ich höre die Anspannung in ihrer Stimme. »Kannst du die Axt aus dem Holzschuppen holen?« Sie deutet mit dem Kopf in Richtung des Schuppens vor uns. Hinter der Schlange.

Doch ich kann nicht. Die Schlange windet sich um den Spatenschaft, kriecht hoch und auf Kjerstins Hand zu, und ich bin erstarrt. Die Gedanken kommen nicht in Kontakt mit dem Körper. Instinkt, denke ich. Aber ich schaffe es nicht, mich zu rühren.

Von hinten nähern sich Schritte, und Marvin stürmt vorbei, er ist einmal ums Haus gerannt. Jetzt bleibt er stehen, sieht seine Mutter und die Schlange und weicht instinktiv zurück. Die Axt, sagt Kjerstin wieder, und Marvin springt los. In einem weiten Bogen um uns herum rennt er zum Schuppen. Nur einen Augenblick später ist er zurück, Kjerstin löst ihre rechte Hand vom Spatenschaft, und Marvin reicht ihr die Axt. Jetzt springt sie von der Stufe auf den Boden hinunter, hält den Spaten in der anderen Hand, beugt sich vor und schlägt zu. Die Schlange krümmt sich in zwei Hälften, zwei Schlangenkörper in ekelerregenden Spasmen. Kjerstin hat sie gleich hinter dem Spatenblatt in zwei Teile geteilt. Ich stehe wie angewurzelt da und sehe die beiden Körper in Bewegung. Der Kopf pendelt hin und her, mit dem Spaten als Nabe, als ob er weiter versuchen wollte, sich zu befreien. Das Schwanzstück zuckt und rollt abgetrennt in einem blutigen Gewirr an der Treppe.

Kjerstin lässt mich in Ruhe. Mit Marvin an sich gedrückt holt sie einen Eimer und schaufelt die Schlangenteile hinein. Dumpfe Laute von Fleisch gegen Plastik, unrhythmisch lebend. Ein Blutspritzer schießt hoch und trifft sie unter dem Auge. Mir wird übel. Kjerstin trägt den Eimer am ausgestreckten Arm weg und verschwindet hinter der Hütte.

Wir sitzen auf der Treppe. Die Kinder sind drinnen mit ihren iPads beschäftigt. Kjerstin und ich sind in Stiefeln um die ganze Hütte getrampelt und haben dabei den Hofplatz mehrmals überquert. Haben mit Taschenlampen in jeden Hohlraum an der Außenwand geleuchtet und mit dem Besenstiel in allen Erdlöchern und Winkeln gestochert. Kein Nest. Es war nur die eine Schlange. Als ob die gekommen wäre, um genau uns anzugreifen, sagte Marvin. Weshalb wollte sie uns angreifen? Kjerstin tröstet. Sitzt lange mit den Kindern neben sich auf dem Sofa. Linea mit dem Daumen im Mund, das große Mädchen.

»Die hatte bloß Angst«, sage ich. »Schlangen haben mehr Angst vor uns als wir vor ihnen.«

Da sieht Kjerstin mich an, mit so einem Blick.

»Bist du ganz sicher?«, fragt sie. Ohne zu lachen. Sie lacht nie, wenn sie lustig ist.

Ich lache. Verstelle mich vor den Kindern, mache vor, wie ängstlich ich gewesen war. Kreische wie eine Trickfilmfrau mit einer Maus unter dem Tisch. Doch etwas stimmt nicht.

Kjerstin reicht mir den Portwein, und ich fülle das Glas auf.

»Kannst du sicher gebrauchen.« Sie trinkt, sieht mich über das Glas hinweg an. »Svalbard«, sagt sie langsam. »Hast du echt Nerven dafür? Du weißt doch, dass es da Bären gibt.«

Ein Scherz, diese Art von Quasimobbing, die sie ständig betreibt. Ich werde es mir nicht zu Herzen nehmen.

»Mit dem Gewehr kann ich besser umgehen als mit dem Spaten«, erwidere ich, meine es humoristisch. Doch Kjerstin sieht mich an und streicht mir über den Rücken, als sei ich krank gewesen. Ich weiß nicht, ob ich für eine Erklärung bereit bin. Doch ich habe keine Worte. Wir sitzen nebeneinander und trinken. Ich schneller als ich sollte.

Kjerstin meint es nicht so, stochert aber in etwas herum. Was, wenn Lotta vor der Schlange gestanden hätte? Oder noch schlimmer. Die ganze Zeit denke ich daran. Besonders nachts, wenn ich schreiend leer vor Sehnsucht bin. Wenn ich es weder schaffe zu arbeiten noch Sol anzurufen, wenn ich eigene Gedanken oder Unterhaltungen nicht aushalte. Dann denke ich an Svalbard, stelle mir Lotta vor mir auf dem Scooter vor, wir beide in dem großem Licht. Für eine Weile tröstet mich diese Phantasie. Doch immer öfter schleicht sich die Angst ein. Realistische Sorgen, die in meinem Luftschloss nichts zu suchen haben. Eisbären und Erdrutsche, auf Svalbard zu wohnen wird immer gefährlicher.

Ich denke oft an den Film, den Nina und ich gesehen haben, als sie schwanger war, den mit der Lawine. Die stiebenden Schneemassen, die auf die Familie im Restaurant zurollen, die lauter werdenden Kinderschreie. Der fliehende Vater, während die Mutter zurückbleibt und die Kinder an sich drückt. Ich weiß noch, ich hatte die Hand auf Ninas prallen Bauch gelegt, spürte, wie sich das Kind im Inneren umdrehte und an meiner Handfläche entlangstrich, wie ein Wal, der die Meeresoberfläche durchbricht. So ein Vater werde ich nicht sein, sagte ich zu Nina.

Als ich die Kreuzotter sah, übernahmen die Instinkte die Kontrolle. Die Angst vor Schlangen ist angeboren, habe ich gelesen. Lebenswichtig für die Urmenschen in der Savanne, doch heute irrational. Vieles ist weitaus gefährlicher als Schlangen. Autos, zum Beispiel. Krebsgeschwulste. Ölbohrinseln.

Allerdings haben wir auch noch andere Instinkte. Mutterinstinkt, sagen die Menschen. Aber das stimmt nicht. Ich bin davon überzeugt, dass das ein Irrtum ist. Es sollte Elterninstinkt heißen, denn der Beschützerinstinkt ist beim Vater genauso stark wie bei der Mutter. Anders, aber genauso stark. Meiner ist es. Der Vater im Film wurde falsch dargestellt.

Ich denke an den kleinen unterkühlten Körper im Kinderwagen auf dem Balkon und an das Kind in Ninas Armen am 17. Mai. In mir windet es sich, ich kann den Anblick der Schlange nicht vergessen. Die Bewegungen sind das Schlimmste.

Wenn ich Lotta an der Wand vor der Schlange gesehen hätte. Wenn ich ein näherkommendes Auto gesehen hätte, einen Schneepflug, was auch immer. Dann wäre ich nicht erstarrt. Der Vaterinstinkt ist stärker. So muss es sein. Wäre es Lotta gewesen, hätte ich gehandelt. Hätte sie in Sicherheit gebracht und mich geopfert.

SOL

Ich lege die Beine in die Bügel und rutsche mit dem Hintern an die Sitzkante, damit der Arzt herankommen kann. Die ganze Situation ist unangenehm: den Unterleib einem beinahe Fremden entgegenzuschieben und ihn Stahl in mich hineinstecken zu lassen. Ich habe mal einen Stuhl im Internet gesehen, konstruiert für Prostatauntersuchungen. Aber eigentlich um zu illustrieren, wie die Welt wäre, wenn man für Männer das gleiche Design nutzte, was man für Frauen verwendet. Der Unterleib des Mannes war nackt, er streckte seinen Hintern in die Luft und wandte das Gesicht von dem Arzt ab. So fühlt es sich für Frauen im Gynäkologenstuhl an, genauso unnatürlich und entwürdigend. Und dennoch spüre ich die Reaktion in meiner Vagina, als der Arzt das Spekulum einsetzt. Während der Stahl hineingepresst wird, kalt und glitschig vom Gleitmittel, spüre ich die Nerven da drinnen auf idiotische Art reagieren, als wären sie darauf programmiert. Der Körper verspürt Lust, egal was ich davon halte.

Falls der Arzt etwas davon mitbekommen sollte, lässt er es sich nicht anmerken. Er spannt bloß die Feststellschraube und zieht das Wattestäbchen aus der Verpackung, ungerührt, als wollte er einen Abstrich der Schleimhäute im Hals vornehmen. Dann setzt er sich die Stirnlampe auf, eine ganz normale Sportlampe, die ich auch beim Joggen verwenden könnte. Er schaltet sie ein, und das Licht fällt auf mich. Ich lehne mich zurück, nehme den schabenden kleinen Stich in mir wahr, das Instrument wird herausgezogen, und ich höre, wie der Arzt zurückrollt und die Vorhänge zuzieht.

Sie können sich wieder anziehen, sagt er, während er die Tür öffnet, er will die Ergebnisse der Proben aus dem Labor holen. Ich nehme die Beine aus den Bügeln und halte nach Papier Ausschau, um mir das Gleitmittel abzuwischen, ehe ich meine Unterhose überstreife. Doch der Arzt hat vergessen, es dazulassen. Schnell und beiläufig ziehe ich mich an und drücke mich an dem Vorhang vorbei, die Unterhose klitschnass vom Silikongelee.

Der Arzt kommt rein, er liest etwas auf einem Ausdruck. Er setzt sich, ohne mich anzublicken, liest und liest immer weiter. Krebs, denke ich, in den Blutproben sind Spuren von Krebs. Oder so große Geschwüre, dass er sie mit bloßen Augen in mir erkennen konnte. Jetzt legt er das Papier weg und rollt mit seinem Hocker näher heran, jetzt kommt es. Ich wappne mich für den Schock, der mich erwartet.

»Das war ja eine Überraschung«, sagt er.

Ich starre ihn an. Natürlich ist es eine Überraschung. Was glaubt er denn, wie es sich für mich anfühlt? Auch wenn man ein bisschen hypochondrisch ist, bedeutet das nicht, dass man Krebserkrankungen plant.

»Herzlichen Glückwunsch!«

Der Arzt lächelt, dann dreht er sich wieder zu seinem Computer hin.

Mein Kopf leert sich. Er gratuliert mir also? Ich starre den Arzt an, der mir von Gebärmutterhalsabstrich und Schwangerschaft erzählt. Ich verstehe nicht, was er sagt, ich muss mich verhört haben. An dieses Wort wage ich nicht einmal zu denken, doch jetzt spreche ich es aus.

»Schwanger?«

Ich sage nur dieses eine Wort, höre meine Stimme schon zittern. Der Arzt dreht sich wieder zu mir und rollt mit lautlosen, krabbenartigen Tritten auf dem PVC dicht an mich heran.

»Ja«, sagt der Arzt, »Sie sind schwanger, Sol. An die Möglichkeit haben Sie wohl gar nicht gedacht?«, fügt er hinzu und lacht verhalten.

Es rauscht in meinem Kopf, nicht ein Geräusch, sondern ein Gefühl. Als ob alle Gedanken zusammenstießen und die Neuronen beim Aufprall knisterten. Ich dachte nicht an diese Möglichkeit, nicht einmal, als der Arzt mich bat, auch eine Urinprobe abzugeben. Sollte er etwas von Schwangerschaftstest gesagt haben, ist mir das entgangen. Ich dachte nur an Krebs.

»Sind Sie sicher?«, frage ich, und meine Stimme klingt dünn. Ich höre mich nicht glücklich an. Der Arzt legt mir die Hand auf die Schulter und sieht mich unverwandt an.

»Ja«, sagt er. »Ganz sicher.«

Dann umarmt er mich.

Ich bin auf dem Weg vorbei an der Kirche, bleibe jedoch stehen und kehre um. Hole den Schlüssel heraus und öffne die Tür. Gehe durch die Sakristei, ohne meine Jacke aufzuhängen, doch im Kirchenschiff weiß ich nicht, was ich mit mir anstellen soll. Ich bleibe im Mittelgang stehen, in der Stille, die den Kirchenraum ausfüllt. Ich komme mir fast berauscht vor, und gleichzeitig leuchtend klar. Hier drinnen kann ich denken.

Im Krankenhaus lernte ich den methodischen Umgang mit meinen Gefühlen. Jetzt tue ich das, was ich dort getan habe, und visualisiere meine Gefühlsarbeit. Langsam und sorgfältig packe ich mich selbst aus, breite mit Vernunft eine Schicht nach der anderen vor mir aus, und grabe mich durch die Angst. Bis alles offen daliegt, für mich und für Gott, und ich Jubel empfinden werde.

In dem Moment wird es mir bewusst, und ich kann nicht begreifen, dass es nicht schon früher passiert ist.

Lotta, hämmert es in mir. Lotta, mein Kind. Werde ich mich um zwei Kinder kümmern, kriege ich das hin? Ich stelle sie mir vor, das Kind, das ich so gut kenne. Der vom Schlaf gewärmte Körper, so dicht an mir, dass er fast auf mir liegt. Die melodischen Töne, wenn sie allein spielt, Wörter, die in ein rhythmisches Kauderwelsch übergehen, in ein Lied für sie und ihre ganze kleine Welt. Die um Lotta vor dem Regal verteilten Bücher, die ich abends wegräume, eines nach dem anderen mit dem Lesefinger verfolgt und vorsichtig neben sie abgelegt. Die unbändige Wut, die sie mir furchtlos ins Gesicht brüllt. Ich habe ganz Lotta in mir, kann sie in all ihrem Wesen aus mir hervorholen. So fremd und gleichzeitig wohlbekannt.

Von plötzlichem Schwindel überwältigt setze mich auf eine Kirchenbank. Macht mich die Schwangerschaft schwach? Wie viel von dem, was ich in letzter Zeit dachte, waren die Gedanken einer schwangeren Frau? Wie viel dessen, was ich getan habe, war rational? In mir ist keine Platz für Gefühle. Njål, fällt mir ein.

Ich muss es Njål erzählen. Aber noch nicht, nicht bevor ich weiß, dass es bleiben wird. Der Arzt sprach von Abstrichen und frühzeitigem Ultraschall, das Risiko vergrößert sich mit dem Alter der Mutter. Ich will bis nach dem Ultraschall warten. Bis ich mit eigenen Augen gesehen habe, dass ich ein lebendes Kind in mir trage.

Die Stille in dem leeren Kirchenraum wird dichter. Ich schließe die Augen und versuche, tief im Inneren ein anderes Wesen zu spüren.

NINA

Ich öffne die Augen und begreife, dass ich geschlafen habe. Habe keine Ahnung, wie lange, es spielt auch keine Rolle. Der Laptop ist mir auf den Schoß gerutscht, und ich sehe, dass der Film noch immer läuft. Seehunde tanzen im Meer, drehen sich um ihre eigene Achse und fahren herum in mörderischer Freude und haben plötzlich einen Fisch im Maul, wie ein Zauberkünstler es mit einer Taube macht. Das Letzte, woran ich mich vor dem Einschlafen erinnere, sind Winter und magere Eisbären. Ich kann nicht länger als ein paar Minuten geschlafen haben.

Ich habe Lotta seit vielen Wochen nicht mehr gesehen. Nichts von dem, was passiert ist, hat etwas geändert. Njål kam nach seinem Urlaub zu Lotta nach Hause und alles ging weiter wie bisher. Das Jugendamt ist fertig mit seinen Untersuchungen, sie haben noch nichts unternommen, der Fall ist aber auch noch nicht abgeschlossen. Meine Anwältin sagt, wir müssen abwarten, es ist nicht ungewöhnlich, dass es lange dauert.

Sie war verhalten und professionell mitfühlend, hat das alles schon oft gesehen. Bat mich, ruhig zu bleiben, nicht im Boot zu zappeln, wie sie sagte. Zu zeigen, dass ich mich an Abmachungen halten, ein stabiles Zuhause anbieten kann. Ich glaube, sie macht sich Sorgen wegen des Jugendamtes, aber ich habe mich nicht getraut zu fragen. Überlassen Sie das alles mir, sagte sie, Sie müssen sich um sich selbst kümmern. Dann beschrieb sie, wie so ein Sorgerechtsfall vor sich geht, dass wir vorbereitende Treffen vermeiden können, da hier ja offenbar keine Grundlage zur Zusammenarbeit besteht. Das nächste Mal werde ich Njål also vor Gericht sehen.

Jetzt bin ich ruhig, liege ganz still und kümmere mich um mich selbst. Ich habe schließlich Urlaub, Jessica hat mich gezwungen, mir einige Wochen freizunehmen. War seit gestern nicht mehr draußen, oder war das vorgestern? Döse vor mich hin und schlafe, so viel ich kann. Stopfe mich ein oder zweimal am Tag voll, Belag ohne Brot, pures Fett und Proteine, bis mir schlecht wird. Dann ist die Sache für eine Weile erledigt. Wenn ich wach bin, sehe ich mit dem Laptop fern, dann brauche ich nicht zu denken.

Ich fische eine Cola heraus, die unter die Decke gerollt ist, und öffne sie, ohne das Display aus den Augen zu lassen. So lag ich da, ehe ich mit Stillen aufgehört habe, mit Laptop, Wolfshunger und Nahrungsmittellager. Plötzlich erinnere ich mich an den warmen kleinen Körper, das unbehaglich schöne Gefühl in den endlich abgehärteten Brustwarzen, und ich spüre die kleine Hand über meine Brüste gleiten, fuchtelnd und fordernd. Dass ein ganzer Mensch auf meinem Unterarm ruhen konnte, ein ganzer Mensch, der mich von innen ausgefüllt hatte. Die Erinnerung kriecht im Körper herum wie ein Phantomschmerz, als ob ich gerade mit einer frischen Wunde auf dem Bauch aus der Narkose erwacht wäre, dort, wo Diebe mir eine Niere herausgenommen haben.

Ruhelos halte ich den Film an, der Seehund hängt schwerelos da mit dem Fisch im Maul. Ich googele, schreibe »Kaczyns-ki's cabin« ins Suchfeld und finde die Website des Museums. Das Ausstellungslokal ist dunkel, und die Fassade wird vorsichtig beleuchtet, wie eine Skulptur in ihrer primären Hausform. Die Idee eines Hauses, ein fensterloser Monopolystein. Die Türöffnung zeigt einen dunklen Ausschnitt des kleinen Raumes, das Türblatt wurde wohl gesprengt, als das FBI das Haus gestürmt hat. Das nächste Foto zeigt das Hausinnere, leer und sinnlos ohne Inhalt. Alles wurde beschlagnahmt und katalogisiert, mit Maschine beschriebene Papiere und selbstgebaute Waffen, Lebensmittel und Bombenzutaten. Das FBI nahm die Hütte mit aus dem Wald. Eine schlichte Regalkonstruktion ist noch vorhanden, ich glaube, im Dreck an der Wand die Umrisse des Bettes sehen zu können. Es müsste möglich sein, den Abdruck seines schlafenden Körpers zu sehen, gezeichnet von Talg und Schweiß, die ins Holz eingezogen und oxidiert sind, wie beim Turiner Grabtuch. Ich versuche, mir die Hütte als Zuhause vorzustellen, nicht als das Ausstellungsobjekt, zu dem sie gemacht worden ist. Die Ironie kann unabsichtlich sein, aber sie ist umwerfend. Die Hütte des UNA-Bombers im Museum, mumifiziert von gedämpfter Beleuchtung und stabiler Luftfeuchtigkeit wird sie niemals zu Erde werden.

Die Natur gibt es nur, wenn man sie von außen sieht, wir haben die Natur erfunden, als die Großstädte heranwuchsen. Die Steinzeitmenschen haben nicht die Natur gesehen, sondern die Welt. Ich öffne das Worddokument und lese das Letzte, was ich im Essay geschrieben habe, dem Versuch einer Klimaforscherin, die Natur zu verstehen. Das Institut möchte, dass wir besser werden, was allgemeinverständliche Vermittlung angeht, und ich versuche es mit einer persönlichen Herangehensweise. Erzähle über mich selbst, sechzehn Jahre bei der Organisation Natur und Jugend, die Naturschützerin, die Klimaforscherin auf Svalbard werden will. Naturschutz ist ein sinnloser Begriff, schreibe ich, und ich schildere den Augenblick, in dem ich begriffen habe, dass die Welt schmelzen wird. Wie Butter in einem Kochtopf, das ist etwas, das die meisten Menschen nicht begriffen haben. Dass es bereits zu spät ist, das Polareis zu retten.

Das hat Oma mir beigebracht, eine Art Energieeffizienz-Maßnahme. Den Kochtopf von der Platte ziehen, wenn der halbe Butterklumpen geschmolzen ist. Dann ist genug Wärme vorhanden, um auch noch den Rest zu schmelzen, das lässt sich nicht vermeiden. Legt man den Deckel darauf, entwischt keine Wärme und es geht noch schneller. Dahin sind wir gekommen, schreibe ich. Die enorme Kapazität der Meere, Wärme zu speichern, der Deckel aus CO_2 in der Atmosphäre, wir wissen, dass das Polareis schmelzen wird. Als Forscherin versuche ich nur herauszufinden, wie schnell das gehen wird. Wenn wir einige Klimaziele erreichen, können wir genug Zeit für mich und meine Familie erkaufen.

Seit ich Lotta habe, sind die Zukunftsbilder klarer geworden, die Perspektive jedoch enger. Früher ging es um die Menschheit. Jetzt denke ich in Generationen: Wird das hier Lotta treffen? Ihre Kinder oder deren Kinder? Weiter als bis zu meinen Urenkelkindern reicht mein wirkliches Mitgefühl nicht. Ich engagiere mich intellektuell, aber nicht gefühlsmäßig.

Darüber schreibe ich, ganz ehrlich. Wie weit reicht dein Mitgefühl?, schreibe ich. Deine Angst? Es kommen noch einige Abschnitte dazu, ehe meine Konzentration nachlässt.

Ich denke an den Butterklumpen im Kochtopf. Oma in der Küche, ich, die auf die rote Trittleiter geklettert ist, dann habe ich mich auf den Küchentisch gesetzt und zugesehen, wie sie kochte und mich über Energieumwandlung belehrte. Oma konnte gut erklären, sie muss eine gute Lehrerin gewesen sein, aber ich glaube nicht, dass sie das jemals gern war. Jugendliche in Deutsch und Naturkunde zu unterrichten, das hatte sie sich als junge Frau nicht vorgestellt. Sie muss so alt gewesen sein wie ich jetzt, als sie auf Svalbard war. Ich wollte eigentlich gar kein Kind, hat sie einmal gesagt. Sie stand auf dem Gang und hatte das Ohr an Mamas Tür gelegt. Sie muss gewusst haben, dass ich da war, aber ich weiß nicht, ob sie zu mir sprach. Sie hat es nur gesagt, ganz ruhig. Dann bückte sie sich und hob das Tablett mit Mamas unangerührtem Abendessen auf.

Sie wollte kein Kind. Aber sie wurde eine gute Mutter. Ich denke an das Letzte, was sie je zu mir gesagt hat. Über ihr Kind, über den Gang der Natur.

Das Schlafzimmer stinkt nach Körper, und ich wälze mich aus dem Bett. Öffne das Fenster einen Spaltbreit und spüre den Luftzug an meinem Bauch. Der Lärm der Schnellstraße wird nicht mehr von der Glasscheibe gedämpft, jetzt kann ich nicht begreifen, dass ich ihn so lange ertragen habe. Hier kann ich nicht leben. Alles verschwimmt für mich, Bilder und Erinnerungen, die ich nicht mehr einfangen kann. Oma in der Hütte mit dem Kind im Bauch und dem Sturm um die Wände. Bergen, das gegen die Felshänge stößt und Auspuffgase herausbrüllt, ich, die eingesperrt daliegt und sich Fernsehserien über die Wildnis anschaut. Leihaktivitäten für die Leihmutter, denn was war ich denn anderes, wenn

Njål und Sol mir mein Kind wegnehmen oder das Jugendamt sie in einer ganz anderen Familie unterbringt? Das können sie, das biologische Prinzip wird immer wieder gebrochen. »Die biologische Mutter«, in diesem Begriff liegt etwas Verfremdendes. Die natürliche Mutter, müsste es heißen.

Wenn das Jugendamt mir Lotta wegnimmt, habe ich nichts mehr. Omas Wohnung habe ich verkauft und Mamas Körper habe ich verbrannt, mehr gibt es nicht. Ich liege im IKEA-Bett, dem neuen Bett, das ich gekauft habe, als Njål ausgezogen ist, und weiß, dass es außer Lotta in dieser Stadt nichts gibt, das mir gehört. Dass ich nicht hier sein soll, es war nie der Sinn der Sache, dass ich hier sein sollte. Ich soll nach Svalbard.

Das Telefon ist in den Spalt zur Wand gerutscht, ich kann es nur mit Mühe herausfischen und die Nummer eingeben. Atemlos horche ich auf den Summton, dreimal piept es, ehe sie antwortet.

»Jessica?«, frage ich und merke, dass mein Mund noch immer ausgetrocknet ist. »Hast du kurz Zeit?«

Ich schlucke, aber das hilft nichts.

»Es geht um Njål.«

NJÅL

Die Wolken hängen tief und feucht am Himmel, und der Weg ist voller Schnecken. Schwarze Wegschnecken und Kapuzinerschnecken in verschiedenen Brauntönen. Leicht mit Hundescheiße zu verwechseln, die überall in Klumpen herumliegt. Was stimmt bloß nicht mit den Menschen?

Ich bin erschöpft, die Möwen halten mich wach in der Nacht. Ist das etwas Neues, so wie die Spanischen Wegschnecken? Ich kann mich nämlich nicht erinnern, dass es früher so schlimm gewesen ist. Vogelgezwitscher, ja sicher. Solange ich mich erinnere, habe ich die Schwarzdrossel stets Weckervogel genannt. Aber nun höre ich immer öfter Möwen in der Nacht, sehe sie sogar ab und zu in unserem Garten landen. Ich weiß nicht, wieso die kommen. Letzte Nacht lag ich im Halbschlaf und hörte die Möwen schreien, einen ganzen Schwarm. Ich hörte sie ganz räumlich, das Gehirn formte ein Bild aus Geräuschen. Eine Spirale aus ka-kaaa. Ich habe vielleicht geschlafen, aber dennoch klar gedacht. An Wirbel. Die Form, die sich immer in sich selbst dreht. Wolken auf Satellitenbildern, die sich aufgrund der Corioliskraft nur immer weiter und weiter drehen. Das rotierende Höllentor in den Ghost-

Busters-Filmen. Tornados und Mahlströme und Fischschwärme im Aquarium.

Meine Oberschenkel brennen auf dem Weg den letzten Hügel hinauf, also gebe ich Gas. Am Fuß der Treppe bleibe ich stehen, kippe das abgestandene Wasser aus dem Hahn weg und fülle die Flasche im Bach. Nehme im Augenwinkel wahr, dass jemand an mir vorbeigeht, und drehe mich um. Sehe Rücken und Hintern einer jungen Frau in Leggins. Ganz hübsch. Ich mache mich an den Aufstieg. Drehe im Gehen den Verschluss der Flasche zu, verstaue sie und werfe mir den Rucksack über. Ist nicht ganz einfach im Laufen, aber ich kriege es hin. Ich halte das Tempo, bis ich die Frau vor mir eingeholt habe, bleibe auf der Treppe aber ein paar Meter hinter hier. Das verschafft mir die beste Aussicht. Stramm und rund, nicht schwabbelig, reizvoll. Muskeln, die mit jeder erklommenen Stufe wachsen und sich wieder lockern. Dann erhöhe ich das Tempo und gehe an ihr vorbei, möchte sie auch nicht erschrecken. Die Steintreppe vor mir verschwindet im Nebel, wie der Weg nach Mordor.

Der Puls dröhnt im Kopf, trotzdem gehe ich schneller. Will die Gedanken weghämmern. Der kommende Prozess. Das Jugendamt, das Lotta in ihrem Kindergarten besucht hat. Wie lange brauchen die noch?

Der Stufenweg beschreibt einen Bogen, ragt über mir im Nebel auf. Bald oben. Ich habe mich warm gelaufen, und mein Rücken ist feucht vor Schweiß, als ich die letzte Treppe erklimme. Doch sobald mein Kopf über die Kante ragt, trifft mich eiskalter Wind. Ich drehe mich zur Stadt um, während ich den Pullover über den Kopf ziehe, doch als mich schließlich durch ihn hindurchgekämpft habe, sehe ich sie nicht. Dichter weißer Nebel füllt das Tal. Ein Touristenpaar an der äußersten Kante zeichnet sich wie dunkle Papierpuppen vor dem Weißen ab, und hinter ihnen ist nichts. Als hätte das Nichts aus der Unendlichen Geschichte ganz Bergen verschluckt. Die Stadt war zu unglaubhaft, um echt zu sein.

Ich hole mein Handy hervor, will ein Foto machen und es nach Hause snappen, bleibe stehen und drehe an meinem Ehering. Er fühlt sich ungewohnt an. Die Mulde am Finger verschwand erstaunlich schnell, und der Ring ist nicht mehr ein Teil des Körpers so wie einst. Ich erinnere mich an den glattgeschliffenen Kreis unter dem Ring. Früher glaubte ich, er sei dauerhaft wie eine Tätowierung, und es gefiel mir. Markiert zu sein, erkennbar gebunden, wie emotionales Bondage. Ich zucke zusammen, als das Telefon zu zittern und zu jodeln anfängt. Das Jugendamt, denke ich. Meine Anwältin. Doch es ist Jessica. Kann sie meine Mail bekommen haben, ich dachte, sie sei noch immer im Urlaub. Schnell drücke ich auf den grünen Knopf und halte mir das Handy ans Ohr.

»Hallo, Njål«, sagt sie.

Wie üblich hat sie Probleme mit meinem Namen, bekommt den ersten Laut nicht richtig hin. Nål, sagt sie eigentlich. Blöde Britin, denke ich, obwohl es mich nie gestört hat. Jessica ist in Ordnung, ihren Akzent finde ich charmant. An all das muss ich mich selbst erinnern. Jessica hat mich gern, ist ebenso Freundin wie Chefin. Sie ist auf meiner Seite, sie muss doch auf meiner Seite sein.

Jessica spricht schnell und nervös. Redet über die Sommerferien, ich habe dazu nichts zu sagen. Gut, wieder da zu sein, sage ich, und möchte über das PULS-Projekt reden. Deswegen ruft sie mich doch sicher an, aufgrund der langen Mail, die ich ihr in den Ferien geschickt habe. Im Anhang der Entwurf zu dem neuen Artikel und eine gründliche Analyse meiner Position in dem Projekt.

»Ja, was das betrifft«, sagte Jessica. »Ich habe deine Mail gelesen, gründlich. Wir haben hier darüber gesprochen, und du sollst wissen, dass ich mich für dich eingesetzt habe.«

Sie seufzt, und mein Bauch verkrampft sich. Mit wem gesprochen, würde ich gern fragen. Traue mich aber nicht.

Jessica redet und redet. Darum hätte sie sich schon längst kümmern müssen. Die ganze Situation. Nina und ich im selben Projekt, eine Belastung für alle Beteiligten.

»Belastung?«, frage ich, und höre Jessica jäh nach Luft schnappen.

»Das ist schwierig für alle, Njål«, sagt sie entschieden. »Aber solange ihr euch nicht einigen könnte, gibt es keinen anderen Ausweg.«

Jetzt klingt sie gereizt, und ich reagiere wütend. Fange einen Satz an, ohne zu wissen, was ich sagen soll. Aber, sage ich, aber.

»Es liegt nicht mehr in meinen Händen, Njål«, unterbricht sie mich. »Die Angelegenheit muss auf anderer Ebene geklärt werden. Die Ethik-Kommission wird sich beim nächsten Treffen damit beschäftigen.«

Nun, gut. Ich versuche nachzudenken, kann mir das zum Vorteil gereichen? Neutrale Richter.

»Njål«, sagt Jessica, jetzt viel freundlicher. »Ich möchte dir gern einen Rat geben. Tritt zur Seite und lass Nina vorgehen. In so einer Sache zu stecken …« Sie zögert, ich kann es ihr anhören. Sie sträubt sich, es auszusprechen.

»Was denn für eine Sache?«, frage ich erbost. »Eine Metoo-Sache, meinst du das?«

Jessica seufzt abermals, atmet in den Hörer, so dass es knistert.

»Ich nicht, Njål«, sagt sie. »Ich meine nicht …« Ihre Stimme versiegt. Dann macht sie einen erneuten Versuch, aggressiver. »Als ihr noch zusammen wart, konnten wir damit leben. Da war es eine romantische Geschichte. Aber dass du sie mir nichts dir nichts verlassen hast …«

Ich konzentriere mich auf meinen Atem, rein durch die Nase und raus durch den Mund.

»Es kommen noch andere Projekte, Njål«, sagt Jessica. Ihr englischer Tonfall hat einen fragenden Klang. Als wollte sie etwas herausfinden. Kommen noch andere Projekte, Njål? Ist da noch was in dir?

Ich lege auf und gehe los.

Ohne nachzudenken trotte ich am Fernsehmast vorbei, klettere die Felskuppe hinab und komme auf die Ebene. Fange an zu rennen, stapfe die Berge hoch und schlingere die Abhänge hinunter. Die Ebene ist feucht und lehmig, ich trete in ein Schlammloch und stapfe humpelnd weiter. Laufe, falle, laufe.

Völlig erschöpft halte ich tief im Wald an. Mir ist übel, ich bleibe vornübergebeugt stehen, versuche mich selbst in den Griff zu bekommen. Ich atme scharf und spüre, wie sich die Kleider feucht an den Körper kleben. Ich muss kotzen, ich will weinen. Kann kaum atmen. Ich will das nicht empfinden, aber es drückt sich einfach hoch. Ein alles durchdringendes Schuldgefühl, und ich bin so erschöpft.

Es war keine Vergewaltigung. Als Nina mir erlaubte sie zu nehmen und mich danach beschuldigte. Ich würde niemals eine Frau vergewaltigen. Ich weiß das, doch es hilft mir nicht weiter.

Denn ich habe etwas anderes mit ihr gemacht. Ich habe mit ihrem Körper herumlaboriert, einige würden es wohl so nennen. Und sie hat keine Ahnung davon, all dieser Scheiß ist meine Schuld. Die postnatale Depression, die Zwangsgedanken, all das Verrückte in ihrem Kopf, und das, was sie tatsächlich getan hat. Nichts davon wäre ihr ohne Lotta passiert. Und Lotta wäre gar nicht gewesen, wenn ich nicht getan hätte, was ich tat.

Die Scham sitzt in mir, vielleicht übertrieben fest. Dass es kam, wie es kam, ist nicht nur meine Schuld. Die ganze Zeit hatte Nina eine Wahl. Mag sein, dass ich zu weit gegangen bin. Aber ich habe ihr keine Wahlmöglichkeiten geraubt, sie hatte stets völlig freie Wahl. Das war jedenfalls mein Eindruck, als sie sich weigerte, ein Kind mit mir zu bekommen. Sie wollte nicht, und ihre Ablehnung übertrumpfte alles, was ich mir je gewünscht habe.

Ich hatte nicht einmal geglaubt, dass es funktionieren könnte, ich hatte geglaubt, es wäre ein urbaner Mythos. Als ich nach unserem ersten ernsthaften Streit im Schlafzimmer stand und die Reißzwecken an der Korktafel über dem Nachttisch sah. Ich zog sie heraus und setzte mich mit den Kondomen hin, aber es war kein Plan gewesen. Es war, wie eine Faust gegen die Wand zu schlagen oder im Zorn eine Tasse auf den Boden zu schleudern. Im Affekt, das war es. Ich handelte im Affekt.

Es waren nur noch zwei Kondome in der Packung übrig, ich hatte mein Lager noch nicht wieder aufgefüllt. Glaubte ja, wir würden anfangen, es zu versuchen. Ich stach zweimal in jedes

Kondom, mehr nicht. Vier Chancen, dachte ich. Bloß vier Chancen. Und sie kann abtreiben.

Mehrere Wochen später, als ich mich aus ihr herauszog und den kleinen Gummiring um meinen Schwanz sah, hatte ich es fast vergessen. Als Nina den Finger in sich hineinsteckte und das gerissene Kondom herausfischte, zog sich etwas in mir zusammen. Ich machte Scherze über meine Supersamen, aber das war bloß ein Witz. Ich glaubte immer noch nicht, dass es Folgen haben würde.

Sie hätte abtreiben können. Ich wäre natürlich einverstanden gewesen, dass sie über ihren eigenen Körper bestimmte. Es wäre schmerzhaft gewesen, hätte sich ungerecht angefühlt, aber ich hätte sie es tun lassen. Falls sie sich nicht hätte überreden lassen.

Alles, was danach geschehen ist, alles, was sie Lotta und mir angetan hat. Wie viel davon ist der postnatalen Depression geschuldet, können solche Leiden chronisch werden?

Ich erinnere mich noch an Ninas Gesicht beim Schwangerschaftstest, sah die Angst in ihr. Und ich legte meine Arme um sie und versprach, immer bei ihr zu sein. Auf dem ganzen Weg.

AUGUST

SOL

Ich hatte gedacht, dass dieses Mal mein Bauch vollgeschmiert würde. Gelee wird aus einer Tube auf den Bauch gespritzt, dann wird dieses Dingsbums darüber geführt und schließlich darf man sein Baby kennenlernen. *Mommy, meet your baby.* So ist es im Film.

Doch stattdessen wieder die Beine in den Halter und den Unterleib bis an die Kante des Sitzes. Eine blonde junge Frau mit ärztlicher Distanz im Blick winkt mich zu sich, sieht aber nur auf meinen Schritt. Wie eine Tierärztin, die ein verschrecktes kleines Haustier zu sich lockt. Dann steckt sie etwas Klebriges und Dildoartiges in mich und wühlt da drinnen herum, und das ist noch unangenehmer als eine gewöhnliche Untersuchung. Vaginalsonde nannte sie das Instrument. Aus irgendeinem Grund erinnert mich die Bezeichnung an Ölförderung, irgendwas mit Probebohrungen.

Der Bildschirm steht in einem schwierigen Winkel, und ich versuche stillzuliegen und gleichzeitig den Hals zu strecken. Grauer Bodensatz rotiert auf dem Schirm, und in mir verkrampft sich etwas. Doch dann ist es da, sehr viel wirklicher, als ich es mir vorgestellt habe. Ein winzig kleines Baby mit deutlich erkennbaren Gliedmaßen, die in meiner Gebärmutter treten und stoßen. So konkret hatte ich es mir gar nicht vorgestellt, das Kind war für mich eher eine hypothetische Möglichkeit als tatsächlich Fleisch und Blut. Jetzt sehe ich es, weder Zellklumpen noch Seele, sondern ein deutlicher Körper in meinem. Ein quicklebendiges Baby.

Die Sonde rumort in mir, und das Baby dreht sich auf dem Schirm von rechts nach links, wächst und schrumpft. Das Bild gefriert, und dann tauchen Kurven und Messlinien auf. Die Ärztin zoomt und klickt und zieht ständig neue Linien über das Bild. Ich verstehe, dass etwas Wichtiges geschieht, und spähe auf den Schirm, ohne zu wissen, wonach ich Ausschau halten muss. Der Ultraschall erleuchtet mein Kind wie ein Lichtstrahl eine Camera obscura. Dieser unfertige Mensch ist auf dem Bildschirm gespenstisch und gleichsam durchleuchtet. Das Dunkle ist für mich nicht dunkel, es ist wie Licht. Ich sehe Knochen, die auf geheimnisvolle Weise gebaut und tief in der Erde verwoben werden. Das hier habe ich gewählt, eine Wahl, die zur Auflösung führt, die wiederum zur Wahl führt. Der Apfelbissen hat schon seit vor meiner Geburt in mir gelegen, jetzt hat er sich gelöst und segelt mit dem Blutstrom umher.

Die Ärztin sagt etwas über eine second opinion, zieht die Sonde heraus und verlässt den Raum. Ich bleibe allein zurück, noch immer mit gespreizten Beinen und nacktem Unterleib. Wie ein Körper auf einem Operationstisch, mit bloßgestellter Eintrittswunde. So könnte man denken, aber ich komme mir doppelt lebendig und pulsierend warm vor.

Die Ärztin kommt mit einer grauhaarigen Frau zurück, die mir kurz zunickt, ehe sie den Dildoapparat in mich hineinsteckt.

Es scheint, als ob sie von Neuem beginnt, sie untersucht mich, ehe sie das Bild einfriert. Die beiden konferieren leise in medizinischen Codes, dann wird die Sonde herausgezogen, und sie verlassen das Zimmer, damit ich mich wieder anziehen kann. Immerhin gibt es hier Papier zum Abwischen. Angekleidet sitze ich auf dem Besucherstuhl, als angeklopft wird und die Tür sich öffnet. Beide kommen wieder rein, und die Ältere nimmt auf dem Stuhl mir gegenüber Platz. Die jüngere Ärztin hat Kaffee und Wasser für mich mitgebracht, schweigend stellt sie die Pappbecher vor mir auf dem Schreibtisch ab, und ich verstehe. Natürlich ist es etwas Ernstes.

Kurz erklärt sie, was sie entdeckt haben, unterstreicht nüchtern die Unsicherheit und den Ernst. Die ganze Zeit blickt sie mich forschend an. Geht es Ihnen gut, fragt sie, möchten Sie jemanden anrufen, bevor wir fortfahren. Ich antworte und merke, wie fest meine Stimme klingt. Wie ruhig ich bin, denke ich, und versichere ihnen, dass es mir gut geht. Nein, ich möchte niemanden anrufen. Sie scheint nicht überzeugt zu sein, setzt ihre Erläuterung aber fort, mit nüchternen und präzisen Informationen. Ich bekomme Broschüren, und sie füllt einen Stapel Papiere aus. Dann können Sie sich zu Hause damit beschäftigen, das muss man ja erstmal verkraften, sagt sie und reicht mir den Stapel. Vielleicht ist ja ein Antragsformular für eine Abtreibung dabei, denke ich. Eine diskrete Hilfsmaßnahme. Oder eine Aufforderung? Ich bedanke mich höflich und stehe auf, reiche ihr die Hand und gehe.

Als ich das Krankenhaus verlasse, fühlt sich der Körper anders an, wie mit neuem Drive. Als hätte das System in einen anderen

Aggregatzustand geschaltet, stabil und schwergängig. Eine uralte und unverwüstliche Maschine. Der Kopf arbeitet für sich selbst, die Gedanken sind messerscharf. Ich muss nicht auf den Beratungstermin warten oder auf das endgültige Ergebnis. Ich habe mich bereits entschieden. Habe es gewusst, schon seit ich in der Kirche saß und spürte, wie der Körper mein Kind umschloss. Ich werde auf dich aufpassen, dachte ich. Ich werde immer auf dich aufpassen.

In den letzten Tagen hat es viel geregnet, und hinter dem Haus braust lautstark der Kanal, als ich die Haustür aufschließe. Plötzlich muss ich dringend pinkeln. Ich tripple die Treppen hinauf, schließe eilig die Wohnungstür auf und ziehe mir die Unterhose hinunter, während ich ins Bad renne. Als ich fertig bin, schaffe ich es nicht, wieder aufstehen. Erst jetzt fange ich an zu weinen.

Jemand schleicht vor der Badezimmertür herum, und plötzlich erinnere ich mich, dass Njål zu Hause arbeiten wollte. Jetzt klopft er vorsichtig an, ein kleiner Trommelwirbel, den ich von früher gleich wiedererkenne. Leichte Fingerspitzen auf dem Furnier, als ich mich erbrach oder in die Kloschüssel blutete. Ich hatte nicht daran gedacht, das Njål hier sein würde, ich wollte mit meinem Kind noch eine kleine Weile allein sein. Jetzt redet er da draußen mit mir, Sol, sagt er, alles in Ordnung mit dir? Ich kann es ihm auch genauso gut gleich erzählen, nichts würde sich ändern, wenn ich wartete. Ich stehe auf, ziehe meine Sachen zurecht und wasche mir gründlich die Hände. Dann gehe ich hinaus.

Njål steht direkt vor der Klotür, wie ein ungeduldiges Kind. Bald kann ich nicht mal mehr in Ruhe aufs Klo gehen. Er zieht mich in eine Umarmung und fragt, ob es mir nicht gut gehe, ich hätte in letzter Zeit etwas desorientiert gewirkt. Ich kann die Angst in seinem Körper spüren, es ist die gleiche wie aus der Zeit vor meinem Klinikaufenthalt. Wie gesund muss ich sein, damit er sich entspannen kann.

In der Küche will er Tee für uns kochen, doch ich hindere ihn daran. Setzt dich, sage ich. Ganz ruhig und mit normaler Stimme, doch er lässt sich fallen, als hätte ich geschrien. Ich bleibe stehen und sehe ihn an. Das hier habe ich schon so oft zu ihm gesagt, ich bin schwanger, Njål, habe ich gesagt und dann gesehen, wie er seine Gesichtsmuskeln anspannte, als wolle er sich gegen die Freude wappnen, die ihn überkam. Jedes verdammte Mal. Jetzt bringe ich die Wörter nicht heraus. Ich nehme die Papiere aus meinem Rucksack und schiebe sie über den Tisch.

Er nimmt das oberste Blatt und inspiziert das Logo im Briefkopf. Fragt abermals, ob ich krank bin, und ich spüre eine unverhoffte Bitterkeit in mir aufsteigen. Wie sicher er doch ist, dass ich unfruchtbar bin, das Erste, woran er denkt, wenn er »Frauenklinik« liest, ist, dass ich krank bin. Ich kann ihm nicht dabei helfen, sehe also nur zu, während er liest. Ich frage mich, wie lange er lesen muss, bevor er begreift; soweit ich mich erinnere, steht das Wort »Schwangerschaft« nicht allzu weit unten auf der Seite.

Jetzt beginnt er zu verstehen, es steht schon in seinem Gesicht geschrieben, ehe ihn die Erkenntnis trifft. Ich suche nach Unwillen, ja sogar Abscheu. Aber sein Gesicht ist ausdruckslos, als ob alle Gefühle aus ihm herausgeflossen wären. Und in gewisser Weise ist das schlimmer.

»Was sollen wir tun?«, fragt er, seine Stimme klingt gepresst und schwer.

»Das weiß ich nicht«, sage ich. »Aber ich habe mich entschieden.«

Er blickt mich weiter ausdruckslos an, und ich suche nach etwas, das er verstehen kann. Ich will, dass er begreift, wofür ich selbst keine Worte habe. Ich will, dass er es mit mir zusammen fühlt.

»Und du willst es behalten? Trotz allem …?«

Trotz allem, hat er gesagt, gleichwohl hat mich die Wortwahl nicht gestört. Ich habe so viele Blogs gelesen über Kinder mit Handicap und ihre beinahe göttliche, reine Güte, und nur Abscheu empfunden. Als ob Gott seine besten Kinder an ausgewählte Menschen gäbe. Das bedeutet trotz allem. Trotz allem hat mein Körper dieses Kind geschaffen.

»Trotz allem«, sage ich, »kann ich nicht anders.«

Jetzt, nachdem das gesagt und geklärt wurde, kann ich wieder reden. Plötzlich ist es sehr wichtig, all das zu vermitteln, was gesagt werden muss, effizient und präzise. Ich erkläre und höre selbst, dass ich nüchtern, ja fast gefühllos klinge.

Diese Kind wird viel brauchen, sage ich. Gründlich und genau erläutere ich mögliche Diagnosen. Was wir erwarten und was wir nicht wissen können. Dass es sogar im besten Fall ernst ist. Sicher ist nur, dass das Kind uns sehr fordern wird.

Njål wendet den Blick ab, während ich erkläre, und sinkt auf dem Sofa sichtlich zusammen. Wenn er jetzt bloß nicht auseinanderbricht. Ich habe genug damit zu tun, mich selbst im Griff zu behalten, da kann ich mich nicht auch noch um ihn kümmern.

»Wir könnten zurück nach Oslo ziehen und in der Nähe meines Vaters wohnen«, sage ich. »Oder nach Larvik, wo deine Eltern sind. Wir werden nämlich Hilfe brauchen, Njål.«

Njål sieht mich an, einen Moment lang habe ich den Eindruck, dass er erleichtert ist. Aber seine Stimme klingt scharf.

»Umziehen?«, sagt er. »Und Lotta? Was, wenn ich Lotta nicht mitnehmen darf?«

Ich habe keine Antwort. Njål steht auf und geht im Zimmer umher. Er redet schnell, seine Stimme wird immer lauter. Das wird nicht gehen, sagt er, verstehe ich das nicht? Er kann nicht in Ostnorwegen wohnen, ohne Lotta zu bekommen. Und was ist mit der Arbeit, soll er die einfach hinter sich lassen, alles, wofür er gearbeitet hat? Jetzt ist seine Stimme so laut, dass ich ihn schon bitten will, leiser zu sein, verkneife es mir aber. Mitten in der Küche bleibt Njål stehen und dreht sich zu mir um.

»Lotta«, sagt er. »Das wird so nicht gehen!«

Ich will, dass er ausspricht, was er impliziert, aber zu feige ist, laut zu sagen. Doch er starrt mich nur schweigend an, mit aufeinandergepressten Lippen und zitterndem Bartzopf.

»Bittest du mich, mich gegen das Kind zu entscheiden?«, frage ich, demonstrativ ruhig.

Njål zuckt zusammen, wirft die Hände in die Luft und gestikuliert nachdrücklich, während er spricht.

»Das ist doch das, was *du* tust!«, sagt er laut. »Du bittest mich, ich solle mich gegen eines meiner Kinder entscheiden!«

Jetzt weint er zornig, steht über mir und rattert alles hervor, woran ich nicht gedacht habe. Das Gericht wird im Sinne des Kindeswohls entscheiden, sagt er. Es wird das Sorgerecht demjenigen Elternteil übertragen, der die besten Bedingungen bieten kann, gesamt betrachtet. Ein neues Kind mit einer anderen Frau, ein Kind, das alle Kraft aus uns heraussaugen und am Ende sterben wird, welche Kindheit würde das für Lotta sein? Hatte ich selbst nicht gesagt, dass Lotta Stabilität braucht? Begreife ich nicht, dass das nicht gehen wird?

»Aber Nina ist krank«, wende ich ernüchtert ein. »Das Jugendamt wird niemals zulassen, dass …«

Jetzt lacht Njål, er läuft umher und lacht. Dann bleibt er stehen und wendet mir den Rücken zu, als er fortfährt.

»Die müssen sich gar nicht für einen von uns entscheiden«, sagt er, und seine Stimme ist tief und feucht. »Die können sie uns einfach wegnehmen.«

Eine Weile schweigen wir, bis er ins Bad geht und sich heftig schnäuzt. Ich stehe auf und bin an der Tür, als er herauskommt, lege meine Hand behutsam auf seine Schulter. Blicke in sein rotes, geschwollenes Gesicht und versuche mich zu erinnern, wie wir waren, wie es war, so beieinander zu stehen und gemeinsam zu trauern.

»Wir wollten das doch durchstehen«, sage ich. »Du hast es doch gesagt, dass du alles durchstehen würdest, alles ertragen würdest, dass es keine Rolle spielen würde. Wenn du nur das Kind bekämst, das du haben musstest!«

Njål wendet den Blick ab, sein Kiefer mahlt, ohne dass ein Wort herauskommt. Ich ziehe meine Hand zurück, als es mir plötzlich klar wird. Er hat bekommen, was er brauchte. Er hat sein Kind bekommen.

»Du zwingst mich zu wählen«, sagt Njål erneut, und ich begreife, dass genau das seine Geschichte wird. Sie zwang mich, zwischen meinen Kindern zu wählen, den Rest seines Lebens wird er sich das einreden. Ich sollte protestieren, aber mir fehlt die Wut, und ich kann nicht. Alles, was ich empfinde, ist Mitleid und Verachtung.

Im selben Moment dreht er sich um und kommt auf mich zu, angespannt von oben bis unten. Unwillkürlich weiche ich auf meinem Stuhl zurück. Er geht vor mir in die Hocke, legt die Hände auf meine Knie und blickt mir ins Gesicht.

»Ich verstehe, dass du das Gefühl hast, du müsstest das tun«, sagt er ruhig. »Du als Christin.«

Ohne es zu merken stehe ich auf, so schnell, dass Njål nach hinten umkippt und auf dem Hintern landet. Hormone, denke ich, genauso überrascht wie er. In mir brodelt es, ich kann nicht sprechen. Stehe nur da, während er sich aufrappelt; ich werfe den Kopf in den Nacken und starre ihm ins Gesicht, bis er sich umdreht und den Raum verlässt. Die Badezimmertür fällt krachend ins Schloss. Mein Kopf ist immer noch ganz heiß, noch immer bin ich wütend über alles, was er nicht versteht. Das ist absolut nichts, was ich tue, weil ich Christin bin, im Gegenteil. *Kyrie eleison,* schreie ich wortlos. Erbarme dich meiner.

Njål öffnet die Badezimmertür und schließt sie wieder, kommt aber nicht zu mir herein. Ich höre, wie er am Schuhregal steht und versucht, sich die Schuhe anzuziehen. Ich gehe hinaus zu ihm, er hockt auf den Knien und zerrt an der Hinterkappe des Schuhs. Dann knotet er wütend die Schnürsenkel auf. Ich stehe hinter ihm und blicke auf seinen Rücken und die Arschritze zwischen Hemd und Hosenbund. Seine zuckenden Arme, während er sich mühsam die Schuhe anzieht und die Senkel verschnürt. Die winzigen Falten hinter seinen Ohren und die Pickel am Haaransatz im Nacken. Ich lasse ihm Zeit, alle Zeit, die er braucht. Erst

267

als er die Schuhe anhat, die Jacke vom Haken nimmt und den Reißverschluss zuzieht, frage ich, ob er sich entschieden hat. Er nickt, dreht sich aber nicht zu mir um.

»Ich hole meine Sachen später«, sagt er. »Jetzt muss ich Lotta vom Kindergarten abholen.« Er legt die Hand auf die Türklinke, aber ich kann ihn nicht gehen lassen, nicht so.

»Lotta«, sage ich, »wann kann ich Lotta sehen?«

Njål dreht sich halbwegs herum und redet über seine Schulter.

»Es ist wohl am besten, wenn du das lässt«, sagt er. »Ich werde es ihr erklären, sie vergisst sicher bald.«

Er ist auf dem Weg nach draußen, doch ich halte ihn zurück, als mir die Bedeutung aufgeht. Ich denke an die Umarmung, die ich Lotta heute früh gegeben habe, eine schnelle Liebkosung unter dem Fahrradhelm, ehe sie zum Kindergarten fuhren, es wird das letzte Mal gewesen sein, dass ich sie berührt habe, und dann schleudert der Satz aus mir heraus. Ich sehe, wie sich sein Gesicht auflöst, wiederhole aber die Frage; so ruhig ich kann frage ich, ob er sich jemals an Lotta vergriffen hat.

Erstarrt steht er vor mir, und ich muss mich wegdrehen. Kann nicht mit dem umgehen, was ich gerade gesagt habe. Hinter mir wird die Tür geöffnet und geschlossen, und Njål ist gegangen.

NINA

Ich öffne die Augen oder träume, dass ich das tue. Mein Kopf ist wie verstopft und mein Nacken steif. Ich spüre, wie sich mein Körper einebnet, kalt und zäh wie eine Eismasse auf der Matratze. Ich denke an meinen pulsierenden Gletscher auf Svalbard, an Zyklen zwischen Druck und Reibung. Wird der Gletscher schwer genug, dann schmilzt er und gleitet davon. Wenn das Wasser verströmt ist, schrappt er über den Boden und hält inne. Es ist kalt, und ich schwitze. Schmelze. Döse.

Wieder öffne ich die Augen, schlafend. Fühle mich zur Seite und vorwärts gleiten. Liege und sammle Masse, warte auf Auslösung. Werde wieder wach und spüre, wie Lotta sich an meiner Seite reibt und mit den Händen das Fett auf meinem Bauch knetet. Njål macht sich an mir zu schaffen, aber ich bin nicht böse, denn das hier ist ein guter Traum. Ich sehe ihn über mir stehen und das Thermometer ablesen. Kindbettfieber, denke ich verschlafen, postnatale Psychose. Lotta liegt still und warm in den Winkeln meines eigenen Körpers. Meine Kälte kommt von innen, isoliert unter der Fettschicht. Ich friere und gebäre, wieder und wieder, aber aus mir fließt nur lauwarmes Schmelzwasser.

Ich werde wieder wach und spüre Lottas Körper an meinem. Jetzt bin ich ganz klar im Kopf, und als meine Augen sich an die Dunkelheit gewöhnen, erkenne ich mein Schlafzimmer. Lotta liegt wirklich bei mir, mit ihrem Schmuselappen zur Hälfte im Mund. Sie schläft in meinem Bett, und es kommt mir selbstverständlich vor, als wäre sie immer dort.

Jemand räuspert sich hinter mir, und ich drehe mich zur Schlafzimmertür um. Sein Gesicht liegt im Schatten, aber die Gestalt gehört unverkennbar Njål, breitbeinig und mit vor der Brust verschränkten Armen, als ob er sich größer machen wollte. Njål steht in meiner Schlafzimmertür, und ich versuche, etwas zu empfinden.

»Du hast gesagt, ich könnte kommen«, sagt er rasch, ehe ich reagieren kann. »Ich habe dich angerufen, weißt du noch?«

Er hebt die Arme, entfaltet sich für mich und hebt abwehrend die Handflächen. Als ob er es wäre, der Grund hat, sich zu fürchten.

»Du warst ziemlich krank, und ich habe mir Sorgen gemacht. Und du hast gesagt, ich könnte kommen.«

Ich überlege, aber ich kann mich nicht erinnern. Er war bei mir, das weiß ich. Am Rand des Zimmers, Trinkhalm an den Lippen, Pillen in ausgestreckter Handfläche. Ich glaube nicht, dass ich Angst hatte. Erinnere mich an ein Gefühl, wie mich an Mama zu schmiegen, eine Art abwartender Ruhe.

Njål fragt, wie ich mich fühle, ob ich aufstehen kann. Wir können im Wohnzimmer reden, sagt er, und nickt zu Lotta hinüber. Er geht und ich bleibe liegen und spüre Lottas Körper an meinem. Ruhig stehe ich auf und gehe zu Njål hinaus.

Ich liege auf dem Sofa und höre zu, während Njål hin und her läuft und redet. Sehe ihn am Bücherregal vorbeigehen, mit der Hand über den Heizkörper unter dem Fenster streichen und mit dem Pulloverärmel Staub vom Büfett wischen, wie früher, als er hier gewohnt hat. Er erzählt von Sol, in welche Situation sie ihn gebracht hat. Wie das philosophische Zugproblem, ein unlösbares moralisches Dilemma. Soll man den alten Mann vor den Zug stoßen, um eine Schulklasse zu retten? Er verwirrt sich in seiner Argumentation, redet über das größtmögliche Wohlbefinden für die größtmögliche Anzahl von Menschen, das Glück, das er Lotta geben kann, verglichen mit dem Glück, das er seinem ungeborenen Kind geben kann. Einem bereits beschädigten Kind. Seinem eigenen Kind, gegen das potentielle Leben in Sol.

Jetzt bleibt er stehen und streift mich zum ersten Mal mit dem Blick. Blinzelt, schluchzt aber nicht. Natürlich habe er nicht so gedacht, sagt er eilig, im Grunde nicht. Keine kühle Berechnung, sein eigenes Glück sei irrelevant.

»Ich habe ein Kind, das mich liebt. Mich braucht.«

Er dreht den Kopf in Richtung Schlafzimmer, horchend, auf der Hut.

»Nina«, sagt er und jetzt sucht er Blickkontakt zu mir. »Wie sind wir hier gelandet, Nina.«

Ich sehe seine Bettwäsche an, die zusammengerollt am Sofaende liegt. Er ist schon hier, und wie lange war er denn eigentlich weg?

»Was machst du hier?«, frage ich. »Was willst du eigentlich?«

Njål schließt die Augen und seufzt, dann nickt er und kommt auf mich zu. Langsam, wie um mir Zeit zum Widerspruch zu geben, hebt er die Decke vom Sofa, setzt sich neben meine Füße und erklärt, was er sich gedacht hat.

Es ist das Jugendamt, sagt er. Die Untersuchungen sind noch immer nicht abgeschlossen, seine Anwältin hat den Eindruck, dass sie sich Sorgen wegen des Konfliktniveaus zwischen uns machen. Njål sagt etwas über *confirmation bias*, man sieht, was man sehen will. Sie haben so viel Scheußlichkeit gesehen, dass sie alles so schlimm deuten, wie das überhaupt nur möglich ist. Er hat darüber gelesen, Familien, denen aus imaginären Gründen ihre Kinder weggenommen werden, Familien auf der Flucht vor dem Jugendamt.

Njål sieht alt aus, zu alt, um der Papa eines kleinen Kindes zu sein. Fast so alt wie Mama, als sie mich bekommen hat. Er sitzt auf unserem verschlissenen Sofa und zupft ununterbrochen an dem losen Knopf an der Armlehne herum, das hat er immer schon gemacht, nimmt unbewusst die Arbeit des Sisyphos am Sofa wieder auf.

»Es geht um Sol, Nina«, sagte er. »Sie hängt schon viel zu sehr an Lotta.«

Er hat sich wohl eine ganze kleine Rede zurechtgelegt, führt sie auf mit verständnisvollen Sätzen, die offenbar genau geplant sind, damit sie nicht verletzen. Wie damals, als er mit der Sorgerechtsvereinbarung in der Hand dasaß, als es mir so schlecht ging und er ausgezogen ist. Er hat einen Plan, etwas, bei dem ich mitmachen soll. Sol ist das Problem, erklärt er, und er sagt, dass er alles bereut, hätte niemals wieder mit ihr zusammensein dürfen. Er nimmt die Schuld auf sich, fast überzeugend sagt er, dass er es bereut, wie er uns beide behandelt hat.

272

»Ich habe dich im Stich gelassen, Nina«, sagt er. »Ich hatte versprochen, mit dir zusammen zu sein. Du hättest nie mit Lotta allein bleiben dürfen.«

Jetzt glaube ich ihm fast, und ich warte. Will, dass er mehr sagt. Ein Geräusch aus dem Schlafzimmer, Lotta wimmert im Schlaf, Njål springt auf und geht hinüber.

Ich höre die Schlafzimmertür ächzen, und Njål redet auf dem Gang weiter, wo ich ihn nicht sehen kann. Sol hat etwas zu ihm gesagt, als er gegangen ist, sagt er, sie hat deutlich gezeigt, dass sie kein Vertrauen zu ihm hat. Hat ihn mehrmals angerufen, hat sich nach mir erkundigt und nach Lotta gefragt. Sol will sie treffen, sich von ihr verabschieden. Sie macht sich Sorgen, sagt Njål, und wenn Sol sich Sorgen macht, dann verbeißt sie sich darin. Sie könnte auf die Idee kommen, das Jugendamt anzurufen. Jederzeit, sagt er, sie wird die ganze Zeit hinter uns her sein.

»Der Fall ist noch nicht abgeschlossen, Nina«, sagt er aus der Türöffnung hinter mir. »Eine Mitteilung von ihr, weil sie sich Sorgen macht, mehr ist vielleicht nicht nötig.«

Ich nicke, ohne zu überlegen, weiß, dass er recht hat. Er redet eifrig weiter, erklärt, dass wir alles zu verlieren haben, alle beide. Es steht nicht fest, dass das Jugendamt ihn oder mich für geeignet befindet, ein Kind aufzuziehen. Wir sitzen in einem Boot, sagt Njål. Still im Boot bleiben, hat meine Anwältin gesagt.

»Sie haben ja auch einigen Grund zur Besorgnis. Wir hätten nie so gemein zueinander sein dürfen. Darunter leidet Lotta doch.«

Seine Stimme ist näher, er kommt ins Wohnzimmer und lässt sich auf das Sofa fallen, die Hand legt sich auf die Armlehne, und die Finger zupfen und drehen, zupfen und drehen. Plötzlich knallt es an der Fensterscheibe auf der anderen Seite des Zimmers, der Knopf prallt ab und kullert hochkant unter dem Couchtisch vor meine Füße, kippt um und bleibt still liegen. Ich sehe ihn an, während ich versuche, meine Gedanken zu sammeln, festzustellen, was ich will. Jemanden, an dem ich mich reiben kann, ich brauche jemanden, der mich bremsen kann.

»Svalbard«, sagt Njål und jetzt hat er seine Stimme nicht mehr unter Kontrolle. »Svalbard, Nina. Ich habe mit Jessica gesprochen, wir können eine Lösung finden. Wir können die Institutsleitung da raushalten, wenn du und ich eine Lösung finden.«

Er kann mich nicht ansehen, und ich begreife, was er denkt. Das ist es, was er will. Die Rechnung ist einfach, das versucht er zu sagen. Beide wollen wir Svalbard, und beide wollen wir Lotta. Sieht Njåls Plan so aus, wir drei als Familie? Nach dem, was ich getan habe, was ich über ihn gesagt habe, ich kann nicht glauben, dass er das wirklich will.

»Wir können einfach fahren«, sagt Njål. »Können sofort umziehen, uns einleben, ehe die Feldarbeit losgeht.«

Er verstummt, schluckt, ehe er weiterredet, ohne mich anzusehen.

»Auf Svalbard gibt es kein Jugendamt, Nina.«

NJÅL

Ich biege auf den Parkplatz vor dem Kindergarten ein und lehne das Fahrrad an den Maschendrahtzaun. Die gesamte Kleinkinderabteilung hält sich draußen auf, und eines der Kinder aus Lottas Abteilung radelt vorbei, mit ausgestreckter Zunge, um Regentropfen einzufangen. Ich fummle am Schloss herum und sträube mich hineinzugehen.

Der Kindergarten ist furchtbar, nachdem das Jugendamt mit ihnen gesprochen hat. Ich muss mich den Erwachsenen gegenüber verhalten, sehe, wie professionell sie die Form wahren. Ich weiß, was sie denken. Das Jugendamt hat wahrscheinlich nicht gesagt, wessen sie mich beschuldigen, nicht direkt. Aber das hilft nichts. Fragen über Wickelbereiche und sexualisiertes Verhalten, natürlich kapieren die, worum es geht. Und verdächtigen den Vater.

Hier kann ich nicht stehen bleiben. Männer, die vor Kindergärten herumhängen, sind per se verdächtig. Ich richte mich auf, öffne das Tor und betrete den Kindergarten.

Ich kann Lotta nirgendwo finden. In Regenzeug sehen die Kinder alle gleich aus, verkleinerte Nordseefischer allesamt. Rosa, grüne und blaue Knirpse, ich blicke umher, ohne Lottas gelbe Jacke zu finden. Sie ist nicht hier, jetzt haben sie sie geholt. Mein Herz hämmert, als ich hinter der Spielbude etwas Gelbes entdecke. Mit dem Rücken zu mir sitzt sie in der Hocke und ist mit etwas beschäftigt. Ich warte, bis ich ruhiger geworden bin, ehe ich näher herantrete. Ich hocke mich hin und lege eine Hand auf ihre Schulter. Der Südwester dreht sich zu mir, und ich sehe Lottas Gesicht, natürlich ist es Lotta. Verrotzt, voll mit Sand und glücklich.

Sie hebt die Hände und zeigt mir, was sie gerade tut. Ein Regenwurm windet sich auf ihrer Handfläche. Guck mal, Papa!

Sie nimmt den Wurm in die Faust und mustert ihn für einen Moment. Dann benutzt sie beide Hände, um ihn vor meinen Augen in die Länge zu ziehen, sie streckt ihn, bis er reißt. Zufrieden legt sie sich die beiden zuckenden Teile auf die Handfläche. Schließt die Faust darum, und ich weiß, dass sie sie mit nach Hause nehmen wird. Das hat sie inzwischen gelernt, im Kindergarten ist sie es, die bestimmt. Ich lasse mich auf alles ein, um sie schnell und ohne Geschrei mitzunehmen und abzuliefern.

»Komm, Lotta«, sage ich vorsichtig. »Jetzt fahren wir nach Hause.« Ich sehe die Abteilungsleiterin ankommen und rede lauter. »Jetzt fahren wir nach Hause zu Mama!«

Schnell packe ich alles zusammen, leere das Fach für getauschtes Spielzeug und stopfe alles in meinen großen Rucksack. Dann nehme ich Lotta an die Hand und gehe ruhig hinaus, vermeide die Blicke der Erwachsenen und schließe hinter uns das Tor. Spüre, wie angespannt ich bin, und atme tief durch. Beim Fahrrad muss ich mich zwingen, ruhig zu bleiben. Genau wie an einem gewöhnlichen Tag hebe ich Lotta in den Kindersitz und befestige die Gurte. Setze ihr den Helm auf den Kopf und klipse den Verschluss zusammen, achte darauf, nicht die dünne Haut am Hals mit einzuklemmen. Dann setze ich mir meinen eigenen Helm auf und werfe einen letzten Blick auf den Kindergarten. Die Abteilungsleiterin sieht mich, jetzt kommt sie zum Tor. Ich hebe die Hand und rufe Tschüss, wie sehen uns. Dann drehe ich das Rad herum, steige auf und strample so schnell wie möglich den Hügel hoch.

Ich glaube nicht, dass sie etwas gemerkt haben. Es war meine Idee, dem Kindergarten erst Bescheid zu geben, nachdem wir gefahren wären. Gib ihnen keinen Anlass, Alarm zu schlagen. Paranoid, mag sein, doch ich traute mich nicht, es anders zu machen. Unsere Anwältinnen haben dem Jugendamt mitgeteilt, dass wir wieder zusammengefunden haben und dass Nina alle Anklagen gegen mich fallen lässt. Sie war wütend, haben wir erklärt, aber jetzt ist es vorbei. Ich habe ihr vergeben, sagte ich zu meiner Anwältin. Spielt keine Rolle, dass es nicht stimmt. Es funktioniert, die Untersuchung ist ohne Verdacht auf Übergriff eingestellt worden. Allerdings fühle ich mich nicht sicher.

Wasser spritzt an meinen Beinen hoch, ich habe die Pfütze nicht gesehen. Lotta lacht hinter mir. Plötzlich spüre ich ihre kurzen Arme um meine Taille. Sie hat sich vorgebeugt und an meinen Rücken gelehnt.

»Papa«, sagt sie. »Mama.«

»Ja«, sage ich in die Luft. »Papa und Mama.«

Papa und Mama und Lotta, zusammen auf Svalbard. Ich strample schneller, will rasch nach Hause zu Nina. Es kommt mir vor, als ob es eilig wäre, als wäre dies die allerletzte Chance. Um aufzuräumen. Um Ordnung in mein Leben zu bringen. Schnell, bevor etwas schief geht. Bevor ich wieder alles vermassle.

Lotta scheuert ihr Gesicht an meinem Rücken, dann richtet sie sich auf. Papa, sagt sie abermals, und ich muss lachen. Und ob ich Papa bin. Eigentlich ironisch. Sol, die kein Kind bekommen konnte, und Nina, die nicht wollte. Und dennoch habe ich beiden ein Kind gemacht.

Vor mir sehe ich eine Riesenpfütze und lenke das Rad mitten hindurch. Lotta heult vor Vergnügen, als das Wasser über sie hinwegspritzt. Das ist mein Kind, wirklich meins. Sols Kind wird niemals meins sein, nur noch ein fremdes Kind mit meinen Genen. So wie ich bereits Spender für eine unbekannte Anzahl von Kindern bin.

In gewisser Weise tue ich das Gleiche wie Sol. Entscheide mich für das einzige Kind, das ich körperlich gespürt habe. Und ich bin bereit, was auch immer für Lotta zu tun. Denn darum dreht sich alles, wenn es darauf ankommt. Elternteil zu sein beinhaltet, dass man bereit ist, sich für sein Kind zu opfern.

Ich übernehme die Verantwortung. Jetzt räume ich auf. Lotta gehört mir. Ich bin derjenige, der auf sie aufpassen wird.

Und deshalb muss ich mich um Nina kümmern.

SOL

Der Zug hält mit einem kleinen Ruck, und ich öffne die Augen. War ich eingeschlafen? Mein Nebenmann ist verschwunden, das Abteil ist ruhig. Ich ziehe den Vorhang auf und spähe in den Tag hinaus, sehe das Ende eines blauen Schilds: »nefoss«. Hønefoss. Ich habe mich über das Gebirge geschlafen, ich habe den Ausblick verpasst. Doch zum ersten Mal seit Langem fühle ich mich ausgeruht. Ich merke, dass ich pinkeln muss, und stehe auf, im selben Moment schaukelt der Zug kräftig und schleudert mich fast auf den Sitz zurück. Ohne mich abzustützen trete ich in den Gang. Die Türklinke leuchtet mir grün entgegen, ich drücke sie hinunter und schlüpfe hinein, ehe sich die Tür ganz geöffnet hat. Die Toilettenkabine ist groß und für Rollstühle ausgerüstet, mit Handgriffen auf jeder Seite und einem Alarmknopf in niedriger Höhe an der Wand. Ich habe begonnen, solche Dinge wahrzunehmen.

Zurück am Platz ziehe ich mein Handy hervor und verbinde die großen Kopfhörer damit. Lehne mich zurück und schließe die Augen, während ich mich auf die Musik zu konzentrieren versuche. Der Zug schwankt jetzt sanft, und ich denke, dass das Kind in mir gewiegt wird. In knapp zwei Stunden sind wir bei meinem

279

Vater. Bei Opa. Oder wird es Großvater? Opi? Er soll das selbst entscheiden. Mir fällt ein, was mir meine Freundinnen über Konflikte zwischen den Großeltern erzählt haben, beide Seiten wollen den schönsten Kosenamen für sich.

Das fällt es mir ein. Karianne und Reidar, jetzt verliert das Kind sie auch. Ich verliere sie. Ich spüre Tränen in den Augen, und mit ihnen kommt die Trauer um meine Mutter. Ich habe mich an Weihnachtsfeste und Geburtstage ohne sie gewöhnt, mein Vater und ich haben den Verlust ritualisiert, so dass er zu einem unabdingbaren Teil unserer Traditionen wurde. Im normalen Leben geht es gut, doch bei den großen Anlässen muss ich kämpfen. Hochzeit, Ordination, Krankenhaus und Trennung. Mutter zu werden ohne meine eigene Mutter.

Ich starre aus dem Fenster, verziehe mein Gesicht, aber die Tränen wollen nicht fließen. Das Schuldgefühl liegt wie ein Deckel darüber.

Njål hat mich nicht verstanden. Du als Christin, sagte er. Doch ist es nicht die Christenpflicht, die mich an einer Abtreibung hindert. Alles wäre so viel leichter, wenn ich das selbst glauben könnte, doch das kann ich nicht. Ich werde nicht von Güte angetrieben, es ist roher, primärer Egoismus, der das in mir wachsende Kind beschützt.

Ich habe es zuerst nicht verstanden, warum Nina darum kämpft, Lotta zu bekommen, nachdem Njål erzählte, dass sie eigentlich keine Kinder wollte. Als ich sie und Lotta beobachtet habe, schien es immer so, als wollte sie am liebsten vermeiden, sich mit dem Kind beschäftigen zu müssen. Ich habe geglaubt, dass sie nur deshalb mehr Sorgerecht anstrebte, weil sie sich an Njål rächen wollte.

Doch jetzt verstehe ich sie. Was ich in der Kirche fühlte, als mein Körper das Kind umschloss; wie eine Schafherde, die die Lämmer beschützend in die Mitte nimmt. Das muss auch Nina antreiben, der gleiche vernunftwidrige und naturgegebene Drang, der sie noch dazu bringen kann, Njål zurückzunehmen, und der sie für ihr Kind kämpfen lässt wie ein in Panik geratenes Tier.

Der letzte Gedanke kitzelt leicht in meinem Hinterkopf, ein halb vergessenes Bibelwort, glaube ich. Etwas mit einem sich rächenden Bären?

Ich greife zum Handy und schlage die Internetbibel auf. »Bär« ergibt acht Treffer, an keinen davon habe ich gedacht. Ein Gedanke überkommt mich, es ist nicht das Männchen, das auf seine Kinder aufpasst. Ich gebe »Bärin« ins Suchfeld ein und lese:

Ich überfalle sie wie eine der Jungen beraubte Bärin und zerreiße den Panzer ihres Herzens.

Vor dem Fenster gleiten nackte Stämme monoton vorbei. Die hohen Fichten sind grün an der Spitze, doch unten am Stamm welken die Äste und vertrocknen. Sind sie tot? Es muss am Lichtmangel liegen, denn die Baumkronen geben Schatten vor der Sonne, und der Waldboden ist braun und leblos im Dunkeln. Die Schonung erinnert mich an hydroponische Farmen, homogene Reihen von Pflanzen auf trockenem Betonboden. Das hier ist kein Wald.

Ich versuche, den Gedanken zu bewahren, vielleicht kann eine Predigt daraus werden. Doch in mir braust die Schuld und saugt alles andere mit sich hinunter.

Njåls Gesicht, als ich ihn fragte. Zum ersten Mal fragte ich ihn, ob er Lotta etwas angetan habe. Ich tat das aus Wut, wusste aber, was ich machte. Wusste, dass es das Schlimmste war, das ich ihn fragen konnte. Aber das war nicht nur Rachedurst, es war mehr, eine Unruhe, die ich nicht loswerde.

Ich glaube nicht, dass er sich an Lotta vergriffen hat, kann es nicht glauben. Aber ich weiß es nicht. Und ich weiß mehr als genug über Njål. Und über Nina. Als ich Njål zuletzt anrief, war er bei Nina. Er erzählte es mir, sagte, sie wollten einen neuen Versuch machen. Ein weiteres Mal hat er mich verlassen, um mit Nina zusammen zu sein. Aber ich wurde nicht wütend, nicht das war es, was mich veranlasste, das Telefon wegzulegen, ohne auf seine Worte zu antworten. Es war der Gedanke an Lotta, den ich nicht ertragen konnte, ihr kleiner zarter Körper zwischen Njål und Nina.

Der Gedanke, sie nie wieder berühren, sie nie wieder in den Armen halten zu können, bis sie sich beruhigt. Ihre Umarmungen spüren. Sie umarmte mich fest und insistierend, kletterte auf meinen Schoß, lag im Bett auf meinem Bauch und umschlang meine Beine, wenn ich gehen musste. Stellte Forderungen an mich, ich gehörte ihr. Ich würde ihr gehören. Das versprach ich ihr, säuselte es ihr in die Stirn und rieb es ihr in den Rücken, während sie schlief. Dass ich auf sie aufpassen würde, wütend für sie kämpfen würde wie Mütter es tun.

Jetzt bin ich weg, genauso plötzlich wie meine eigene Mutter. Aber ich entscheide selbst, mit offenen Augen und brutalem Scharfblick entscheide ich mich dafür.

Wie kann ich mich gegen ein Kind entscheiden?

SVALBARD

NOVEMBER

NINA

Nicht lange, nachdem die Maschine in Tromsø gestartet ist, verschwindet draußen das Licht. Es dämmerte schon fast, nachdem es gar nicht richtig Tag geworden war. Dennoch ist es überraschend, wie schnell das Licht ganz verschwunden ist, als ob jemand da draußen den Dimmer weitergedreht hätte. Wir fliegen in eine Dunkelheit hinein, die nicht schwarz ist, sondern blau. Eine in sich widersprüchliche leuchtendblaue Farbe.

Lotta schläft auf dem Sitz zwischen uns, hat sich ganz ausgestreckt, ihr Kopf ruht auf Njåls Oberschenkel. Sie war schon vor dem Start eingeschlafen, war umgekippt und hatte sich selbst ausgeschaltet. Njål döst, ans Fenster gelehnt, mit der zusammengerollten Daunenjacke als Kissen. Sein Kinn ist nass vom Speichel, ist sehe dort, wo der Bart schütter ist, die Haut glänzen. Alles sagt mir, dass es später Abend ist, obwohl die meisten Leute noch keinen Feierabend haben. Das kommt von der Dunkelheit.

Ich sehe Njål und Lotta an, Vater und Tochter. Müsste mir die Sache überlegen, vielleicht neu bewerten. Bringe das bloß nicht über mich, bin erschöpft davon, Strategien zu machen. Will nicht denken, sondern handeln, etwas tun. Eine Familie sein, ein kleiner Stamm am Rand der Zivilisation. Ein neuer Start, wie Njål gesagt hat. Ja, wir werden einander ja ohnehin nicht los, sagte ich. Wir haben ja ein Kind zusammen.

Lotta windet sich im Schlaf, tritt gegen die Armlehne und stöhnt. Vorsichtig hebe ich ihre Beine hoch und klappe die Armlehne nach oben, bleibe mit den Füßchen in der Hand sitzen. Ich habe nie Fußabdrücke gemacht, als sie neugeboren war, habe nicht ein einziges Foto aufbewahrt. Vielleicht hat Njål das getan. Jetzt fallen mir plötzlich die winzigen glatten Füße ein, die gegen meine Haut trampelten und trampelten. Die mich mit scharfen Zehennägeln aufkratzten. Ich lege mir ihre Füße auf den Schoß und schließe die Augen.

Ich bin wohl eingenickt, denn ich fahre hoch, als über Lautsprecher »Longyear« angekündigt wird. Ich beuge mich über Lotta und schaue aus dem Fenster. Licht, glitzerndes und künstliches Licht. Dann sehe ich die Berge, bleich und riesig unter der Dunkelheit, wie Wale in der Tiefe. Der Nebel hängt über dem Meer und verwischt die Einzelheiten, das Flugzeug legt sich schräg, taucht ab und alles verschwindet, wir verschwinden. Ist hier nicht einmal ein Flugzeug gegen die Berge geknallt? Das Flugzeug bebt heftig, und der Pilot macht eine Ansage. Ein bisschen Wetter, sagt er auf Nordnorwegisch. Redet beruhigend, wird aber plötzlich still. Die Luft gibt unter den Tragflächen nach, es kommt mir vor, als würden wir losgelassen. Wir fallen.

Jemand heult hinter mir, und ich denke eisigklar, dass es jetzt passiert. Wir fallen, und ich sehe Lotta an, möchte sie aber nicht berühren. Alle sterben allein. Lotta öffnet die Augen und schaut direkt in mich hinein. Lächelt nicht, scheint aber keine Angst zu haben. Bleibt liegen, wie sie eingeschlafen ist, unnatürlich ruhig und ausgestreckt wie ein erwachsener Mensch. Um mich herum falten sich die Leute in Notlandeposition zusammen, vornübergebeugt mit den Ellbogen auf den Knien. Gleich hinter mir höre ich Lachen, scharf und schrill, ein Kind oder eine hysterische erwachsene Person. Ich sitze still da und meine Tochter starrt mich mit Omas graublauen Augen an. Ich sehe sie von außen, ich sehe sie richtig, wie sie ruhig daliegt und fällt, fällt. Sie ist schön, denke ich, mit dunklen Flügelbrauen über diesem großen Blick. Sie ähnelt mir.

Das Flugzeug bebt und etwas schlägt gegen den Rumpf und ich glaube, dass wir auf den Boden aufgeprallt sind. Njål reißt Lotta aus dem Sicherheitsgurt und auf seinen Schoß. Ich will seinem Blick nicht begegnen und schaue Lotta an, aber er drückt sie an seine Brust und ihr Gesicht ist versteckt. Sein Oberkörper krümmt sich um das Kind, beschützend. Idiotisch. Als ob er sie festhalten könnte, sie in seine Papaumarmung retten, jetzt, wo wir abstürzen.

Ich drehe mich zum Fenster um und sehe den weißen Boden aufsteigen, spüre den Aufprall in den Rädern und den Druck, als das Flugzeug heftig bremst. Plötzlich ist alles still im Flugzeug, wir können noch immer zerschellen. Brennen und sterben, ich schaue zu meiner Familie hinüber. Ich habe keine andere. Njål starrt mich an, wütend oder ängstlich. Lotta dreht den Kopf an Njåls Brust und schickt mir einen einäugigen, plattgepressten Blick. Aber jetzt hat sie nur Ähnlichkeit mit Njål.

*

Im Laden ist die Milch ausgegangen. Wegen des Wetters konnte das Versorgungsflugzeug nicht landen, steht auf einem Zettel,
und sie haben nur Kochsahne und geheimnisvolle Kartons mit
arabischer Schrift und langer Haltbarkeit. Ich lege beides in den
Korb, glaube aber nicht, dass Lotta das trinken wird. Vielleicht
wenn ich die Sahne mit Wasser verdünne?

Frühstücksmischung, steht in Njåls Schrift auf dem Einkaufs-
zettel. Es kommt mir dumm vor, das zu kaufen, wo wir doch keine
richtige Milch haben. Aber brav suche ich das Ökoregal. Nehme
die umweltzertifizierte Müslimischung heraus, die Njål gern isst,
und den palmölfreien Brei für Lotta. So ist es hier. Jede Menge
Biokost, aber die einzige Ware aus der Region ist die Kohle, die
das Kraftwerk antreibt. Es gibt hier angeblich ein Restaurant, das
seinen eigenen Dill anbaut, alles Grüne wird ansonsten eingeflo-
gen. Longyearbyen ist wie ein Kreuzfahrtschiff, das niemals einen
Hafen erreicht. Ebenso isoliert, ebenso wenig nachhaltig.

Ich wollte noch etwas anderes, aber ich habe vergessen, das auf-
zuschreiben, und jetzt fällt es mir nicht ein. Ich wandere ziellos
vorbei an Adventskalendern, Weihnachtsheften, Badesalz und An-

denken. Haufen von Stofftieren, Narwalen, Seehunden und mehreren Sorten von Eisbären. Hinter mir wird Deutsch gesprochen, sogar mitten in der dunklen Zeit gibt es hier Touristen. Aber ich gehöre nicht dazu. Das hier ist zu Hause. Hier werden wir wohnen.

Bisher ist alles gutgegangen. Jessica ist zufrieden und hat uns die Leitung des Projekts zurückgegeben. Ihr seid ja eigentlich ein gutes Team, sagte sie. Das Jugendamt hat sich nicht gemeldet. Einmal im Monat haben sie hier Sprechstunde, aber wir haben nichts von ihnen gehört.

Ich gehe zur Kasse und lege die Waren auf das Band.

»Haben Sie Ihren Flugschein bei sich«, fragt der Mann hinter dem Tresen und nickt zu meinen Bierdosen hinüber. Vor Ort gebraut aus eingeschifftem Getreide, in der nördlichsten Brauerei der Welt. Alles hier oben ist das Nördlichste der Welt. Ich weise meine Alkoholkarte vor und er lächelt verlegen.

»Sie wohnen also hier? Aber ganz neu, oder?«

»Bin erst seit ein paar Wochen hier«, sage ich kurz. Will kein Gespräch führen, aber er fragt und bohrt, während er Löcher in die Plastikkarte stanzt und das Bezahlterminal aktiviert, arbeite ich an der neuen Heimvolkshochschule, oder bin ich vielleicht Ingenieurin? Hab ich einen Job in einem der Hotels?

»Ich forsche«, sage ich kurz, bezahle und stecke meine Brieftasche wieder ein, spüre, wie meine Hand dabei Omas Messer streift. Hier, wo die Leute auf der Straße Gewehre bei sich tragen, kommt es mir natürlicher vor, ein Messer bei mir zu haben. Weniger verboten.

Auf dem Weg zur Tür komme ich gerade vorbei am Waffenschrank, als ich meinen Namen höre und mich umdrehe. Ich erkenne den Mann, der dort steht, mit einem Gewehr in der Hand und offener Schranktür. Tormod, einer der Forscher der hiesigen Universität. Njåls Kommilitone, sie sind viel zusammen gewesen in den Wochen, seit wir gelandet sind. Pub und Ausflüge, während ich in der Wohnung auf Lotta aufgepasst habe. Njål geht bereits in Position, ich denke das aus alter Gewohnheit. Darf nicht so denken, versuche, mein Gehirn umzuprogrammieren. Wir werden eine Lösung finden, es sind noch viele Monate bis zum Frühling, bis unser Gletscherprojekt losgeht.

Tormod hebt erklärend das Gewehr und nickt zum Schrank hinüber, ich begrüße ihn und bleibe stehen, ohne zu überlegen. Dürfte nicht stehen bleiben und plaudern, hab mich heute nicht ganz im Griff. Ohne klaren Zeitbegriff und krank von der Dunkelheit. Sowie Tormod mir den Rücken zugekehrt hat und den Kopf in den Schrank steckt, rufe ich, bis dann, und laufe hinaus. Watschle in schweren Thermostiefeln heimwärts, schaue aus zusammengekniffenen Augen die Schneeflocken an und presse mir das Kinn auf die Brust. Passiere eine Gestalt in neonfarbener Reflexweste, die sich über einen Kinderwagen bückt. Ein Kind saust auf einem Stoßski vorbei, einer Art Svalbard-Skateboard. Von vorn kommt eine größere Gestalt rasch auf mich zu. Der Radfahrer ist nur ein Schatten hinter dem Schleier aus Schnee, aber die reflektierenden Speichen der Räder blinken unter der Straßenlaterne. Wie ein Spukreiter gleitet das alles auf mich zu, ein Endzeitsymbol in lautlos funkelndem Schweben.

Die Reihenhäuser reißen sich vor mir aus dem Schneegestöber los, die rote Farbe wird aus der Dunkelheit herausgespült, wenn die Straßenbeleuchtung auf sie trifft. Alle Häuser sind in kräftigen Farben angestrichen, wie um etwas durch die Polarnacht zu zwingen. Aber auch die Farben sind unzuverlässig, sie verblassen und verändern sich, je nach Winkel der Wand. Leuchtendes Türkisblau wird hinter der Hausecke grau, kräftiges Rot wird in den Schatten gezogen. Ich weiß nicht, wie diese Farben wirklich aussehen. Kann man bei Farben von einem wahren Ausdruck sprechen, sind sie nicht ohnehin nur Reflektion von Licht? Hier oben saugen sie Dunkelheit an sich.

Die Brücke über die Rohrleitung leuchtet mir durch das Schneetreiben entgegen. Ich gehe mit schweren Schritten die Treppe hoch und auf die Brücke, der Stahl unter mir singt, ein Elefant kommt anmarschiert, singt Lotta. Und ich begreife plötzlich, dass sie das wirklich tut, nicht in mir, sondern in Wirklichkeit. Der Spielplatz taucht unter der Brücke auf. Ein kleines Klettergestell in der Tundra, drei archetypische Hausformen in einer Reihe. Mitten auf der Seilbrücke zwischen zwei Spielhäusern geht Lotta und singt vor sich hin. Rein und klar, Text und Melodie stimmen beide. Ich habe dieses Lied noch nie gehört, hat sie es gerade gelernt oder ist das so etwas, das sie nicht mit mir zusammen macht? Njål steht zwei Schritte weiter und hat die Handykamera auf sie gerichtet, jetzt steckt er das Telefon in die Tasche und streift ungeschickt seine Handschuhe über. Ich bleibe stehen, um zuzusehen. Lotta geht, die Hände hoch über den Kopf gehoben, um die Seile zu erreichen, die die Brücke umschließen, sie geht hin und her und singt nur für sich. Ein Kind auf einem gefrorenen Spielplatz an der absoluten Außengrenze der Zivilisation.

Es ist fünf Jahre her, dass zuletzt ein Eisbär in der Stadt war, in der sogenannten Sicheren Zone. Aber sie kommen jetzt näher, suchen Hütten und Menschen auf. Angeblich gewöhnen sie sich an Schreckschüsse und greifen Touristengruppen an, um die Menschen von Ausrüstung und Lebensmitteln zu verjagen. Der Eisbär hat keine Angst vor Menschen, er ist eines der wenigen Tiere, in deren natürliches Beuteschema wir fallen. Das Eis schmilzt, der Seehund verschwindet, aber wir Menschen sind noch immer hier oben und riechen nach Nahrung. Plötzlich verspüre ich das starke Bedürfnis, Lotta hochzuheben, zu sagen, sie soll mir die Beine um den Bauch schlingen, und sie in Sicherheit zu tragen.

Ich gehe an den beiden vorbei und rufe über meine Schulter hallo, weiß nicht, ob sie mich hören. Trample mir an der Hauswand den Schnee von den Füßen, ehe ich hineingehe, gerate aus dem Gleichgewicht und muss mich an den Tretschlitten lehnen, der an der Tür steht. Tretschlitten mit Kindersitz, ich wusste nicht einmal, dass es so etwas gibt, aber Njål hatte diesen hier schon gebraucht gekauft, ehe wir auch nur eine Wohnung gefunden hatten. Den Kindersitz hatte er im Handgepäck bei sich. Es ist nur ein Metallrahmen mit einer Holzplatte, aber es reicht, damit Lotta nicht herunterfallen kann. Njål wollte einen Doppelschlitten. Für uns beide je eine Kufe, wir treten abwechselnd, die Arme einander um die Taille gelegt. Wie bei seinen Großeltern, sagt er. Aber ich denke an sein Jahr an der Heimvolkshochschule, er und Sol, in dem Winter in Lillehammer. Die hatten einen Liebesfäustling, so einen mit zwei Armbündchen, in dem man Händchenhalten kann. Ich habe ihn in einem seiner Kartons gefunden, als wir zum ersten Mal zusammengezogen sind. Ich wüsste gern, ob er ihn mitgenommen hat, als er damals ausgezogen ist. Vielleicht hat Sol ihn jetzt.

Der Boden im Gang ist nass vom Schmelzwasser. Auf dem Weg die Treppe hoch wird mir kochend heiß, und ich stelle meinen Rucksack in die Diele und reiße mir die Kleider vom Leibe. Ich hänge die Jacke auf, lasse meine Einkäufe aber für Njål stehen, trete in die Pantoffeln und schlurfe ins Wohnzimmer. Es ist kühl hier, ich schalte den Heizstrahler an, mache aber kein Licht. Das Zimmer wird schwach erleuchtet durch die orange Straßenlaterne auf dem Platz draußen vor dem Fenster, und die Umzugskartons werfen eine Schicht Schatten nach der anderen über die Wände. Aber das Fenster zum Fluss ist blau, übertrieben blau, eher wie ein Gemälde als wie etwas Wirkliches. In dem Blauen gibt es den Berg, einen bleichen, flachen Schatten, der immer deutlicher wächst, je länger ich ihn ansehe, er bekommt Falten und Formationen, die ich erkennen kann.

Irgendwo, tief in diesem Berg, liegt die Samenbank. Das atomsichere Weltuntergangsgewölbe mit eingefrorenen Samen. Sicherheitskopien von anderen Samenbanken, habe ich irgendwo gelesen. Unter anderem Duplikate von Wüstenpflanzensamen aus einer syrischen Sammlung, die während des Bürgerkrieges zerstört wurde. Gefrorene Samenkopien in einem stillgelegten Kohlebergwerk sind die letzte Chance, eine Reserve, auf die in einer trockenen und warmen Welt zurückgegriffen werden kann. Aber das Gewölbe aus Svalbard wird in irgendeinem Sommer vom Schmelzwasser überschwemmt werden.

Die Gletscher tauen auf, der Permafrost taut auf, alles, was Svalbard ist, fließt in ein erwärmtes Meer.

*

Das Hundegebell hat eine hohe Frequenz und ist nicht zu überhören. Der Hundeführer hat erklärt, dass sie nicht wütend sind, nur eifrig. Nimm mich, nimm mich, hat er übersetzt, aber ich finde, sie sehen wild aus. Ich mag Hunde nicht, es gibt zu viele von denen auf der Welt. Freilaufende, springende, sabbernde Köter, die Katzen töten und kleine Kinder umwerfen, die keuchend und idiotisch über zu Tode verängstigten Kleinen stehen, die hysterisch in Betonkastenwohnungen kläffen, die braune Häufchen kacken, die in Plastiktüten gesammelt und in den Wald geworfen werden. Njål und Tormod stehen nebeneinander, in Thermoanzügen und Wollmützen sehen sie aus wie überdimensionale Kindergartenkinder. Mit Bart. Der Gedanke ist verstörend, die beiden als Fetischisten, die sich als Babys verkleiden, erwachsene Männer, die mit Windeln umherwatscheln und nach Brust schreien.

Sie reden aufgeregt miteinander, tauschen Polaranekdoten aus, die beide schon kennen. Nansens Hunde haben ihr Geschirr aufgefressen, er dann die Hunde. Ich stehe mit Lotta in den Armen da, sie verbirgt ihr Gesicht an meiner Brust und hat Angst vor den Tieren. Ich gehe einen Schritt näher an die Männer heran und höre Njåls Stimme durch das lauter werdende Gekläff. Das PULS-Projekt, sagt er, und dann sehe ich, dass er mich bemerkt. Unser Gletscherprojekt, sagt er zu Tormod und lächelt mich an. Aber ich weiß, was er sagen wollte. *Mein* Projekt, das meint er. Obwohl das immer weniger wahr ist, ich schreibe die Gesuche und stelle die Projektpläne auf. Ich nerve damit herum, dass wir eine Arbeitsteilung finden müssen. Aber Njål hat frei, sagt er. Wir sind bis Weihnachten in Elternzeit, und er will nicht arbeiten. Will auch nicht, dass ich das tue. Scheiß auf das Projekt, sagt er. Aber das tut er nicht. Er ist strategisch.

Njål war schon zum Wochenendbier mit einer Clique von der Uni. Er meinte, wir würden gemeinsam gehen, wenn wir nur einen Babysitter finden könnten. Schlug vor, ich sollte gehen, als ob ich das gekonnt hätte. Er kennt doch Tormod, und ich kann mir vorstellen, was er über mich erzählt hat.

Ohne zu überlegen gehe ich zu den beiden und packe Njål Lotta in die Arme. Dann laufe ich direkt auf die Hunde zu, gucke mir ein schrill kläffendes und heulendes Biest aus, das manisch den Pfosten umkreist, an dem es angebunden ist. Unbewusst habe ich mich groß gemacht, die Arme zur Seite gestreckt, schwere Schritte, wie ich gelernt habe, dass man Eisbären Angst macht. Der Hund sieht mich an, ich mache mich bereit zum Rufen. Aber er springt nicht hoch, er kehrt mir den Rücken zu und sieht mich über seine Schulter an, während er auf mich zukommt, mit dem Hintern zuerst und wedelndem Schwanz. Der Hundeführer redet hinter mir, kraul ihn vor dem Schwanz, sagt er, und ich tue wie mir geheißen. Bleibe stehen, während das große warme Tier sich in genießerischer Unterwerfung an meine Beine lehnt.

Der Hundeführer bringt mir ein Geschirr, lässt seinen Arm Hundekörper sein und führt mir vor, wie ich das Geschirr anlegen soll. Dann geht er und lässt mich das mit dem Hund machen. Ich sehe zu den anderen hinüber. Tormod kann das schon und sucht sich gerade sein eigenes Gespann zusammen, aber Njål steht da mit Lotta in den Armen. Hebt für mich den Daumen, will wohl nicht zeigen, wie sauer er ist.

Ich drehe mich zu dem Hund um und mache, was der Hundeführer mir erklärt hat. Stelle mich mit gespreizten Beinen über den Hund und lege die Schlinge um die Hundekehle. Das Tier hält brav still und hebt bittend die Pfoten zu mir hoch, um sich das Geschirr anlegen zu lassen. Aber sowie ich wegtrete, wirft er sich nach vorn, ich halte das Geschirr fest und werde fast umgerissen. Ich denke an die Anweisungen und ziehe den Hund am Geschirr nach oben, so dass seine Vorderbeine vom Boden abheben. So führe ich ihn zum Transportwagen, er trippelt vor mir her wie ein dressierter Zirkusbär. Ich stütze ihn, wie mir gesagt worden ist, mit dem Arm unter den Vorderbeinen und der Handfläche vor der Brust. Das Gefühl von heißem Atem an meiner Wange, stahlstarke Hinterbeine, die sich gegen den Boden stemmen, der Vorderleib, der über meinem Arm hängt. Und mitten in der Handfläche ein Hundeherz, das pocht und pocht.

Ich habe keine Ahnung, wie lange wir gefahren sind. Die Dunkelheit ist weniger schwarz, der Himmel hat einen anderen Blauton, also weiß ich, dass einige Zeit vergangen ist. Der Schlitten steht hinter dem Hundeführer still, wir warten darauf, dass Tormod uns einholt. Njål sitzt vor mir auf dem Sitz, ich sehe nur seinen

Hinterkopf in der wattierten Nylonmütze. Er hat sich unterwegs mehrmals umgedreht, das Fahren kommentiert und mich gebeten, es ruhig angehen zu lassen, aber Lotta hat das meiste von seiner Aufmerksamkeit verlangt. Jetzt ist sie offenbar eingeschlafen, denn Njål sitzt still da und schaut nach vorn. Ich sehe über ihn hinweg die Hunde an. Einer der hinteren kackt stinkend, das macht er schon seit einer ganzen Weile, die Kacke springt wie ein Marathonläufer. Die Leithunde stecken die Schnauzen zusammen, als ob sie die weitere Strategie planten, dann schauen sie sich synchron um und sehen sich die Gespanne mit Augen an, die im Licht meiner Stirnlampe rot glühen. Die kleine Hündin in der Mitte erhebt sich plötzlich und setzt die Vorderpfoten auf den Rücken ihres Partners, steht mit erhobenem Körper da, legt den Kopf in den Nacken und heult. Es muss ein Paarungsspiel sein, ein Weibchen, das ein Männchen mit Beschlag belegt. Aber es sieht aus wie ein Signal. Sechs Hunde vor mir, mit unterjochten Wolfsinstinkten. Sie können ein Auto mit eingelegter Handbremse ziehen, hat der Hundeführer gesagt. Ich sehe die angeschirrten Körper, und ich weiß, wir bestimmen nur so lange, wie sie bereit sind, das zu glauben.

Ich höre Tormod hinter mir lachen und johlen, und der Hundeführer ruft uns etwas zu. Zeit zum Wechseln, verstehe ich, wir sollen umdrehen und zurückfahren, und jetzt ist Njål mit Lenken an der Reihe. Aber er wirft mir einen raschen Blick zu und schüttelt den Kopf, lächelt.

»Dir macht das ja wohl Spaß, also mach nur ruhig weiter«, sagt er und lächelt steif. Ich will schon die Bremse lostreten, als er sich noch einmal umdreht. »Übrigens, kannst du dann mit Lotta nach

Hause gehen? Tormod hat eine Pokerrunde, und sie haben einen zu wenig.«

Deshalb darf ich also weitermachen, er will Bonuspunkte sammeln, aber wie könnte ich nein sagen? Ich kenne niemanden hier. Habe keine Leute, mit denen ich ausgehen könnte, weder hier noch in Bergen. Ich nicke, lächle so sehr, dass meine Zähne im Wind eiskalt werden. Der Hundeführer hebt die Hand und es geht los, ich löse die Bremse in dem Moment, in dem die kleine Hündin wieder heult. Das Gespann jagt los und ich sehe die Tiere aus der Spur scheren, den Schlitten über die Tundra ziehen, bis sie mich herunterwerfen und sich als miteinander verflochtener Herdenorganismus in zerreißendem Zaumzeug über mich hermachen, kläffend und fressend. Das passiert nicht, natürlich passiert es nicht. Aber ich verspüre eine seltsame Befriedigung bei dem Wissen, dass sie es tun könnten. Denke an etwas, das Ted Kaczynski geschrieben hat, etwas darüber, dem unvermeidlichen Tod als der Teil der Natur entgegenzukommen, der man ist. Beutetier unterwegs zur Erde.

*

Die Rentiere sind nur Schatten, weißer Pelz vor weißem Schnee. Aber Lotta sieht sie trotzdem. Kuuuuuh, heult sie und zappelt auf meinem Rücken, aber ich habe keinen Nerv, anzuhalten. Wir haben diese stämmigen kleinen Tiere mehrmals in der Stadt gesehen, ich bin stehen geblieben und habe sie ihr gezeigt. Habe versucht, sie das Wort »Rentier« zu lehren. Lotta will nur streicheln, für sie sind alle Tiere Schmusetiere. Haben Kinder keine Instinkte außer der Angst, verlassen zu werden? Wären Steinzeitkinder mit ausgebreiteten Armen auf Säbelzahntiger zugelaufen, wenn die Sippe nicht dabei gewesen wäre, um sie zurückzuhalten? Lotta, die auf den Eisbären zuwatschelt, das aufgerissene Maul, der ihren Kopf umschließt, und der kleine Körper, der über den Bären einen Bogen beschreibt, bis der Kopf abreißt und der Kinderrumpf die Bewegung vollendet und über das Eis gleitet.

Lotta jammert, dann reibt sie das Gesicht an meinem Rücken. Bald wird sie einschlafen, das tut sie oft, wenn ich sie auf dem Rücken trage. Die Babytrage wurde aus Versehen eingepackt, ich habe sie noch nie benutzt, und Njål ist die Kinderkraxe lieber. Der Wagen rollt hier überraschend leicht durch den trockenen Schnee, aber es kommt mir total falsch vor, unter diesen Bergwänden hier einen Kinderwagen zu schieben wie über Torgalmenningen in Bergen. Es gefällt mir, sie an mich zu schnallen wie ein Kleidungsstück oder eine Prothese. Sie hinter meinem breiten Körper zu beschützen, auf langen Wanderungen innerhalb der eisbärensicheren Zone.

Vor mir leuchtet Fyrhuset, eine riesige metallmatte Maschine hinter großen Fensterscheiben. Es handelt sich wohl um ein Dieselaggregat, das wie ein Silberschatz in einer Glasvitrine ausgestellt ist. Sie haben hier oben ein seltsames Verhältnis zu dem, was Menschen geschaffen haben. Alles, was aus dem Krieg stammt oder noch älter ist, steht unter Denkmalschutz, Rentiere werden von Schlingen aus denkmalgeschütztem Metalldraht erwürgt, und Eisbären schneiden sich an von den Deutschen hinterlassen rostigen Konservendosen.

Erst auf der anderen Seite der Brücke bleibe ich stehen und schaue zurück auf die künstlich glitzernde Stadt. Meer, Himmel und Berge gleiten in der Dämmerung ineinander über, und ich habe das Gefühl zu schweben oder zu fallen, eine Astronautin in der Umlaufbahn um die blinkende Raumstation. Ich drehe mich zur Dunkelheit um, schalte die Stirnlampe ein und suche den Schnee ab, so dass sich die Schatten auf sanften Huckel und Senken in der Schneefläche wellen. Rechts von mir ahne ich schwarzbraune Klumpen in einem schneefreien Keil, die Lawine, die hier vor einigen Jahren niedergegangen ist. Es ist zu warm, der Winter regnet weg, Schnee und Erde rutschen von den Bergen. In der Stadt soll ein Haus abgerissen werden, das unterhalb von Hängen mit Lawinengefahr liegt, erst vor wenigen Jahren ist ein kleines Kind ums Leben gekommen, als eine Schneelawine ein Haus mitriss.

Ich suche weiter, bis das Lampenlicht etwas anderes einfängt, bis Formen von langen Schlagschatten gehoben werden. Schmale weiße Kreuze in einem Wäldchen. Eine Handvoll Gräber, geschützte Kulturdenkmäler, wie aller alter Menschenmüll hier oben. Ich frage mich, was wohl unternommen werden soll, um sie zu erhalten, und was überhaupt zum Erhalten übrig ist. Graben sie die Särge ein, die hochgepresst werden, jetzt, wo der Permafrost auftaut? In alten Gräbern gibt es kein Plastik. Vielleicht sind die Särge verrottet und die Leichen haben sich selbst erhalten, wie grönländische Mumien, auf natürliche Weise getrocknet und tiefgefroren.

Jetzt merke ich, dass mein Gesicht im Wind erstarrt, ich schiebe Lotta höher auf den Rücken und gehe weiter. Immer dieselbe Runde, Kreise um die Stadt, in der sicheren Zone. Ich will aus der Bahn hinaus, will die Rettungsleine kappen und weiter hinauswandern. Sehen, was Oma gesehen hat. Es gibt noch Überreste der geheimen deutschen Expeditionen hier oben, eingefallene Hütten und das Wrack eines abgestürzten Flugzeugs, aber nicht dahin will ich. Omas kleine Hütte gibt es nicht mehr, die Haupthütte der Expedition auch nicht. Ich habe das untersucht, aber ich war nicht enttäuscht, als ich erfuhr, dass alles abgerissen und entfernt ist. Oma hat nie etwas darüber erzählt, was im Haus passiert ist. Die wenigen Male, wenn sie von Svalbard erzählt hat, dann waren es kurze Funken in einer allumfassenden Dunkelheit und das heftige weiße Licht im Frühjahr. Die große Stille. »Es ist ein hartes Land«, hat sie einmal gesagt. »Wenn du lange genug dort bist, wird das meiste von dir abgeschliffen. Alles, was du nicht brauchst.«

Jetzt weht ein heftiger Wind, ich gehe mit gesenktem Kopf und biete dem Wind die Stirn. Lotta hängt schlaff auf meinem Rücken, sie ist offenbar eingeschlafen. Ihre Füße baumeln leblos um meine Taille. Mit begegnen Jogger und Wanderer, die meisten grüßen. Einige scheinen anhalten zu wollen, reden, sicher wollen sie einen Blick in die Kindertrage werfen und eine Bemerkung über das reizende Kind verlieren. Niemand kann sehen, dass sie schläft. Niemand kann sehen, dass unter den vielen Stoffschichten ein lebendes Kind steckt. Es könnte so eine widerliche naturgetreue Babypuppe sein, wie manche Menschen sie in Kinderwagen ausführen, darüber habe ich gelesen. Habe Bilder von schlafenden Engelchen gesehen, gerade haarscharf zu niedlich, um echt zu sein. Man verbringt viele Stunden damit, Sommersprossen auf die Haut zu malen, habe ich gelesen, Rotz und Kälteausschlag jedoch nicht. Ich gehe weiter, nicke denen, die mir begegnen, kurz zu, lasse mich aber nicht aufhalten. Was, wenn sie tot wäre, denke ich. Was, wenn das hier eine wahre Geschichte wäre, eine wahnsinnige Mutter, die ihr totes Kind mit sich herumträgt.

Njål schreckt erst aus dem Schlaf auf, als ich ihm Lotta in den Schoß fallen lasse. Der Laptop steht auf dem Wohnzimmertisch, die Umzugskartons türmen sich noch immer so hoch auf, wie als ich gegangen bin. Das ist mindestens eine Stunde her. Hier sind Netsurfing und Fernsehserien angesagt. Surrogataktivitäten, hat der UNA-Bomber das nicht so genannt?

»Wenn du von der dunklen Zeit auch müde wirst, kannst du das doch einfach sagen«, sage ich und gehe ins Schlafzimmer, um ein paar Schichten Kleidung abzulegen.

Njål gibt keine Antwort, er plappert mit Lotta. Sie quengelt verschlafen, wurde wachgerüttelt, als ich sie aus der Babytrage gerissen habe. Es ist eigentlich zu spät, um sie jetzt schlafen zu legen. Ich gehe wieder ins Wohnzimmer, hebe einen Umzugskarton vom Stapel und beginne demonstrativ, ihn zu leeren. Kugelschreiber, Büroklammern und Gummiband, kleine Ziergegenstände, an die ich mich nicht erinnern kann, die müssen Njål gehören. Ich verteile alles auf dem Wohnzimmertisch.

»Hat sie geschlafen?«

Njål benutzt seine milde Stimme, ich will die Zankstimme nicht. Ich sehe ihn an, er ist mit Lottas Daunenanzug beschäftigt.

»So spät sollte sie doch wohl nicht schlafen?«

»Ich kann nichts daran ändern«, sage ich in den Karton hinein. So weit sind wir jetzt, wir reden zu Wänden und Rücken. Ich lasse einen Stapel Bücher auf den Wohnzimmertisch knallen, richte mich auf und sehe Njål wieder an.

»Es ist doch nur natürlich, dass sie hier oben leicht einschläft? Auf meinem Rücken?«

Ich will noch mehr sagen, etwas darüber, dass er das verstehen müsste, wo er doch den größten Teil des Nachmittags verschläft. Aber ich bringe es nicht über mich, ich zeige nur auf das Chaos auf den Tisch und frage freundlich, ob er wohl die Güte hätte, es wegzuräumen. Njål setzt sich auf und hebt Lotta auf den Boden, fängt an, die Bücher zu sortieren. Sein Telefon furzt auf dem Glastisch, und er greift danach, während ich in die Küche gehe, mir eine Suppentüte nehme und Wasser in einen Kochtopf laufen lasse. Ich rühre und rühre, während die Suppe aufkocht.

Ich denke an die grönländischen Mumien, die Fotos von ihnen, die ich gesehen habe. Eine Gruppe von Menschen, die in einer Höhle beigesetzt worden sind. Ein Familiengrab, denn die

Frauen, die dort gefunden wurden, waren offenbar Schwestern. Es war auch ein Baby dabei, ich sehe jetzt das Bild vor mir. Leere schräge Augenhöhlen in der Pergamenthaut, gefriergetrocknet wie die Tütensuppe. Der ganze kleine Körper perfekt erhalten in Anorak mit Pelzkante um das Gesicht. Hineingelegt, um bei der Leiche der Mutter zu sterben, das weiß ich noch aus dem Artikel. Oder vorher erwürgt. Besser als ein langsamer Hungertod beim Stamm. Bei den Frauen wurde noch ein Kind gefunden, eins mit Downsyndrom. Ebenfalls lebendig begraben, beschützt vor Wetter und Raubtieren in der Höhle bei den toten Müttern.

Njål räuspert sich hinter mir und ich drehe mich um. Er steht in der Türöffnung mit Lotta auf der Hüfte und dem Telefon in der Hand, und ich kann seine Miene nicht deuten.

»Ich habe eine Mitteilung bekommen«, sagt er.

Das Jugendamt, denke ich, wir sind nicht weit genug geflohen.

Njål macht sich an seinem Haarknoten zu schaffen, zupft sich am Bart. Dann sieht er mich an.

»Von Sol. Sie kommt her und sie will Lotta und mich sehen.«

Lotta hebt den Kopf, wie aufs Stichwort.

»Soo«, sagt sie. »Soo?«, und sie dreht den Kopf zum Fenster.

»Nein, nicht wie die Sonne«, sagte Njål, »jetzt ist die dunkle Zeit. Den ganzen Tag Nacht, weißt du das nicht mehr?«

Ich versuche, ihm anzusehen, was er will, aber er steht von mir abgewandt. Starrt mit leerem Blick den Staubsauger an oder den Waffenschrank, genau kann ich das nicht sehen. Nun dreht er sich zu mir um. Sein Gesicht ist leer, beängstigend.

»Und dabei hatte ich doch für das Wochenende eine Tour zu einer Hütte geplant«, sagt er. »Wollte dich überraschen.«

Er lächelte, sieht aber nicht froh aus. Ich weiß nicht, was ich sagen soll, begreife nicht, wie er auf die Idee mit der Hüttentour gekommen ist. Hat er sich das schon lange überlegt?

»Vielleicht sollten wir trotzdem fahren«, sagt Njål plötzlich, und jetzt scheint er Angst zu haben. Oder wütend zu sein, mein Psychologe sagt, das sei fast dasselbe Gefühl. Njål seufzt und wendet seinen Blick wieder von mir ab. Schaut wieder zu Lotta hinunter, obwohl er noch immer mit mir redet.

»Nicht doch, das sollten wir nicht«, sagt er zu unserem Kind. »Ich wünschte nur, wir könnten zusammen sein, nur wir drei. Aber wir müssen warten, bis Sol wieder weg ist.«

Lotta schaut zu ihm auf, mit diesem seltsam klugen Blick, den sie ab und zu hat. Als ob sie alles versteht. Sol, sagt sie vorsichtig, aber wir antworten nicht. Ich drehe mich zum Fenster um und versuche, in die blaue Dunkelheit zu starren, aber ich sehe nur mein Spiegelbild. Hüttentour in der dunklen Zeit? Ich spüre, dass Njål sich von hinten nähert, sehe seine Gestalt in der schwarzen Fensterscheibe herangleiten. Er setzt Lotta auf den Boden und kommt näher, beugt sich vor und packt auf meinen beiden Seiten die Fensterbank. Atmet schwer über meiner Schulter und umgibt mich, ohne mich zu berühren. Ich erstarre, versuche, durch unser Spiegelbild zu blicken, und erinnere mich daran, wie sehr ich mich als Kind vor schwarzen Fensterflächen gefürchtet habe. Vor dem, was sich dahinter befinden kann.

Hinter mir singt Lotta das eine Wort, wieder und wieder, fast wie ein Lied.

Solsolsol.

*

Ich werde von einem Tritt in den Bauch geweckt. Lotta dreht sich jede Nacht langsam um sich selbst, sie hat den Kreis halbwegs hinter sich gebracht und die Füße auf meinen Bauch gelegt. Jetzt habe ich keine Probleme damit, sie im Bett zu haben, nicht nur auf Njåls Seite, sondern zwischen uns. Wir haben nicht darüber gesprochen, was er mir angetan hat und ich ihm. Das gehört zu unserer Vereinbarung, wir haben abgemacht, alles auf sich beruhen zu lassen und einen neuen Anfang zu machen, und es wirkte nie natürlich, darüber zu diskutieren, wer wo schlafen sollte.

Unsere Wohnung hat zwei Schlafzimmer, und alle Kartons mit Lottas Sachen haben wir in das eine gestellt. Aber in unserer ersten Nacht auf Svalbard kam Njål mit Lotta aus dem Badezimmer und legte sie in unser Doppelbett. Ich leg mich dann auch hin, sagte er, krampfhaft natürlich. Dann stand er vor mir mitten in der Türöffnung und zog sich bis auf die Unterhose aus. Ich weiß nicht, ob er etwas zu sagen versuchte oder ob er etwas von mir wollte. Er blieb eine Weile stehen und ich lächelte ihn mit leerem Ausdruck an, versprach, bald ins Bett zu kommen. Als ich kurz darauf zu ihnen ging, hatte er Lotta auf seiner Seite liegen, genau wie kurz

307

nach ihrer Geburt. Ohne ein Wort hob ich sie über ihn hinweg und legte sie in die Mitte. Seither liegt sie dort zwischen uns wie ein Puffer. Njål muss doch begriffen haben, dass Sex in unserem Mutter-Vater-Kind-Deal nicht inbegriffen ist. Absolut nicht. Der getreue Njål, der niemals fremdgeht, wird nie wieder Sex haben.

Ich habe keine Ahnung, ob Morgen ist, der schwarzblaue Farbton des Fensters verrät nichts. Erst später am Tag wird der Himmel eine andere Nuance von Schwarz annehmen, die Farbe von Photonen einer Sonne, die wir nicht sehen können.

Wieder einzuschlafen ist unmöglich, und ich strecke die Hand nach dem Telefon aus, um zu sehen, wie spät es ist. Morgen, noch nicht einmal besonders früh. Sol muss schon gelandet sein, sie ist jetzt auf Svalbard. Schon bald muss ich ihr gegenübertreten. Ich hebe Lottas Füße weg und setze mich auf, schwinge die Beine aus dem Bett und trete vorsichtig auf den kalten Vinylboden. Bleibe stehen und sehe die beiden im Bett an, Vater und Tochter, die mit dicht beieinanderliegenden Köpfen schlafen. Es kommt mir fremd vor, wir drei zusammen im Bett, wie kurz nach ihrer Geburt.

Im Wohnzimmer setze ich mich an den Rechner, muss die Zeit nutzen, in der ich Ruhe vor Njål habe. Ich feile weiter an unserem Artikel herum, er ist eigentlich bereit zum Abschicken. Aber ich habe versprochen zu warten, wir wollen doch jetzt Ferien machen. Uns daran gewöhnen, eine Familie zu sein. Ein Paar zu sein, hat Njål gesagt. Uns nicht über Namensplatzierung und Projekte streiten. Als ob er glaubt, ich würde meine Meinung ändern, wenn nur genug Zeit vergangen ist.

Ich suche mir den Antrag auf Import von Bärenspray heraus, er ist fast fertig. Rasch lese ich alles noch einmal und reiche ihn ein. Der Importeur sagt, dass es lange dauern kann. Vielleicht wären Schreckschüsse eine Alternative, oder Notraketen. Nur Njål hat einen Waffenschein. Wenn ich die Stadt verlassen will, muss ich Njål zum Schutz gegen Bären mitnehmen. Mit gefällt die Vorstellung nicht, dass nur er bewaffnet sein darf.

Lotta wacht auf und ruft nach Njål. Sie machen sich im Schlafzimmer zu schaffen, und ich höre Njåls entschiedene Papastimme, nein, Lotta, nicht anfassen! Die Schlafzimmertür wird geöffnet, Lotta läuft mit leichten Schritten über den Vinylboden, klettert zu mir aufs Sofa und zwängt sich auf meinen Schoß. Njål kommt hinterher, ragt vor dem Couchtisch und wirft etwas neben den Rechner. Omas Klappmesser rutscht über die Glasfläche.

»Das hätte Lotta fast in die Finger gekriegt«, sagt er gereizt. »Du darfst das nicht einfach so herumliegen lassen.«

Lotta, die rennt und mit dem Messer fällt, das Messer, das sich in Njåls Oberschenkel bohrt, voll in die Schlagader. Ich verdränge diese Bilder, konzentriere mich auf meine Irritation. So, wie Njål mit mir redet, als ob nur er wüsste, wie man ein Kind am besten beschützt. Vielleicht ist es keine gute Idee, ihre ganze Welt mit Kindersicherung zu versehen, wie Njål das will. Vielleicht müsste Lotta lernen, sich vor Gefahren in Acht zu nehmen. Aber wir dürfen uns nicht streiten, wir müssen uns ja bald mit Sol treffen. Geschlossene Formation, deshalb sind wir hier, neuer Anfang und geschlossene Formation. Also bitte ich um Entschuldigung, verspreche, besser aufzupassen. Njål bemüht sich jetzt, freundlicher zu sein, sagt, das Messer könne zerbrechen, alt, wie es ist. Sicher nicht sinnvoll, es lose in der Tasche zu tragen.

Ich bitte noch einmal um Entschuldigung, und er geht in die

Küche, setzt das Gespräch von dort aus aber fort. Etwas über eine Hütte, ich kann es nicht richtig hören. Ich habe keine Lust, weiter zu rufen, ich stehe auf und trete in die Türöffnung, ehe ich frage, was er gesagt hat.

»Ja, wir haben doch über eine Hüttentour geredet«, antwortet Njål, ohne mich anzusehen.

Er geht von der Kaffeemaschine zum Kühlschrank zu Lotta im Tripp-Trapp-Stuhl, während er erklärt. Die Hüttentour, über die wir vor ein paar Tagen gesprochen haben, er hat eine Hütte gefunden, die wir mieten können. Sein Rücken, das Profil, schräger Seitenblick ab und zu, mehr gibt es nicht. Aber er redet eifrig, verbreitet sich über Ausflugsmöglichkeiten und Barackenkoller. Wir gehen hier doch ein bisschen die Wände hoch, oder?

Doch, schon, sage ich. Aber ich begreife nicht, wie er auf die Idee kommen kann, diese Tour gerade jetzt zu unternehmen? Wo Sol doch da ist und überhaupt. Er, der hier oben so ängstlich ist, sagt, dass es nicht ganz so ist, wie er es sich gedacht hatte. Die Wärme hat das Leben hier gefährlicher gemacht. Njål warnt mich vor Bandwurm in Fuchskacke und lawinengefährdeten Felspartien in der Stadt. Und jetzt hält er es plötzlich für eine gute Idee, in die Wildnis zu ziehen?

Ich muss vorsichtig sein, miese Stimmung können wir jetzt nicht brauchen.

»Aber glaubst du, das ist sicher?«, fragte ich. »Eisbären und so, meine ich.«

»Dein Glück, dass ich so ein harter Kerl bin«, sagt Njål und hebt Lotta aus dem Stuhl. »Dein Papa kann schießen, das kann er«, sagte er zu Lotta. »Ich passe auf dich auf. Auf euch.«

Nicht, dass ich Angst hätte, ich begreife nur nicht, wie er auf solche Ideen kommt. Wir haben gerade erst angefangen, hier einen Alltag zu formen, wir schleichen darin herum, um nicht zusammenzustoßen. Njål besteht energisch auf den Routinen, zur üblichen Zeit aufstehen und schlafen gehen, nur am Wochenende trinken. Solche Dinge. Obwohl wir beide noch nicht arbeiten, weshalb Lotta auch noch nicht in den Kindergarten geht und der Tag keine Abgrenzungen hat. Aber Njål braucht seine Routinen, braucht Normalität.

Ich kann besser damit umgehen, konnte nachts ohnehin immer schon am besten arbeiten. Wenn ich aufwache, setze ich mich oft an den Rechner, wie heute Nacht. Verbessere das Modell oder plane die Dateneinsammlung auf dem Gletscher. Es wird eine Herausforderung, die Sensoren anzubringen, es kann gefährlich werden. Aber ich werde es sein, die dort oben auf der Schneekappe des Gletschers steht. Vielleicht werde ich die nächste Bewegung auslösen, denke ich.

»Überleg doch mal, Nina«, sagt Njål und macht sich eilig am Frühstück zu schaffen. »Ich glaube, so eine gemeinsame Tour könnte uns guttun.«

Ich versuche zu überlegen, aber mir schießt alles Mögliche durch den Kopf, ungerechte, hysterische Gedanken, die einfach kommen. Die Natur hier oben ist launisch, noch gefährlicher als früher. Mit Extremwetter und aufdringlichen Bären. Unfälle können passieren, man kann in einen Abgrund stürzen oder sich verirren und erfrieren, man kann einer Kugel im Weg stehen. Ich nehme mir eine Tasse Kaffee und trinke sie im Stehen, an den Türrahmen gelehnt.

Njål erhebt sich, nimmt Lotta hoch und drängt sich an mir vorbei.

»Wir können das Nordlicht sehen«, sagt er dabei, einen Moment lang dich an mich gedrängt. »Das soll doch so romantisch sein.«

Romantisch, hat er wirklich romantisch gesagt? Ohne mich anzusehen, aber sehr deutlich hat er dieses Wort gesagt, und es kommt mir fremd vor, wie eine Filmreplik. Ich versuche, mich zu erinnern, ob er auch früher solche Dinge gesagt hat, wühle nach Situationen, wo er dieses Wort verwendet haben kann. Damals, als er brennende Kerzen um das Bett gestellt und mir zum Geburtstag ein Massageöl geschenkt hat, oder an dem hellen Sommerabend, als er unsere Initialen in einem Herzen in eine Bank im Nygårdspark geschnitzt hat, hat er das romantisch genannt? Ich kann mich nicht daran erinnern, keine der Erinnerungen fühlt sich so an, als ob er das getan haben könnte.

Njål ist drüben im Wohnzimmer stehen geblieben, kehrt mir den Rücken zu, und mir ist klar, dass er auf Antwort wartet. Ich schiebe diese Gedankenspinnerei beiseite, es ist eine andere Form von Zwangsvorstellung, mehr nicht. Njål ist ein Freiluftmensch, der eine Hüttentour machen will. Nichts daran ist seltsam.

»Doch, vielleicht wäre es nett, bald mal so einen Ausflug zu machen«, sage ich. Will ihn nicht vollständig abweisen.

Njål reagiert nicht sofort, fummelt in seiner Tasche herum. Jetzt zieht er sein Telefon heraus und legt es auf den Couchtisch, dann hebt er es wieder hoch. Nun dreht er sich zu mir um. Super, sagt er. Das wird gut! Lotta will nach dem Telefon in seiner Hand greifen, piele, Papa, piele, aber er setzt sie auf den Boden und verschwindet mit dem Telefon in der Hand im Badezimmer. Und dabei klagt er immer darüber, wie unhygienisch ist sei, wenn ich auf dem Klo Nachrichten lese, und er nennt mich bildschirmsüchtig. Jetzt hat er sein Telefon immer in der Tasche und zieht es dauernd heraus, scrollt und glotzt, als wäre das blaue Schimmern ein Ersatz für das Sonnenlicht. Ich selbst lasse meins immer häufiger liegen, Njål findet es verantwortungslos, dass ich ohne Telefon mit Lotta spazieren gehe. Aber der Akku stirbt in der Kälte ab und das Glas bekommt Kratzer, wenn es zusammen mit dem Messer in meiner Tasche liegt.

Außerdem, wen sollte ich denn wohl anrufen?

*

Sol sieht mich an, ihre Aufmerksamkeit ist ungeheuer unangenehm. Nicht, dass sie starrte, oft sieht sie Njål oder Lotta an, dreht sich, um zu sehen, ob ihr Latte kommt, bückt sich und sucht etwas in ihrer Handtasche. Die ganze Zeit mustert sie mich, mit raschen Blicken, als ob ich es nicht sehen soll. Aber mir ist klar, dass ich unter Beobachtung stehe. Wir sind uns noch nie richtig begegnet. Seltsam, vielleicht, aber warum hätten wir das auch tun sollen? Ich dachte, Njål wäre fertig mit ihr, es bestand kein Grund, sie in unserem Leben zu haben. Jetzt sitzt sie da und bewertet mich, so, dass mir das klar ist, findet mich bestimmt fett.

Ich hatte gedacht, das Café im Kulturhaus würde vormittags ruhig sein, aber wir sind dicht umgeben von Kinderwagen. Die Müttermafia. Auch hier. Neugierige Gesichter folgten mir, als ich Lotta und Kaffee zurück zum Tisch manövrierte. Wenn ich wieder herkomme, nur mit Lotta, werde ich mich in die Herde aufnehmen lassen müssen. Ich frage mich, ob Njål das gewusst hat, ob er sich zielstrebig einen Ort ausgesucht hat, wo wir gesehen werden und uns zivilisiert verhalten müssen. Wen will er auf diese Weise kontrollieren, mich oder Sol?

Njål sitzt neben mir, breitbeinig und angestrengt locker. Lotta sitzt still auf meinem Schoß, überwältigt von Schüchternheit. Als Sol hereinkam, ließ Lotta sich hochheben und umarmen, aber dann zappelte sie sich rasch in meine Arme hinüber. Jetzt starrt sie Sol an, während sie die Schokoglasur von einem Berliner leckt. Die beiden haben einander nicht gesehen, seit Njål zu mir zurückgekommen ist, und Lotta hat begriffen, dass Sol eine Fremde ist.

Njål erkundigt sich nach der Reise. Sol kommentiert Dunkelheit und Kälte.

»Und das Befinden?«, fragt Njål und schluckt.

Sol antwortet kurz, geht jetzt besser, danke. Dann wird es still. Ich will auch reden, will etwas sagen, das mich deutlich macht. Aber mir fällt nichts ein, was soll man in einer solchen Situation sagen? Sol lächelt mir kurz zu, dann schiebt sie sich die Brille auf die Nase und stellt sich die Handtasche auf den Schoß, zieht einen Briefumschlag heraus und reicht ihn Njål. Er öffnet ihn und zieht ein kleines Blatt Papier heraus. Der Umriss eines Fötus, gespenstisch unklar vor einem Dreieck aus körnigem Grau.

»Ich weiß nicht …«, sagt Sol. »Ich dachte, du wolltest das vielleicht sehen.«

Njål antwortet nicht sofort, sitzt nur da und starrt die Ultraschallaufnahme an. Dann legt er sie weg, seine große Hand verdeckt sie fast vollständig.

»Sol«, sagt er, mit einer Schleimschicht um die Stimme.

Jetzt kommt es, denke ich, seine Hand hebt sich an den Mund und er blinzelt eilig, dann springt er auf und rennt zur Toilette.

Ich sehe Sol an, aber sie nimmt die Brille ab und fährt sich mit der Hand über die Augen. Lotta windet sich, reißt mit wütenden kleinen Händen an meinem Arm, und ich lasse sie auf den Boden. Sie bleibt einige Sekunden lang unsicher stehen, dann geht sie zu Sol. Legt vorsichtig eine Hand auf ein Knie, dann klettert sie auf den Schoß und lehnt den Kopf an Sols Brust, wie um auf den Herzschlag zu lauschen. Sol legte die Arme um sie und drückt sie an sich, auf den leicht gewölbten Bauch, den ich unter dem Pullover geahnt habe. Ich kann sie schniefen hören, oder vielleicht ist das Lotta. Der läuft die ganze Zeit Rotz aus der Nase, ich habe das Abwischen längst aufgegeben. Jetzt sehe ich erstarrte Klumpen auf der rotgescheuerten Haut unter ihrer Nase, die vor Rotz glitzert und von Schokoglasur gefleckt ist. Sie sieht vernachlässigt aus, und jetzt beugt Sol sich mit ihrer Serviette über sie. Lotta sitzt ganz still da und lässt sich saubermachen, wie ein Katzenjunges zwischen den Pfoten seiner Mama, während Sol ihre Spucke ins Gesicht meines Kindes reibt.

Ich habe noch immer kein Wort gesagt, als Njål von der Toilette zurückkehrt. Jetzt ist er gefasst und sachlich, geht mit seiner Tasse zum Tresen, um nachschenken zu lassen, und streichelt Lotta im Vorübergehen den Kopf. Als er sich endlich gesetzt hat, ist Lotta ungeduldig geworden, sie rutscht von Sols Schoß und versucht, sie mit sich zum Bibliothekseingang zu ziehen. Will vorgelesen haben. Sol sieht erst mich und dann Njål an, er sieht mich an, aber ich kann nichts sagen. Njål zuckt mit den Schultern, dann steht er auf und sagt, ein richtiges Lebewohl wäre doch schön. Ich will ebenfalls aufstehen, aber Njål sagt, ich solle sitzenbleiben, und schiebt mir seine Kaffeetasse hin, die schwappt über, aber das sieht er nicht. Ist schon unterwegs zur Bibliothek, wo Sol am Schuhregal steht und Lotta aus den Winterstiefeln hilft.

Der Kaffee verbreitet sich über die Tischplatte, zieht in den kleinen Ausdruck und in Sols Serviette ein, ich hebe die Tasse, trinke eilig und verbrenne mir die Zunge. Der Schmerz schiebt mich zurück in meinen Körper, ich stecke die Hand in die Tasche und schließe sie um den Messergriff, fahre mit dem Daumen über die von Omas Zugriff glattgeschlissene Stelle und halte mich fest.

*

Ich wüsste gern, wie es früher war, als der Isfjord in jeden Winter zufror. Würde den Fjord gern leuchten sehen, stelle mir eine weiße Eisebene vor, die sich in der Dunkelheit dahinzieht. Jetzt verschwindet das Meer vor meinen Augen, der schwarze Fjord könnte genauso gut ein Berg oder eine Mauer sein.

Wir stehen an Deck eines altmodischen Fischkutters. Die Reling um uns herum ist unten offen, und Njål hält Lotta krampfhaft fest. Vielleicht ist die Öffnung so breit, dass sie ins Wasser rutschen könnte. Nicht einmal hier im Hafen hätte sie eine Chance, ich frage mich, ob sie ertrinken oder erfrieren würde.

Jetzt gehen wir rein, sagt Njål, und ich weiß nicht, ob er auch mich damit meint. Sicherheitshalber gehe ich hinter ihm her. In der Kajüte ist es warm, und Njål fängt sofort an, Lotta Mütze und Handschuhe auszuziehen. Die Kajüte ist mit Bänken und Tischen eingerichtet, und es gibt eine Bar, die, das besagt ein handgemaltes Schild, natürlich Svalbar heißt. Ich stelle meinen Rucksack auf den Tisch einer Sitzgruppe, und Njål setzt Lotta auf eine Bank. Ihr hängt der Daunenoverall jetzt um die Taille, und sie starrt unsicher um sich.

318

Ich packe den Rucksack aus, verteile Schmuselappen, Bilderbücher und Bananen auf dem Tisch und merkte, dass meine Bewegungen hart sind, kann nicht verbergen, dass ich sauer bin. Will nicht hier sein. Njål quetscht sich an mir vorbei auf die schmale Bank, nimmt Lotta auf den Schoß und streckt die Hand nach einem Buch aus, lässt seinen Blick kurz mein Gesicht berühren, ehe er in das Buch hineinspricht.

»Du weißt, dass ich das vorschlagen musste«, sagt er mit erzwungener Ruhe, wie immer, wenn Lotta in der Nähe ist. »Sol saß doch da und hat danach gefischt, es wäre seltsam gewesen, wenn ich es nicht vorgeschlagen hätte. Wir müssen doch etwas mit ihr unternehmen, wo sie schon einmal hier ist. Hättest du sie lieber zum Kaffee bei uns zu Hause eingeladen?«

Bei uns zu Hause, im Chaos aus Umzugskartons und ungewaschenen Kleidern, so meint er das. Als wäre es meine Aufgabe, den Haushalt zu erledigen. Njål beugt sich zu mir vor.

»Durchhalten«, sagt er, als wären wir unterwegs zu einem langweiligen Familienessen. »Es sind doch nur ein paar Stunden.«

Für wen verstellen wir uns?, würde ich gern fragen. Für Sol? Für das Jugendamt? Hier oben gibt es kein Jugendamt, aber dessen Büro in Tromsø ist nur eine kurze Flugstrecke entfernt. Und dass alle über alle reden, habe ich Njål angemerkt. Er sagt nicht, dass sie klatschen, das würde er niemals zugeben, aber er weiß schon so viel. Einige Bergwanderungen und Kneipenrunden mit Tormod haben ihm vollen Überblick über die Forscherszene verschafft, wer was mit wem macht. Er hat einen Monat gebraucht, um hier heimisch zu werden, einer, den die Leute erkennen und dem sie auf der Straße zunicken. Ich wüsste gern, was sie über mich denken, wenn sie mich mit Lotta auf dem Rücken durch die Straße watscheln sehen, was würden sie denken, wenn ich verschwände?

»Du hättest etwas anderes vorschlagen können, etwas, das nicht so lange dauert«, sage ich.

Njål seufzt und zupft sich am Bart.

»Du hast doch davon geträumt, Pyramiden zu besuchen«, sagt er. »Ich dachte, das könnte schön sein, trotz allem.«

Njål ist es, der über diese stillgelegte Bergwerkssiedlung redet, seit ich ihn kenne, er, der schon einmal dort war. Ich habe vielleicht gesagt, dass ich ihn gern dorthin begleiten würde, möglicherweise war es eins der Reiseziele, die er heruntergeleiert hat, als wir dicht beieinander zu Hause auf meinem Sofa saßen und Pläne schmiedeten. Jetzt frage ich, wie viele dieser Träume ich von Sol geerbt habe, haben sie und Njål einmal eine gemeinsame Reise nach Svalbard geplant?

Die schwere Eisentür quietscht wieder und Menschen pressen sich hinter mir in den Salon, lärmende Dänen, die sich in den Sitzgruppen auf der anderen Seite des Raumes breitmachen. Ich drehe mich in dem Augenblick um, in dem Sol als Letzte hereinkommt und stehen bleibt, als wäre sie unsicher, auf welche Seite sie gehen soll. Njål ruft sie zu uns herüber.

»Ich geh raus«, sage ich und nicke Sol kurz zu, als ich mich an ihr vorbeidrücke.

Das Deck ist eisglatt, und ich halte mich energisch an dem Tau fest, das in Kopfhöhe über das Deck gespannt ist, folge ihm bis zum Bug und bleibe dort stehen. Die Schiffsseiten heben sich zur Bugspitze hin, und ich kann nur gerade über den Rand schauen. Die Scheinwerfer leuchten über meinem Kopf, schneidend und blendendweiß hinter mir aus dem Steuerhaus. Ich bleibe stehen, während das Boot ablegt und seinem eigenen Lichtkegel hinaus in die Dunkelheit folgt. Longyearbyen verschwindet hinter uns, und die Welt wird undeutlich. Einige weitere Dänen und der Fremdenführer gehen in den Salon, und ich stehe allein am Bug. Die Zeit verschwindet, während die Kälte vom Stahldeck durch Gummisohlen und Filzfutter und drei Paar Wollsocken kriecht, die raue Luft macht mich kalt, steif und still.

Der verborgene Tag legt eine hellere Dunkelheit über die Umgebung, die Formationen der Landschaft werden immer deutlicher. Ich weiß nicht, wie lange ich schon so hier stehe, sicher lange genug, um von den anderen vermisst zu werden, als wir zwischen seltsamen plattgedrückten Bergen hindurchfahren. Der Fremdenführer kommt hinter mir aus dem Salon, ich höre ihn mit den Dänen Englisch sprechen. Er erklärt die geologischen Formationen, Berge, die aus dem Meer aufgestiegen sind und sich zu Tälern gekrümmt haben, Berge mit ewigem Eis. Wisst ihr, dass es auf Svalbard über zweitausendeinhundert Gletscher gibt, fragt der Fremdenführer. Wir fahren in einen Fjord und passieren kantige Felshänge. Im Zwielicht ahne ich die Formationen, geometrische Figuren, die wie nach einem Plan aufeinandergestapelt sind. Die Skansbucht, sagt der Fremdenführer. Gleich beim Jotungletscher, denke ich. Am Frosteis sind wir vorbeigefahren. Namen wie aus einem Disneyfilm, über singende Rentiere und magischen Schnee.

»Skansen?«, fragt jemand von den anderen, ich drehe mich um und sehe Njål ganz hinten aufragend. Ich gehe zu ihm, bahne mir einen Weg zwischen den Dänen und stelle mich neben ihn.

»Wie Skansen in Bergen?«, fragte er noch jetzt, diesmal an

mich gerichtet. Aber der Berg sieht nicht aus wie die bei uns zu Hause, sieht nicht aus wie irgendein Berg, den ich je gesehen habe. Eine hoch aufragende Mauer von Berg, so deutlich eine Burg, dass es fast gebaut aussieht.

»Schau mal da«, sagt Njål und legt mir eine Hand an die Wange. Dreht meinen Kopf so, wie er das mit Lotta macht, Zeigen begreift sie nicht. Ich lasse meinen Blick seinem Finger folgen und sehe eine winzige Hütte ganz unten an der Eiskante. Es sieht eher aus wie ein Schuppen, eine zerbrechliche Schale als Schutz gegen Stürme und Eisbären.

»Das ist die, die ich gemietet habe«, sagt Njål. »In ein paar Tagen sind wir da.«

Die Hütte ist klein, liegt direkt am Wasser, und ich kann nicht verstehen, wie Njål überhaupt daran zu denken wagt, Lotta, die auf dunkles Wasser zuläuft, das mit Eismatsch bedeckt ist. Dahinter ragen die Berge auf, verschneit und vernarbt und sicher voller Klüfte und Abgründe. Da zu wohnen, eingequetscht zwischen Meer und Berg, auf dem kleinen Streifen, wo ein Überleben möglich ist. Mir gefällt die Vorstellung, ein Mensch zu sein, der dort draußen zurechtkommt. Obwohl, was heißt zurechtkommen. Ich würde nicht einmal vor die Tür treten können, ohne von Njål mit dem Gewehr begleitet zu werden.

Ich reiße meine Wange von seiner Hand fort und gehe in den Salon. Sol sitzt still auf der Bank, schaut auf und lächelt, als sie mich sieht. Dieses Lächeln gefällt mir nicht.

»Ich passe nur auf, dass sie nicht runterfällt«, sagt Sol entschuldigend, und jetzt sehe ich, dass Lotta neben ihr liegt. Schlafend, mit offenem Mund, die Arme über den Kopf geworfen, als wäre sie im wahrsten Sinne des Wortes in Schlaf gefallen. Neben Sol und Lotta ist auf der Bank für mich kein Platz. Ich gebe vor, es nicht zu sehen, als ob es mir nichts ausmachte, dass Njål Sol auf Lotta aufpassen lässt. Quetsche mich ihnen gegenüber auf die Bank, der Zwischenraum zwischen Sitz und festgeschraubtem Tisch ist eng, und ich komme mir riesig vor.

»Njål sagt, ihr wollt auf Hüttentour«, sagte Sol und lächelt bemüht. Lotta stöhnt neben ihr, windet sich im Schlaf. Dann kriecht sie näher an Sol heran, sucht blind wie ein frisch geborenes Katzenjunges nach Körperwärme, und rollt sich an Sols Oberschenkel zusammen. Sol legt ihr die Hand auf die Schulter, streichelt sie mit dem Zeigefinger im Nacken. Dann sieht sie zu mir hoch, lächelt unsicher und zieht ihre Hand zurück.

»Hüttentour hier draußen«, sagt sie und jetzt ist sie erst. »Ist das denn ganz ungefährlich für Lotta, meine ich?«

Ich antworte nicht sofort. Richte meinen Blick weiter auf Sol und sehe, wie sich ihr Gesicht verspannt. Sie ist nervös und kann das nicht verbergen. Ich kann sehen, dass sie Angst vor mir hat.

»Nein«, sage ich und lächle. »Das ist absolut nicht ungefährlich. Darum geht es doch gerade.«

Sol starrt mich an, ihr Mund öffnet sich, dann fährt sie herum. Njål ist hereingekommen, jetzt steht er neben ihr. Sie steht auf und überlässt ihm wortlos ihren Platz. Dann greift sie nach Mütze und Handschuhen und verschwindet an Deck. Njål wirft mir einen Blick zu, aber ich verstehe nicht, was er will. Wir bleiben stumm sitzen und hören, wie sich das Dröhnen der Motoren verändert, die Mannschaft lärmt an Deck herum und mir ist klar, dass wir uns Pyramiden nähern.

Ich gehe mit Lotta auf dem Rücken an Land. Sie quengelt, aber mein Rücken ist geduldig, und mein Gesicht kann sie nicht sehen. Njål ruft mir zu, ich solle vorsichtig sein, das ganze Boot ist von gefrorener Seeluft glasiert. Aber die Laufplanke ist sicher, und der Schnee am Kai ist trocken und fest.

Ich komme mir vor wie in einer postapokalyptischen Erzählung oder vielleicht einer norwegischen Krimiserie, exotifiziert für den Auslandsmarkt. Hebekran und Förderband, scharf beleuchtet von Scheinwerfern, und aufdringliche Stille. Die Anlage ist so, wie sie für scheppernde, lärmende, ununterbrochene Aktivität errichtet wurde, als die Russen hier rund um die Uhr Kohle abgebaut haben. Das Fehlen von Menschen und Bewegung, das ist wie die Dunkelheit. Nicht nur das Fehlen von etwas, sondern eine greifbare Eigenschaft.

Wir werden russischem Personal überlassen und uns wird aufgetragen, dicht beieinander zu bleiben, die ganze Zeit. Die junge Frau, die das sagt, hat ein Pistolenholster über der Brust liegen, und hinter uns geht ein schweigsamer Mann mit einem Gewehr. Vor dem Bus bleibt die Frau stehen und winkt uns näher, zeigt auf den Boden. Ich bin zu weit weg, um etwas zu hören. Aber die Dänen gehen sofort in Position und halten ihre Mobiltelefone über sich. Ich erreiche die anderen, dicht gefolgt von Sol, und begreife sofort, was ich sehe. Scharf abgezeichnet in den Schatten und dem Licht der Busscheinwerfer ziehen sich Eisbärenspuren quer über den Platz und verschwinden in der Dunkelheit. Große, tiefe Spuren, fast einen halben Meter lang. Ein Eisbär kann so viel wiegen wie ein Auto. Sol tritt hinter mich und ich zeige, ohne etwas zu sagen. »Eisbär, Lotta«, sagt Njål, aber das versteht sie nicht. Ich spüre, dass sie den Kopf dreht, als stünde der Eisbär gleich neben ihr, bereit zum Schmusen.

Wir steigen in den Bus und werden in die Stadt gefahren, ausgeladen und umhergelotst. Der Marktplatz mit dem nördlichsten Lenin der Welt und einer geplanten Gestaltung, die unter den Bergen absurd wirkt, als wäre die Stadt in die Wildnis teleportiert worden. Kulturhaus, Kantine und Sporthalle gehen ineinander über, alle gleich fehl am Platze. Schockfarbener Fußboden und polierte Holztäfelung, Wandmalereien und vergessene Balalaikas, abblätternder Anstrich und große Fenster, wo die Versuche der Russin, die Aussicht zu beschreiben, angesichts des schwarzen Drucks von außen verstummen.

Wir gehen von Raum zu Raum, in einer Dunkelheit, die vom flackernden Taschenlampenlicht der Russin und der an manchen Stellen funktionierenden Deckenbeleuchtung zerschnitten wird. Es ist unmöglich, Zusammenhänge und Richtungen zu verstehen, Bruchstücke der Stadt springen aus der Dunkelheit und wieder hinein, in einem suggerierenden, unrhythmischen Spiel. Immer, wenn wir ein Gebäude verlassen, gleitet der Russe mit dem Gewehr aus den Schatten und jagt schweigend auf unseren Fersen, bis wir das nächste Haus erreichen. Er zählt uns bestimmt, sorgt dafür, dass niemand auf der Treppe stolpert oder in einem Zimmer eingeschlossen wird und bleibt, eingesperrt in der Dunkelheit. In den ungeheizten Gebäuden könnte man in einer Nacht erfrieren.

Vor dem Hotel bleibe ich für einen Augenblick stehen und schaue mich um, während die Russin die Dänen in die nördlichste Bar der Welt führt. Die Busscheinwerfer leuchten den Platz an und betonen das Netzwerk aus Fuchsspuren, die sich in gepunkteten Linien dahinziehen, einander kreuzen, Schleifen bilden und weiterführen. Wie altmodische Anweisungen für Gesellschaftstänze, ein Schritt voran, zwei zur Seite, auf die Maus stürzen, Genickbruch. Ein Wohnblock steht vor mir mit von Dunkelheit vermauerten Fensteröffnungen. Die Russin erzählt, dass im Sommer die Möwen einziehen und ebenso viel Lärm machen wie damals war, als dort Familien mit kleinen Kindern wohnten; damals, als sich der Eisbär vor den Gewehren der Menschen fürchtete und die Kinder in der Mitternachtssonne spielten. Jetzt liegt der Block vor der blauen Finsternis da wie eine Stadtmauer.

Njål ruft hinter mir, ich fahre so plötzlich herum, dass Lotta in der Kindertrage zusammenzuckt, ich knalle fast gegen den Eisbärwächter, stumm und groß steht er da, der Gewehrlauf ragt hinter seiner Schulter hoch. Njål steht auf der Treppe, eine schwarze Silhouette im Licht der Hoteltür, und ich denke plötzlich an die Hütte, die er mir gezeigt hat. Sehe ihn vor mir dort draußen zwischen Meer und Skansfjell, hinter mir mit dem Gewehr auf der Schwelle zur Hütte, wie er späht und Wache hält, sowie ich einen Fuß vor die Tür setze. Wenn er die Waffe hat, kann er Lotta nicht tragen, also muss ich sie mir an den Leib binden. Vielleicht will er genau das, irgendwo sein, wo er auf uns beide aufpassen kann?

Sol kommt hinter ihm heraus und lässt ihre Gestalt mit seiner verschmelzen. Ich gehe die Treppe hoch und kehre ihnen den Rücken zu, lockere den Tragriemen und spüre, wie Lotta von mir gehoben wird. Höre die beiden mit ihr plappern, dann wird die Tür hinter mir geschlossen, und ich kann nicht sehen, wer von ihnen Lotta genommen und hineingetragen hat.

*

Die Stoffwindeln sind noch immer feucht, und ich schließe gereizt die Tür des Trockners und drücke auf den Knopf. Sortiere die Wäsche rasch und achtlos, will hier unten nicht länger sein als unbedingt nötig. Ich weiß nicht warum, aber Waschküchen habe ich noch nie leiden können. Flackernde Neonröhren und feuchte Luft, irgendetwas löst meine Fight-and-Flight-Reaktionen aus. Hätte mich nie zu Stoffwindeln bereit erklären dürfen, das war Njåls Idee. Umweltfreundlich und praktisch, meint er. Über die Anwohnergruppe auf Facebook hat er gebrauchte besorgt, eine gute Methode, um in Kontakt zu anderen Eltern von kleinen Kindern zu kommen, sagte er begeistert. In enggeschlossenen Gemeinschaften passen die Menschen aufeinander auf, sagt Njål, es ist ein notwendiger Zusammenhalt. Zum Stamm gehören, das will er, einer von denen werden, vor die sich schützend die Lokalgemeinschaft stellt, sollte etwas passieren.

Und ich werde die Zwangsvorstellung nicht los, dass mir etwas passieren könnte. Unfälle passieren. Gestern ist auf der Fahrt nach Pyramiden etwas passiert. Der Ballast war verrutscht, und meine Gedanken schlingern außer Kurs. Ich denke an Sol und

Njål zusammen, im Salon und auf der Bootsfahrt. Worüber haben sie gesprochen, ehe Njål herauskam und mir die Hütte zeigte, zu der er mit mir fahren will?

Es ist eine Art Wahnvorstellung, eine Paranoia, die ich nicht ernst nehmen kann. Eine fixe Idee, geboren aus den Dunkelziffern in der Kriminalstatistik, Unfälle lassen sich arrangieren, aber ich darf mich nicht von kranken Gedankenmustern fangen lassen.

Ich stelle einen kurzen Waschgang ein, so ist alles morgen früh trocken genug, um eingepackt zu werden. Dann gehe ich hinaus in den engen Gang, wo die Drahttüren zeigen, was die Nachbarn in ihren Kellerräumen aufbewahren. Fischereigeräte und Kästen mit Proviant und Konserven, Schlafsäcke und Gaskocher. Wie die Lager einer Sekte oder einer Prepperkolonie, Ausrüstung, um der Apokalypse die Stirn zu bieten. Kurz vor der Tür halte ich plötzlich inne, als es abrupt dunkel wird. Überall sind automatische Sparschalter angebracht, wir dürfen keinen Kohlestrom verschwenden. Vor mir sehe ich einen Lichtstreifen, ich habe die Tür nicht richtig hinter mir zugezogen. Ich will gerade die Hand gegen das Türblatt legen, als ich draußen Njåls Stimme höre.

»Ich habe nicht gekniffen«, sagt Njål. »Jetzt ist es zu spät zur Reue.«

Gummiräder quietschen über den Steinboden, ich höre, wie er die Kinderwagenbremsen vorlegt und sich am Verdeck zu schaffen macht. Lotta lässt keinen Mucks hören, sicher ist sie im Wagen eingeschlafen.

»Sie kommt mit zur Hütte, ja. Hoffentlich bedeutet das, dass sie endlich Vertrauen zu mir entwickelt.«

Er verstummt wieder, und ich begreife, dass er telefoniert. Ich müsste hinausgehen, mich sehen lassen, aber ich bleibe stehen. Mit wem redet er da?

»Ich bin sicher. So sicher, wie ich überhaupt nur sein kann.«

Plastik knistert, und ich sehe vor mir Njål, der Einkaufstüten aus dem Gestell unter dem Wagen nimmt. Immer muss er etwas tun, während er telefoniert. Putzen und aufräumen, während er mit lauter Stimme ins Headset spricht, um den Lärm, den er macht, zu übertönen.

»Kein Weg zurück«, sagt er, gleich hinter der dünnen Tür. Seine Stimme erreicht mich, als ob er mit mir redete, und ich weiche zurück.

Er verabschiedet sich, und ich bleibe hinter der Tür in der Dunkelheit stehen und halte den Atem an. Stehe still und höre, wie Njål Lotta weckt, warte, bis ihr Wimmern und Njåls Geplauder im Treppenhaus verschwunden sind. Warte noch etwas länger, ehe ich die Tür öffne und hinter ihnen her zur Wohnung hochgehe.

Ich ziehe die Tür hart hinter mir zu, als ich hereinkomme, ich rufe hallo. Lotta wühlt klirrend im Duplokasten im Wohnzimmer und ignoriert mich, als ich an ihr vorbei zur Küche gehe. Njål steht mit dem Rücken zur Tür und räumt das gespülte Geschirr weg. Ich gehe zu dem Tisch, auf den wir alles gelegt haben, das eingepackt werden soll, und klicke in meinem Telefon die Packliste heran. Streiche durch, wenn ich ein Teil in die Rucksäcke gelegt habe. Njål hat viel Zeit mit Recherche und Planung verbracht, gründlich wie ein Polfahrer. Die Packliste, die er mir geschickt hat, ist präzise, bis hinab zur Anzahl von Unterhosen. War er immer schon so? Ich versuche, das als etwas Positives zu sehen, dass er eben auf uns aufpassen möchte.

»Hast du heute mit Sol gesprochen?«, fragte ich gebeugt über den Rucksack, damit er mein Gesicht nicht sehen kann. »Sie fährt doch morgen, oder?«

»Das nehme ich an.« Njål ist in den Schränken zugange, ich höre, wie er einen Topf auf den Herd knallt.

»Aber hat sie nicht angerufen?«, frage ich wieder. »Fährt sie nach Hause, wie geplant?«

»Das muss sie«, sagt Njål und jetzt klingt er wütend. »Ich weiß nicht. Ganz ehrlich, mir wird das alles zu viel.«

Ich drehe mich um. Er schüttet Haferflocken und Milch in den Topf, rührt so heftig, dass es spritzt. Redet weiter, ohne mich anzusehen. Sagt, dass er alles satthat, den ganzen Scheiß. Will weg von allem, sind wir nicht deshalb hergekommen? Um einen neuen Anfang zu machen?

»Wir fahren jedenfalls wie geplant«, sagt er. »Du und ich und Lotta, jetzt hauen wir ab. Und dann soll alles seinen Lauf nehmen.«

Seine Stimme ist angestrengt, seine Bewegungen heftig, als er im Topf rührt. Er steht stumm daneben, während es kocht. Dann füllt er den Brei in eine Schüssel, stellt den Topf ins Spülbecken und lässt Wasser hineinlaufen. Es ist Zeit, Lotta zu holen, aber er steht unschlüssig mit dem Kochlöffel in der Hand da. Kratzt mit den Fingernägeln angebrannte Breireste ab und sieht plötzlich unsicher aus.

»Du kommst doch mit, oder?«, fragt er. »Ich weiß, es ist dunkel und kalt, aber ich habe an alles gedacht. Ich passe auf euch auf.«

Er klingt unsicher, als ob er Angst vor der Dunkelheit dort draußen hätte. Sind das Papasorgen oder etwas anderes, etwas, das er bereut und dem er sich zu entziehen versucht? Wir wechseln einen Blick, dann lacht er unsicher.

»Du und ich unter dem Nordlicht, was«, sagt er und sieht mich einen Moment lang an, ehe er ins Wohnzimmer geht, um Lotta zu holen. Ich höre ihn mit ihr plaudern, dann verschwinden die Geräusche und draußen auf dem Gang wird die Badezimmertür geschlossen. Ich gehe gerade zum Spind, um die Erste-Hilfe-Ausrüstung zu holen, als auf dem Tisch etwas aufleuchtet. Njåls Telefon, das er immer in der Tasche hat. Jetzt hat er es weggelegt. Ich gehe näher hin und sehe den Namen im Display. »Sol«, seht über dem Telefonsymbol. Sol ringt Njål an und er hat das Telefon auf lautlos gestellt. Ich hebe es hoch und drücke den Anruf weg. Will das Telefon weglegen, überlege es mir aber anders. Er kann die nicht angenommenen Anrufe in der Liste sehen, oder nicht? Ich schaue kurz zur Tür hinüber, im Wohnzimmer ist alles still. Rasch gebe ich seine PIN-Nummer ein, die er für alles Mögliche benutzt hat, als wir zusammen waren. Ich benutze sie noch immer am Fahrradschloss, bin noch nicht dazu gekommen, sie zu ändern. Njål hat sie auch nicht geändert, ich finde die Anrufliste, sehe Sols Namen in Rot und lösche ihn mit einer Handbewegung. Dann stelle ich das Telefon auf Ruhemodus und lege es zurück auf den Tisch.

Die Badezimmertür wird geöffnet, und ich fahre vom Tisch zurück. Als Njål in die Küche kommt, stehe ich am Tisch und zähle den Proviant durch. Er setzt Lotta in den hohen Kindersitz und bindet ihr das Lätzchen vor. Dann schiebt er Breiteller und Löffel in ihre Reichweite, richtet sich auf und geht am Tisch entlang. Kommt auf mich zu, noch immer den Blick auf Lotta gerichtet.

»Was denkst du?«, fragt er. Bleib neben mir stehen und fummelt am Erste-Hilfe-Kasten herum, der Reißverschluss wölbt sich über allem, was er hineingestopft hat. Man könnte meinen, er plante eine größere Expedition.

Ich habe ihn so satt, habe uns so satt. Etwas stimmt nicht. Hier, in dieser kleinen Wohnung, in dieser falsch platzierten Stadt mit Kneipen und Christbaumbeleuchtung und Verwaltungsgebäude, hier stimmte etwas mit uns nicht, schon ehe Sol gekommen ist. Es müsste einfach sein, Mann, Frau und Kind, und ich denke, dass Njål recht hat. Wir müssen vereinfachen. Uns zwischen dunklen Himmel und schimmernden Schnee klemmen und Menschen sein, die gemeinsam überleben.

Er steht so dicht bei mir, dass ich die Wärme seines Körpers spüren kann, er war immer schon so warm. Ich habe mir früher die Hitze vorgestellt, die von ihm aus in meine Haut herüberwogt. Ohne zu überlegen lege ich ihm die Hand auf den Oberarm und drücke ein wenig. Er schneidet eine Grimasse und zuckt zusammen, dann schaut er zu mir hoch. Wirkt plötzlich unsicher.

»Wir fahren«, sage ich und Njål lächelt.

Es sieht ganz echt aus.

*

Das Schiff fährt langsam durch den Billefjord und ich versuche, durch das Schneegestöber die Silhouette des Skansfjells zu ahnen. Es ist ungewöhnlich windstill, und der Schnee fällt sanft und dicht. Im Licht der Scheinwerfer sehe ich jede Schneeflocke klar vor dem schwarzen Himmel, sie kreist in der Luft wie ein lebender Organismus mit einem unbegreiflichen Plan.

Es ist dasselbe Boot wie auf der Fahrt nach Pyramiden. Aber diesmal sind wir keine Touristen, wir sind Ortsansässige auf Hüttentour. Der Fremdenführer fragte uns trotzdem, als wir an Bord gegangen sind. Hüttentour in der dunklen Zeit? Das Nordlicht, sagte ich zur Erklärung, das soll doch so romantisch sein. Njål kam hinter mir mit dem Gepäck, und ich hoffte, er hat es nicht gehört. Aber etwas musste ich doch sagen, ich wollte keinen seltsamen Eindruck machen. Njål ging an mir vorbei und in die Kajüte, ich blieb mit Lotta auf dem Rücken stehen. Als wir ablegten, drehte ich mich zur Stadt um, wollte sie nach und nach in der Dunkelheit verschwinden sehen. Der Kai lag menschenleer vor mir im Flutlicht, nur ein Jogger stand fehl am Platze beim Hafenschuppen und schaute sich um. Dünne Laufhose und Kugelbauch.

Erst als die Gestalt zum Kai lief, erkannte ich Sol. Für einen Moment sahen wir einander an, sie öffnete den Mund, aber der Motor dröhnte zu sehr, deshalb konnte ich nicht hören, was sie rief. Als sie den Arm hob und anfing zu winken, drehte ich mich um und ging hinein.

Meine Wangen werden jetzt steif, ich glaube, es ist kälter geworden. Weiße Felder wogen um uns herum, auf der Meeresoberfläche bildet sich eine dünne Eisschicht. Ich frage mich, wie rasch das Eis sich legen kann, wie kalt es werden kann. Besteht die Gefahr, dass wir im Laufe des Wochenendes erfrieren? Dass uns das Boot nicht abholen kann, dass wir eine Weile dort bleiben müssen? Njål hat für den Fall eines Unwetters zusätzlichen Proviant eingepackt, in der Hütte kann man ja nichts lagern. Essen, Seife, Gewürze, der Eisbär wird von allem angelockt, das duftet, und bricht in leere Hütten ein. Ich sehe das Gepäck an Deck, zwei Rucksäcke und eine kleine Reisetasche. Njål hat geklagt, weil es so viel zu schleppen ist. Und dabei hat er die Packliste geschrieben, meint er vielleicht, ich habe beim Packen gepfuscht? Ich sehe ihn an, wie er da einen Schritt vor mir an Deck steht und den Gewehrriemen festhält. Er hat Zivildienst gemacht, aber jetzt steht er stramm wie ein Soldat vor Weib und Kind. Ich sehe die Hütte schon seit langem, lasse sie mir aber trotzdem von ihm zeigen, stehe still hinter ihm, während sich das Boot dem kleinen Haus nähert.

Ein Seemann klettert zuerst hinab in die Jolle und nimmt mich in Empfang. Ich fühle mich schwer und unbeholfen, es ist nicht leicht, durch dicke Handschuhe und Stiefel die Leitersprossen zu fühlen. Als ich unten angekommen bin, reicht Njål Lotta in meine Arme, es ist schwierig, sie auf Kopfhöhe anzunehmen, und ich gerate ins Schwanken. Lottas Kopf schlägt gegen die Leiter und sie schreit auf. Aber so schlimm kann es nicht gewesen sein, sie ist schließlich mit mehreren Schichten von Mützen und Kapuzen gepolstert. Ich trage sie zwei unsichere Schritte und sinke auf eine Bank, mit dem Rücken zum Bug und mit Lotta in den Armen. Die Meereskälte steigt durch Gummiboden und Thermoanzug zu mir hoch. Die Luft fühlt sich hier unten an der Meeresoberfläche kälter an, und ich senke den Kopf zu Lottas warmem Atem. Sie schluchzt noch immer, den Kopf an meine Brust gelegt, die Beine um meine Hüften, sie klammert sich an mich wie ein Affe.

Das Eis bricht und knirscht, dann schrappt der Bootsboden über festen Grund. Der Fremdenführer springt zuerst an Land, schaltet die Stirnlampe ein und leuchtet systematisch seine Umgebung ab. Ich kann das Pistolenholster reflexgelb auf seiner Brust leuchten sehen, als er hinter der Hütte verschwindet. Als er auf der anderen Seite zum Vorschein kommt, winkt er, und sein Kollege erhebt sich wortlos, reicht mir die Hand und hilft mir an den Strand.

Njål öffnet die Tür der Hütte und ich trage Lotta in die Dunkelheit. Es ist unmöglich, irgendetwas zu sehen, und ich suche in meiner Tasche nach der Stirnlampe. Ich kann sie mit Lotta auf der Hüfte nicht erreichen, und ich setze Lotta auf den Boden, aber das will sie nicht. Lässt sich auf den Hintern fallen, rutscht zu meinen Beinen und heult hoch, hoch, hoch. Angst vor der Dunkelheit, das ist neu. Ein Entwicklungssprung, ein Gesundheitszeichen. Während Lotta sich an meine Knie klammert, durchsuche ich meine Taschen und finde endlich die Lampe. Das Licht strahlt von mir aus, und ich sehe, wie Njål draußen vor der Türschwelle zusammenzuckt.

»Verdammt, du blendest mich!«, blafft er mich an und trampelt an mir vorbei und in die Hütte, belastet mit Gewehr, Rucksack und Reisetasche.

Ich habe den Rucksack gerade abgesetzt, als ich den Fremdenführer draußen rufen höre, ich hebe Lotta hoch und gehe hinaus. Das Licht vor mir wird plötzlich stärker, und ich begreife, dass Njål mit seiner eigenen Stirnlampe hinter mir herkommt. Jetzt im Licht sehe ich, wie nah wir am Meer sind. Das Eis legt sich am Uferrand ab und ein dunkler, gezackter Streifen verbindet das Gummiboot mit dem Meer. Die Babytrage baumelt an meinem Leib, und ich schiebe Lotta in meinen Rücken, kann mit den Fingern im Fäustling den Stoff jedoch nicht richtig fassen. Nun bemerke ich Njål hinter mir, er zieht die Tragriemen um Lotta zusammen und legt sie mir dann über die Schultern. Streichelt Lottas Rücken, und ich denke, so ist es jetzt, er streichelt mich durch Lotta.

Wir gehen zusammen zum Gummiboot hinunter und Njål gibt dem Fremdenführer die Hand. Bedankt sich fürs Bringen und bekräftigt die Abmachung, dass wir in drei Tagen abgeholt werden.

»Wenn das Wetter sich hält«, sagt der Fremdenführer. »Ihr habt doch genug zu essen, so für alle Fälle?«

Sicher, sagt Njål. Das haben wir. Er erzählt von Rationen, Erste-Hilfe-Ausrüstung und Gewehr. Wirkt aufgekratzt und stolz, zeigt das Gewehr und klopft sich auf die Jackentasche, wo er weitere Patronen aufbewahrt. Aber er sieht nur den Fremdenführer

an, der zuhört, während er sich die ganze Zeit systematisch um-
schaut.

»Allzeit bereit. Alter Pfadfinder, verstehst du«, endet Njål und
lacht wie über einen Witz. Ich sehe den Blick des Fremdenführers,
der aufmerksam über die Landschaft gleitet, er scheint nicht beeindruckt zu sein. Aber er lacht ebenfalls und sagt, ja, da seien wir
ja auf alles vorbereitet. Wir brauchen also keine Angst zu haben,
sagt er, wenn sich das Wetter verschlechtert und sie uns am ver-
einbarten Tag nicht abholen können. Er verabschiedet sich und
fängt an, die Jolle ins Wasser zu schieben. Dann hält er inne und
dreht sich um.

»Noch ein Letztes«, sagt er. »Ihr habt keinen Hund?«

»Nein«, sagt Njål und zeigt auf Lotta. »Kinder und Hunde, das
ist keine Kombination, bei dir mir so ganz wohl ist. Jeder Hund
hat doch trotz allem etwas von einem Wolf.«

Der Fremdenführer wirkt nicht überzeugt. Er persönlich würde dennoch einen Hund mitnehmen, sagt er. Der Bär kann Hunde nicht leiden. Und ein Hund würde einen Bären rechtzeitig riechen und Alarm schlagen.

»Aber ihr seid doch vorsichtig«, sagt er fragend. »Vergiss nicht,
du siehst den Bären nicht, wenn er nicht gesehen werden will. Die
sind cleverer, als die Menschen glauben.«

Njål schiebt sich das Gewehr auf die Schulter und tritt ein bisschen auf der Stelle. Steht breitbeinig da und lächelt, ich kann sehen, dass er sich über die Frage ärgert.

»Klar doch«, sagt er. »Klar werden wir aufpassen.« Er kommt
zu mir und legt mir unter Lottas Riemen den Arm um die Taille,
hält uns beide.

Der Fremdenführer sieht uns für einige Sekunden an, als ob er zweifelt. Dann winkt er zum Abschied, schiebt das Boot ins Wasser und springt hinein. Wir bleiben dort stehen, am Strand vor der Hütte, während das schwarze Gummiboot in der Dunkelheit verschwindet und dann im Scheinwerferlicht wieder auftaucht. Ich sehe die beiden die Leiter hochklettern, die Jolle wird hochgezogen, und wir winken ein letztes Mal, ehe das Schiff weiter ins Fjordinnere fährt.

Wir stehen nebeneinander, in identischen blauen Schneemobilanzügen, es muss aussehen, als gehörten wir zusammen. Eine kleine Neusiedlerfamilie vor ihrer Hütte. Einige Fänger haben ihr Familien bei sich gehabt, in der Skanshütte haben offenbar auch früher schon Kinder überwintert. Genauso müssen sie gestanden haben, dicht beieinander, und gesehen, wie die Zivilisation in der Dunkelheit von ihnen fortglitt. Njål zieht mich fester an sich, und ich merke, dass das in Ordnung ist. Seite an Seite ist gut, dicht beieinander fühlt sich brauchbar an. Solange es mir erspart bleibt, dass sich sein Unterleib an meinem Hintern reibt.

»Dann wären wir nur noch drei«, sagt Njål. »Wir drei und Gott weiß wie viele Eisbären.«

*

Ich fahre aus dem Schlaf hoch und habe das Gefühl, gewürgt zu werden. Ich brauche einen Moment, um zu begreifen, warum es so eng ist. Njål liegt hinter mir in dem schmalen Etagenbett. In der Hütte gibt es kein Doppelbett, nur zwei schmale Etagenbetten in einem kleinen Schlafzimmer, also habe ich Lotta ins obere Bett gelegt. Ich hatte mich nach unten gelegt, dachte, Njål würde das andere Bett nehmen. Ich bin früh eingeschlafen, er saß noch mit Whisky und einem Buch im Wohnzimmer.

Und jetzt liegt er hier, dicht bei mir. Ich versuche, mich von ihm zu lösen, aber muss mit strammem Schlafsackstoff kämpfen. Dennoch spüre ich seine Wärme deutlich, seine Haut an meiner. Ich drehe mich wieder um, taste nach dem Reißverschluss und begreife. Er hat die Schlafsäcke miteinander verbunden, als ich eingeschlafen war, hat seinen Reißverschluss mit meinem verzahnt und mich eingefangen. Ruhig, denke ich, ganz ruhig, das hier ist nicht das erste Mal. Keine Krise, ich merke, dass ich noch immer Unterhose und Strumpfhose anhabe.

Vor Lotta haben wir oft unter freiem Himmel übernachtet. Manchmal schliefen wir neben dem Zelt, nur mit Mückennetz und Sternen über uns. Ich liege ganz still und versuche, das Gefühl von damals herbeizuholen, wir zwei in einer warmen Blase, und niemand sonst auf der ganzen Welt. Wie Adam und Eva, sagte Njål immer. Jetzt atmet er schwer neben mir, so dicht, dass ich spüre, wie sein Atem meine Haare bewegt. Und alles, woran ich denken kann, sind der Sternenhimmel und das Gefühl seiner Hände auf meinem Körper, ich glaube, wir haben es in jeder einzelnen Nacht gemacht, in der wir im Doppelschlafsack lagen. Njål grunzt und dreht sich zu mir hin, sein Schritt ist dicht hinter mir, und jetzt legt er einen schweren Arm über meine Brust.

Das Gefühl der Übelkeit wandert in Arme und Beine weiter, und ich mühe mich mit dem Reißverschluss ab und trete nach Njål, so gut ich kann. Der Reißverschluss verklemmt sich nach einem kleinen Stück, aber ich kämpfe mich ins Sitzen hoch und zerre den Schlafsack an meiner Brust nach unten. Weiter komme ich nicht, die Öffnung mit ihrer Verschnürung sitzt zu fest um meine Hüften und bohrt sich in das Fett an meinem Bauch, und ich sitze da und zerre am Reißverschluss. Njål dreht sich neben mir um sich selbst, atmet halberstickt mit dem Gesicht in der Matratze und versucht, sich zu erheben, plötzlich wach. Oder er hatte sich schlafend gestellt.

»Was ist los?«, fragt er mit von Schleim verstopfter Stimme. Er räuspert sich und fragt noch einmal. Scheinbar verwirrt.

Ich sage nichts, ziehe am Reißverschluss. Njål dreht sich auf den Rücken, stöhnend und fluchend, aber in der Schlafsacköffnung ist kein Platz für ihn. Er bleibt mit dem Gesicht auf meinem Oberschenkel liegen und schaut zu mir hoch. Ein vorsichtiger Seehund, der unter dem Atemloch im Eis zappelt.

Hier, ich helfe dir, sagt er und packt den Reißverschluss von unten. Ich halte den Reißverschluss fest, ohne zu wissen, warum, dann lasse ich los und Njål kann stochern und ihn losreißen. Er erklärt im Plauderton, was er macht, wie sich der Stoff verklemmt hat und was die beste Technik ist, um ihn zu befreien. Ist so dicht bei mir, dass sich jede seiner Bewegungen in meinen Körper verpflanzt, ich zitterte, wenn er gegen mich stößt, muss weg und reiße an der Öffnung. Das Klappmesser, das hatte ich unter die Matratze gelegt, damit Lotta es nicht finden könnte, ich strecke den Arm aus, fische es hervor und klappe die Klinge heraus. Ein schrilles Nylonkreischen, kalte Luft fällt zu meinem Körper herein, und ich kippe aus dem Bett. Der warme Geruch von Körper und alten Daunen füllt den Raum, ich atme ein Federchen ein und spucke es wütend aus.

Ja, verdammt, sagt Njål hinter mir und ich fahre herum. Da sitzt er, mit ausgeleiertem Wollpullover und struppigen Haaren, wie an einem normalen Morgen. Ich trete einen Schritt näher, stelle mich vor ihm auf, so dass ich in seine überraschte, gleichsam unschuldige Visage blicken kann, und brülle. Etwas in mir ist gerissen, und ich spüre, das ich schlagen kann, ihn einfach zu Boden werfen. Beißen, fest, und nicht loslassen. Ich tue es nicht, aber ich könnte, und ich bleibe stehen und brülle ihn mit einer Stimme an, die ich noch nie gespürt habe. Sie stürzt von irgendwo unter dem Bauch her durch mich durch, wälzt sich auf ihn zu.

Lotta erwacht im Bett über uns und fängt an zu weinen. Njål will aufstehen, aber ich rufe, er soll liegenbleiben. Erst, als ich Lotta aus dem Bett heben und das Messer weglegen will, geht mir auf, dass ich es die ganze Zeit in der Hand hatte, habe ich eben mit der Klinge vor ihm herumgefuchtelt? Lotta fällt zu mir herunter und ich drücke sie an meine Brust. Die ganze Zeit strömt es aus mir heraus, dieselben Sätze, wieder und wieder. Was zum Teufel macht er da eigentlich, was verdammt noch mal nimmt er sich eigentlich heraus? Njål hat die Beine über die Bettkante geschwungen und versucht noch einmal, aufzustehen, pst, sagt er, nicht vor Lotta. Nun schreie ich, einen langen, wortlosen Ton, bis er wieder auf die Matratze sinkt.

Ich presse Lotta an mich, den kleinen Körper an meine Brust, und spüre mein Herz in ihrem schlagen und pochen. Ich atme schwer, und ich bleibe schweigend stehen und starre Njål einen Moment lang an. Er sitzt unruhig da, scheint sich aber nicht erheben zu wollen. Ich mache auf dem Absatz kehrt und verlasse das Zimmer.

Draußen im Wohnzimmer setze ich mich mit Lotta auf dem Schoß auf die Bank. Sie ist ganz stumm, weint nicht mehr und kämpft nicht mehr gegen meine Umarmung. Jetzt bohrt sie ihr Gesicht zwischen meine Brüste, ich merkte, wie mein Pullover von Spucke und Tränen nass wird. Ab und zu hebt sie den Kopf und blickt mich mit ernster Miene an, streckt eine Hand aus und berührt vorsichtig meinen Mund. Ja, denke ich, ich kann brüllen.

Das kannst du aushalten, sage ich zu ihr und schnuppere in ihrem Nacken.

Endlich kommt Njål aus dem Schlafzimmer und legt mein Messer auf den Kaminsims, mit übertriebener Vorsicht, so dass es abermals heiß in mir aufsteigt. Ich antworte einsilbig, lasse ihn machen, was er will, drehe mich weg und horche auf seine Geräusche. Holzscheite werden in den Ofen gelegt, Wasser strömt über Metall und der Topf klappert, das Gas wird mit einem Zischen angezündet. Ich versuche mich zu erinnern, welche Geräusche das Gewehr macht, wenn es von der Wand gehoben wird. Aber man kann das sicher lautlos machen, wenn man will.

Wir frühstücken, ohne etwas zu sagen, sogar Lotta ist stumm. Das halbe Polarbrot liegt noch auf dem Teller, als Njål sie aus dem Stuhl hebt. Er zieht ihr einen dicken Pullover und eine Wollhose an, und sie ist ungewöhnlich fügsam, als er ihr den Strickpullover über den Kopf zieht. Dann kommt er herüber und setzt sie neben mich auf die Bank, holt Kaffee und stellt die Tasse außerhalb von Lottas Reichweite ab. Er lässt sich auf ihrer anderen Seite auf die Bank sinken und gibt Lotta mein Telefon zum Spielen. Ich denke an klebrige Finger auf dem Display, bringe es aber nicht über mich, ihm zu sagen, er solle sein eigenes Telefon nehmen. Die Polarnacht drückt gegen die Fenster, und es ist dunkel im Raum, aber Lottas Gesicht zeichnet sich in horrorfilmartigen Kontrasten über dem Display ab. Njål zupft an seinem Bart und fährt sich mit der Hand durchs Gesicht, ich bin still.

»Das ist total falsch gelaufen«, sagt Njål.

Es sei blöd von ihm gewesen, sagt er, gibt es glatt zu. Versteht jetzt, dass ich das wie einen Übergriff empfunden habe. Es tut ihm leid, dass das so für mich war, so war das nicht gemeint. Wirklich nicht.

Ich merke, dass ich am Rücken Gänsehaut bekomme, obwohl es im Zimmer warm ist. Die Wand hinter der Bank strahlt Kälte aus. Njål wird nicht fertig, er wiederholt in einer Endlosschleife, dass es ihm leid tut. Dann holt er Luft.

»Es war nur das, was du auf dem Boot gesagt hast, über Romantik und Nordlicht«, sagt er rasch. »Das hatte ich missverstanden.«

Er muss etwas in meinem Blick sehen, denn er weicht sofort zurück. Versichert mir, dass er mir niemals etwas antun würde, wollte mir nur zeigen, dass er da war. Falls ich etwas … wollte. Die Pause vor dem letzten Wort, die wiederholte Verwendung von »etwas«. Dieser erwachsene Mann, findet er es nicht peinlich, wie ein Teenie zu reden? Vielleicht gehört das mit zu seinem Plan, ist ein Versuch, sich ungefährlich zu machen. Damit ich ihm vertraue.

Ich habe nichts zu sagen, und in diesem Moment bemerke ich den grünen Lichtschein in den schwarzen Fensteröffnungen. Ich merke, dass Njål dasselbe entdeckt wie ich, denn er ist ungeheuer konzentriert auf Lottas Telefonspiel. Sie ignoriert ihn vollständig, fummelt am Display herum und redet mit sich selbst. Plötzlich verschwindet das kalte Licht aus ihrem Gesicht und Lotta drückt und drückt mit wachsender Verärgerung auf dem Handy herum. Schaut Njål an, der ihr das Telefon wegnimmt und sie auf den Schoß hebt. Der Akku ist leer, erklärt er, das Telefon schläft jetzt. Und ich weiß, dass er an die Powerbank denkt, die zu Hause liegt, die wir nicht mitschleppen wollten, weil wir doch nicht losfuhren, um über unseren Telefonen zu sitzen. Ein Netz gibt es hier ohnehin nicht.

Njål sieht mich an, dann das Fenster, dann wieder mich.

Wollen wir rausgehen und uns das Nordlicht ansehen?, fragt er Lotta, und ich hasse es, dass er durch sie mit mir redet, und ich gebe keine Antwort. Nach einer kleinen Weile holt er die dicken

Jacken und fängt an, Lotta anzuziehen. Sie liegt wie ein Seestern auf dem Boden, schlaff und still, während er ihr den Thermoanzug überstreift. Dann hebt er sie hoch und geht hinaus, die Hüttentür knallt ins Schloss, und seine Stimme geht draußen an der Wand hinter mir vorbei. Nach einer Weile höre ich die beiden unter dem Fenster auf der anderen Seite. Njåls leise Schmusestimme und Lottas helle Ausrufe. Ich lösche die Lampe, gehe zum Fenster und blicke hinaus.

Das Nordlicht ist giftgrün und flackert, ich habe es noch nie so gesehen. Unwirklich wie ein Zeitraffer-Video strömt über uns ein leuchtendes Band, wirbelt und wellt sich in zitternden Streifen über den Himmel. Leuchtendes Grün mit Unterströmungen von Lila, von Kryptolith und Spektralsteinen. Wie kräftig pulsierender Rauch, ich sehe ein hinter den Bergen abgestürztes UFO vor mir, einen Meteoriten aus einem anderen Sonnensystem und fremde Mikroorganismen, die in aliengrünen selbstleuchtenden Wolken in die Atmosphäre strömen.

Njål und Lotta stehen gleich unter dem Fenster, er hat sie Huckepack genommen und ihr Kopf ragt über die Fensterbank hinaus. Der blanke blaue Nylonstoff in ihrer Kapuze schimmert grün im Licht am Himmel. Plötzlich werde ich unruhig, weiß nicht, weshalb. Vielleicht gibt dieses Licht mir bange Ahnungen ein, ich verstehe jetzt, warum es in der samischen Überlieferung heißt, dass das Nordlicht Kinder stiehlt. Ehe man das Phänomen wissenschaftlich erklären konnte, hat es sicher nicht nur übernatürlich gewirkt, sondern auch unnatürlich. Monströs und gefährlich. Aber nicht nur das Nordlicht macht mir Angst, etwas stimmt nicht. Ich sehe mich im Raum um, es ist dunkel und ich kann keine Einzelheiten unterscheiden. Taste mich zur Stirnlampe auf dem Tisch weiter und leuchte um mich herum. Das Gewehr hängt am Haken über der Tür, außer Reichweite für Lotta. Njål hat es nicht mitgenommen. Die Erleichterung überkommt mich, obwohl ich weiß, dass das falsch ist. Das hier hätte mich unruhig machen müssen: Njål und Lotta sind draußen, draußen im Eisbärenland, ohne Waffe.

Ich schnalle mir die Lampe vor die Stirn, hebe das Gewehr von der Wand, gehe damit in den Windfang und lehne es vorsichtig an die Wand. Ziehe mich rasch an und hebe das Gewehr wieder hoch. Es ist eine einfache Waffe, sagt Njål. Ich kann sehen, dass es geladen ist, aber mir fällt gerade nicht mehr ein, wie man es entsichert. Ich hänge mir das Gewehr über die Schulter, öffne die Tür und gehe hinaus.

Der Fjord liegt weiß vor mir, ich kann nicht sehen, wo der Strand endet und wo das Meer beginnt. Wieder bin ich betroffen davon, wie nahe am Wasser wir uns befinden, wir liegen wie Seehunde auf dem Eis. In diesem Moment registriere ich eine Bewegung in der Eisdecke, wie eine Eisscholle, die sich hebt, und ich spüre einen Windstoß vom Meer her. Kommt ein Sturm auf? Die Eisscholle hebt sich und mein Gehirn erstarrt in der Erkenntnis. Gelbweißer Pelz trieft vor Wasser, glitzert im Licht der Stirnlampe, denn schüttelt sich der Bär wie ein Hund und dreht sich zu mir um. Er hat mich zweifellos schon längst gerochen und gesehen, bleibt aber mit hocherhobenem Kopf und neugierig gereckter Schnauze stehen. Ich präge mir jedes Detail ein, mein Gehirn ist erstarrt in der Beobachtung, zugleich tobt die Panik in meinen Innereien. Lotta auf der anderen Seite der Hütte. Ich stehe zwischen ihr und dem Bären, jetzt passiert es. Jetzt muss ich sie beschützen. Aber ich kann mich nicht rühren, habe keinen Kontakt zu meinem Körper. Beutetier und angehender Kompost, ich spüre, wie sich die Zähne in meinen Schädel bohren, sehe Lottas Körper in hohem Bogen über das Eis fliegen, als ihr Kopf abgerissen wird, aber ich bleibe stocksteif stehen.

Der Eisbär schnauft und ich bin plötzlich losgerannt, ziehe die Tür hinter mir zu. Was passiert hier, ich begreife nicht, was hier passiert. Ist das hier wirklich? Lotta, schreit es in mir. Der Eisbär draußen, ich bin ins Haus geflohen und habe die Bahn zu ihr frei gemacht. Habe sie im Stich gelassen und mich selbst gerettet.

Endlich kann ich laufen, ich stürme durch das Wohnzimmer, knalle gegen den Tisch und wäre fast gestolpert, ehe ich am Fenster stehe. Donner gegen das Glas und suche, so gut ich kann, mit der Stirnlampe durch die Fensterscheibe. Da sehe ich Njåls Rücken, zehn Meter von mir entfernt. Hört er mich nicht, oder ignoriert er mich? Ich reiße mir die Fäustlinge von den Händen und rüttle an den Fensterhaken, das Fenster klemmt, ich schlage und schlage, der Lederriemen gleitet mir von der Schulter, das Gewehr fällt zu Boden. Ich lasse es liegen und hämmerte gegen das Fenster, aber das gibt nicht nach, es ist am Fensterrahmen angefroren.

Ich halte Ausschau nach etwas Scharfem, mir fällt Omas Messer ein, ich laufe ins Schlafzimmer, finde es dort aber nicht, dann fällt es mir ein und ich stehe am Kaminsims, reiße das Messer so hart an mich, dass es mir aus der Hand rutscht und über den Boden gleitet. Ich bücke mich danach, sicher, den Bären mit Lotta zu sehen, als ich wieder am Fenster stehe. Aber alles ist still, und ich hätte sie schreien gehört, oder nicht? Mit ungeschickten Fingern steche ich mit dem Messer los, finde einen Spalt, bohre und klemme das Messer hinein und stemme mich dagegen. Der Fensterrahmen knackt, gibt nach, aber weiter oben bei den Fensterhaken sperrt sich das Fenster. Ich ramme das Messer hinein, haue daneben, versuche es wieder, vorsichtiger, und lege mein Gewicht dagegen.

Das Fenster springt auf, ich lasse das Messer los, das in die Dunkelheit hinausfällt, und die Fensterscheibe schwenkt vor der Außenwand aus, so dass das Glas klirrt. Ich beuge mich hinaus und suche, der Lichtstrahl der Stirnlampe tanzt verwirrend über den Boden. Njål kommt auf mich zu und flucht, als er geblendet wird, ich schreie, dass er kommen soll, und versuche, Lotta auf seinen Schultern zu erreichen. Das Fenster ist eng, ich presse und presse, aber ich kann nur einen Arm und eine Schulter hindurchzwängen, ich komme nicht weiter. Bär!, schreie ich. Eisbär! Gib sie mir!

Njål bleibt unter dem Fenster stehen, bleibt stehen und starrt eine Minute mit dummer Miene zu mir hoch. Dann fährt er herum, schaltet seine eigene Stirnlampe an und sucht die Umgebung ab. Nichts. Habe ich es mir eingebildet, sind meine Zwangsvorstellungen psychotisch geworden? Ich werde ruhiger, will mich schon zurückziehen, als Lotta sich zur Seite beugt, zeigt und aufschreit. Kuck, Papa, kuck!

Njål erstarrt und dreht sich um, sehr ruhig.

Der Bär hat einen großen Bogen um uns beschrieben, jetzt bewegt er sich am Hang entlang und ist unangefochten in den Lichtstrahl von meiner Stirn getrottet. Wie weit mag das sein, es sind weniger als fünfzig Meter. Wie schnell kann ein Bär rennen? Njål steht still und umklammert Lottas Knöchel.

»Das Gewehr«, faucht er. »Gib mir das Gewehr!«

Erst jetzt denke ich an das Gewehr, es hängt nicht mehr über meiner Schulter. Aber Lotta ist klein genug, sie kann durch das Fenster gerettet werden

»Gib sie mir«, flüstere ich. »Gib sie mir jetzt.«

Njål dreht den Kopf und sieht mich an, nur einen Moment, dann wendet er sich wieder dem Bären zu. Aber ich sehe sein Gesicht und begreife.

»Das Gewehr«, sagt er leise. »Her damit.«

Jetzt sehe ich, was Njål sieht, ich sehe die Möglichkeit. Das Fenster ist zu hoch und viel zu klein für Njål. Er kann mir Lotta geben, kann sie von mir retten lassen. Und unbewaffnet draußen stehen, während ich Kind und Waffe bei mir in der Hütte habe. Njål fasst Lottas Knöchel fester.

Der Bär ist stehen geblieben, jetzt hebt er den Kopf und wittert in Richtung Hütte, ich zwänge mich so weit hinaus, wie ich kann, und kann Lotta halbwegs fassen. Sie streckt sich mir entgegen, packt meinen Arm und hält ihn fest, klammert sich an Mama. Der Bär kommt jetzt auf uns zu und ich schreie und zerre, reiße Lotta aus ihren Stiefeln und hebe sie durch das Fenster, herein zu mir.

Ich drücke sie an meine Brust, halte ihren Kopf mit der Hand fest, damit sie nichts sehen kann, und starre hinaus. Njål steht vor mir, einen Moment lang, mit den leeren Stiefeln in der Hand, dann lässt er sie fallen. Der Bär ist nur wenige Meter entfernt, ich kann ihn knurren und prusten hören. Das Gewehr, denke ich, aber im selben Moment brüllt Njål dort draußen, hebt die Arme über den Kopf und stößt gegen die Wand hinter sich. Ich fahre zusammen, der Bär hebt den Kopf und tritt einige Male auf der Stelle. Für einen Moment bleibt er stehen und schnauft lärmend, dann macht er plötzlich kehrt, trottet den Weg zurück, den er gekommen ist, und verschwindet in der Dunkelheit.

Njål starrt dem Bären hinterher. Ein Windstoß erfasst den leeren Fensterrahmen und knallt ihn gegen die Hauswand, wir fahren beide zusammen. Der Wind wird stärker und das Nordlicht verschwindet hinter dichten Wolken. Lotta liegt ganz still in meinen Armen, und Njål schaut sich zu mir um, für eine oder zwei Sekunden starren wir einander an. Dann senkt er den Blick, und ich sehe, wie sein Lichtkegel das Messer einfängt, das auf dem Boden liegt. Omas Messer, und ich erinnere mich an sein Gesicht, als ich ihm Lotta entrissen habe. Er hätte sie lieber zusammen mit sich sterben lassen, als sie mir zu geben.

Ich sehe die Tür der Hütte vor mir, die Tür in Omas Holzbude, mit dem kräftigen Riegel gegen die Gefahren draußen. Oma hat sich beschützt, hat das Kind beschützt, jetzt begreife ich, dass sie das getan hat. Njål bückt sich nach dem Messer, richtet sich auf und bewegt sich langsam an der Hauswand entlang. Ich lasse Lotta los und sie fällt zu Boden, ich reiße das Gewehr an mich und stürze los.

*

Ich rutsche auf Flickenteppichen aus und stolpere über einen Stuhl, humple weiter und stehe im Windfang, stehe vor der Tür und drehe das Schloss um. Der Riegel ist ein loses Brett, ich hebe ihn vom Boden auf und knalle ihn in die Halter auf beiden Seiten der Tür, verfehle den einen und muss den Riegel wieder hochreißen und noch einmal hinlegen. Ohne dass ich überhaupt nachdenken konnte, hat sich mein Körper kampfbereit gemacht. Darauf, dass Njål gegen die Tür hämmert, brüllt und donnert, sie aus den Angeln reißt. Aber es ist still, nur der Wind, der in harten Stößen über die Hütte jagt. Im Wohnzimmer fegt er durch das zerbrochene Fenster, etwas auf dem Tisch kippt um, aber ich kann nicht hören, ob Lotta weint. Ich lehne das Gewehr an die Wand und sinke mit dem Rücken zur Tür auf den Boden.

Das Licht der Stirnlampe fegt über grobe Bretterwände und bleibt bei Lotta in der Türöffnung zum Wohnzimmer stehen, wie ein Schwarzweißfoto in dem scharfen Licht. Der Mund ist ein großes Loch, aber ich kann sie durch das Toben des Windes nicht hören. Das Licht, denke ich, während Lotta gegen mich fällt, er kann von draußen das Licht sehen. Mir fällt der letzte Abschnitt des Berichtes über Oma in dem rosa Notizbuch ein, die Einzelheiten, deren Bedeutung ich erst jetzt erfasse. Sie hat die Lampe hinter der geschlossenen Tür ausgeblasen. Ich lösche die Stirnlampe.

Der Eisbär vor mir, die Furcht, die meine Nervenbahnen zusammenklemmte, ehe sie in meine Muskeln strömte, mich in die Hütte trieb, fort von meinem Kind. Es waren Instinkte, nicht ich. Und ich habe sie gerettet, habe sie Njål entrissen und sie gerettet. Messer und Gewehr, jetzt muss ich uns beschützen.

Die Dunkelheit verschlingt jegliches Gefühl von Zeit und Raum, ich habe keine Anhaltspunkte mehr und schwebe in dem vielen Schwarz. Als ob es mich nicht mehr gäbe, oder vielleicht ist alles andere verschwunden. Lotta liegt so schwer und still in meinen Armen, dass ich Angst bekomme, ich schieb die Hand unter ihren Pullover und spüre ihre Herzschläge an meiner Handfläche. Nun erwacht sie zum Leben, zieht an meiner Hand und will etwas von mir. Ein übernatürliches Licht strahlt von ihr aus, und ich sehe, dass sie Njåls Telefon an sich presst. Piele, sagt sie und schiebt es mir hin. Njåls Telefon, das die ganze Zeit geplingt hat, das Telefongespräch im Treppenhaus. Er hat etwas geplant, ich weiß, dass er Geheimnisse hatte. Wir beschützen uns selbst, Oma und ich. Das hier ist Notwehr.

Mit tauben Fingern gebe ich die PIN ein und starre verdutzt die Blutflecken auf dem Display an. Erst jetzt merke ich, dass ich mir in die Hand geschnitten habe. Das Display leuchtet auf, ich lecke mir das Blut von den Fingern und suche mir die Liste der Anrufe heraus, während sich in meinem Mund der Eisengeschmack ausbreitet.

Ich gehe in der Liste zurück, sehe meinen Namen und den von Tormod, und ab und zu ein Gespräch mit UNIS und mit seiner Mutter. An den letzten Tagen hat er nur mit Tormod und mir gesprochen, vielleicht hat auch er Anrufe aus der Liste gelöscht. Seine Textnachrichten, denke ich, er kann nicht an alles gedacht haben. Aber ich finde keinen neuen Nachrichten von Sol. Die Liste der Textnachrichten ist chronologisch sortiert, Tormods Name steht ganz oben. Ein Tastendruck holt mich ins Gespräch, der Bildschirm füllt sich mit einem Foto, das Njål geschickt hat. Ich sehe, was es ist, begreife es aber nicht. Ein Oberarm, Njåls Oberarm, ich erkenne das Tribal-Tattoo, das sich um ihn herumwindet. Oben an der Schulter glänzen neue Striche, rotgerändert und tintenschwarz. Eine kurze Runenreihe, schlicht und rhythmisch. Ich erkenne sie, Njål hat sie viele Male für mich geschrieben.

Mein Name, auf seinen Arm tätowiert. Das trifft mich wie ein Steinwurf, und ich schluchze auf. Ohne zu wollen lese ich, was unter dem Bild steht. Mitteilung an Tormod, datiert unmittelbar vor unserem Aufbruch hierher.

»Bildbeweis wie versprochen. Jetzt warte ich nur auf die passende Gelegenheit, um sie zu überraschen. Packe Champagner ein und hoffe auf das Nordlicht.«

Ich denke an das Telefonat, bei dem ich zufällig zugehört habe. Kein Weg zurück, hat er gesagt.

Der Wind heult jetzt wie ein lebendes Wesen, draußen muss jetzt ein echter Sturm wüten. Njål hatte den Schneemobilanzug an, ich weiß nicht, wie lange er durchhalten kann, ehe er erfriert. Und der Eisbär, ob der in der Nähe ist. Njål hat Messer und Thermoanzug, und alles ist zu spät. Lotta wirft sich herum und ich streichle behutsam ihre Haare. Schreit da jemand im Sturm, oder ist es nur der Wind? Ich lehne den Rücken schwer gegen die Tür. Kein Weg zurück. Wir zwei, nur wir zwei in der Dunkelheit.

»Ich werde dich beschützen«, flüstere ich Lotta zu, ziehe das Gewehr zu mir herüber und entsichere.

Über die Autorin

Ingebjørg Berg Holm, geboren 1980, ist Innenarchitektin und lebt mit ihrem Mann und zwei Kindern in Bergen. Für ihren von der Kritik gefeierten Debütroman »Stjerner over, mørke under« wurde sie für den Riverton-Preis nominiert und gewann den Maurits-Hansen-Preis. »Rasende Binne« (»Wütende Bärin«) ist ihr dritter Roman. Parallel zur deutschen Übersetzung des Buches erscheint das Werk auch auf Italienisch und Französisch.

Anmerkungen der Autorin zu diesem Buch:

Vereine, Institutionen, Gebäude und Orte, die in diesem Roman beschrieben werden, gibt es auch in der Wirklichkeit. Die Autorin hat sich allerdings bei der Beschreibung der Skanshütte gewisse Freiheiten erlaubt.

Es kann auch möglich sein, einzelne Tiere aus dem wirklichen Bergen und Svalbard zu erkennen, aber Romanpersonen und Handlung sind reine Phantasieprodukte. Abgesehen vom Klimawandel, der nur allzu echt ist.

Über die Übersetzerin und den Übersetzer

Gabriele Haefs übersetzt aus dem Norwegischen, Dänischen, Schwedischen, Englischen und Irischen. Sie übersetzt u. a. Jostein Gaarder, Anne Holt, Rick Riordan, Máirtín Ó Cadhain und Sigrid Undset. Sie lebt in Hamburg. 2022 erschien ihr Buch »111 Orte in Oslo, die man gesehen haben muss«.

Andreas Brunstermann übersetzt aus dem Norwegischen und Englischen, u. a. Jørn Lier Horst, Torbjørn Ekelund und Jan Ove Ekeberg. Gemeinsam mit Gabriele Haefs entstanden Übersetzungen von Autoren wie Roy Jacobsen, Unni Lindell und Trude Teige. Er lebt in Berlin.

Das Treppenviertel und der Terror
Der noble Hamburger Vorort Blankenese ist ein besonderer Ort mit besonderer Geschichte. 1974 fand hier ein Attentat der RAF statt. Sehr viel später stoßen die Amerikanerin Sidney und ihr Sohn Warren auf Spuren des Attentats. Und diese führen zu ihrer Überraschung in die eigene Familie …
»River macht Lust auf die nächsten beiden Bände.«
Welt am Sonntag

Hardcover mit SU, 320 Seiten
14,5 x 21,5 cm, 20,00 € (D)
ISBN 978-3-96194-111-7

Braune Schatten über den Schären
Die Insellandschaft der Schären vor der schwedischen Hauptstadt Stockholm sind der sommerliche Rückzugsort des 20-jährigen Warren und seines Vaters. Und sie ist der archaisch aufgeladene Kraftort von nordischen Rechtsextremen, auch solchen aus Deutschland. Warren und Charles wissen schon bald viel zu viel …

Hardcover mit SU, 328 Seiten
14,5 x 21,5 cm, 20,00 € (D)
ISBN 978-3-96194-121-6

Das Wasser eines Sees kann vieles bedecken
Ein See in Mecklenburg-Vorpommern ist das Zentralgestirn dieses Romans. Es geht um Geldgier, die Hinterlassenschaft von Gesellschaftssystemen und um die Lebensläufe ehemaliger Heimkinder. Zerbrechliche Menschen, zerbrochene Staatskörper und ein See, der alle und alles überdauert. Denn sein Wasser ist tief. Sehr tief.

Hardcover mit SU, ca. 350 Seiten
14,5 x 21,5 cm, 22,00 € (D)
ISBN 978-3-96194-122-3

KJM Literatur

Großformatiges Paperback
376 Seiten 13,5 x 20,4 cm, 15,00 € (D)
ISBN 978-3-945465-36-3
Segelabenteuer und Spionage

Regattafieber 1939 – Der junge Segelmacher Ole Storm kann die Oberfläche des Meeres »lesen«, der Farbe der See Strömungs- und Tiefenunterschiede ansehen. Sein Talent wird bei Regatten in der Kieler Förde für ihn zum Vorteil. Und auch ein knappes Jahr später wird sein besonderes Vermögen entscheidend sein. An Bord einer Segelyacht der Marine geht es auf der klassischen Ostsee-Route nordwärts. Eine ungewöhnliche Reise mit einem besonderen Auftrag beginnt. – Segelabenteuer, Spionage und deutscher Widerstand – erzählt von TV-Autor Jan von der Bank.

KJM Junge Literatur

Klappenbroschur, 192 Seiten
14,5 x 21,8 cm, 18,00 € (D)
ISBN 978-3-96194-175-9
Eine neue literarische Stimme:
anarchisch und frei.
Und mega sweet :)

Hardcover, 416 Seiten
14,5 x 21,5 cm 20,00 € (D)
ISBN 978-3-96194-136-0
Vier Gymnasiasten aus
Norddeutschland geraten in den
Sog der Klimabewegung

Mehr zu unseren Büchern:
www.kjm-buchverlag.de